里斯本夜車

Nachtzug nach Lissabon

by —Pascal Mercier

帕斯卡・梅西耶——著　趙英——譯

推薦——

精練書寫哲思與人生

謝哲青（文史工作者／廣播節目主持人）

小說可以敘事，可以描繪，小說可以論證，也可以詮釋，《里斯本夜車》的作者帕斯卡・梅西爾透過簡明精練的書寫，展現巴斯卡式的哲學省思與蒙田式的深度思辨，探索生命的幽微與感動。透過書中主角與文本的閱讀互動，一段又一段古印度吠陀式的寓言與箴語，體現小說文學的古老傳統，講述故事，面對人生。

推薦——

旅行的意義

褚士瑩

閱讀帕斯卡．梅西耶的小說《里斯本夜車》，讓我同時看見自己生命當中最喜歡的四件事。他們分別是閱讀，旅行，寫作，以及學習外語。

首先，是閱讀的意義。

書中的主角，是位學生心目中上知天文下知地理，專精稀有語種，綽號「無所不知」的中學語文教師。他對於書本的眷戀，將我帶回到小時候。當時是無滋無味的平淡童年，嚮往著濃烈的生命氣味，所以我化成一隻蜜蜂，遊走過一本接著一本的精裝書籍——像是花園裡無數的豔麗花朵，貪婪地吸吮著諾貝爾文學獎全集套書裡的每個字句，暗記著字裡行間描述的異國城市樣貌，咀嚼另一個生命不可思議的災禍或幸運。當時的我和自己立下了一個嚴肅莊重的約定：有一天，我一定要用自己的雙腳，踏在這些遙遠地方的土地上。

於是，我開始旅行。

如果說旅行的意義，是打開了世界的寬度，讓我認識跟我的現實世界平行的空間中，與我過著不同生活方式的許多人，閱讀則是打通了垂直的時間，讓我跟從來沒有生活在同一個年代的人物（甚至是從來不曾在現實中存在的人物），一起相約在街角喝濃縮咖啡，可以是遙遠的忽必烈，也可以是不太遙遠的孟加拉窮人銀行家尤努斯博士——完全視我當天的心情以及書包的大小而定。

我喜歡的旅行，必須是有閱讀相伴的，當我到一個新的城市旅行，對於參觀風景名勝這樣的事情，可以說一點都提不起興趣，但如果是我所鍾意的書中曾經出現的一座橋梁，或值得悲嘆的詩人與情婦走過的梧桐樹下，卻立刻讓旅行瞬間超越時空活躍起來，這樣的平行空間與垂直時間重疊的不可思議，讓我對於旅行與閱讀這兩件事情，就像書中主角戈列格里斯的閱讀與旅行那樣，緊緊地跟生命結合，即使冒著失明的危險，也不會稍微考慮放棄閱讀；即使生活大亂，鎮夜失眠，也不會因此而考慮放棄旅行。

我二十九歲那年，決定花一整年時間，帶著從哈佛大學古籍圖書館借調出來的兩百年前出版的航海日誌——已經殘破不堪，不得不裝在一個牛皮信封才能保持完整的扉頁——以水手旅人的身分，重新走上那一條如今已被忘卻的海路時，卻覺得如此理所當然。我與來自波羅的海、默默無聞的航海家從來沒有在同一個時空存在的生命，忽然之間有了重疊。

我們與墓碑上刻字的靈魂可以超越時空見面，並不代表能夠彼此理解，跨越這道障礙的最後關卡，就是學習外語的意義。

來自多語言文化的瑞士，能夠流利的使用拉丁文、法語、德語的戈列格里斯，在里斯本的語言學校學習葡萄牙語時，雖然擁有一本特地託人從家鄉寄來最棒的葡語文法書，但是卻在第一堂課，就被老師禁止使用，因為老師堅持語言要從會話中學，而不是從文法。

這是多麼好的忠告！

回想自己多年前在曼谷的Siri Pattana語言學校開始學習泰語時，我選擇用日語做為老師教學的語言，校長則堅持每個學生，每一個小時都要「轉台」換一個不同的教師，讓我們從一開始，就可以適應各式各樣不同的口音，事實證明，我的聽力語會話的溝通能力，比起那些在學校裡接受正規語言教育的學生，更能夠達到交流的目的。

這一次經驗，在我日後學習其他語言時，都謹記在心，不但不堅持老師的資格，甚至不堅持用母語來學習外語，讓耳朵維持在陌生的狀態，更能鍛鍊出敏銳的注意力，這也難怪幾年前，西班牙的觀光局曾經推出類似這樣的口號：「我們國家有多少人，你就有多少位西班牙語老師。」

這些在旅途中與世界交會的火花，成了我二十多年來持續寫作的主要素材，即使很長時間沒有人能夠用中文跟我直接溝通，我也可以透過中文書寫，描述我的眼睛所看到的，一個永遠充滿新奇的世界。我的想法很單純，如果可以當讀者的眼睛，去看到讀者所沒有辦法親眼看到的世界，那麼學習怎麼樣把一則動人的故事說好，這就是我做為一個寫作者的責任。

當然就像書中主角追尋著未曾謀面，甚至過去從未聽說的葡萄牙革命分子普拉多的腳步，五個禮拜間穿梭在里斯本的大街小巷時，看到普拉多手稿上一次又一次修改的手稿痕跡，有些間隔至少十年以上，這才意識到，有時候寫作的意義，並不見得是為了讀者，而是能夠在自己不同的生命階段，回頭跟過往的自己，在不同的時空對話，或許這才是寫作最深刻的意義。

帶著異國口音，旅行，閱讀，寫作，我終究還是回到故鄉，並且看到自己的改變，然後，並沒有停下腳步，還要繼續上路。閱讀，旅行，寫作，以及學習陌生的外國語言，這四件我一輩子都會繼續喜歡的事情，或許並沒有辦法改變我的生命，顯然也無法延長我的生命，更說不上用這幾件事情為自己的生命下什麼壯闊的定義，然而就像這本書最後說的：「生命的意義不在於如何生活，而在於如何設想生活。」

我喜歡閱讀的生命，和作者梅西耶的生命，梅西耶筆下主角戈列格里斯的生命，還有列戈格里斯出發旅行去追尋的無名醫生作家普拉多的生命，以及極可能是因為某種原因醉心於外語而終於成為中德翻譯的譯者趙英的生命，產生了不可思議的連結，這連結的真實性無庸置疑，因為這是我對生活的設想，換言之，也極可能是我生活的終極意義。

目錄

contents

009 啟程篇

099 相遇篇

215 嘗試篇

397 回程篇

我們的生命有如河流
流向難以測度的大海，
那座靜寂的墓！

——約格．曼里克（Jorge Manrique）

吾等只是斑斕的碎片，鬆散地懸附在一起，每一碎片在每一片刻都可隨意震顫飛舞；因此在吾等與吾等自身之間有諸多懸殊差異，一如吾等與他人。

——蒙田（Michel de Montaigne），《蒙田隨筆》卷二之一

我們每個人各形各色、過度自我。因此，鄙視周遭環境的人並不同於喜愛或受環境所苦的人。在我們存在的寬廣領域中有各色人等，思考與感覺方式各不相同。

——費爾南多．佩索亞（Fernando Pessoa），
《不安之書》（Livro do Desassossego）

啟程篇

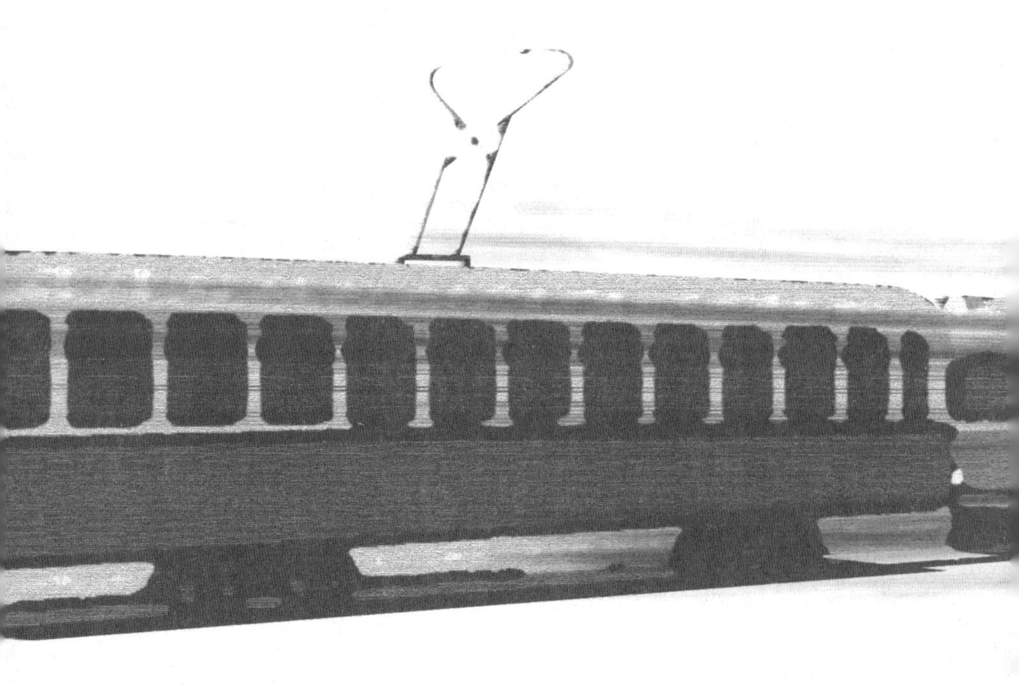

1

賴蒙德・戈列格里斯的生命出現巨變的那一天，開始時與其他無數的日子並無二致。七點四十五分，他走下聯邦階地，踏上市中心通往科欽菲爾德文理中學的科欽菲爾德大橋。每個去學校上課的日子，戈列格里斯總是在七點四十五分踏上大橋。有一次橋被封鎖，當天他在希臘文的課堂上便出了個文法錯誤。過去從未發生過這種事，之後也未曾再有。全校連續好幾天都只談論這個話題。話題討論得越久，便有越多人認為是道聽塗說。最後，連當時在場上課的學生也認為自己聽錯了。簡直無法想像，這位在眾人口中名為「無所不知」的老師會在希臘文、拉丁文或希伯來文上犯錯。

戈列格里斯望著前方伯恩歷史博物館的尖塔，其上是古爾藤山，其下是綠松石色的阿勒河。一陣狂風襲來，揭去他頭上低矮的雲層，吹翻他的雨傘，讓雨水直打在臉上。這時他注意到橋上那位女子。她的手肘撐在欄杆上，在滂沱的雨中讀著像是一封信的東西。她用雙手緊抓住那張紙。戈列格里斯走近時，女子突然一把將手中的紙揉成一團，奮力向前一扔。戈列格里斯不由自主地加快腳步，這時只離她幾步遠，在她被雨水打濕的蒼白臉上看到憤怒。那怒火並非能藉厲聲嘶喊消退，而是一股潛化入心的頑強憤懣，在她體內灼灼焚燒已久。這名女子此時伸直雙臂撐著欄杆，腳跟滑離了鞋。她就要跳下去了，戈列格里斯心想，任強風將傘吹到欄杆外，把裝滿學生作業簿的提包扔到地上，嘴裡吐出一串平時少用的罵人詞彙。手提包的封口鬆開了，作業簿滑落在潮濕的柏油路上。女子轉過身來，好一會兒動也不動地看著作業簿因沾到水而顏色逐漸轉深。接著她從大衣口袋掏出一支簽字筆，走兩步，探身在戈列格里斯的額頭寫下一串數字。

「對不起，」她的法語帶著外國腔，口氣緊張地說：「但我不能忘記這個電話號碼，身邊又沒有紙。」

這時，她看著自己的雙手，彷彿第一次見到似的。

「我當然也可以……」她來回看著戈列格里斯的額頭和自己的手，在手背上抄下這串數字。「我……我不想留下這個號碼，我希望忘掉一切。但是我看到信落下時……又必須記住這個號碼。」

厚鏡片上的雨水模糊了戈列格里斯的視線，他笨拙地摸索著潮濕的作業簿，察覺簽字筆的筆尖再次劃過額頭，接著便發現那不是筆尖，而是那女人的手指，她正試著以面紙擦掉那串數字。

「我知道這很冒昧……」她開始幫戈列格里斯撿拾作業簿。他不但碰到她的手，也輕觸到她的膝蓋，當兩人同時伸手想撿起最後一本作業簿時，頭撞在了一起。

「謝謝妳，」他們面對面站著時，他這麼表示，然後指著她的頭說：「會不會很痛？」

她垂下了視線，心不在焉地搖搖頭。雨水打在她頭髮上，順著臉頰流下。

「我能跟您走幾步路嗎？」

「呃……嗯，當然可以。」戈列格里斯吞吞吐吐地回答。

他們一言不發地一起走到橋頭，繼續往學校方向前進。戈列格里斯的時間感告訴他此刻已過八點，第一堂課已經開始。這「幾步路」到底要走多遠？女子迎合他的腳步，緩緩走在他身邊，彷彿可以一整天這樣走下去。她豎起大衣的寬領，身旁的戈列格里斯只能看見她的額頭。

「我必須去那所學校，」他停下腳步說：「我是文理高中的老師。」

「我可以一起進去嗎？」她輕聲問。

戈列格里斯猶豫半晌，拿袖子擦了擦濕掉的眼鏡，終於說道：「不管怎樣，裡頭總是能避雨。」

他們走上階梯，戈列格里斯幫她拉開門，然後站在課堂期間顯得特別空曠安靜的大廳。兩個人的大衣在淌水。

「請在這裡稍等。」說完後，戈列格里斯就走進廁所拿毛巾。

他站在鏡子前擦乾眼鏡、洗把臉，而額頭上的數字仍然清晰可辨。於是他抓起毛巾一角沾了點溫水，正想開始擦拭額頭時，卻突然停下來。當他幾個小時後回想這件事時，意識到：那正是決定一切的時刻。他突然明白，自己根本不想抹去與這名神祕女子相遇的痕跡。

他想像自己帶著臉上的數字，站在學生面前的情景：他——無所不知——是這棟建築物裡，也可能是學校自創校以來，最牢靠、最一板一眼的人。他在此任教超過三十年，工作表現可圈可點，也是這所學校的中流砥柱。也許個性有點無趣，但受人尊敬，甚至連對面的大學也對他淵博的古代語言知識敬畏有加。每年學生都會善意捉弄他，刻意考驗他，會在半夜打電話給他，找出某篇古文中不起眼的一段徵詢他的意見，只為了從他的腦袋裡弄出枯燥但詳盡的說法，其中還包括對其他見解的批判，他說來一氣呵成，氣定神閒，沒有絲毫氣惱——「無所不知」有個太落伍、太老派的名字，大家別無他法，必須為他取個暱稱，這個暱稱還得獨一無二地展現出這名男子的特質。身為語言學家的他，實際上懷抱的是整個世界，確切來說，是許多個「整個世界」。

他除了嫻熟拉丁文與希臘文的所有文獻，亦牢記希伯來文的各文章段落，令一些專研《舊約聖經》的教授大為吃驚。「如果你們希望看見一位真正的學者，」每當校長在新班級上介紹他時，總習慣說：「那就是他。」

戈列格里斯這時心想：這位學者，這個對某些人來說似乎是只靠死亡語言而組成的乏味傢伙，因為受歡迎而被嫉妒他的同事惡意稱為「莎草紙先生」——將帶著一個顯然游移在愛恨間的絕望女人記在他額頭上的電話號碼走進教室。她穿著一件紅色皮外套，說著無比柔軟的南國腔調，聽來彷彿綿延不斷的低語，彷彿只要一聽到她的聲音，便會輕易成為她的共犯。

戈列格里斯把毛巾拿給她時，女人將一把梳子啣在齒間，然後拿毛巾擦拭落在大衣領上——彷彿盛在碗中——的黑色長髮。管理員走進大廳看到戈列格里斯時，訝異地望向掛在大門口上方的時鐘，接著低頭看自己的手錶。戈列格里斯如往常一樣向他點頭示意。一名女學生匆忙跑過他身旁，還回頭看了他兩次，再繼續往前跑。

「我在那邊上課，」戈列格里斯對女人指著窗外另一棟建築說。隔了幾秒，他察覺到自己的心跳。「妳想一起去嗎？」

之後，戈列格里斯幾乎不敢相信，自己居然真的說出這句話，但他一定說過，因為他們接著並肩走到教室。他聽到自己的橡膠鞋跟在塑膠地板上唧唧作響，以及女人的靴子踩在地板上的喀喀聲響。

「妳的母語是什麼？」他剛問過她。

「葡萄牙語（Português）。」她回答。她出他意料之外地將 o 發成 u，接著是音調上揚、特意按捺住的 ê，最後柔軟的 sh，在他聽來，有如銜接上一段更悠長的旋律，令人很樂意花一整天聆聽著。

「請等等，」他從外套中拿出記事本，撕下一張紙：「讓妳記下電話號碼。」

他的手已握住教室門把，這時他又請女人覆誦那個字。她又說了一次，他這時第一次見到她的微笑。

他們進教室時，教室內的閒聊聲立即歇止。室內陷入一片靜默，學生表達驚訝的唯一方式，就是靜默。戈列格里斯到日後還清楚記得這一幕：他享受因為詫異而來的靜默，享受每一張臉孔上難以置信的無言反應，也享受自己竟能感受到一股全新的感受，這是他從來沒料想過的。

*這到底是怎麼回事？*課堂上的二十雙眼睛一起探問著教室門口那對奇怪的男女：穿著被雨水打濕的外套、禿頭、濕答答的「無所不知」，站在一個臉色蒼白、頭髮隨意梳理的女人身邊。

「或許妳可以先坐在那裡？」戈列格里斯對女人指著後排角落的一張空椅子。接著他走到教室前，像往常一樣問候學生，然後在講桌後方坐下。他不知道該如何解釋，便乾脆翻譯起學生正在練習的文章。他翻譯得吞吞吐吐，眼睛還偶爾捕捉到一些好奇的目光，也有些疑惑的眼神，因為他——在睡夢中也能察覺所有錯誤的「無所不知」——居然犯了一連串的錯誤，不僅課上得讓人一知半解，還笨拙得很。

他假裝沒注意那個女人，實際上卻分分秒秒看著她，看著她將幾綹濕髮從臉上拂開，看著她緊握起來的白皙雙手和心不在焉望著窗外的迷惘眼神。發呆時，她拿出筆，將電話號碼寫在紙上，接著身體便往後靠，彷彿不知道自己身在何處。

簡直無法想像，戈列格里斯竟然偷瞄了一眼手錶：還有十分鐘才下課。這時女子起身，輕手輕腳走到門口，打開門後轉身面對他，手指擱在唇上。他點點頭，微笑回以同樣的手勢，接著，教室的門在輕輕喀噠一聲後關上。

從這一刻起，戈列格里斯再也不聽學生說的任何話，整個人彷彿被震耳欲聾的寂靜包圍著。他走到窗前，尋找那紅衣女子的身影，直到身影消失在轉角。他察覺自己必須一再費力地按捺住追上她的念頭，眼前一再出現她擱在唇上的手勢，可能代表了許多含意：我不希望被打擾；或是：這是我們的祕密；但也可能是：讓我現在離開，我們的故事不會有續集。

下課鐘響，他依然站在窗前。背後的學生個個躡手躡腳走出教室。過了一會，他也走出教室，從後門離開學校，坐在對街的聯邦圖書館內，不會有人到這裡來找他。

在兩小時課程的後半堂，他像往常一樣準時出席。他擦掉額頭上的數字，猶豫半晌後，便將號碼寫進記事本，隨後擦乾頭上窄窄的一圈灰髮，只剩外套與長褲上的水漬仍透露出這件不尋常的事。這時，他從公事包裡拿出一疊濕透的作業簿。

「今天碰上一件倒楣事，」他三言兩語解釋：「我在路上跌倒，作業簿滑了出來，被雨打濕了。好在改過的部分還看得出來，否則你們只能自己猜測內容了。」

這才是他們熟悉的他，如釋重負的聲音傳遍教室。他偶爾仍可捕捉到幾道好奇的眼光，某些學生的聲音裡還聽得出一絲殘留的羞怯，此外則一切如常。他把最常見的文法錯誤寫在黑板上，讓學生們安靜練習。

他下一刻發生的事，可以稱之為「決定」嗎？戈列格里斯事後也一再追問自己，卻一直無法肯定。但如果這不算是「決定」，又算是什麼？

那一刻肇始於他突然觀察起趴在作業簿前的學生，彷彿第一次見到他們。

在學校禮堂內舉行的一年一度西洋棋競賽中，路西恩·馮·格拉芬里德趁戈列格里斯同時和十幾位學生對奕時，偷偷挪動了一只棋子。在所有棋盤下完一步棋後，戈列格里斯又站在路西恩面前，立刻發現他在棋盤上動了手腳。戈列格里斯靜靜看著他，路西恩的臉馬上變得通紅。「你並不需要這麼做。」戈列格里斯說，接著便設法讓這一局平手。

莎拉・溫特爾因為懷孕而不知所措，凌晨兩點跑到他家。他泡茶給她，聽她訴苦，其餘什麼也沒做。「我很高興聽了您的建議，」一個星期後，她對他說：「現在生小孩還太早。」

貝雅翠絲・呂舍爾寫得一手端正整齊的好字，卻因為長期處在追求完美的壓力下，很快便顯得老成。瑞內・齊恩格的成績則老是在及格邊緣。

當然還有娜塔麗・魯賓。這女孩吝於表達善意，有點像十九世紀的宮廷侍女，令人難以親近，因為牙尖嘴利既受同學簇擁，也讓人退避三舍。上個星期，她在下課鐘響後站起來，伸了個大懶腰，彷彿身體感到十分舒服，然後從裙子口袋中掏出一顆糖果。她一邊走向教室門口，一邊打開糖果的包裝紙，經過戈列格里斯身邊時，正將糖果放進嘴裡。糖果剛碰到嘴唇時，她突然停下來，轉身面對他，作勢將鮮紅的糖果遞給他，問道：「您想吃嗎？」看到他目瞪口呆，她發出特有的爽朗笑聲嘲笑他的反應，並伸手故意碰觸他的手。

戈列格里斯一一打量自己的學生。起先他自以為是地在整理自己對他們的感受。直到他走到教室中央時，才察覺自己越來越常想著：他們的前途不可限量，未來無盡寬廣，他們會有許多遭遇，閱歷世間的一切！

葡萄牙語。他聽見那旋律，看到女人閉著雙眼，白似雪花石的臉出現在擦乾頭髮的毛巾後面。他的視線最後一次掠過學生們的頭，然後緩緩起身，走向教室門口，取下掛勾上濕掉的外套，頭也不回地離開教室。

裝著陪伴他一輩子的書籍的公事包還留在講台上。他在樓梯上停下腳步，想著自己每隔幾年就把書送去重新裝訂，而且總是送去同一家店。店裡的人笑說，這些已經絕版且脆弱易碎的紙張摸起來就像吸墨紙。只要公事包還在講台上，學生們便認為他會再回來，但這不是他把書留下，此刻還極力抗拒去取回的理由。如果他現在離開，也必須與這些書道別。即使這一刻他已經往大門走去，他依然十分明白自己對「離開」一詞毫無概念。

站在學校入口的大廳，他注視著地上的一小灘水，這是身穿濕外套的女子在等待他從廁所出來時形成的小水窪——來自另一個遙遠世界的女訪客留下的痕跡。戈列格里斯出神地看著水窪，像是在打量古文物。直到聽見管理員叭噠的腳步聲，他才猛然驚醒，趕緊離開這棟建築物。

他頭也不回地往前走，一直來到不會被人看見的街角才轉身回頭。一股連他自己也不敢相信的衝動湧上心頭，察覺自己深愛著，也深切想念這棟建築物及它所代表的一切意義。他推算著：四十二年前，十五歲的他初次以高中生的身分踏進這裡，心情在期待的雀躍與忐忑不安之間游移。四年後，他拿著畢業證書離開這裡，只為在四年後再度回到這裡，代理為他開啟古希臘羅馬世界的大門，卻遭遇變故的希臘文老師之職。然後他從還在大學就讀的代課老師，成為繼續在大學進修的長期代課老師。他參加國家畢業考試時都已經三十三歲了。

他之所以參加考試，只因妻子芙蘿倫斯堅持。他從未打算進修博士學位。每當別人問起，他只笑而不答。進修學位與否並不重要，重要的事反而相當單純：深入了解古文各個段落、每個文法與修辭細節，知道每種語言演變的歷史。換句話說，就是要夠優秀。這想法並不謙虛，在自我要求上，他一向非常苛刻，但也不是偏執或荒誕的虛榮。日後他曾偶爾想過，那是對這浮誇世界發出的無言怒吼、堅強不屈的違抗行動，來對這狂妄自大的世界復仇，因為他父親終生為此所苦，一輩子只能擔任博物館的警衛。能力遠遜於他的人——說實話，那些人的能力差得可笑——卻能通過國家考試，獲得穩定的工作，彷彿他們隸屬另一個世界，一個膚淺難耐、標準獨特的世界，而他對那些標準根本不屑一顧！在這所學校裡，從來沒人興起解雇他，以通過國家考試的人取代他的念頭。本身也是古代語言學家的校長知道戈列格里斯無比優秀，才華甚至遠勝於他。同時也知道，如果解雇戈列格里斯將會引起學生暴動。戈列格里斯最後參加的國家考試題目實在簡單得不像話，在半場時就立刻交了卷。因此他一直對芙蘿倫斯的堅持感到稍許不滿，因為她逼他放棄了自己的原則。

戈列格里斯轉過身，慢慢朝科欽菲爾德橋走去。橋出現在眼前時，他心中湧起一股異樣感，並兼有不安與解脫。他在五十七歲這年，終於首度掌握自己的命運。

2

他站在先前女人在滂沱大雨中讀信的地方往橋下張望，首度明白掉落的高度會有多高。她真的想往下跳嗎？或只是自己杞人憂天，因為芙蘿倫斯的兄弟便是跳橋輕生？除了知道她的母語是葡萄牙語外，他對這名紅衣女子一無所知，甚至不知道她的姓名。想從橋上找到揉成一團的信紙自然也很荒謬。儘管如此，他還是費力瞇緊眼睛望著下方，直到因過於吃力而開始流淚為止。底下那個黑點是他的雨傘嗎？他摸了摸外套，以確定抄下那位匿名葡萄牙女子留在他額上的電話號碼的記事簿還在身邊。然後他繼續走到橋頭，但不確定接著該往哪個方向走。他正準備逃離目前的生活，有此打算的人能就這麼回家嗎？

他的視線落在這城市最古老、也最講究的美景飯店。他途經這間飯店數千次，卻從未進去過。每次經過，他都知道飯店就在那裡，此刻，心裡卻覺得那間飯店對他來說變得重要了。如果得知這棟建築將要拆除，或者不再經營旅館業，或只是即將結束營業，他或許會感到驚慌失措。但他先前從未想過，他，「無所不知」，居然會想進去飯店內探個究竟。他遲疑地走向大門，這時一輛賓特利停在門口，司機下車走進飯店。戈列格里斯跟在司機後面走進去，彷彿覺得自己正在從事革命及法令禁止的事。

圓形屋頂以彩繪玻璃裝飾的飯店大廳裡空無一人，地毯吸納了所有聲響。戈列格里斯很高興雨已經停了，外套也不再滴水。他踏著沉重變形的鞋子繼續往前走，進入餐廳。擺設好早餐餐具的桌子中只有兩桌客人。莫札特輕柔的《嬉遊曲》似乎讓人遠離了所有的嘈雜、醜惡與折磨。戈列格里斯脫下外套，坐在靠窗的桌子前。戈列格里斯告訴穿著淺米色外套的侍者，自己並非飯店的客人。他察覺侍者正在打量自己：陳舊的外套下是一件高領毛衣，外套的手肘處補綴了兩塊皮革，一條平整的燈心絨長褲，一圈稀疏毛髮覆蓋在他的禿頂上，灰色的鬍鬚夾雜白色斑點，給人不修邊幅的印象。侍者登記好餐點離開後，戈列格里斯趕緊查看身上是否帶夠了錢。之後他便將雙肘擱在漿洗過的桌巾上，望著橋的方向。

希望她再次在橋上出現並無意義。因為她已過了橋，消失在老城的小巷弄裡。她的身影出現在他眼前，看見她坐在教室後，失神地望著窗外。他見到她白皙的雙手緊握，又看到那雪花石般的臉孔在毛巾後浮現，疲憊又脆弱。葡萄牙語。他猶疑地拿出記事本，查看上面的電話號碼。侍者端來早餐與銀製壺具，戈列格里斯並未趁熱喝咖啡。他一度站起來，走向電話，走到一半卻又轉身回到餐桌。他碰都沒碰早餐便付了帳，之後離開了飯店。

多年前他曾造訪過牡鹿胡同上的西班牙書店，從前只是偶爾去幫芙蘿倫斯拿撰寫有關天主教改革者聖十字若望的博士論文需要的參考書籍。有時會在公車上翻閱，回到家後卻再也不碰。西班牙文是她的專長。令他困擾的是，西班牙文看起來像拉丁文，卻與拉丁文截然不同。從當代人口中流洩出彷彿拉丁文翻版的文字，無論在小巷、超市，或在咖啡館，用來點杯可口可樂、討價還價或咒罵，在在令他覺得格格不入。他想到這點就難以忍受。只要這想法一出現，他就趕緊使勁抹去。羅馬人當然也會討價還價、出聲咒罵，但這不一樣。他熱愛拉丁文，因為拉丁文句蘊含了過往一切的寧靜，不會逼人說出口，是種超越流言蜚語的語言；也因為拉丁文不可動搖的特質而顯得美麗。拉丁文是「死亡的語言」——說這種話的人根本不懂拉丁文，對其一無所知。戈列格里斯輕視這種人，而且態度十分堅決。芙蘿倫斯用西班牙文講電話時，他會關上門。這舉動傷了她的心，他卻無法對她解釋。

書店裡瀰漫著老皮革與塵埃的美妙味道。老邁的書店老闆在書店後頭忙碌，他淵博的羅曼語系知識宛若傳奇。書店前廳只有一位看似大學生的年輕女子。她坐在靠近桌邊的角落，閱讀一本已發黃的薄書。也許因為不知該何去何從，戈列格里斯寧願獨處也不想站在這裡，但又不願意忘記那個葡萄牙文字的旋律。如果沒有任何目擊他舉棋不定的證人在場，他或許還容易忍受。他沿著書架走，什麼也不看，偶爾把眼鏡斜斜拉起，以便看清書架上層的書名，但一看過便轉眼忘了。他常獨自出神，將自己與外界隔離。

門開了，他急忙轉過身，發現來者是郵差時頓感失望。他發覺，期待與葡萄牙女子相遇完全有違他的意圖與理智。這時女大學生闔起書，站起來，她沒把書擱回桌子的書堆上，而是站著，來回看著那本發黃的舊書，伸手輕輕撫過封皮。幾秒鐘流逝後，她小心翼翼地把書輕放到桌上，彷似一碰就會讓書化為灰燼。她在桌邊又站了一會兒，好像想改變心意買下這本書。之後她雙手埋在大衣口袋深處，低著頭，就這樣走了出去。戈列格里斯拿起那本書，讀著：AMADEU INACIO DE ALMEISA PRADO, UM OURIVES PALAVRAS, LISBOA 1975。

書店老闆來到他身邊，看了那本書一眼，唸出書名。戈列格里斯只聽到一串嘶嘶聲響，那些含糊微弱到幾乎聽不出來的母音，彷彿只在烘托一再出現於字尾、沙沙作響的sh音。

「您會說葡萄牙文嗎？」

戈列格里斯搖搖頭。

「意思是文字鍊金師。很美的書名，是吧？」

「沉靜而優雅，如褪去光澤的銀飾。您能用葡萄牙文再說一遍嗎？」

書店老闆再次唸出那些文字。除了文字以外，戈列格里斯還能聽出他很喜歡的，那絲絨般的聲調。戈列格里斯打開書，翻到正文開始處。他把書遞給老闆，老闆對他報以驚奇又滿意的一眼後開始朗讀。戈列格里斯閉上眼睛聆聽老闆的朗讀。朗讀幾句之後，老闆停了下來。

「要我翻譯嗎？」

戈列格里斯點點頭，接著便聽到令他內心酥軟麻醉的句子，彷彿只為他而寫——且不僅是如此——也為這天翻地覆的上午而寫。

我們縱然經驗數以千計，卻至多只提其一，而且純出於偶然，絕非因慎思熟慮。在未被論及的經驗裡，隱藏著在潛移默化中賦予我們生活型態、色彩與旋律的經驗。身為心靈考古學家的我們若去挖掘這些寶藏，便能發現它們如何令人眼花繚亂。我所觀察的對象瞬息萬變，但我的文字脫離了經歷，最後落實在紙上的，是純粹的矛盾。長久以來我一直相信，少了可以克服這點的東西是個紕漏。但現在，我認為事情跟想像不同：承認迷惑，才是理解此熟悉又捉摸不定經驗之最佳途徑。我知道這聽起來很怪，甚至相當詭異。但自從如此看待事物後，我第一次有了真正清醒並活著的感受。

「這是導論，」書店老闆這麼說，然後開始翻閱書頁：「嗯，看來作者一段段地挖掘隱藏的經驗，成為自我的考古學家。有些段落的篇幅長達數頁，有些卻很簡短。舉例來說，這裡是個由單一句子構成的段落。」他翻譯道：

如果我們只能依賴內心的一小部分生活，剩餘的該如何處置？

「我想買這本書。」戈列格里斯說。

書店老闆闔起書，和女大學生一樣伸手輕撫書封。

「去年我在里斯本一家舊書店特價拋售的箱子裡發現了這本書。我現在想起來了，因為我喜歡書中的導論才帶走這本書。不知怎麼，後來卻找不到了。」他看著費力摸索錢包的戈列格里斯，「這本書我送給你。」

「這……」戈列格里斯的聲音沙啞起來，清了清嗓子。

「反正我買下來時也沒花多少錢。」書店主人說，將書遞給戈列格里斯。「現在我想起你是誰了——聖十字若望。對吧？」

「那是我前妻想買的書。」戈列格里斯回答他。

「那您就是科欽菲爾德文理中學的古代語言學家，她曾經提起過你，之後還聽過另一個人談到你。在他們口中，您好像是一本活百科，」老闆笑著說：「而且是極受歡迎的百科。」

戈列格里斯將書塞進外套口袋，伸手和老闆告別：「謝謝你。」

書店主人陪他走到門口：「希望我沒讓您……」

「別客氣。」戈列格里斯說，碰了碰店主的手臂。

他在布本貝格廣場停下來環顧四周。他在這裡過了一輩子，對這裡瞭若指掌，這裡是他的家。對於像他這樣深度近視的人而言，這點相當重要。對他這樣的人來說，居住的都市就像一座房屋、一個舒適的洞穴、一棟安全的建築，其他一切則意味著危險。這想法只有像他一樣戴著厚鏡片的人才能了解。芙蘿倫斯就不了解這點，或許出於相同理由，她也不理解他不喜歡搭飛機的原因。搭上飛機，幾個小時後抵達另一個世界，卻沒時間在腦海中留下途經之地的景象——他不喜歡這樣，也讓他備受困擾。

「這樣不對，」他曾經對芙蘿倫斯說。

「不對？什麼地方不對？」她激動地問他。

他解釋不上來。從此她越來越常獨自搭飛機旅行，或與他人同行，目的地大多都是南非。

戈列格里斯走到布本貝格電影院的廣告櫥窗前。晚場電影播放根據喬治·西默農（Georges Simenon）的小說改編成的黑白電影《看火車的男人》（L'homme qui regardait passer les trains）。他喜歡這片名，電影預告片也看了許久。七〇年代晚期，每個人都買彩色電視時，他卻大費周章去找黑白電視機，最後在大型廢棄物堆中找到了一部帶回家。婚後他依然堅持將電視擺在自己的工作室內。他一人在家時，便冷落客廳那部彩色電視，打開螢幕閃爍不停、畫面偶爾捲動的舊黑白電視。

「無所不知，你真令人難以置信，」芙蘿倫斯有次看到他坐在這醜陋、龐大不成形的箱子前時這麼說。當她開始和別人一樣稱呼他「無所不知」，並且在家中當他是伯恩市的老總管時，他們的婚姻便開始走向盡頭了。離婚後，彩色電視隨著從家中消失，他終於能鬆口氣。幾年後，舊黑白電視的映像管壞掉後，他才買了彩色電視機。

電影院廣告櫥窗裡的預告片影像巨大、線條清晰。有一段播著珍娜·莫羅[1]雪花石般白皙的臉孔，她從額頭拂開幾綹潮濕的頭髮。看到這裡，戈列格里斯迅速離開，走到隔壁的咖啡店，打算仔細研究這本葡萄牙貴族為了以言語表達其無聲經驗撰寫的書。

然後，他以古書愛好者的謹慎態度，緩緩翻閱書頁，因而發現了作者的肖像，一張在書籍排印時便已發黃的陳舊照片。照片上原本的黑色已褪色成褐色，明亮的臉孔出現在顆粒粗大又模糊的黑暗背景前。戈列格里斯擦了擦眼鏡再戴上，才看幾眼就完全被那張臉孔吸引。

這男人大約三十出頭，臉上散發的智慧、自信與無畏，熠熠生輝，看得戈列格里斯神搖目眩。明亮的臉，高高的額頭上覆蓋著濃密黑髮，泛著淡淡光澤的頭髮梳向耳後，好似一頂鋼盔，柔軟的鬈髮垂落在耳朵兩側。窄長的羅馬鼻子讓臉部線條鮮明，襯上濃密的眉毛，雙眉彷彿粗筆刷過的梁柱，往外延伸卻戛然中斷，焦點遂集中在思緒的中心點。一道細長的鬍鬚包圍他豐滿厚實的唇，這唇若生在女人臉上反倒不令人意外。下頷上修剪整齊的鬍子在細長的脖子上投下一塊黑影，讓戈列格里斯無法忽略其粗獷嚴酷的一面。然而，最引人注目的是那對黑眼睛。陰影是他雙眼的底色，那陰影並非出於睏倦、精疲力竭或病痛，而是嚴肅與憂鬱。陰暗的目光中又摻雜著無畏與堅毅的溫厚。戈列格里斯想著，這男人是夢想家也是詩人，也能斷然操持武器或解剖刀。當他眼中噴出火焰時，應該避免與他正面衝突，他的雙眼能斥退一群戰鬥力強大的巨人，卻也會偶爾露出粗鄙之色。照片上只看得出他在白襯衫衣領上打著領結，穿的外套讓戈列格里斯聯想到小禮服。

❶珍娜・莫羅（Jenna Moreau，1928~），演、唱、編、導俱佳的法國影壇長青樹。

戈列格里斯從作者肖像中回過神來，已經將近下午一點，面前的咖啡又冷掉了。他期望聽到這位葡萄牙人的聲音，看他活生生的模樣。這本書在一九七五年出版，如果他當時年方三十來歲，現在大約已超過七十歲了。

葡萄牙語。戈列格里斯又憶起那位陌生葡萄牙女子的聲音，並將這聲音藏在思緒深處，以免與書店老闆的聲音混淆。朗讀的聲音應當憂鬱明亮，才能精準地符合阿瑪迪歐・德・普拉多的眼神。他試著用這聲音唸出書上的句子，卻無法如願，因為他不知道每個單字的發音。

學生路西恩從咖啡館外走過。戈列格里斯雖然訝異，卻為自己並未嚇一跳而鬆了口氣。他看著少年的背影，想起放在講台上的書。他必須等到兩點鐘下一堂課開始，才能去書店買一套葡萄牙文的語言學習教材。

3

戈列格里斯在家裡剛放上第一張唱片，還沒聽到第一句葡萄牙文，電話鈴就響了。一定是學校打來的。鈴聲響個不停，他站在電話旁，清點著能說的理由：今天早上我突然想為自己做點不一樣的事。我不願再當各位的「無所不知」，雖然我不知道要去過何種新生活，但這件事刻不容緩，沒有任何事可以阻止我的決心。我的時間已經流逝，剩下的時間或許也不多了。戈列格里斯大聲地自言自語，知道這些話完全切中自己的心思。過去他很少說出像這幾句般具有重要意義的話。然而他的聲調低沉且過於激動，無法直接對著話筒說出來。

電話鈴聲停了，但還是會再響起。他們擔心他，在找到他之前是不會放心的。畢竟他可能發生了意外。門鈴遲早會響起。現在還是二月，天色很早就暗了，他可不能開燈。他正在逃離這構成他生活中心的城市，隱身在居住十五年的公寓裡。這行為實在奇特又可笑，聽來就像一齣不入流的喜劇，然而他是認真的，比大多數他經歷過、做過的事都還要認真，卻又不可能對尋找他的人解釋前因後果。戈列格里斯想像自己開門請他們進屋的情況——不可以，完全不可能。

他連聽三次第一片語言教材，逐漸弄懂葡萄牙文說與寫之間的差異，尤其是口語中含糊不清的發音。他那擅長確實記住文字構造的記憶力發揮了作用。

當學習漸入佳境時，電話又響了起來。他從前任房客手中接收了一部老式電話，電話線沒有附插頭，否則他早就拔下來了。他先前堅持讓房內一切維持原狀，現在只好拿一條毛毯掩蓋住鈴聲。

語言教學唱片裡的聲音要求他跟著一起唸單字與短句。他照著做，嘴唇與舌頭卻沉重笨拙。古老語言與他那口伯恩腔正契合，而且在古老語言的永恆宇宙中並沒有匆忙的概念。葡萄牙人卻恰好相反，似乎總是匆匆忙忙，像極了他一直自嘆不如的法國人。芙蘿倫斯熱愛這種匆促的優雅，每次聽見她達成這種優雅的輕鬆音調，他便會沉默。

然而，現在的情況完全不同。戈列格里斯想要模仿男講師急促的速度，與女講師讓人聯想到短笛的明亮跳動聲，因此他重複聆聽同樣的句子，好縮短自己遲鈍的發音與模範教材間的距離。過了一會兒，他意識到自己正在經歷一場巨大的解脫，從自我設限中解脫，從緩慢與吃力中解脫，正如唸出他的名字與聊及他父親在博物館裡不慌不忙從一間陳列室走向另一間的緩慢腳步。他也從自己的形象中解脫，在那形象中的他即便沒在看書，仍會像個大近視般窩在塵封的書堆中。他並非有意製造出這形象，而是在不知不覺中緩緩成形。「無所不知」的形象不只出自他本人手筆，也來自許多人，這些人喜歡他的形象，安逸地占有這位彬彬有禮、博學多聞的典範，有可靠的他在身邊就能安心。戈列格里斯覺得，擺脫這形象，如同走出掛在博物館被遺忘的側廳裡、布滿灰塵的油畫。

他藉著微亮的光線，在沒點燈的公寓中來回踱步，用葡萄牙文點了一杯咖啡，詢問里斯本某條街道的資訊，探問某人的職業與姓名，也回答別人詢問自己的職業，閒聊幾句天氣。

然後他開始和上午遇見的葡萄牙女子交談，問她為什麼生寫信者的氣。「妳想往下跳嗎？」他激動地拿起面前新買的字典和文法書，翻找還沒學到的詞句和動詞時態。葡萄牙語。這字眼現在聽來多麼與眾不同！與其說這字眼到目前一直擁有來自遙遠封閉國度珍寶的魔力，不如說他剛推開一扇宮殿大門，那珍寶不過是千萬顆寶石的其中一顆。

門鈴響了。戈列格里斯踮著腳尖輕輕走到唱盤前，關掉唱盤。門口傳來學生年輕的聲音，他們正站在門外七嘴八舌。接著又是兩聲刺耳的鈴聲，劃破傍晚的寧靜，戈列格里斯在寂靜中一動不動地等著。之後，腳步聲逐漸離開樓梯間。

掛著百葉窗的廚房，是唯一可以從後頭往外離開的房間。戈列格里斯放下百葉窗，打開燈，拿起葡萄牙貴族的書和語言教材坐在餐桌旁，開始翻譯導論後的文章。文字看來像拉丁文，卻又跟拉丁文截然不同，不過這點現在已經不會困擾他了。這段文章相當難，翻譯耗時良久。戈列格里斯靠著有條不紊的方式及馬拉松選手般的毅力，在字典中翻找，仔細搜索動詞變化表，直到解開高深莫測的動詞時態變化。翻過幾個句子後，他心中激動不已，取紙寫下譯文。等他終於心滿意足時，時間已經接近九點了。

未知的深淵

人類行為表象下是否藏有祕密？或者，人類其實表裡如一？

雖然聽來極為奇特，但在我心中，答案被灑在城市與太迦河上的光線取代了。如果是閃爍八月天陶醉迷人的光，帶來了明快尖稜的陰影，我便會覺得隱藏在人類內心深處的想法十分特別，像奇特又些微感動人的幻影，彷彿海市蜃樓，在我久視光線中的璀璨波浪時便會出現。在陰霾的一月，當無影的光和沉悶的灰濛天氣覆蓋住城市與河流，我心中便再確定不過了：人類的一切作為，只是以十分不完美、甚至相當可笑無助的表達方式，呈現出隱藏在心中深不可測的內在生活，即便奮力擠向表面，卻永遠無法抵達。

我的判斷除了這份離奇又不安的懷疑之外，還多了一份經驗，自從我體會到後，這經驗便一再讓我的生活滲入心煩意亂的不確定中：只要與我有關，我便會對這件就我們人類而言至為重要的事猶豫不決。當我坐在最喜愛的咖啡館、沐浴在陽光下，傾聽路過女士銀鈴般的笑聲，便覺得整個內在世界，直至最隱蔽的角落都充實起來，並且讓我徹徹底底明白，我的內心世界籠罩在這舒適感中。一旦令人清醒的烏雲遮蔽了陽光、去除了魔力，我又猛然驚覺到，在我內心住有隱密深淵與未知深淵，意外隨時可能從兩者之中爆發出來，將我捲走。於是我迅速結帳，趕緊找尋別的消遣，期盼陽光盡快再次露臉，幫助表象得到應有的安寧。

戈列格里斯翻開普拉多的肖像，把書靠在檯燈旁。在普拉多憂鬱果斷的目光注視下，一句句讀著翻譯好的段落。在這之前，他只有過一次類似的舉動：大學時閱讀奧里略（Marcus Aurelius）的《沉思錄》（Meditations）後，他便在桌上擺著這位羅馬皇帝的半身石膏像。每當他埋首文章中，便感覺到奧里略彷彿正無聲地守護他。然而此時與彼時不可同日而語，隨著夜越深，戈列格里斯越明顯察覺他無法以言語表達兩者的差異。到了半夜兩點時，他只知道：這位葡萄牙人敏銳的感知，賦予他連智慧的奧里略皇帝都不具有的警覺與精準的感受。過去他囫圇吞下皇帝的沉思，彷彿那是為他量身訂做。

這時，戈列格里斯又翻譯了一段：

黃金寂靜之語

每當我閱讀報紙、聽收音機，或坐在咖啡座留意人們的談話時，心中常湧起厭惡感——為那些一再重複說出、寫出的言詞，一再重複使用的措辭，空洞的言詞或譬喻感到厭煩。最糟的是，當我聽到自己的言談後卻不得不承認，自己也一直重複使用同樣的言詞。這些言詞已被徹底使用和毀壞，因使用了百萬次而破損。破損的言詞還具有意義嗎？當然，言語交換依然有其作用，人們因此而行動，讓人微笑和哭泣、向左走或向右走，讓侍者端來茶或咖啡。然而，這並不是我想要問的。我想的問題是：這些言語還能表達個人思想嗎？或只是效果強大的聲音結構驅使人做出種種行為，只因為閒話銘刻在心的痕跡不斷地散發光芒？

我彷彿走到沙灘上，伸直脖子迎著風，滿心希望那風冰涼，遠超過本地的風，吹走體內所有已然損壞的言詞和空洞乏味的說話習慣。如此一來，我便能帶著淨化過的心靈回來，一再重複使用的空洞言詞已然清除。可是在我首次必須開口說話的場合，一切卻又和從前一樣。我渴望的淨化絕非輕易辦到之事。我必須有所行動，而且必須以言語行動。但是，該做什麼呢？我並不想摒棄自己的語言，轉而使用另一種語言。不，這無關於語言上的臨陣脫逃。我又對著自己說：人們無法重新發明語言。然而，我要的到底是什麼？

也許是：我希望重新排列葡萄牙文句，希望經由新的排列方式而產生的句子不至於奇特古怪，也不會過度張揚做作，或顯得刻意。這些字句必須以葡萄牙文為原型，由其構成新句的中心，俾使人們感覺這些字句彷彿未受過污染，直接源於語言澄淨如鑽石般珍貴的本質。這些文字必須完美無瑕，如同打磨過的大理石，也必須純淨的像是巴哈組曲中的音樂，將一切不屬於自己的聲音，轉換成完全的寂靜。有時，若我心中尚存一絲與語言淤泥和解的心情，那時我便想著：那可能是因為我處在舒適起居室裡愜意的寧靜中，或是與情人相處在輕鬆和緩的寧靜裡。然而，若那揮撇不開的文字使用習慣在我胸中掀起怒火，我便彷彿處在充滿明確死寂的黑暗宇宙中，我是唯一一個說葡萄牙文的人，沿著我靜默無聲的軌道運行。侍者、理髮師、列車員——他們聽見排列順序經過重組的文句會大吃一驚，他們的詫異將會證實文句的美，因文句澄淨散發出光輝的美。我能想像得到，那會是具有說服力的言詞，我們也能稱之為「扎實」。新的語句堅定不移、不可動搖，媲美神的言語。同時也不誇張、不帶一絲激情，精確且字字珠璣，無法刪除任何一個字，甚至任何一個標點符號。堪可比為一首詩，由文字鍊金者編成的詩。

戈列格里斯餓得胃痛起來，於是強迫自己吃點東西。用餐後，他端了杯茶，坐在黑暗的客廳裡。現在該怎麼辦？傍晚過後，門鈴又響了兩次，而且最後一次聽見被毛毯蓋住的模糊電話鈴聲是在午夜前。明天他想必將被列入失蹤人口，警察早晚會找上門。他還有機會回頭，來得及在七點四十五分踏上科欽菲爾德橋，走進文理中學，編出一個解釋他神祕缺席的故事，讓人覺得他很古怪，但事情也就如此，符合他的作風。大家絕對無從得知，在不到二十四小時內，他內心深處那段漫長的心路歷程。

正是如此，他經歷了這段歷程，也不願意受人脅迫而放棄這趟寧靜的旅程。他拿出一張歐洲地圖，考慮著如何搭火車去里斯本。他在電話中得知，火車站服務處六點才有人上班。他開始打包行李。

他準備好行裝，再次坐在沙發上時，已經接近凌晨四點了。外面開始下雪。他突然勇氣盡失。簡直是狂想。一位陌生且神智迷亂的葡萄牙女子、一本葡萄牙貴族撰寫的泛黃札記、一套初學者的語言教材、思索著光陰流逝。這些並不至於讓人在大冷天跑到里斯本去吧。

五點鐘左右，戈列格里斯打電話給自己的眼科醫生康斯坦丁・多夏狄斯。他們經常在半夜通話，分享彼此失眠之苦。失眠的人靠心靈交流不需多言。有時他會和這個希臘人下盤盲棋，速戰速決之後，在去學校之前還能小睡一會。

「沒意義吧？」斷斷續續說完故事後，戈列格里斯問道。希臘人沉默不語，但戈列格里斯知道，他現在一定閉著眼睛，拿拇指和食指捏住鼻梁。

「絕對有意義，」希臘人這時說：「絕對有。」

「如果我在途中不知該如何是好時，你能幫我嗎？」

「只管打電話來，白天晚上都行。對了，別忘記帶上備用眼鏡。」

他的聲音又恢復了簡練的沉著，既有醫生的安全感，又超脫了職業的領域。那是一種男人的自信，在深思熟慮後做出判斷，一旦成立便不動搖。二十年來，戈列格里斯一直找希臘人看病，是唯一懂得安撫他的失明恐懼的醫生。有時戈列格里斯會拿醫生與自己的父親相比。他母親早逝後，父親無論身在何處、做任何事，都像是待在古舊安全的博物館中。戈列格里斯很早就知道，這種安全感極為脆弱。他喜歡父親，有些時刻的感受強烈深沉，遠甚於單純的喜歡。然而父親並非值得依靠的人，他因此深受折磨。不像希臘人，可以讓人相信他堅如磐石的判斷。日後他偶爾會為曾在心中責備過父親而羞愧。他嚮往的安全感並非牢牢受人控制，一犯了錯便大加斥責。成為自信牢靠的人要靠運氣，而父親偏偏對自己、對別人，都少了這種運氣。

戈列格里斯坐在餐桌旁寫信給校長。但語氣不是太過生硬，便是致歉，請求諒解。六點時，他打電話到火車站服務處，得知從日內瓦到目的地要二十六個小時，經過巴黎、巴斯克（Basque）地區的依倫（Irún），然後從依倫轉搭夜車，上午十一點抵達里斯本。戈列格里斯訂了七點半開往日內瓦的火車票。

然後，他寫完了信。

敬愛的校長，親愛的凱吉：

您這時一定得知，昨天我未加解釋便離開教室，一去不回，您也將會知道，我不希望有人來找我。我一切安好，沒有發生意外。只是昨天的經歷讓我改變許多，這經歷太私人且混亂，難以形諸筆墨。我只能請求您包容我這魯莽的舉動。我想您了解我的個性，知道這並非出於草率、不負責任或不在乎。我將出遠門，不知何時歸來。而這樣的舉動有何意義，我一時間也說不上來。我不期望您為我保留教職。我大半輩子的光陰都與這所中學緊緊相繫，相信我會想念這裡。不過，一些事迫使我離開學校，如果這成了定局倒也不錯。你我都仰慕奧里略，想必您還記得《沉思錄》中的片段：「虐待你自己。虐待你自己，我的靈魂，對自己施暴。之後，你沒時間重視自己，尊敬自己。每個人的生命只有一次，僅此一次。你的生命已近尾聲，你在這段生命中並未關照過自己，而是把自己的幸福加諸在其他人身上……那些不關照自己心情的人，必將不幸。」

感謝您一直以來對我的信任與合作。我相信，您能找出適當的話告訴學生，他們也會了解，為他們上課，我深感榮幸。昨天在我離開前，曾仔細打量他們，心想：他們擁有無限的未來呀！

希望您能諒解，祝福您一切平安，工作順利！

賴蒙德・戈列格里斯敬上

附註：我昨天離開時將書本忘在講台上了。可否請您替我妥善保管？

戈列格里斯在火車站投遞這封信。提款時，他雙手顫抖。他摘下眼鏡擦拭，確認護照、車票與通訊錄都帶在身邊。他找了靠窗的座位坐下。火車離站開往日內瓦時，天空緩緩飄起鵝毛般的大雪。

4

戈列格里斯久久注視著伯恩最後的屋舍。等房舍終於消失在視線之外，他便拿出筆記本，列出這輩子教過學生的姓名。他從去年開始，逆著時間次序追溯回去。他在每個姓名中找著一張張的臉孔、獨特的舉止及生動的插曲。他輕鬆列出最近三年的學生名單，之後便不斷感到遺漏了某一位。對於九〇年代中期的班級，腦海中僅剩下少數學生的臉孔和名字，更早的記憶則是脫離時間次序，只記得少數幾位留下深刻印象的男女學生。

他闔上筆記本。他在城裡不時會遇見多年前教過的學生，現在他們已非少男少女，而是成年男女，已成家立業、有了孩子。學生們外貌上的改變令他詫異，改變的模樣有時更令他吃驚：還如此年輕就顯露出苦惱的神色、眼神匆匆，露出罹患重病的徵兆。他最擔憂的莫過於一項赤裸裸的事實：這些變幻的臉孔見證了光陰的流逝及生命無情的衰敗。他看著自己老人斑初露的雙手，有時拿出自己學生時代的照片，試著回想過往至今的時光，一天天、一年年。在這些無比驚恐的日子，他會沒有預約便跑到多夏狄斯的診所去，再次述說自己失明的恐懼。最容易讓他失控的，莫過於與旅居國外多年、住在另一塊大陸、生活在另一種氣候、操著另一種語言的學生偶然相逢。您呢？還在科欽菲爾德教書？他們總是這樣問他，動作則透露出他們不打算暫留。在這類與學生偶遇的當天晚上，他會先為自己辯護，之後又抗拒為自己辯駁的想法。

此刻，他坐在火車上，腦海中回憶著過往，已經超過二十四小時不曾闔眼，聽憑火車帶著他駛往未知、未曾擁有的未來。

火車停靠在洛桑是個試驗。開往伯恩的列車駛進了月台另一邊。戈列格里斯想像自己在伯恩火車站下車的景象。他看著手錶，心想：如果從伯恩火車站搭計程車到科欽菲爾德，還來得及趕上第四堂課。至於那封寄出去的信，他必須在明早及時攔截郵差，或拜託校長不要拆信，直接把信還他。情況會有點尷尬，但不是辦不到。這時他的視線落在包廂桌子上的筆記本，即便沒翻開，學生名單依然清晰浮現在眼前。他突然明白：打從伯恩最後的屋景從視線中消失那一刻起，他最初想要抓住熟悉事物的企圖在經過這些時間後來看，越像是告別的舉動。火車緩緩離站時，他心想著，為了能告別，必須在心裡和要告別的對象拉開距離，將難以言喻、渾沌困惑的心理狀況順理出頭緒來，才能明白其中代表的意義，也就是歸結成條理分明的輪廓，一如他列出的學生名單。這些學生主宰了他的生活，更勝其他一切。對戈列格里斯來說，此刻離站的火車彷彿拋掉屬於他的一部分。卻又些微感覺到，自己彷彿踩在一塊微震造成的浮冰上，緩緩飄向廣袤冰冷的海洋。

火車加速時，他睡著了，直到列車駛入日內瓦火車站時才醒過來。在走向法國高鐵的月台時他興奮不已，彷彿正要搭乘橫越西伯利亞的火車出外旅行一星期。他還來不及坐下，一團法國觀光客便擠上了車廂，聒噪聲讓四下充斥著歇斯底里的優雅。一名外套敞開的男人在他上方放置行李箱，碰落了戈列格里斯的眼鏡。戈列格里斯當下做了一件他從未做過的事——抓起自己的東西，換到頭等車廂去。

他有幾次搭乘頭等車廂的經驗，都已是二十年前的往事。那時芙蘿倫斯堅持要坐，他只好聽命，坐上昂貴的座位後卻有種受騙的感覺。妳覺得我乏味嗎？他在旅程結束後問她。怎麼了？無所不知，你怎能問我這樣的問題呢？她說的時候動手梳理著頭髮——她不知道接下來該怎麼辦時，就會做出這動作。火車開始行駛了，戈列格里斯用雙手撫摸考究的椅墊，覺得自己的行為像是獻給前妻的、遲來的幼稚報復，卻又不明其意。他慶幸附近的座位空著，沒人會看見他那費解的感受。

追加至頭等艙高金額令他大吃一驚。列車員離開後，他連數了兩次身上的現金。他默唸信用卡的密碼，寫在筆記本上，不一會又撕下那張紙扔掉。火車抵達日內瓦時，雪已經停了，見到暌違數週的太陽。陽光暖和他在玻璃窗後的臉，他的心情也趨於平靜。他當然知道，自己的帳戶中還有很多錢。您存這些錢到底要做什麼呢？銀行員看到他因為很少提款而累積的金額後，都會這麼問他。您必須拿這些錢做點什麼！銀行員幫他做了些投資，這些年來，他已經成為一個對自己的財富一無所知的富人。

戈列格里斯想起昨天留在講台上的兩本拉丁文書，書本扉頁上有以稚氣筆跡沾墨水寫就的名字——安內莉．魏斯。以前家中缺少買新書的錢，於是他在城裡到處找，直到在一家舊書店裡找到這兩本二手書。他拿出自己的戰利品時，父親的喉結激烈地顫動著，一有沉重心事時，父親的喉結總是會激烈顫動。起初書上的陌生名字讓他有些不悅，但後來他將書的前任主人想像成穿著及膝白長襪、髮絲飄揚的少女，後來他根本不願意用新書換掉這兩本二手書。擔任代理教師開始有了收入，他卻陶醉在購買美麗昂貴的古文版本中。這是三十多年前的事了，直到今日，他依然感到些微的不真實。不久前他還站在書架前，想著：我買下的書竟然成了一座圖書館！

戈列格里斯心中的回憶慢慢變成了夢境，一本薄冊子彷彿折磨人的鬼火般反覆出現，那是母親當清潔女工時的收入紀錄。

一只玻璃杯從桌上掉落，他很高興那陣碎裂聲喚醒了他。

還有一個鐘頭到巴黎。戈列格里斯坐在餐車裡，望著窗外明朗的早春風景。這時他才明白，他確實在旅行——不是他在失眠夜晚的臆想，而是真真實實發生的事。他給這種感受越多空間，越覺得可能與真實之間的關係開始顛倒過來。校長、學校、記在筆記本上的所有學生雖然真的存在，但難道不也是在偶然之間才實現的可能？而此刻的經歷——火車的滑行、輕微的轟隆聲、鄰桌玻璃杯輕輕碰撞、廚房冒出的油煙味、廚師不時吞吐出的菸味——並非純粹的可能或已實現的可能，而是真實的存在，簡單而純粹的實際存在，密度強大、具有壓倒性的必然，其特徵不正是真實嗎？

戈列格里斯坐在吃完的空盤和冒著熱氣的咖啡杯前，深覺這一輩子從未像此刻一樣清醒過。對他來說不是程度的問題，像人緩緩從睡眠中醒來，越來越清醒，直到完全清醒為止——不，這是另一回事，是一種新的清醒方式，一種進入未知世界的新方式。里昂車站映入眼簾時，他回到自己的座位，之後當他踏上月台時，他發覺自己是有生以來第一次神智清醒地走下火車。

5

回憶的撞擊是他始料未及的事。他還記得，這是他與前妻第一次一起前往的陌生城市所抵達的第一座車站。他當然忘不了。只是沒想到，時間似乎回到了當初。車站裡依舊是綠色的鋼梁桁架、紅色管子、圓拱、透光的屋頂。

芙羅倫斯第一次坐在他的廚房裡吃早餐，腿屈著，手臂摟著膝蓋，突然說：「我們去巴黎吧！」

「妳是說……」

「沒錯，現在，馬上走！」

她曾是他班上的學生，相貌漂亮，老是頂著凌亂沒梳理的頭髮，張揚的性格具有致命的吸引力。剛過了一季，她的拉丁文和希臘文就成了班上的頂尖。那年他第一次走進希伯來文選修班時，她就坐在前排——但戈列格里斯作夢都想不到，這會和他的人生有關。

接著是高中畢業考。之後又過了一年，他們在大學咖啡廳重逢，一直坐到被人轟走。

「你真是瞎了！」她摘下他的眼鏡說：「你那時竟然沒意識到！大家都知道，每一個人！」

沒錯，此刻他坐在駛往巴黎蒙帕那斯火車站的計程車裡，心想：他正是對這種事毫無感覺的人，這種人認為自己平淡無奇，根本不相信居然會有人對他產生強烈的情感，喜歡他這種人！而他與芙羅倫斯的關係，到頭來他還是對的。

「妳從未在意過我。」五年的婚姻走到盡頭時，他對她說。這是他們一起相處的光陰中，他對她的唯一指責。這句話宛如一場烈焰，將一切燒成灰燼。她盯著地面。他指望聽到反駁，但她一言不發。

圓頂餐廳。戈列格里斯萬萬沒料到，計程車會沿蒙帕那斯大街行駛，更沒料到會再次看到這間餐廳。兩人分居的事正是在那裡談定，縱使他們一句話都沒說。他讓司機稍停，默默注視餐廳的紅色遮陽棚片刻，黃色字母左右兩側依然有三顆星。準博士生受邀參加羅曼語學術會議是份榮耀。電話那頭的芙羅倫斯情緒高昂，近乎歇斯底里，使得他猶豫著，週末是否該如約去接她。後來，他還是去了，還在這家大名鼎鼎的餐廳裡認識她的新朋友。一踏進餐館，撲鼻而來的佳餚美味和上等葡萄酒的香氣便告訴他，他與這裡格格不入。

「請稍等。」他跟司機交代完後便走進去。

一切都沒改變，他馬上找到那張桌子。他這位穿著不合宜的人曾在那張桌前與那些狂妄自大、號稱文學家的傢伙們一較長短。他擋住行色匆匆的服務生時，想起當年爭論的題目：他先談希臘詩人賀瑞斯（Horace），又談莎孚（Sappho）。沒人比得上他，他一篇篇引用原文，一口伯恩腔把西裝革履、滿嘴至理名言的索邦（Sorbonne）大學秀才們一個個打得落花流水，直到在座的人啞口無言為止。

回程途中，芙羅倫斯獨自坐在餐車裡。他的怒氣這才逐漸平息，並且開始難過起來。他實在沒必要這樣與芙羅倫斯過不去，但事已至此。

戈列格里斯沉浸在回憶中，一時忘了時間。現在只有靠計程車司機使出渾身解數冒險飆車，才能準時趕到火車站。他上氣不接下氣地衝上車廂，坐下來時火車正好開動，朝依倫駛去。在日內瓦時的感受再次浮上心頭：是火車決定這段旅程，不是他自己，這段清醒且真實的旅程一小時繼一小時、一站接一站，帶他遠離到目前為止，自己所過的日子。還有三小時抵達波爾多，之後再沒有中斷行程回頭的可能了。

他看了下手錶。放學了，他一整天都沒待在學校，這還是第一次。此刻應該有六名希伯來語課的學生正在等他。下午六點，在連續上完兩堂課後，他常跟學生們到咖啡廳小憩，談論《聖經》中歷史的發展與巧合。露絲．高琪和大衛．理曼——兩個準備研究神學的學生，也是班上最用功的學生——越來越常找理由缺席。一個月前他向露絲與大衛問起此事，原來，他們擔心戈列格里斯會奪去他們心目中的某些東西；他們的回答閃閃躲躲。大家當然可以用語文學分析《聖經》，但那畢竟是《聖經》啊。

戈列格里斯閉目想像自己向校長推薦繼任人選，讓一名神學院的女學生來擔任希伯來文教職。女學生也是他以前的學生。她有一頭銅色秀髮，上課時正坐在芙羅倫斯的位置上。他希望這並非巧合，可惜事與願違。

有一會兒他腦海中一片空白。然後他看到葡萄牙女人的臉從毛巾後露出來，白皙的肌膚近乎透明。他又站在學校廁所的鏡子前，再次意識到自己不願擦掉神祕女人寫在額頭上的電話號碼。想像中他再次從講台旁起身，從掛勾上取下濕淋淋的大衣，走出教室。

葡萄牙語。他吃了一驚，睜開眼，望見窗外的法國平坦風景，太陽正朝地平線落下。那似旋律的字眼消失在幻夢般的視野中，瞬間失去了所有意義。他試圖尋回那心醉神迷的聲音，捕捉住的僅是瞬間消逝的回聲，他枉費心機的努力更讓他覺得，促成這段瘋狂旅程的寶貴字眼逃得越來越遠。即便他知道語言教材的女講師如何唸出這字眼，也無濟於事。

他走進洗手間，把臉埋在帶氯的水中許久。回到座位上後，他從旅行袋中取出葡萄牙貴族的書，開始翻譯下一個段落。起初只是尋求解脫，使勁讓自己投入其中，讓尚未從恐懼中平復的自己仍繼續堅信這趟旅程。第一句剛翻出來，他便受文字深深陶醉，情形和昨夜在家中廚房一樣。

靜默的高貴

誰要是相信，徹底改變慣常生活的關鍵時刻必定驚天動地、內心情緒強烈激盪，便是大錯特錯。不過是醉醺醺的記者、對閃光燈上癮的電影製作人和作家編造出來的低俗童話。這些人腦袋裡裝的都是小道消息。事實上，真正牽動人心的生命經歷往往平靜得不可思議，既非轟然作響、火花四濺，更非火山爆發，經驗發生的片刻往往不引人注目。當其革命性效應發揮作用，讓人生進入嶄新的一頁，帶來全新的生命旋律，而這都是在悄無聲息中進行著。超凡脫俗的高貴正在這神奇的靜默中。

戈列格里斯的視線不時偏離文字，望向西邊。從朦朧餘暉中可以隱約感覺到大海。他把字典推到一邊，閉上眼睛。

「要是能看一眼大海該多好！」母親去世前半年，她意識到自己來日不長時曾這麼說。「可是我們哪有錢？」

「哪家銀行會為這種事借錢給我們？」戈列格里斯聽到父親說。

戈列格里斯對這聽天由命的虛弱嘆息感到氣惱。他當時還是科欽菲爾德文理中學的學生，卻做出一件連自己都大吃一驚的事。之後他再也無法擺脫「那件事或許從未發生過」的感覺。

那是三月底，一個早春的日子，大家將大衣掛在手臂上，和煦的風穿過教學大樓敞開的窗口湧進來。科欽菲爾德文理中學主樓空間有限，幾年前加蓋了這棟簡易樓房，後來在學校形成一項傳統：高年級學生必須在此度過最後一年。進簡易教學大樓上課，儼然成了學生畢業考試的第一步。大家憂喜參半。再過一年就要結束……只剩一年……。畢業班學生們躊躇的心情，從他們朝教學大樓走去的模樣便一目了然：漫不經心，又膽戰心驚。即便在四十年後，在駛往依倫的火車上，依然深藏在戈列格里斯體內。

下午第一堂課是希臘文。教課的老師是校長，也是凱吉的前任。校長寫得一手漂亮的希臘文，端端正正地畫出那些希臘字母，尤其帶圓弧的字母，譬如Ω和Θ，遇到H便往下用力一劃——簡直是純粹無缺點的書法作品。校長喜愛希臘文，卻以錯誤的方式熱愛，戈列格里斯坐在教室後排想著。那種喜愛是種虛榮，絕非對文字的頂禮膜拜，否則戈列格里斯不會對校長那麼反感。校長如名家氣派般在黑板上寫下最生僻、最複雜的動詞型態時，不是出自對希臘文字的崇敬，而是對懂得如此淵博文字的自己仰慕不已。希臘文成為他用來點綴自己的裝飾品，正如他那條年復一年穿戴在身、一成不變的蝴蝶領結。文字從他戴著印戒的書寫之手中緩緩流出，彷彿也變成了印戒般的虛榮飾品，一樣顯得多餘。依此而言，希臘文字不再是真實的希臘文字，印戒上的金粉腐蝕了希臘文字的元素，並能證明一點，他不過是為了自己才去愛希臘文。古希臘文學作品之於他，不過是精緻家具、上等葡萄酒和高雅的禮服。在戈列格里斯看來，自鳴得意的校長竊取了悲劇之父阿奇里斯（Aeschylus）與三大悲劇作家之一的索福克利斯（Sophocles）的詩句，他根本不了解古希臘戲劇。這麼說未必正確，校長還是熟悉那些作品，經常帶團去希臘做文化巡禮，每次歸來皮膚總曬得黝黑。戈列格里斯說不出校長缺欠什麼，但他對古希臘戲劇就是一竅不通。

戈列格里斯朝教學樓大開的窗向外望去。他想起母親的話，讓他對校長的自負憤怒不已，雖然他無法解釋兩者間的關係。他緊張得心驚膽跳，瞥了一眼黑板，確認校長在寫完那段話轉身向學生解釋之前，還需要一點時間。其他同學還趴在桌上振筆疾書之際，他無聲無息地推開椅子，翻開的作業本仍攤在桌上。他緩緩挪動腳步，心情如臨大敵，像是在防備敵人突襲，然後他兩步衝向敞開的窗，攀上窗框，兩腿甩出窗外翻身而出。

他最後看到愛娃詫異又忍俊不住的臉。這個紅髮女孩一臉雀斑，有輕微的斜視。平日那對斜眼除了譏笑之外，從未正眼瞧過他這個鼻梁上架著厚重眼鏡、醜陋的鏡架是保險公司給付的男生。愛娃平日看他的眼神，讓他喪盡自信。此時她朝鄰座女生轉過身，對著女孩的頭髮低聲嘀咕。「不可思議！」她肯定這麼說，任何時候她都這麼說，因此有個綽號叫「不可思議」。「不可思議！」她聽到這個綽號時也是如此反應。

戈列格里斯快步朝貝恆廣場走去。那天廣場上有市場，攤位櫛比鱗次，行人只能緩緩前行。人潮把他擠到一個攤位邊上。他站好，眼光剛好落在打開的收銀台上，那是個簡單的金屬盒，一邊放硬幣，一邊放紙幣，已有厚厚一疊紙幣放在裡面。女攤販剛好彎下腰，忙著收拾地上的東西，罩在粗布格子裙下的大屁股往上翹著。戈列格里斯慢慢接近收銀台，一邊挪動一邊左右察看，然後跨兩步來到攤位後面，抓起一大把紙鈔之後立刻混入人群中。他氣喘吁吁地跑到通往火車站的小路時，才強迫自己放慢腳步，等候有人在他身後大喊，或一把將他拿下。然而，什麼事都沒發生。

他們住在雷爾街一棟灰暗的出租公寓裡，牆面是已經變髒的粗灰泥。戈列格里斯一踏進從早到晚散發著包心菜味的門廳時，似乎已看見自己衝進母親的病房裡，要給母親一個天大的驚喜：她快要去看大海了！就在他衝上最後一級台階時卻猛然驚醒：這根本行不通，荒唐至極！他要如何對父母親解釋從哪裡突然弄到這麼多錢？他從來沒撒謊過。

在回到貝恆廣場的路上，他買了個信封，將紙鈔全塞進去。走回攤位時，他看見穿格子裙的女攤販正淚眼汪汪。他買了些水果，趁她到另一角落秤重時，將信封塞到蔬菜堆底下。在下課時間結束之前他回到學校，躍過敞開的窗子，回到座位上。

「不可思議！」愛娃看到他時這麼說著，眼神多了幾分敬佩。但這無關緊要，重要的是剛才那一個小時裡的經歷，讓他認識了他自己。這份認知與其說是震驚，不如說是驚奇，在他心底迴響了數週之久。

火車離開波爾多站，駛往比亞里茲（Biarritz）。夜色已近，戈列格里斯看著車窗上自己的影子。要是當年那個從收銀盒裡偷錢的小孩決定了他的人生，而不是對沉默的古老語言如癡如狂、視古老語言高於一切的孩子，那他會變成怎樣的人？當年那次出逃和這次有何共同之處？兩者是否真有關連？

戈列格里斯拿起普拉多的書，找到上次在牡鹿胡同的西班牙書店裡，店主翻譯的那段簡要紀錄：

如果我們只能依賴內心的一小部分生活，剩餘的該如何處置？

在比亞里茲火車站上來了一對男女。他們站在戈列格里斯身邊的座位旁，談著兩人預定的車位。「Vinte e oito.」戈列格里斯花了好一會兒才確定他們交談的字眼是葡萄牙文，也證實了他的猜測：「二十八。」他全神貫注聆聽兩人交談，在接下來半小時中還不時辨認出個別的單字，不過能辨識的並不多。明天早上他將抵達一座城市，那裡大多數人說的話如同他耳邊沙沙的雜音。他想到布本貝格廣場、貝恆廣場、聯邦階地，還想到科欽菲爾德大橋。窗外天已漆黑。戈列格里斯摸著身上的現金、信用卡及備用眼鏡，忽然感到不安。

火車駛進昂達伊（Hendaye），那是法國邊境的一座小鎮。車廂空了下來。葡萄牙人見狀嚇得抓起架上的行李。「還沒到依倫（Irún）呢。」戈列格里斯告訴他們，這是他跟著葡萄牙語言教材學的，只是換了個地名。葡萄牙人猶豫片刻，或許是因為他笨拙的發音與緩慢拼湊出來的那串話吧。兩人朝外面打量了幾眼，才看到站台上的站牌。女人說：「多謝。」戈列格里斯回答：「不客氣。」葡萄牙人重新坐下，火車繼續行進。

戈列格里斯大概再也無法忘卻剛才那一幕。這是他在現實世界裡說出的第一句葡萄牙文，而且管用見效。文字有其效力，能讓人停下、讓人起動、把人逗笑或惹哭。從孩提時起，他便發現了語言的神祕，並且一再讓他感動。文字是怎麼做到這點的？這不是魔術嗎？但在此刻，文字比以往更玄妙，因為直到昨天，他還對這些文字一無所知。就在幾分鐘後，他的腳踏上依倫火車站的月台，所有恐懼一掃而空。他滿懷著信心走向臥鋪車廂。

十點整，在明早前要穿越伊比利半島的火車啟動了，火車一一將月台上昏暗的燈往後拋，滑入了黑暗。戈列格里斯所在的左右兩個包廂都空無一人，往餐車方向再過去兩個包廂裡有一名頭髮略微灰白的高瘦男子，正倚靠在包廂的門上。「晚安。」兩人目光相對時，他朝戈列格里斯點頭致意。「晚安。」戈列格里斯用葡萄牙語回道。

陌生人聽到戈列格里斯生硬的發音，臉上掠過一絲笑意。他的神情溫儒精緻，臉部線條明快，顯得高貴又難以親近。他的深色套裝做工考究，戈列格里斯不禁想到歌劇院的門廳。唯有鬆開的領結顯得不搭調。這時男人交叉雙臂，閉上眼靠在門上，更看出他臉部的蒼白與疲倦，那疲倦並不只是因為夜已深沉，一定還有其他原因。火車在幾分鐘後達到全速行駛。男人睜開眼，朝戈列格里斯點了點頭，消失在自己的包廂裡。

只要能入睡，戈列格里斯願意付出一切代價，但是連傳到床鋪上的單調車輪叩擊聲都幫不上忙。他坐起身，額頭頂著車窗。飛快滑過眼前的荒廢小火車站、漫射的乳白色燈光、來不及看清便如箭閃逝的站牌、擱置的行李車廂、鐵道看守小屋中戴著帽子的腦袋、一頭野狗、一個在柱子旁的背包，與背包上方露出的一頭金髮。他靠第一句葡萄牙文好不容易建立起來的信心開始動搖。打電話來吧，白天晚上都行。他聽到多夏狄斯的聲音，想起二十年前兩人頭一次相遇。當時希臘醫生的外國腔還很重。

「失明？胡說！只是您的眼睛很倒楣，在選擇命運時抽到下下籤。以後定期檢查視網膜就行。何況現在還有雷射療法呢，別擔心。」醫生走到門口前停下腳步，仔細打量他：「還擔心什麼嗎？」

戈列格里斯默默地搖頭，幾個月後才跟醫生提起自己將與芙羅倫斯離婚的事。希臘人聽了點點頭，似乎不意外。醫生說：「有時人會因為擔心別的事而心神不寧。」

午夜來臨前，戈列格里斯走進餐廳，裡面除了正跟服務生下棋的灰髮男人外，並無他人。服務生告訴他餐車早已打烊，剛一說完，又幫他拿來一瓶礦泉水，並擺出邀請的手勢請他坐到桌邊。戈列格里斯看了幾眼，很快便看出鼻梁上架著金邊眼鏡的灰髮男子已中了服務生設下的巧妙圈套。灰髮男子的手拿住棋子，移動之前瞥了戈列格里斯一眼。戈列格里斯微微搖頭，灰髮男子立刻將手縮回。難以想像這名手上長繭、臉部粗糙的服務生，竟然會下西洋棋。服務生詫異地抬起頭，戴金邊眼鏡的男人把棋盤推向戈列格里斯，招手示意他接著下。這是場持久的拉鋸戰，等到服務生認輸已是凌晨兩點了。

後來他們站在包廂前。灰髮男子問戈列格里斯從哪來，兩人用法語交談。灰髮男子告訴戈列格里斯，他每兩個星期搭乘這班火車。他的棋藝所向披靡，唯獨對這名服務生只贏過一次。他介紹自己：胡賽・安東尼奧・達・西爾維拉，是個商人，把瓷器賣到比亞里茲。因為怕坐飛機，所以只搭火車。

「有誰真正了解自己害怕的原因？」他說這句話之前停頓了一下，臉上再次露出戈列格里斯初見他時的倦容。

他講述自己繼承父親的小企業，在他手中發展成大公司，親身經歷在他口中彷彿是別人的故事，做出的決定都合情合理，但以全局觀之卻是滿盤皆錯。談到離婚和兩個難得見面的孩子時也是如此陌生。他的聲音充滿失望與傷感，但口氣不自憫自憐，讓戈列格里斯印象深刻。

「問題是，」火車在瓦拉杜利德（Valladolid）停靠時，西爾維拉說：「我們總是無法看清自己的生活，看不清前方，又不了解過去。日子過得好全憑僥倖。」有人不知在何處用鐵鎚敲了一下煞車閘，檢查功能是否正常。「您怎麼坐上這班車的？」

戈列格里斯講述自己的故事時，兩人坐在西爾維拉的床上。他略去科欽菲爾德橋上遇到葡萄牙女人那段，這件事可以跟多夏狄斯談，跟陌生人便不太適合。他很慶幸西爾維拉沒有請他拿普拉多的書出來看看。他可不希望別人從這本書裡悟出其他意涵，並妄加評論。

講完之後，兩人沉默著。從西爾維拉轉動印戒的動作，不難看出他心底正琢磨著，而他朝戈列格里斯投射那短促受驚的一瞥，也說明了這點。

「於是，您就起身離開了學校？就這麼走了？」

戈列格里斯點頭。他忽然很後悔說出此事，存在內心的珍貴感覺似乎因此陷入危機。他說想回去包廂試著入睡。西爾維拉轉身抽出筆記本，請他重述奧里略那句關於人心智衝動的警世名言。戈列格里斯離開時，男人正趴在筆記本上，筆沿著本子上的字滑動。

戈列格里斯夢到「紅雪杉」。不安的夢中，「紅雪杉」這字眼宛如鬼火般反覆出現，是出版普拉多那本札記的出版社名字。他之前一直沒特別留意，直到西爾維拉問他要如何找到作者時，他才意識到，或許應該先找到這家出版社。入睡時，他忽然想到：或許這本書是自行出版，要真是如此，紅雪杉可能便具有某個特殊意義，只有普拉多才知道的意義。他在夢中迷惘遊蕩，嘴邊唸著這神祕字眼，腋下夾著電話簿，沿著里斯本逐漸陡峭的街道，辛苦地往上爬，迷失在一座陌生城市中。他只知道，這座城市座落在山坡上。

醒來已清晨六點。他透過包廂內的車窗，看見站牌上地名的薩拉曼卡（Salamanca）——封閉了四十年的記憶閥門在無預兆之下開啟了。首先開啟的是一座城市的名字：伊斯法罕（Isfahan）。這座波斯城市的名字突然閃現，那是他在高中畢業後一心想去的地方。這個神祕陌生的異國名字讓此刻的戈列格里斯覺得是個密碼，藉此可以通往另一種生活，一種他從不曾鼓起勇氣去體驗的生活。火車駛離薩拉曼卡火車站時，他再次重溫那份封存已久的感受，既打開了另一種生活，又將之封存。

事情是這樣開始的。希伯來文老師教了他們一年後，要求他們閱讀〈約伯記〉。戈列格里斯一讀懂其中文句，立刻為其心醉神迷，並為他開啟一條直通東方的大道。相形之下，卡爾．麥雅❷筆下的東方，不論語言還是內容都很德國。但手上現在這本書在他聽來便是東方。提幔人以利法、書雅人比勒達，及拿瑪人瑣法，他們三人是約伯的朋友。單是這些來自大洋彼岸、充滿誘惑的異國名字，已經讓人心馳神迷。何等神奇的夢幻世界！

之後，他有段日子曾經夢想成為一名東方學家，一個了解東方文化的人。他很喜歡德語稱東方為「晨曦國度」，這字眼帶他走出雷爾街，進入一片光明。高中畢業前，他申請去伊斯法罕擔任家庭教師，登廣告的是位為孩子找家庭老師的瑞士實業家。戈列格里斯的父親不同意他去，因

❷卡爾．麥雅（Karl May，1845~1912），德國探險小說家。

為他十分擔憂兒子，又害怕兒子遠離後會因此心靈虛空，於是給他十三塊三瑞士法郎，讓他買了本波斯文文法書。戈列格里斯將此破解東方的新密碼，密密麻麻抄寫在房間牆上的小黑板上。

然而，騷擾的夢也隨之開始，整夜追逐著他。夢境相當簡單，其中一段讓他備受煎熬，出現越頻繁，對他的折磨越大：灼人的東方沙漠，又白又酷熱，隨著波斯的熱風陣陣擊打他的眼鏡，鏡片上結了層滾燙的硬殼，遮去他的視線，好讓鏡片融化，腐蝕他的雙眼。

夢境夜夜如此，追逐著他直到天明。兩、三週後，他終於去書店退掉波斯文文法書，把錢還給父親。父親留給他三塊三瑞士法郎，他把錢存放在小罐子裡，彷似他存有波斯錢幣。

倘若他當初戰勝對東方滾燙沙塵的恐懼，最終去了東方，後來將會如何？戈列格里斯想到自己在貝恆廣場抓起女攤販收銀盒中紙鈔時的冷酷。這筆錢是否夠他在伊斯法罕擺平所有迎面而來的支出？紙莎草紙先生！幾十年來他一直把這件事視為玩笑並不以為意，何以現在忽然感到陣痛？

戈列格里斯走進餐車。西爾維拉已經用完了早餐，另外兩個他昨晚第一次用葡萄牙文交流的葡萄牙人，已開始喝第二杯咖啡了。

他在醒後睜著大眼在床上又躺了一個小時，在腦中演繹著郵差九點左右到達科欽菲爾德文理中學，小心翼翼地將郵件交給學校管理員，裡面有他寄給校長凱吉的信。凱吉看到信之後會無法置信：「無所不知」居然逃離他賴以維生的工作。誰都做得出這種事，唯獨不會是他。消息會迅速傳遍全校，樓上、樓下，在學校入口的石階上成為學生談論的唯一話題。

戈列格里斯在腦海中把所有同事想了一遍，想像他們如何看待此事，做何感想，說些什麼？新領悟像電流一般傳遍全身：他無法確認任何人的想法。事情乍看之下完全是另一副模樣：布利，這位熱衷教會活動的少校一定無法理解，認為他的行為病態、卑鄙可恥，因為他棄學校的課於不顧；最近剛離婚的安妮塔．梅勒塔樂會低頭沉思，即便她不會做出跟戈列格里斯同樣的事，但還是能理解他；卡伯馬騰，從薩士菲來的好色之徒和不敢張揚的無政府主義者，會在教職員辦公室高談闊論：「為何不呢？」法語女教師維吉妮．拉朵嫣會做出與自己閃亮名字極不相稱的反應，她會瞪大一對嚴厲的眼睛，臉孔緊繃起來。這些都不難想像。戈列格里斯忽然想到：數月前他曾看到那個道貌岸然、身為人父的布利跟一個金髮女郎在一起，女郎身上的短裙表明他們的關係肯定不只是熟人；學生們不服管教時，安妮塔．梅勒塔樂有多小題大作；要反對凱吉的意見時，卡伯馬騰有多膽小如鼠；維吉妮．拉朵嫣多輕易受幾個懂得阿諛奉承的學生擺布，讓學生無須恪守校規。

這些能推衍出什麼？能確切推衍出對他的觀感與他出人意表的行為嗎？是默許的同理心，或是暗中嫉妒？戈列格里斯起身，望向窗外，大地沉浸在銀綠閃爍的橄欖樹林中。這麼多年來與同事之間的信任其實建立在一無所知的基礎上，這一無所知進而演變成虛假的習慣。可是，了解這些重要嗎？知道他們對他的看法真的那麼重要嗎？是否因為熬了夜，腦袋無法清醒思考才不知道答案？或是早在下意識中就明白陌生感受的存在，只是一直掩飾在社會禮節下？

與光影朦朧夜車中一望即可洞穿的那張臉——透露出自己亟欲發洩的情緒，讓外人一眼能摸透其深淺——相比，今早西爾維拉的臉色顯得閉鎖：第一眼望去的印象彷彿後悔，後悔在洋溢著羊毛毯味與消毒水味的包廂內跟素不相識的人打開了心門。戈列格里斯懷著猶豫的心情走向他，在桌邊坐下。不過他很快便明白，這張緊繃、自我克制的臉表露的並非退縮與拒絕，而是冷靜的反省，吐露出與戈列格里斯相遇，意外勾起他內心的震顫，正在試圖釐清頭緒。

西爾維拉指了指咖啡杯旁的手機：「我剛才打電話到我合夥人住的旅館，請他們幫你訂一間房。地址在這裡。」

他把一張背面寫上地址的名片遞給戈列格里斯。他說，在火車抵達前他還有些文件要處理，說完作勢起身，但又隨後回到座位上，盯著戈列格里斯的眼神像在深思熟慮。將終生奉獻給古代語言，「你後悔嗎？」他問戈列格里斯。想必這意味著一生孤寂，與世隔絕。

「你覺得我乏味嗎？」戈列格里斯突然想起，當年他與芙羅倫斯搭火車時曾經問過她。他的面容想必透露出過往情事，因為西爾維拉驚愕地連聲解釋：請不要誤解，他不過是在假設，倘若自己過著這種生活將會如何，想必與現在的生活截然不同。

「這是我想要的生活，」戈列格里斯回答。話在腦中成形時他驚訝地感覺到，在脫口說出的堅定語氣中有股抗拒的力量。兩天前他踏上科欽菲爾德大橋，看到讀信的葡萄牙女人時，心中根本不存有這種矛盾。他會說出同樣的話，自然如悄聲平靜的呼吸，不會有一絲抗拒的氣息。

「但您現在為什麼坐在這裡？」戈列格里斯真怕聽到這樣的追問，這位高雅的葡萄牙人在他眼中一度變成了大審判官。

「學希臘文需要多久時間？」但西爾維拉現在問他的是這個問題。戈列格里斯鬆了口氣，但回答卻過於冗長。西爾維拉問，「能在這張餐巾紙上寫幾句希伯來文嗎？」

上帝說：要有光，就有了光！戈列格里斯寫下這段，並附上翻譯。

西爾維拉的手機響了。他說他得走了，講完電話後他向戈列格里斯告辭，並將餐巾紙塞進外套口袋。「那個『光』要怎麼說？」他走到門口，又重複了那個字的唸法。

車外寬闊的河流想必是太迦河。戈列格里斯吃了一驚，這也就是說快要到目的地了。他走回包廂，列車員已將包廂清理完畢，讓臥舖變成有絨毛靠背椅的座位。他倚窗而坐，期望這趟旅程不要結束。他在里斯本能做什麼？他已經有了間旅館房間，他可以付小費給服務生，關上門睡覺。接下去呢，他還能做些什麼？他遲疑地拿起普拉多的書，隨意翻看。

自相矛盾的渴望

父親把我送來科蒂斯文理中學就讀已經有一千九百二十二天了。這所管教嚴厲的學校在全國出了名，大家都這麼說：「你不需要成為真正的學者。」父親的臉想要微笑，卻跟大多數情況一樣擠不出一絲笑容。到第三天我就明白，往後得掐著指頭數日子，否則非得被這些日子碾碎不可。

戈列格里斯在字典中查詢「碾碎」一字時，火車已駛進里斯本的聖塔阿波羅（Santa Apolónia）車站。

這簡短幾句話深深攫住他。頭幾句便透露出這位葡萄牙人的平日生活：他是一所校規嚴厲的中學的學生，學校的生活讓他度日如年；有個大半時候臉上擠不出笑容的父親。從其他段落中流露出壓抑的憤怒，是否皆源自這點？戈列格里斯無法解釋普拉多的憤怒，但他想了解更多。他現在才窺見生活在這座城市的普拉多的基礎輪廓，還想更進一步了解。普拉多的話，讓這座城市跟他漸行漸近，對這座城市不再感到全然陌生。

他拿起行李，走上月台。西爾維拉正在那裡等他，帶他到計程車前，告訴司機旅館的地址。「您有我的名片。」他說，手略揮了一下匆匆道別。

7

戈列格里斯醒來時已近傍晚，暮靄降臨在烏雲籠罩的城市上空。在抵達旅館後，他立刻和衣鑽入床單下，不知不覺滑入沉沉的夢鄉，睡夢中卻一直被某種感覺揪著：他不該睡覺，他有太多事要做，但都是些莫名小事——卻又不因此而顯得無足輕重。那些小事宛如鬼魅隨形，必須立刻著手處理，才能阻止可怕的無端事件發生。他在浴室裡洗臉時，心情才緩和下來。他感覺到人在神智恍惚時反而不擔心錯失什麼，也無須承擔罪惡感。

接下來幾小時他都坐在窗前整理思緒，卻感到徒然。他不時瞧著在牆角尚未打開的行囊。天色漸晚時，他下樓來到接待櫃台，請求幫忙詢問機場今天是否還有飛往日內瓦或蘇黎世的班機。一班都沒有。搭電梯上樓時，他驚訝地發現自己竟然鬆了口氣。之後他坐在漆黑夜色裡的床上，想為自己出人意料的解脫找個理由。他打電話給多夏狄斯，讓鈴聲響了十次才掛斷。然後他翻開普拉多的書，從在火車站中止的地方接續往下讀。

我一天聽六遍從鐘樓傳來的上課鐘聲，那聲音更像呼喚修士祈禱的鐘聲。鐘聲總共響過一萬一千五百三十二次，每次都讓我咬緊牙關，從學校操場走回陰暗的建築，未曾讓我追隨著想像力穿過校園大門，走到港口，靠在蒸汽輪船的船舷欄杆上，舔著唇間的鹽。

現在，在三十年後的今天，我仍不斷回到這裡，沒半點具體理由。又何必找到理由？我坐在長滿青苔、破碎的入口石階上，不明白自己為何每到此地，心總狂跳不已？為何每當我看到頭髮光亮、腿曬得黝黑的學生從校門口魚貫進出，儼然把學校當家時就感到嫉妒？我怎麼了，幹嘛嫉妒這些學生？最近一個炎熱天，我從敞開的窗口聽著不同科目的老師上課，聽到怯懦的學生結巴地回答，那些問題連我聽了都會發抖。再到教室裡坐一回？不，這可不是我的初衷。

我在陰冷昏暗的走道上遇見學校管理員，他的腦袋像鳥頭朝前探，用不信任的眼神打量我。「您有何貴幹？」聽到這句話時，我已與他擦身而過。他的聲音如哮喘病人般尖細，像是來自天國的法庭。我停住腳步，一動不動。「我曾經在這裡求學。」聽到自己的聲音沙啞無比，我簡直瞧不起自己。接下來幾秒鐘，走道充斥著死寂，然後身後的男人拖著腳步走遠。我覺得自己好似被人逮個正著。但又是為了什麼？

在高中畢業考最後一天，所有學生戴著學校帽子，行立正禮般筆直地站在課桌後面。校長科蒂斯先生從容不迫地從一個個學生面前走過，用他慣常的嚴肅神情公布每位學生的成績，用僵直的眼神把成績單一張張發給學生。我那勤奮的鄰座，面色蒼白、鬱鬱寡歡地接過成績單，像捧《聖經》般端在手中。班上最後一名，渾身曬得棕黑也是全班女生最愛的男孩，吃吃笑著把成績單扔在地上，彷彿不過是團垃圾。然後大家走出教室，走進七月炎熱的正午陽光下。我們將如何，又怎麼面對即將來臨的未來？有那麼多可能與不成熟。在這個未來的世界裡，「自由」輕如鴻毛，「未知」沉重如鉛。

不管是在過去還是將來，都沒有比接下來的景象更衝擊、更強而有力地讓我感覺到人之間的差異何其大！全班倒數第一的學生頭一個摘下帽子，擱在指尖上旋轉，然後將帽子扔出去，飛越過中庭籬笆，落入旁邊的池塘裡。帽子慢慢浸滿了水，最後消失在睡蓮底下。三、四個同學模仿他，但有一頂掛在籬笆上。我的鄰座同學膽怯又憤慨地小心扶正自己的帽子，我不知道他此刻是何種感受。明天早上再也沒有戴帽子的理由時，他會拿這帽子怎麼辦？我站在中庭角落的陰影裡四下觀察，印象最深的是躲在滿布塵土的矮樹叢後面的一位男同學，他半掩半露，要把學校帽子塞進書包。從他優柔寡斷的動作一看便知，他顯然不想隨便往書包裡一塞了事。他試來試去，都無法將帽子整整齊齊放進去。最後他抽出幾本書，笨手笨腳、不知所措地把書夾在腋下，才將寶貝帽子放進去。然後他四下張望，我清楚讀出他眼中的期望：希望沒有人注意到他丟臉的舉動。男孩撇開視線，希望別人看不到自己的舉動，不正是隨著人生閱歷增長，童稚的思緒日漸消失前的最後痕跡？

直到今天我依然感覺得到，當年自己的手不停轉著汗淋淋的帽子，一會兒朝這邊轉，一會兒又朝那邊轉。坐在入口石階溫暖的青苔上，想著父親迫切的願望：要我成為醫生，來解除像他這樣的人身上的病痛。我因為他的信賴而愛他，又因為這動人願望強加在我身上的重擔而詛咒他。女子中學的女生們漸漸走過來。「都結束了，你開心嗎？」瑪麗亞在我身邊坐下並問道。她打量著我說：「或者到頭來覺得感傷？」

直到現在我才明白，促使我一而再、再而三回到學校的原因：我盼望再次回到在學校中庭的那一刻，在那一刻裡我們擺脫了過去，而未來尚未開始。在那一刻，時光停滯，呼吸停頓。這樣的時刻後來不曾再有。是瑪麗亞褐色的腿和淺色套裙的香皂味在呼喚我？還是這如夢般的熱切期待——希望再次回到生命中的那一刻——選擇與造就後來的我，也就是今天的我，走向截然不同的人生道路？

產生這樣的願望著實不尋常，違背情理又古怪得合乎邏輯，因為抱持這種願望的人並非從未接觸未來，或正站在人生的交岔口，而是早已步入未來，而未來已然成為過去。他希望時光倒轉，撤回原本不容撤回的東西。倘若不曾吃過苦，他會想回頭嗎？再次坐在溫暖的青苔上，手中拿著校帽。帶著閱世的烙印，加入回到自己過往歲月的旅途，這是否是荒謬的願望？我是否能假想當初那男孩違背了父親的意願，最終拒絕踏進醫學院的大門，一償我今日所願？他若真的這樣做，最終會成為「我」嗎？我在當時從未經歷過挫折，因而無法在人生的岔口選擇另一條路。如果時光倒轉，一點點抹去我後來的人生經歷，讓我變回迷戀瑪麗亞制服上的清新芬芳和咖啡色膝蓋的男孩，這樣對我會有何種意義？那個玩帽子的男孩應該不會和現在的我一樣，期望能選擇另一條路。即使他一開始便選擇了另一條路，也不一定會盼望再次回到人生岔口。我願意成為他那樣的人嗎？我想，要是真的成為他那樣的人，我也就滿足了。不過這只能滿足我，也就是不是他的我，只能滿足不屬於他的願望。如果我真是他，便不會有成為他的願望，只要我不記得自己擁有這願望，也就不會在願望實現時感到莫大滿足。不過，我確信再次回到學校的渴望很快又會冒出，並因此聽任心底的戀慕主宰——因為無法想像，此戀慕並不具有實體。設法去實現沒有具體想像的對象的渴望——還有比這更瘋狂的事嗎？

等戈列格里斯確信讀懂這段晦澀難解的段落時，時間已近午夜。普拉多是名醫生，而他之所以成為醫生，是因為聽從大半時候臉上擠不出笑容的父親的迫切心意，並非出於專橫獨斷或父親的虛榮，而是長期折磨的病痛讓父親產生的無助。戈列格里斯翻開電話簿，名字中有普拉多的人竟有十四個之多，但就是沒有阿瑪迪歐、尹納西歐，或阿爾梅達。他怎麼認定普拉多一定住在里斯本？他翻開工商電話索引，在出版社一欄下尋找紅雪杉出版社，同樣一無所獲。難道他得在全國範圍內尋找？這有意義嗎？哪怕只有極微渺的意義？

戈列格里斯動身走入里斯本的夜色。從二十五歲左右便無法輕鬆入睡起，他便養成了夜遊的習慣，無數次踏過伯恩空蕩的小巷，時而停下來，如盲人般豎起耳朵，聆聽來往的零落腳步。他喜歡在夜深人靜時站在陰暗的書店櫥窗前，因為眾人入眠他獨醒，讓他覺得所有書都歸他所有。他從旅館旁的小巷緩緩地轉進寬敞的自由大道，再往下城巴夏區走去，那裡的街道整齊如棋盤。涼意襲來，淡霧籠罩著散發金光的老式路燈，形成一股乳白色光暈。他看到一家沒有設座位咖啡店，在那吃了一份三明治麵包，喝了杯咖啡。

普拉多一再回到母校，坐在入口台階上，想像過著另一種生活將會如何。戈列格里斯思索著西爾維拉的問題，還有自己彆扭的回答：我過著我想要的生活。他似乎看到坐在青苔台階上的醫生在質疑自己，西爾維拉的質疑也讓他十分不安。安全又熟悉的伯恩街道從不會讓他如此不安。

另一位客人付帳離開，咖啡店裡只剩下他一個人了。戈列格里斯忽然不明緣由地也急匆匆結帳，尾隨那個男人出去。那是個年邁的老人，一隻腳有點跛，走路時經常停下休息。戈列格里斯和他保持一段距離，隨他來到里斯本的上城區，也是夜生活的大本營巴羅奧爾多區，直到他消失在一間狹窄破舊的房子門後。二樓的燈亮起，窗簾朝兩邊拉開，老人出現在敞開的窗口，嘴裡叼著菸。戈列格里斯躲在一家大門口的暗處，朝亮燈的房間望去。裡面有張繡著織花的軟墊沙發，兩張不相稱的靠背椅，還有一個玻璃櫥櫃，裡面放著餐具與小小的彩繪瓷偶，牆上掛著一幅耶穌受難像，家裡連一本書都沒有。要如何過他這樣的生活？

直到男人離開窗邊，拉起窗簾，戈列格里斯才從暗處走出來。他迷失了方向，只好在下一條街口轉彎往下走。他從未尾隨陌生人回家過，也沒想過如果過著這位陌生人的生活將會如何？剛從他心中撬出的好奇心新鮮無比，與他在火車上體驗到的全新覺醒合拍，他應是在昨天或是什麼時候帶著這全新的覺醒在巴黎的里昂火車站下了車。他不時停下來看著前方。在那些古老文本，在他的古老文本中，裡面也有許多擁有自己生命的人物。閱讀和理解那些文本，不正是為了知道並理解這樣的生命嗎？但為什麼一跟葡萄牙貴族以及剛才遇見的跛子扯上關係，一切便全然不同了？他不安地一步步走在陡峭街道的潮濕石板地上，直到認出自由大道時才舒了口氣。

撞擊來得突然，他根本沒聽見直排輪鞋滾動的聲響。撞他的人高大強壯，在趕過戈列格里斯時，手肘剛好碰到戈列格里斯的太陽穴，扯掉他的眼鏡。戈列格里斯一時頭暈眼花，踉蹌了幾步，驚訝地發現自己一腳踩到眼鏡，鏡片應聲而碎。他感到一陣恐慌。別忘了帶上備用眼鏡，他想起多夏狄斯在電話中的叮嚀。呼吸在幾分鐘後才平緩過來。他跪在街上摸索著碎片和支解的鏡架，把找到的東西掃在一起，用手帕包好，然後緩緩摸著沿街的屋牆回到旅館。

旅館夜班門房見到他嚇了一跳。戈列格里斯來到旅館大廳的鏡子前時，才發現他的太陽穴在滴血。戈列格里斯走進電梯，拿門房給的手帕壓住傷口，然後衝進走道，用顫抖的手打開門後立刻撲向行李箱。摸到備用眼鏡冰涼金屬盒的那一剎那，如釋重負的淚水奪眶而出。他戴上眼鏡，擦去血跡，把門房給他的ＯＫ繃貼在太陽穴的傷口上。這時已凌晨兩點半，機場沒人接聽電話。四點左右，他才進入夢鄉。

戈列格里斯在事後曾想過，要不是第二天早上里斯本沉浸在迷人的陽光中，事情可能會有一番轉機。也許他會直接去機場，搭下一班飛機打道回府。但這股陽光讓人無法轉身離去，那光芒讓過去的一切變得遙不可及，近乎虛幻，讓人執意將過去的陰影一掃而盡，讓人只能動身朝未來奔去，不管何去何從。漫天飛雪的伯恩如此遙遠，戈列格里斯難以相信，在科欽菲爾德大橋遇見那名神祕葡萄牙女子之後才過了三天而已。

用過早餐後，他打電話給西爾維拉，一名女祕書接了電話，他請她幫忙推薦會講德語、法語或英語的眼科醫生。半小時後，他接到祕書回電。祕書轉達了西爾維拉的問候，並介紹女醫生給他。她是西爾維拉的姊姊的眼科醫生，在孔布拉大學❸和慕尼黑大學的醫院工作過一段時間。診所位在古堡後面的阿爾法瑪區，里斯本最古老的城區。戈列格里斯在燦爛的陽光中慢慢行走，盡早避開所有可能撞到他的人。有時他停下來，用手揉著厚鏡片後的眼睛。這裡就是里斯本——在他打量學生時突然從人生的終點回頭看清自己，又因為他偶然獲得一本看似專門為他而寫的葡萄牙醫生的著作，便決定前來的城市？

他一小時後走進的房子，完全不像女醫生的診所。深色的木質地板、牆上的原創畫作，及厚重的地毯，讓人覺得置身貴族之家，所有東西井然有序，靜靜地克守己職。候診室裡空無一人，戈列格里斯絲毫不以為奇。生活在這種房子裡的人無須靠為人看病維生。接待櫃台後的女人說瑪麗安娜・埃薩女士馬上就到，沒再多說醫生的事。唯一能看出這裡在營業的東西，是個滿是名字和數字的閃亮螢幕。戈列格里斯想起簡樸到略顯寒酸的多夏狄斯診所，還有他莽撞的女助手，忽然感到一股背叛之意。當大門開啟，醫生出現時，他很高興不必繼續沉浸在不理智的感受中。

瑪麗安娜・昆賽桑・埃薩醫生的眼睛大而黑，讓人產生信賴。她的德語流利，偶爾才會出個小錯。她把他當成西爾維拉的朋友問候，也知道戈列格里斯來此的原因。她問他，怎會特別為一副壞掉的眼鏡感到遺憾？像他一樣有深度近視的人，當然隨時需要一副備用眼鏡。

戈列格里斯即刻平靜下來，感覺自己深陷在她桌前的沙發裡，希望永遠不必再站起來。女醫生耐心地問診，彷彿願意為他付出所有的時間，這種感覺他從未在其他醫生那裡經歷過，也包括多夏狄斯。這感覺顯得不真實，恍若在夢中。他原本以為她會測量他的備用眼鏡，做一般的視力檢查，給他一張處方，打發他去眼鏡行。但她卻聽他講述近視的歷史，一段接著一段，一個憂慮接著一個憂慮。最後他把眼鏡遞給女醫生時，她打量著他。

「您是那種睡不好的人。」她說，請他來到房間另一邊的儀器旁。

檢查足足花了一個多小時。這裡的儀器看上去和多夏狄斯的完全不同。瑪麗安娜仔細檢查他的眼底，儼然在探查一片新領域。最令戈列格里斯印象深刻的是，她的視力測驗重複做了三次，中間還會休息一下，讓他走走，還聊到他的職業。

「視力如何，取決於許多因素。」她注意到他訝異的神情，微笑起來。

---

❸孔布拉大學（Universidade de Coimbra），創建於西元一二九〇年，是葡萄牙歷史最悠久的大學。

檢查出來的屈光度竟和從前相差甚遠，左右兩眼的視差比先前更大。瑪麗安娜看出他的困惑。「來試試看吧。」她說著，輕輕碰觸他的手臂。

戈列格里斯猶疑在抗拒與信任間，最後信任占了上風。醫生給他一張眼鏡行的名片，接著打電話給眼鏡行。葡萄牙語的魔力再次出現，正是那名神祕葡萄牙女子在科欽菲爾德大橋說出葡萄牙語幾個字時的魔力。驀然間，他身處在這座城市有了意義，此意義並非無法言喻，反而屬於一種不該用力量強制，而該用文字掌握領會的意義。

「要兩天時間，」女醫生放下聽筒後說：「凱薩說沒法更快了。」

戈列格里斯將手伸進外套口袋，拿出普拉多的札記，把那個奇怪的出版社名稱指給醫生看，講到自己在電話簿上找不到這家出版社的事。「是啊，」她心不在焉地回答：「看來像是自費出版。」

「還有這個紅雪杉，要是代表什麼隱喻，我一點都不奇怪。」

戈列格里斯早想這麼說，或許那是種隱喻，或是解開某個祕密的密碼，不管是個殘忍還是美麗的祕密，它將一段活生生的故事藏在絢麗且凋萎的葉叢下。

醫生走進另一間房，拿了一本地址簿回來。她打開簿子，手指在紙上滑動。

「這裡，尤利歐．西蒙斯，」她說：「先夫的一位老友，是個古書商，對書懂得比一般人都多，多得不可思議。」

她寫下地址，告訴戈列格里斯書店的位置。

「代我問候他。戴上新眼鏡後再過來一下，我想知道檢查結果是否正確。」

戈列格里斯在樓梯間轉身時，她還手扶著門框站在門邊送他。西爾維拉跟她通過電話，她大概也知道自己遠走高飛的事。他很想親口告訴她這件事。他下樓的腳步猶疑不決，像是不願離去。

一層白色薄紗籠罩天空，燦爛的陽光暗淡了些。眼鏡行距離太迦河渡口不遠。聽到戈列格里斯說剛從哪裡過來，原本悶悶不樂的凱薩・桑塔倫臉上開始綻放笑容。他看了一下處方，用手掂了掂戈列格里斯帶來的眼鏡，然後用生硬的法語告訴戈列格里斯，新眼鏡可以用輕一點的鏡片與輕型鏡框來配。

短短時間之內第二次有人質疑康斯坦丁・多夏狄斯的專業診斷。戈列格里斯感覺有人奪走了他至今的生活，在記憶所及，他鼻梁上總是架著厚重的眼鏡。他毫無把握地試過一副又一副的眼鏡，最後只好任由滿口葡萄牙文、說話宛如瀑布流洩的眼鏡行助手連哄帶勸地訂下一副紅色細邊眼鏡，對他寬闊四方的臉來說太過新潮，也太過時髦了。在走去位於巴羅奧爾多區的古董書店的路上，他一再告誡自己，新眼鏡只能備用，平日不需要派上用場。直到站在古書店前時，才重新找回內心的平衡。

西蒙斯先生是個結實的男人，尖鼻黑眼，眼裡流露出狡黠機智。瑪麗安娜已經打電話交代過了。戈列格里斯心想，看來半個里斯本城的人都來此為他通報過，也轉述過他的故事了，一路上的行程像是為他訂好了——在他記憶中從未有過類似的經歷。

紅雪杉——西蒙斯表示，他在圖書業打滾三十年，從不知道有這家出版社，這點他確信無疑。文字鍊金師——他也未曾聽說過這個書名。他翻開幾頁，隨口唸了幾句。戈列格里斯覺得，西蒙斯似乎在等待記憶浮現。他又看了一眼出版日期：一九七五年。那時他還在波特❹當學徒，

❹波特（Porto），自古以來就是葡萄牙北方的大港，也是聞名的葡萄酒產地，商業活動非常繁榮，至今仍是葡萄牙第二大城。

不可能聽說一本自費出版的書，更別提是在里斯本印刷的書。

「真有人知道的話，」他一邊說一邊往菸斗裡填滿菸絲，「只能是老科蒂尼奧了，這家書店從前是他的。他年近九十，精神不太正常，不過對書的記憶驚人，簡直是個神人。我沒辦法打電話給他，他基本上聽不見，但我寫幾句話讓您帶去。」

西蒙斯走到角落的書桌前，在一張便條紙上寫了些字，擱進信封。

「對他得有點耐心。」他把信封交給戈列格里斯時說：「他這輩子遇到過不少倒楣事，是個憤世嫉俗的老人。不過要是順著他的話，他會相當友善。只是你永遠不知道，哪些話才會順他的心。」

戈列格里斯在古書店逗留許久，他一向習慣透過書來了解一座城市。學生時代第一次出國是去倫敦，在回加萊（Calais）的渡輪上，他才發現，在倫敦的三天除了青年旅館、大英博物館及無數的書店外，自己在那座城市什麼都沒看到。*在別的地方也看得到這些書啊！*別人搖著頭說，對他錯失美景惋惜不已。*沒錯，但這些書偏偏在這裡。*他馬上反駁。

現在他又站在高達屋頂的書架前，上面清一色堆放著他根本看不懂的葡萄牙文書籍，卻感到自己正與這座城市接觸。清晨他離開旅館時，覺得應該盡快找到普拉多，找出停留在這座城市的意義。然後他遇到紅髮黑眼、穿黑絲絨大衣的瑪麗安娜・埃薩，現在又來到這些有原書主簽名的舊書前，不由地想起自己拉丁語教材上阿奈麗・衛斯的筆跡。

《大地震》（O Grande Terramoto）。他除了知道一七五五年里斯本發生一場讓全城毀滅，也讓信徒對上帝的信仰嚴重動搖的大地震外，其他一無所知。他從書架上取下這本書，旁邊的書因此略微傾斜，書名是《黑死病》（A Morte Negra），敘述十四與十五世紀里斯本爆發的瘟疫。戈列格里斯把兩本書夾在腋下，走到擺放文學書籍的另一側。卡蒙斯⑤、薩・德・米蘭達⑥、塞爾帕・平托⑦，還有卡斯特洛・布蘭科⑧，都是他聞所未聞的嶄新世界，連芙羅倫斯也未曾向他提過。他看到埃薩・德克羅茲⑨的《阿馬羅神父之罪》（O Crime do Padre Amaro）時猶豫了一下，彷彿這是本禁書。最後他還是從書架上取下，與另外兩本放在一起，然後他終於站到費爾南多・佩索亞⑩的《不安之書》⑪面前。說來不可思議，他就這麼來到了里斯本，想都沒想過這裡正是《不安之書》的主角會計助理貝爾納多・索阿雷斯所在的城市。小職員在鍊金街工作，藉由他來紀錄佩索亞的思想，他的孤寂的思想遠甚他生前與死後世界中的所有思想。

⑤卡蒙斯（Luís Vaz de Camões，1524~1580），葡萄牙詩人、作家，為葡萄牙文學和語言奠定了牢固基礎，對西方文學亦具有深遠的影響，最知名的作品為長篇史詩《盧濟塔尼亞人之歌》（Os Lusíadas）。

⑥薩・德・米蘭達（Francisco de Sá de Miranda，1481?~1558），葡萄牙文藝復興時期的第一位詩人。

⑦塞爾帕・平托（Fernão Mendes Pinto，1509~1583），中世紀葡萄牙的冒險家。

⑧卡斯特洛・布蘭科（Camilo Castelo Branco，1825~1890），葡萄牙中世紀小說家，也被稱為「葡萄牙的巴爾札克」。創作範圍包括小說、劇本、評論等。

⑨埃薩・德克羅茲（José Maria Eça de Queirós，1845~1900），十九世紀葡萄牙具有國際聲譽的重要小說家，從事社會改革，並把自然主義和寫實主義引進葡萄牙。

⑩費爾南多・佩索亞（Fernando Pessoa, 1888~1935），生於里斯本，是葡萄牙詩人與作家，生前以詩集《使命》聞名於世，被認為是繼卡蒙斯之後最偉大的葡語作家。文評家哈洛・卜倫在他的作品《西方正典》中形容為他與諾貝爾獎得主聶魯達是最能代表二十世紀的詩人。

⑪《不安之書》（O Livro do Desassossego），葡萄牙詩人佩索亞晚年時的隨筆、仿日記式小說，他死後整理出版。故事背景為二十世紀初的里斯本，眼見葡萄牙的帝制覆滅與一九三二年的軍事政變，在動盪的政治下，公司小職員主角過著怡然自得的孤獨生活，多方哲學反思抒發自己心中的惶然。

真的那麼難以置信嗎？描繪中的原野之緣，比真實之緣更濃烈。佩索亞這句話曾導致他和芙羅倫斯起了多年相處中最尖銳的一次衝突。

那次她跟幾個同事坐在客廳，笑語和杯觥交錯聲清楚可聞。為了拿本書，戈列格里斯極不情願走進去，剛好聽到有人唸那一句。寫得妙！芙羅倫斯的一位同事高聲讚嘆，他晃著藝術家的蓬鬆亂髮，將手搭在芙羅倫斯光滑的手臂上。只有少數人懂得這句，戈列格里斯說。屋裡頓時尷尬得鴉雀無聲。那你就是少數人之一了？芙羅倫斯尖聲反問。戈列格里斯刻意慢慢從書架上取下書，然後一言不發走了出去。好幾分鐘後，他才聽到裡面重新響起說話的聲音。

之後不論他在何處看到這本《不安之書》，都會立刻閃開。兩人未再談起這段插曲，並且跟所有擱置不理的事一樣，在離婚時被擱到一邊。現在，他從書架上抽出這本書。

「您知道嗎，我覺得這本不可思議的書像什麼？」西蒙斯將價格敲入收銀機時說：「就像普魯斯特寫出《蒙田隨筆》。」

戈列格里斯拎著沉重的袋子走到卡蒙斯紀念碑旁的加勒特大街時，已經累得快昏倒了，但他不想馬上回旅館。他想與這座城市更接近，希望感受更多，才能擔保今晚不再打電話去機場訂回程機票。喝了杯咖啡後，他搭上駛往貝拉茲雷斯墓園的電車。維托・科蒂尼奧那個老瘋子住在那附近。他或許知道一些普拉多的事。

9

里斯本的百年老電車，帶著戈列格里斯回到在伯恩的童年。這輛電車讓他在車上顛簸不停，邊晃邊鳴鈴地穿越巴羅奧爾多區，簡直跟伯恩的老電車沒兩樣。在他還不必買票時，經常花幾個小時搭乘電車，穿過伯恩的長街小巷。同樣的油漆木椅、從車頂垂落的把手旁同樣有個停車拉鈴、司機煞車或加速時同樣的金屬警鈴。直到今天，戈列格里斯依然懷疑警鈴的作用。在他戴上初中校帽時，伯恩的老電車被輕聲平穩的新電車取代。其他的學生為此雀躍不已，不少學生為了等新電車而遲到。對於世界的改變，戈列格里斯說不出什麼話來，心裡卻不是滋味。他鼓足勇氣來到電車停車場，問一位穿制服的人，那些老電車將如何處置，那人回說要賣到南斯拉夫去。他一定看出小孩子的心事，於是轉身走到辦公室，拿出一部老電車模型來。戈列格里斯直到今天依然保存著，像對待一件無比珍貴、無可替代的史前文物。里斯本電車在終點站的環形彎道嘎嘎刺耳停靠時，他恍若見到自己那具伯恩老電車的模型。

他從未想過，那位眼神無畏的葡萄牙貴族或許已經死了。直到如今站在墓園前，這個想法才在他腦海裡閃現。他忐忑不安地沿著園中小路緩緩而行，在這亡靈之城內有多座醒目的小陵墓。

他花了半小時的時間，來到一座白色大理石砌成的高大墓室前，大理石上有日曬雨淋留下的斑斑痕跡。兩塊邊角雕刻紋飾的墓碑嵌在石中，上面那塊石碑上刻著：亞歷山大・賀拉西歐・

德．阿爾梅達．普拉多長眠於此，生於一八九〇年五月二十八日，卒於一九四五年六月九日。瑪麗亞．皮達德．萊絲．德．普拉多長眠於此，生於一八九九年一月十二日，卒於一九六〇年十二月二十四日。下碑明顯比上碑明亮，苔蘚也較少。戈列格里斯讀著：法蒂瑪．艾梅莉亞．克雷門西亞．格哈多．德．普拉多長眠於此，生於一九二六年一月一日，卒於一九六一年二月三日。再往下的字體上的銅綠略淡些：阿瑪迪歐．伊納西歐．德．阿爾梅達．普拉多長眠於此，生於一九二〇年十二月二十日，卒於一九七三年六月二十日。

戈列格里斯注視著最後一排數字。手裡那本書的出版日期為一九七五年。如果這個墓碑上的阿瑪迪歐．德．普拉多，正是那位在嚴格的科蒂斯文理中學就讀，後來一再回到學校，坐在台階的溫熱青苔上，一再自問如果自己換成另一個人會過何種生活的醫生，這就意味著札記不是由醫生本人出版，而是另有人代勞自費出版。是普拉多的朋友、兄弟或姊妹？要是這個人在二十九年後的今天依然在世，便正是他要找的人。

但墓碑上的名字也可能只是巧合。戈列格里斯希望，這只是恰好與普拉多醫生同名同姓的人，他真希望如此。他感覺得到，一旦確信那位發誓重組陳腐的葡萄牙文、多愁善感的男人早已不在人世，自己無緣與他碰面，他會有多失望。

儘管如此，戈列格里斯還是抽出筆記本，記下墓碑上的所有姓名、出生及死亡日期。這個阿瑪迪歐．德．普拉多去世時年五十三歲，父親在他三十四歲時辭世。這個父親是否正是書中擠不出笑臉的父親？母親在他四十歲時去世。法蒂瑪．格哈多很可能是普拉多的妻子，死時年僅三十五歲，那年他四十一歲。

戈列格里斯的視線再次掃過墓碑，這回他才注意到半隱在野生常春藤下墓基上的一段碑文：

當獨裁成為事實，革命便成為義務。這個普拉多是因為政治理念而犧牲的嗎？一九七四年初，葡萄牙爆發康乃馨革命⓬，結束了獨裁統治，所以這位普拉多未能親自見證。從碑文上來看，他似乎是為反抗運動而死。戈列格里斯從口袋裡取出書，打量書中的照片。有可能，他心想，這是張反抗運動戰士的臉，也符合他書中壓抑的憤怒。他是詩人與語言神祕論者，執起武器為反抗獨裁者安東尼奧．德．奧利維拉．薩拉查⓭而戰。

他在墓園出口詢問一名穿制服的男人，如何找出陵墓的所有人，但他的葡萄牙文字彙不足以溝通。他從口袋裡掏出寫著尤利歐．西蒙斯書店前任店主地址的紙條，接著便上路了。

從外觀來看，維托．科蒂尼奧住的房子隨時可能坍塌。房子遠離街道的塵囂，隱匿在層層屋舍之後，房屋基底長滿了常春藤。門上沒有門鈴，戈列格里斯不知所措地在院子裡站了一會兒，正打算轉身離去時，一道宏亮的聲音從上面窗口傳下來。

「您有何貴幹？」

窗框中探出一個滿頭白色捲髮的腦袋，大把白鬍子和頭髮連在一起，鼻梁上架著一副寬邊黑

⓬康乃馨革命（Revolução dos Cravos），指一九七四年四月二十五日在葡萄牙首都里斯本發生的一場左派軍事政變，終止了在薩拉查統治下、二十世紀西歐為期最長的獨裁政權，實現葡萄牙的自由民主化。革命者沒有大規模的暴力衝突，而以和平方式，以花代替子彈，實現政權更迭，史稱康乃馨革命。

⓭安東尼奧．德．奧利維拉．薩拉查（António de Oliveira Salazar，1889~1970），葡萄牙前總理，統治葡萄牙三十多年。薩拉查原為經濟學教授，一九二八年加入卡爾莫納將軍所組成的軍人獨裁政府擔任財政部長。他在一九三一年成立政黨「國民同盟」，一九三二年出任總理。薩拉查所建立法西斯性質的國家體制，在他過世後四年的左派軍事政變「康乃馨革命」中崩潰。

框眼鏡。

「關於書的問題。」戈列格里斯高舉著普拉多的書，用力大聲喊回去。

「什麼？」窗口的男人追問。戈列格里斯重複一遍自己的回答。

腦袋從窗口消失，大門響起嗡鳴。戈列格里斯走進門廳，四處全是高達屋頂的書架，上面堆滿了書，紅磚地上鋪著一塊快要磨平的東方地毯。空氣中瀰漫著變質的食物味、塵埃及菸草味。白髮老人出現在嘎吱作響的樓梯上，深黃色的牙齒間叼著一根菸斗，身穿粗方格紋襯衫，燈心絨褲子幾乎磨平，洗得褪色的襯衫早分辨不出原色調，腳上的拖鞋沒有綁鞋帶。

「你是誰？」重聽的老人大聲質問，濃眉下讓人想起琥珀石的淡褐色眼睛惱怒地盯著來者，彷彿被人打擾了安寧。

戈列格里斯遞上西蒙斯的信。「我是瑞士人，」他先以葡萄牙文自我介紹，再用法語補充：「古語言學者，正在尋找這本書的作者。」看到科蒂尼奧沒反應，他提高音量重複了一遍。

我沒聾，老人以法語打斷他，皺紋縱橫、飽經風霜的臉上露出狡黠的笑容。聾？那是他懶得聽胡扯時用的妙招。

他的法語有一種奇特口音，但說得慢條斯理，有條不紊。他快速瞥了一眼西蒙斯的紙條，目光再朝走道盡頭的廚房示意一下，先行走了過去。餐桌上擺著打開的沙丁魚罐頭，旁邊有半杯紅酒和一本攤開的書。戈列格里斯走到桌子另一頭坐下。老人走過來，做了一件戈列格里斯意料不到的事：他伸手摘下戈列格里斯的眼鏡給自己戴上，然後狡黠地眨了眨眼，左看右看，手中一邊晃著自己的眼鏡。

「看來我們有共同之處。」他把眼鏡還給戈列格里斯時說。

同樣戴著厚鏡片走過世界的兩人——科蒂尼奧臉上的緊張和提防立刻消失了，拿起了普拉多的書。

他一言不發地打量醫生的照片好一會兒，其間曾經站起來，像夢遊般魂不守舍，給戈列格里斯一杯葡萄酒。一隻貓咪悄悄鑽進來，磨蹭他的腿。他沒注意貓，取下眼鏡，用拇指和食指壓著鼻梁根部，這動作讓戈列格里斯想到多夏狄斯。落地座鐘的滴答聲響自隔壁房間傳來。老人扣了扣菸斗倒出菸灰，從書架上取下菸絲填滿。又過了一陣子他才開始說話，輕飄飄的聲音宛如來自遙遠的回憶。

「要說我認識他並不對，我們從未打過交道。不過，我的確在他的診所門口見過他兩次。他身穿白袍，眉毛高豎著等待下一個病人。當時我姊姊因黃疸病和高血壓找他看病，我陪她去過。她深信他，我相信她有點迷戀他。這沒什麼好奇怪的，他充滿男人味，有讓人著魔的魅力。他是鼎鼎大名的法官老普拉多的兒子。法官結束了自己的性命，有些人說他無法繼續承受駝背之苦，另一些人則猜測他無法原諒自己為獨裁者效力。

「阿瑪迪歐・德・普拉多一直廣受愛戴與敬重，直到他救了一位人稱『里斯本屠夫』的祕密警察魯伊・路易斯・門德斯一命為止。那是六十年代中期的事，我剛過五十歲生日。那件事後大家開始迴避他，傷透了他的心。從此他開始在暗地為反抗組織工作，似乎希望藉此贖罪。直到他死後，這事才水落石出。據我所知，他死得突然，死因是腦出血。那是革命爆發前一年的事了。在他生命的最後，一直跟崇拜他的胞妹安德里亞娜生活在一起。

「一定是她讓這本書得以付梓。我都猜得出是誰印的，但那間印刷行早已不在了。這本書在出版幾年後曾出現在我的書店裡。我把它塞進一個角落，沒有讀。我有點討厭這本書，又說不上來理由。也許是因為我一直不喜歡安德里亞娜吧。基本上我不認識她，但她是醫生的助手，我兩次去診所，她對病人盛氣凌人的態度令我反感。或許我看人有誤，但我始終這麼認為。」

科蒂尼奧翻了幾頁說：「看來寫得不錯，標題也很好。我真不知道他會寫作。您從哪裡弄到這本書的？為什麼要找他？」

戈列格里斯講給科蒂尼奧聽的故事，和他在夜車上告訴西爾維拉的略有不同。這回特別提到在科欽菲爾德大橋上與神祕葡萄牙女子偶遇，還提到寫在自己額頭上的電話號碼。

「您還保有那個號碼嗎？」老人問，這個故事精采到讓他新開了一瓶葡萄酒。

戈列格里斯費了點時間找筆記本，但他隨即察覺自己做得過火了，摘眼鏡的舉動讓他相信老人會撥打這個號碼。西蒙斯說他瘋瘋癲顛，並不代表他人老糊塗，不是這麼回事。看來老人孤獨地與貓生活在一起，讓他失去與人疏遠或親近的感受。

沒了，戈列格里斯說找不到那個電話號碼。老人回答說可惜，看來一點都不相信他。對坐的兩人頓時形同陌路。

「電話簿上找不到安德里亞娜．德．阿爾梅達．普拉多的名字。」一陣短暫尷尬結束後，戈列格里斯說著。

「這說明不了什麼，」科蒂尼奧悶悶不樂地哼著。要是安德里亞娜還活著應該八十歲了，很多老人會取消自己的電話號碼，他前一陣子就這麼做。如果她已作古，名字自然會刻在墓碑上。醫生居住和工作的地址？已經四十年過去，他記不得了，大概在巴羅奧爾多區吧。不過那棟房子應該不難找，房子外牆貼了很多藍色瓷磚，而且附近只有那麼一棟藍色屋宅，起碼當時是如此。大家管叫那裡叫「藍屋診所」。

戈列格里斯在一小時後與老人道別時，兩人的距離再次拉近了。粗魯的距離感與冷不防的同謀交情在科蒂尼奧的舉止中不規律地交替，讓人捉摸不透其突然轉變的原因。戈列格里斯在屋裡轉了一圈，為視線所及都是書而驚嘆不已，這裡簡直是座圖書館。這位老人博覽群書，收藏的初版書籍數之不盡。

老人對葡萄牙姓氏瞭如指掌。戈列格里斯因此得知普拉多是個古老的宗族，一直可回溯到胡安・努內斯・德・普拉多時代，也就是葡萄牙國王阿方索三世的孫子。瑪麗安娜・埃薩的家族則可回溯到佩德羅一世及伊內斯・德・卡斯特羅時代，是全葡萄牙最顯貴的姓氏之一。

「我的姓氏自然無疑更古老，與王室也沾親帶故。」科蒂尼奧說著，自嘲地停頓了一下，明眼人都能聽出他語調裡的驕傲。

他羨慕戈列格里斯在古語言方面的專精。送戈列格里斯到門口時，他從書架上抽出一本希臘文和葡萄牙文的《新約聖經》。

「天曉得我幹嘛要送你這本書，」他說：「反正就送給你了。」走過院子時，戈列格里斯知道自己再也忘不了這句話，也忘不了老人將手放在他的背上輕輕將他推出門外。

嘎嘎作響的電車穿過剛降臨的薄暮。戈列格里斯心想，別寄望在晚上去找到那棟藍色房子。這一天似乎漫無止境，現在他疲憊地把頭靠在凝結水氣的車窗上。這可能嗎，他剛到這座城市才兩天而已？自他把拉丁文課本留在講台上也不過才四天，還不到一百個小時。他在里斯本最著名的羅西歐廣場下了車，拎著從西蒙斯舊書店買來的沉沉一袋子書朝旅館走去。

10

為什麼凱吉要用聽上去像葡萄牙文，又不是葡萄牙文的語言跟他說話？為什麼凱吉在指責奧里略，卻不對皇帝發表一句意見？

戈列格里斯坐在床邊，揉出眼中的睡意。接著學校管理員站在學校大廳裡，手握著水管，沖刷著葡萄牙女人擦乾頭髮時他們站過的地方。他分不清是在這之前還是之後，總之戈列格里斯跟她一起來到凱吉的辦公室，要把她介紹給校長。他不需要推門，因為他們一下子便出現在凱吉碩大的書桌前，像兩個請願者，卻忘了請願詞。接著校長一下子不見了，大書桌甚至書桌後的那堵牆也都不見了，阿爾卑斯山的風光在眼前一覽無遺。

現在戈列格里斯注意到房裡小冰箱的門半掩著。之前不知何時他餓醒了，於是吃了些花生和巧克力。醒來前，伯恩家塞滿帳單廣告的信箱正讓他大傷腦筋，就在他的圖書館快要變成科蒂尼奧的圖書館前，一場熊熊大火燒起，一排排數不清的《聖經》全部燒成黑炭。

早餐的餐點戈列格里斯全都要了雙份，並且一直賴著不走，讓開始準備午餐的女服務生不太高興。他不知道下一步該怎麼走。剛才他聽到一對德國夫婦在安排當天的遊覽行程，他也想為自己安排一趟行程，卻沒成功。里斯本對他來說並非觀光景點或旅遊的舞台，而是為了逃避自己的人生前來躲藏的城市。他唯一能想像的，是自己去搭乘太迦河的渡輪，從河上好好看這座城市。

但就連這件事他也提不起勁。他究竟想做什麼？

他回到房間，把收集來的書堆疊在一起。兩本有關里斯本大地震和黑死病的書，一本是埃薩．德克羅茲的小說，一本《不安之書》，一本《新約聖經》，還有語言教材。然後他試著把書裝進行李箱，擱到門邊。不，這也不是他想做的事。並不是為了明天要去拿新的眼鏡。現在先到蘇黎世，然後在伯恩火車站下車？不可能，他已沒有退路。

還有什麼事困擾他？是思及時光流逝與死亡，使他一時之間不知道該做什麼，不再明瞭自己的意圖？還是對自己的信賴喪失了自我意願，因此對自己感到陌生，解決不了的難題是他自己？他為何還不出發去找藍屋？安德里亞娜．德．普拉多在他哥哥死後三十一年，或許還生活在那棟房子裡。為什麼他要猶豫？為什麼他心底突然出現一道屏障？

戈列格里斯做了他內心不安時常做的事：打開一本書。他的母親是伯恩高原地區的農家孩子，很少碰到書，最多只翻翻路德維西．岡霍夫的鄉土小說，且要花上數週才能讀完。父親利用閱讀來對付百無聊賴的博物館空蕩大廳，等他讀出甜頭後，所有弄得到手的書他都讀。「現在連你都躲進書堆裡了。」母親發現兒子也迷上閱讀後這麼說。他對母親的看法感到很難過，而且母親無法明白優美的文字具有魔力和光芒，也讓他十分難過。

這世上有人嗜書如命，有人對書無動於衷。愛讀或不愛讀書，一眼就看得出來。這是人與人之間最大的差異。大家對他的主張十分訝異，有些人對如此乖戾的見解不表贊同。但事實就是這樣，戈列格里斯知道，他就是知道。

他請清潔女工別打掃他的房間，然後在接下來幾小時內吃力地解讀普拉多的一則筆記，這則筆記的標題在他翻書時正巧躍入眼簾：

內在表象之內在

在前些日子的一個陽光明媚的六月上午，晨光靜靜在巷弄流洩。我剛好站在加勒特大街上的一個櫥窗前，因為刺眼的光線讓我無法看清櫥窗裡的商品，卻瞥見自己鏡中的影像。看到擋在面前的自己，令我很不自在。尤其不管怎麼看，整個影像都合乎我看待自己的模樣。正當我打算用雙手遮陽，好讓我瞧進店內，我在櫥窗上的影像後面忽然冒出一個高大的男子，他的出現彷彿是個駭人的雷雨烏雲，讓大地變了色。他站住不動，從襯衫口袋掏出一包菸，拿出一根含在唇間。吐出第一口煙時，他的視線移動了一下，最後停在我身上。我心想著：我們不過是人類，能了解對方什麼？為了不與他影像中的眼神相遇，我假裝輕鬆地看著櫥窗裡的展示品。陌生人從鏡中看到一個身材瘦削的男人沐浴在陽光中，頭髮略白、臉頰細長、神態嚴肅、圓框眼鏡後面有一對黑亮的眼睛。我打量自己鏡中的影像，我和平常一樣方肩直挺，盡可能讓頭高高揚起，甚至有點後傾，正如喜歡我的人對我的正確評論：這個狂妄自負的傢伙藐視一切、憤世嫉俗，只要有機會便不吝惜於戲弄嘲諷。抽菸的男人，想必正是這麼看我。

這是何種錯覺！我有時會想：自己站立行走時誇張地挺直身體，就是為了抗議父親佝僂彎曲的脊背，抵擋他的痛苦。僵直性脊椎炎的折磨，讓父親像個受盡壓榨的奴僕垂頭望著地面，不敢正視高高在上的主人。或許我可以靠挺直身子，扳正我那已故驕傲父親的脊背，或是藉由時光倒轉的神奇魔力，想辦法讓他不要駝得那麼悲慘，讓他在現實中少受一些病痛奴役，彷彿藉由我現在的努力，可以減輕父親吃過的苦，讓過去失去真實，換以一個美好、解脫的過去。

我望著鏡中身後那個陌生人產生的錯覺還不只這一樁：經歷了一個漫長的夜晚，沒有安慰，不得安眠，我怎可能輕視別人？前一天我剛在診所當著一名病人的妻子面前，明示他已來日不多。請他們走進診療室前，我對自己說：你必須說明真相，給他們時間去安排自己和五個孩子的生活。說到底，人類擁有尊嚴，是因為無論命運何等殘酷，都有勇氣正視自己的命運。那時臨近黃昏，輕柔的暖風將接近尾聲的夏日氣息和喧鬧，從敞開的陽台大門送了進來。如果大家沉浸在這充滿活力的溫柔浪潮中，忘卻自我，這會是幸福的時刻。此刻的氣氛卻如猛力擊打門窗的暴風雨！男人和他的妻子在我對面，坐在椅子最外緣，懷著遲疑、焦急、不耐煩的心情等待我的宣判。他們多希望我釋放那死期將近的恐懼，讓他們可以輕快地步下樓梯，加入街上悠閒的人群，享受充沛的歲月。張口前，我取下眼鏡，拇指和食指緊壓著鼻梁。想必他們看出這姿勢是個宣布可怕事實的先兆，等我睜開眼時，注意到兩人的手已緊緊握在一起，似乎已分隔了十幾年再重聚。此情此景更是讓我哽咽，拖延那揪心的等待。我無力抬頭面對兩雙流露無名恐懼的眼睛，只能對著兩雙手表白。他們的手緊纏在一起，因為用力過猛以至全無血色。就是這對慘白糾結的手奪走我的安眠，只能出外散步，試圖驅散這揮之不去的一幕。我因此來到這條閃亮街道的鏡面櫥窗前。（想從腦中驅散的還有另外一件事：我為自己向病人宣布壞消息時的不當用詞懊惱不已，之後卻將惱怒發洩到安德里亞娜身上。她照顧我一直勝過母親，這天竟然忘記帶來我最愛吃的麵包。希望金色的晨光能打消這非出於我願的不公行為！）

我背後那個叼著香菸的男人，此刻將身子靠在燈柱上，看看我，又望了望街上的情景。他看到的我，無法洩露我內心缺乏自信的脆弱，因為那不符合我高傲自負的體態。我想像自己的眼是他的視線，想像我是他，從他的眼中看到我在鏡中的模樣。我的外表，還有給人的印象，從來不是真實的我，從未出現在我生命中。就學時，上大學時，在診所時，我都不是這樣的我。別人是否也同樣辨認不出外表下的自己？他們的鏡中影像是否同樣像是笨拙失真的帷幕？他們是否訝異地察覺，外人對他們的認知，跟他們自身體驗的方式之間，存在著一道偌大鴻溝？是否察覺內在了解及外來了解竟存有如此巨大的差異，以致無法混為一談？

當我們意識到，自己的外表在他人眼中與在自己眼中截然不同，我們與外界間的距離便會拉得更大。面對人類與面對房屋、樹木，或是星辰，完全是兩碼子事。面對人類時，大家總期望以某種一定的方式相遇，把對方變成自己的一部分。人用幻想力將他或她分割開來，讓他或她符合自己的願望與期待，當然也有可能透過對方，證實自己的恐懼或是偏見。除了他人的外表輪廓，我們永遠無法客觀肯定地看清對象。在認識他人的過程中，我們的視線會因自己的期望及幻想而偏移，受蒙蔽。正是這些期望與幻想，讓我們成為獨特、與眾不同的人，成為我們自己。就連內心世界的表面，仍然是我們內心世界的成分，更別提我們對他人內心的看法有多不準確，多不牢靠。對他人的看法與其說是揭示他人，不如說揭示的是我們自己。那個叼著香菸的男人，如何看待我這身子挺得過於筆直、瘦臉豐唇、鼻梁挺立、架著一副金絲眼鏡的人呢？在我看來，我的鼻梁過長，也太過突出。這外表又如何順應與違逆那男人的期望，以及他的心靈？他看出我刻意誇張和自負的地方嗎？他又略去了哪些，彷彿全然不存在？抽菸的陌生人從我的鏡中影像裡，必然得到一幅失真的圖像。在他心中關於我內心想法的影像，更是堆積在失真之上的失真。因此我們之間更形陌生，因為阻隔在我們之間的不只是虛假的表象，還加上彼此心中的錯覺。

這種陌生感及距離感惹人厭嗎？真的需要一名畫家對我們張開雙臂，即使是絕望，也徒勞地向我們描繪他人？或是那幅畫該用輕鬆的方式告訴我們：雙重障礙的確存在，但那也是一堵防護牆？我們是否要感謝這堵防護牆，幫我們和陌生人保持距離？要感謝我們由此獲得的自由？如果沒有軀體間雙重的保護直接面對面，情況會如何？要是人們之間沒有隔閡偽裝、相互交融，情況又將如何？

讀著普拉多的自述，戈列格里斯不時翻回書前頁，打量普拉多的肖像。他想像著醫生那頭鋼盔般朝後梳理的黑髮變白，鼻梁架著一副圓圓的金絲眼鏡。別人看到肯定會說這人狂妄自大、蔑視他人。不過照科蒂尼奧的說法，他是名備受尊崇的醫生，直到救了祕密警察一命。從那以後，他就被原本愛戴他的人唾棄。他為此傷心不已，願意為反抗組織工作來彌補過錯。

但這怎麼可能？醫生盡了該盡，也是必盡的義務，反而要去贖罪？如果沒有這樣的過錯呢？戈列格里斯想著，科蒂尼奧的描述有哪裡不大對勁。這件事肯定沒這麼簡單，一定更複雜。戈列格里斯繼續翻閱著。我們人類了解彼此多少？戈列格里斯又翻了幾頁。或許會有段落提到他人生中這段扣人心弦又痛苦的轉折？他沒找到。他在淡淡的黃昏中走出旅館，信步來到加勒特大街。當年普拉多站在這裡看到櫥窗裡自己的影像，尤利歐．西蒙斯的舊書店也在這條街上。

夕陽西下，櫥窗裡沒有反射的光線。戈列格里斯過一會兒才發現一家燈火通明的時裝店裡有面大鏡子。他從窗子望去，觀察鏡中的自己，試著模仿普拉多：設想自己在陌生人的注視下，將這個人眼中的影像複製到自己眼中，從陌生人的視線中接收自己鏡中的影像。讓自己成為陌生人，像是初次與自己相遇。

他的學生和同事止是這樣看他，便出現那位「無所不知」。連芙羅倫斯都用這種方式看他，剛開始她只是個坐在前排、對他癡迷的女學生，後來成了他的妻子。他在她面前漸漸變成遲鈍緩慢、乏味的丈夫，漸漸取代那個博才多學的人，毀了她光彩文學世界中的魔力、歡愉和優雅。

如普拉多所言，每個人都會看到同樣的畫面，但是略有不同，因為人類外在世界的可見部分，亦是內心世界的成分。這位葡萄牙人確信，自己一生中從不曾是他在外人眼中的樣子。不論他如何熟悉自己的外表，還是認不出別人眼中的自己。那份陌生讓他備感震驚。

一個跑過去的男孩撞了他一下，戈列格里斯嚇了一跳。撞擊的驚恐與忐忑不安的心情疊合，他沒有把握自己能與葡萄牙醫生匹敵。普拉多如何確定，自己與別人看到的他截然不同？他如何辦到這點？普拉多談論這件事時，彷彿那是內心的一道光，一直在他心中照耀。那道光芒既是他對自己的深刻了解，也代表外人眼中無比的疏離陌生。戈列格里斯閉起眼，回想自己坐在駛往巴黎的火車上，在餐車車廂裡。旅程果真開始後，他才在火車上體悟到對清醒的全新感受。這與葡萄牙人心智上的無比醒覺是否一脈相通？這種清醒是否以孤獨為代價？或兩者截然不同？

戈列格里斯聽人說，他在這個世界上永遠保持一種姿式：趴在一本書上，沒完沒了地讀著。但現在他要挺直身了，試著體驗過度挺直背脊、高昂著頭，拉直父親備受折磨的駝背的感覺。上中學時，他曾見到一位得了佝僂症的教師。患這種病的人總將頭縮進脖子裡，以免無時無刻盯著地面。他們的舉止跟普拉多去科蒂斯文理中學時遇到那名學校管理員的描述完全一樣：就像一隻鳥。同學們對那蜷曲的身體開了殘忍的玩笑，那名教師則報以陰險嚴厲的處罰。要是自己的父親一生都維持屈辱的姿勢，時時刻刻、日復一日，不論是坐在法官桌前還是跟孩子們圍坐在餐桌旁——這會是何種生活？

老普拉多當過法官，照科蒂尼奧的說法，還是一名鼎鼎大名的法官。他遵守薩拉查的法律，也就是遵從打破所有常規法制的人。或許他因此無法原諒自己而自殺。在普拉多家族的墓碑底座上刻著一行字：「當獨裁成為事實，革命便成為義務。」題這句話是為捲入反抗運動的兒子？還是為了發現話中真相卻為時已晚的父親？

戈列格里斯下山往大廣場走去，他急著想弄清楚這件事，採行的方式和他畢生致力從古文字中了解歷史背景的方法大不相同。他為什麼這麼做？法官已經作古近半世紀，革命也是三十年前的事，而普拉多之死也早已成往事。他何必在這件事上糾纏不清？這跟他又有什麼關聯？只為了一個葡萄牙文字的發音，一個寫在額頭上的電話號碼，便讓他脫離自己井然有序的生活，遠離伯恩，捲入早已不在人世的葡萄牙人的生活？

在羅西歐廣場邊的一家書店裡，安東尼奧·德·奧利維拉·薩拉查的傳記躍入他的眼簾。這個人在普拉多生命中至關重要，甚至可能是普拉多的死神。折口上有個全身黑衣的男人，盛氣凌人卻神色機靈，嚴厲的眼神中帶著超凡的神采，透露出智慧之光。戈列格里斯翻開書，心想薩拉查追求權力，但不一味盲目愚蠢地使用殘暴手段，更不恣意放縱於酒池肉林中。為了保有並長期占有權力，他拋棄一切欲望，讓自己始終保持冷靜，無條件地厲行自我約束，過著苦行僧般的生活。人們可從他臉部嚴厲的線條、吃力擺出的稀有笑容中，看見他付出的巨大代價。在光鮮的政府生涯中，他節制簡樸。那些壓抑的渴望及衝動，在一切以國家利益為重的美麗措辭下，透過冷酷無情、近乎劊子手般的指令宣洩出來。

戈列格里斯睜著眼睛躺在黑暗中，想著自己與世界大事間的巨大隔閡。他並非對境外的政治事件漠不關心。一九七四年四月，葡萄牙獨裁政權解體時，幾位薩拉查的同輩動身前往葡萄牙，他卻說自己不想當政治觀光客。這句話讓那幾個人氣憤難當。

這並不意味戈列格里斯是個不聞不問、一無所知的井底蛙，不過他不得不承認，那種事對他來說有點像在閱讀修昔底德[14]的作品，只不過出現在報紙上，爾後又出現在電視新聞上而已。這是否跟瑞士對世事無動於衷的立場有關？還是只跟他本人個性有關？是否因他對文字癡迷，而對描述殘暴、血腥及不公的文字退避三舍？或是跟他的近視有關？

父親的官階最高只升到士官，他時常提起過去駐紮萊茵河畔的時光。身為兒子的他對此段故事始終感受不到真實，甚至有些可笑，與日常瑣事中的陳腔濫調相比，充其量只是澎湃激昂的回憶。父親感受到兒子的看法，有次終於勃然大怒：我們怕極了，怕得要命！很可能出現另一種結局，你可能因此根本不會出生。父親沒有高聲喊叫，那不符合他的習慣，但語氣中的憤怒還是讓兒子羞愧，難以忘懷。

難道是這個原因，讓他想知道，阿瑪迪歐・德・普拉多是個什麼樣的人？了解普拉多，能讓自己更靠近世界一步？

他打開燈，再讀了一遍先前讀過的段落：

空無

Aneurysma。每一刻都可能是最後一刻。我可能在沒有絲毫預兆、全然不知的情況下，穿過一堵看不見的牆，牆後面是一片空無，連黑暗都不存在。我邁出的下一步很可能就要跨過這面牆。倘若無法體驗死亡的瞬間，卻又明白死亡的那一瞬確實會到來，我豈有不害怕之理？

戈列格里斯打電話給多夏狄斯，問他什麼是Aneurysma。「我知道這個字在希臘文中指的是擴張。那是指什麼病？」希臘醫生解釋，那是先天性或後天性動脈血管壁向外擴張凸出的病變。是的，也可能出現在腦子裡，還很常見。多數情況下病人毫不知情，可能長期潛伏在人體，甚至超過幾十年。然後血管一下子破裂，生命告終。他幹嘛要在深更半夜裡打聽這種事？哪裡不舒服嗎？他現在到底人在哪裡？

戈列格里斯意識到自己犯了錯，他不該打電話給醫生。兩人多年來知心信賴，他卻找不出合適的話語回答，於是他結結巴巴、硬扯了一些老式電車、怪癖的古書商、葡萄牙人安息的墓園之類的事。全是些不著邊際的胡扯，連他自己都聽得出來。兩人陷入一陣沉默。

「戈列格里斯？」他聽到多夏狄斯問著。

「嗯？」

「葡萄牙文的西洋棋怎麼說？」

他真想擁抱這位希臘醫生。「Xadrez。」他回答，嘴巴裡已不再乾澀。

「眼睛沒事吧？」

---

⑭ 修昔底德（Θουκυδίδης，460~396BC），古希臘歷史學家，《伯羅奔尼撒戰爭史》的作者。

他的舌頭重新貼緊上顎。「沒事。」又是一陣沉默，然後戈列格里斯問：

「您覺得別人對您的看法，跟您對自己的看法一致嗎？」

希臘人大笑：「當然不！」

讓普拉多深深恐懼的問題，卻導致他人大笑，偏偏又是多夏狄斯。戈列格里斯不由地茫然起來。他手裡握緊普拉多的書，像是它忠誠的信徒。

「您真的一切都好嗎？」希臘人打破僵局又問。

「還好，」戈列格里斯回答：「一切正常。」

兩人如慣常那樣中斷了談話。

戈列格里斯悵然若失躺在黑暗中，試圖找出他與希臘人之間到底出了什麼問題。畢竟當初是希臘人的一番話鼓勵他踏上旅程，儘管伯恩已開始下起大雪。希臘人讀大學時，在薩洛尼卡[15]當計程車司機賺取學費。有一次他說：做計程車司機這一行的人都很粗俗。他在詛咒或吸菸時，不時也會流露出粗俗感，加上他滿臉黑鬍腮和小手臂上濃密的體毛，更顯露他的粗獷與桀驁不馴。

希臘人視別人對他的錯誤認知為理所當然。但一個人真能對此無動於衷？難道他真的如此冷淡麻木？或是在追求內心的特立獨行？天漸亮時，戈列格里斯方才入睡。

11

怎麼會呢，不可能呀。戈列格里斯摘下輕巧的新眼鏡，揉了揉眼睛又再戴上。真的，他的視線比以前清楚多了！尤其眼鏡的上半部，他透過這部分看全世界。所有事物彷彿爭相朝他撲來，想要吸引他的注意。因為再也感受不到如碉堡般壓在鼻梁上的厚重分量與護衛感，新獲得的明亮視線不但讓他覺得刺眼，甚至有股威脅性。世界帶來的新印象讓他有點頭暈目眩，只好將新眼鏡取下。凱薩．桑塔倫鬱鬱寡歡的臉上閃過一絲微笑。

「現在您不知道是舊的好，還是新的好了。」他逗趣地說。

戈列格里斯點點頭，然後站到鏡子前。細長的紅鏡框和新鏡片不再是他眼睛前面令人望而生畏的壁壘，而讓他脫胎換骨變成另一個人，一個注重外表、追求優雅風尚的人。這麼形容是有些誇大，但事實就是如此。說服他買下眼鏡的眼鏡行助理站在他背後，做了個認可的姿勢。桑塔倫注意到她，贊同她的好眼光說：「不錯。」戈列格里斯感到怒氣在體內上升，他戴回舊眼鏡，包好新的，迅速付帳後離去。

⑮薩洛尼卡（Thessaloniki），希臘除雅典之外的第二大城市，始建於西元前三一六年，是歐洲最古老的城市之一。

步行到阿爾法瑪區瑪麗安娜．埃撒的診所原本只需半小時，但戈列格里斯花了整整四小時。一路上一看到長椅，他便坐下，換戴新眼鏡。新鏡片讓世界變得碩大，他第一次感受到三度空間，物體在這空間裡能無限延伸。太迦河不再是一片棕色的模糊平面，而成了一條河。聖喬治城⑯的三面城牆高聳入雲，好似一座真正的古堡。但這世界讓他感到吃力。輕巧的眼鏡的確減輕對鼻梁的壓力，但他習慣的沉重腳步反而與臉上的輕盈不搭調了。世界向他靠攏，咄咄逼人，對他提出更多要求，可他又不明白到底要他回應什麼。一旦這些捉摸不透的要求太多，他便立即換回舊眼鏡，與現實拉開距離，允許他質疑：在文字和文本之外是否還存在一個外在世界？這份質疑對他而言親切且珍貴，少了便無法想像自己的生活。但他又無法忘卻新的視野。他在一座小公園裡掏出普拉多的札記，想試試新眼鏡的閱讀效果。

偶然，是我們生命中的真實導演，他集殘忍、憐憫和迷人魅力於一身。戈列格里斯簡直無法置信，他第一次輕鬆領略到普拉多的文字。他閉上眼，放任自己進入甜蜜的幻想，但願新眼鏡會繼續帶領他領會其他段落——宛若童話故事裡的魔法道具，幫助他擺脫文字的外在框架，找出內在含意。他將新鏡框扶正了一下，發覺自己開始喜歡上它了。

「我想知道檢查結果是否正確。」那位大眼睛，身上套著黑絲絨大衣的女人說。這句話讓他意外，因為聽起來好像出自一個缺乏自信的用功女學生，與女醫生自信的外表不相稱。戈列格里斯望著一個滑著直排輪快速遠去的女孩背影。若是里斯本頭一晚碰到的那位直排輪小子的手肘稍稍岔開一點，就不會撞上他的太陽穴，他現在就不必去找醫生，也不必徘徊在朦朧與清晰明確的視野間，給予這世界不真實的真實感。

他在一家酒館裡點了一杯咖啡。正值正午時分，酒館裡擠滿來自附近辦公大樓裡的衣裝筆挺男士。戈列格里斯從鏡中打量自己的新面孔與全身樣貌，也就是女醫生接下來會看到的模樣：磨平的燈心絨長褲、粗糙的高領套頭衫和老舊的風衣。那身老舊風衣與酒館內眾多束腰西裝外套、色澤協調的襯衫和領帶一比，顯得格外刺眼。這身穿著跟他的新眼鏡也不太匹配，根本不協調。戈列格里斯因此心裡感到不快，隨著咖啡一口口下肚，他越來越光火。想起美景飯店的服務生在他逃出城的那天早上是如何冷眼打量他，他卻全然不當一回事，反而有意以這副邋遢模樣與空洞的時髦氛圍抗衡。他的自信哪裡去了？他帶回舊眼鏡，結完帳便離開。

他第一次去診所時，附近與對面的高貴建築就存在了嗎？戈列格里斯換上新眼鏡四處打量。醫生診所、律師事務所、一家葡萄酒公司，還有一間非洲國家的大使館。他在厚厚的套頭衫裡熱得冒汗，臉上感覺到一陣冷風將天空吹得清澈。哪扇窗戶是瑪麗安娜・埃薩的診療室呢？

一個人視力如何，取決於許多因素。瑪麗安娜說。兩點差一刻，他這時能進去嗎？他穿過幾條街，在一家男裝店前停住。你也該買些新衣服穿了。坐在前排的女學生芙羅倫斯偏偏被他不修邊幅的模樣吸引。成了他的妻子後，很快便對他隨意的外表倒盡胃口。不管怎麼說，你不是一個人生活。光懂希臘文也不能當衣服穿。在他獨居的十九年中，他只去過兩三次服飾店。他很喜歡不受人指點的日子。十九年了，夠了嗎？他遲疑地走進男裝店。

兩名女店員使出渾身解數，伺候唯一上門的客人，最後還請出老闆來招待。戈列格里斯不斷在鏡中見到嶄新的自己：先試西裝，那些西裝把他包裹得好似銀行家、歌劇院的貴賓、花花公

16 聖喬治城（Castelo de Sao Jorge），里斯本內最古老的歷史遺跡，居阿爾法瑪區最高點，處處可見摩爾人的築城技術，城堡的青銅砲台上可眺望整個市街及港口，景色極為優美。

子、教授和會計；接下來試外套，從雙排扣外套試到運動休閒上衣，讓人想到在宮廷公園裡騎馬的貴族；最後試穿皮衣。一連串熱情洋溢的葡萄牙文，他半句都聽不懂，只好一再搖頭。最後他穿著一套灰色燈心絨西裝離開那家服飾店。經過幾棟房子後，他不安地望向櫥窗裡自己的身影。他強迫自己穿上質地精緻的酒紅色高領套頭衫，跟新的紅鏡框搭配嗎？

他突然失去控制，怒氣沖沖地疾步走到大街對面的洗手間，換上了舊衣服。經過一個車輛出口時，看到後面有一堆垃圾，便順手將裝新衣的袋子往那一扔，然後緩步走向女醫生的診所。剛進大門，他便聽到樓上傳來開門聲，接著看到她穿著輕飄飄的大衣下樓。此刻他真希望自己穿著那套新西裝。

「喔，是您！」她說，接著便問起他戴新眼鏡的感受。

他說話時，女醫生已經走過來，伸手握住鏡框檢查位置是否恰當。香水的氣味撲鼻而來，一綹髮絲輕撫在他臉上。在那一瞬間，她的動作與芙羅倫斯第一次摘下他眼鏡時的那一刻相融。他在訴說那不真實的真實感受時，她聽得笑了，然後看了看手錶。

「我得去碼頭搭船，去拜訪一個人。」他臉上的神色令她詫異，她因此停下了腳步。「您去過太迦河嗎？要不要一起來？」她問。

之後戈列格里斯不再記得搭車前往碼頭的路上發生過什麼事，只記得她一下子便俐落地將車子駛進十分狹窄的停車位。之後他們坐在渡船的上層甲板，聽瑪麗安娜・埃薩講述要去探訪的人，也就是她叔父的事。

胡安・埃薩住在卡希爾斯區的一間養老院裡。他沉默寡言，成天只模仿那些有名的棋局。他過去在一間大企業當會計，為人謙遜，不引人注目，幾乎是個隱形人。沒人想到他在為反抗組織效命，偽裝完美之極。在他四十七歲時，薩拉查的人逮捕了他。法庭視他為共產黨員，以叛國罪判處終身監禁。兩年後，心愛的姪女瑪麗安娜才把他從監獄帶回家。

「那是一九七四年夏天，革命勝利後幾個禮拜。我才二十一歲，正在孔布拉大學唸書。」她將頭轉開說著。

戈列格里斯聽到她在哽咽。為免聲音千瘡百孔，她繼續說下去時壓低了嗓音。

「我永遠忘不了那一刻。他那年四十九歲，酷刑把他折磨得老邁體衰。從前他的聲音飽滿、低沉宏亮，現在他嗓音沙啞，聲音輕飄。那雙彈奏鋼琴的手，他尤其擅長彈奏舒伯特，現在完全扭曲變形，還抖個不停。」她吸了一口氣，然後挺直身子。「只有那雙灰眼睛仍然有剛硬無畏、咄咄逼人的光采。他沒有屈服！很多年後，他才跟我慢慢講述往事：為了逼他招供，他們把燒得通紅的鐵塊擱在他眼前。鐵塊離他越來越近，他等待著隨時就要沉沒在熾熱的黑暗浪潮中，然而他的視線並不畏懼發紅的鐵塊，穿透過那堅硬與炙熱，直射到施酷刑者的臉上。他出奇的剛強不屈，讓折磨他的人一時停住了手。『在那以後，我什麼都不怕了。』他告訴我：『一切都不怕。』我相信，他不曾洩露過任何機密。」

他們一起上岸。

「那邊，」她的聲音又恢復了原有的堅強，「就是養老院。」

她指著一艘正畫出巨大弧形的渡船，從這望去，可從另一個角度眺望里斯本。她遲疑地停頓了一下，這個動作洩露出她意識到兩人太快產生親密關係，現在不可繼續下去，也許她驚覺到，透露這麼多胡安和自己的事似乎不對。她往養老院走去時，戈列格里斯久久望著她遠去的背影，想像她二十一歲時站在監獄門前的模樣。

他要回里斯本，再次搭上了橫渡太迦河的船。這麼說來，胡安．埃薩參加過反抗運動，普拉多也同樣為反抗組織工作。反抗運動。女醫生理所當然用葡萄牙文強調這個字，彷彿這件神聖的事無法用其他語言表達。她提到這字眼時帶著輕柔的急迫，飽滿的聲音令人迷醉，這個字也因此罩上一層神祕色彩與光環。一個是會計，一個是醫生，兩人相差五歲，都經歷無數風險，擅長絕妙偽裝、沉默寡言、口風嚴密。他們認識嗎？

戈列格里斯上岸後，買了一張詳細標註巴羅奧爾多的市區地圖。吃飯時，他畫出尋找藍屋的路線。安德里亞娜．德．普拉多很可能還住在那棟房子裡，年老體衰，沒有電話。他走出餐廳時，黑夜開始降臨。他坐上電車前往阿爾法瑪區。下車後走著走著，忽然認出路邊堆放垃圾的車子出入口，那袋新衣還在。他拎起衣袋，叫了輛計程車回旅館去。

12

戈列格里斯隔天一大早便出門，那天天色陰暗，霧氣濛濛。他昨晚上床後，竟反常地很快就入睡，沉入波濤洶湧的夢境中，令人費解的船、衣服和監獄在夢中一排排湧來。雖然難以理喻，倒也不太難受，更算不上惡夢，因為那些如狂想曲般無序變換的插曲總被一個無聲、卻又十分真實的聲音壓制下去。那聲音屬於一個女人。他心急如焚地尋找這女人的名字，彷彿那事關己命。在他醒來的一瞬間，他想起了這個名字：昆賽桑，女醫生如神話般美麗的名字，刻在診所大門口的黃銅板上：瑪麗安娜．昆賽桑．埃薩。他輕聲讀著這名字，一段遺忘的夢境浮現在腦海：一名快速變換身分的女人取下他的眼鏡，重重按著他的鼻梁，現在他還能感覺得到那重量。

醒來時已是午夜一點，不可能再入睡，於是他翻閱普拉多的書，在一個段落停下來。

夜中稍縱即逝的臉

我覺得很多時候，人與人相遇正如深夜裡呼嘯交馳而過的列車。我們望向在朦朧黯淡的車窗後的人，倉促一瞥。還來不及看清，對方已從視線中消失。那是男人還是女人？從對面車窗燈影裡稍縱即逝的影像，就像從虛無中浮現的幻影，沒有目的與意義，直接闖入無人的深夜。他們認識嗎？是否在交談，歡笑，或在哭泣？你會說：這正好比陌生人在風雨中擦肩而過。但很多人長期面對面而坐，我們同吃、同住、一起工作，生活在同一個屋簷下，何來稍縱即逝？穩定關係、信賴感，乃至親密的了解都在矇騙我們的錯覺：難道我們不是為了安慰自己而發明假象，用以掩蓋並祛除那稍縱即逝，只因為我們不可能在任何一刻裡捉得住它？他人的每一次注視、眼神每一次交會，不正像交馳而過的列車上旅人的視線，如鬼魅般短暫交接，在讓一切顫慄的疾速與強大氣流中麻木？我們看陌生人的眼神不正如夜晚交馳的列車，迅速地從別人臉上挪開？留下的不過是臆測、浮想，以及憑空想像的特徵？難道事實上相遇的不是人，而是投射出己身意念的影子？

戈列格里斯心想，身為一個從內心激盪深處吶喊出孤獨的男人的妹妹，會有何等感受？這個在反思中將不留情面的結論公諸於世的人，文字卻絲毫沒有絕望或衝動。當他的助手、遞給他針筒、替他幫病人包紮傷口的人會怎麼想呢？他寫出人與人之間的疏遠及陌生時有沒有想過：這對藍屋診所的氣氛有何意義？他是否把一切藏在心底？藍屋是否是他唯一能吐露心聲之地？他是否走過一間間的房間，手裡拿本書，想著要聽哪首曲子？哪種樂聲適合他孤獨的思考？是否明澈堅硬宛如玻璃？他在尋找與內心同調的樂聲，抑或要宛如香脂的曲調和旋律，不至於讓人迷醉恍惚，卻讓人內心祥和？

近破曉時，戈列格里斯懷著滿腹疑問又淺淺滑入夢鄉。睡夢中，他站在一道虛幻的藍色窄門前，他想按鈴，卻又不確定該跟出來開門的老婦說什麼。醒來後，他換上新裝，戴著新眼鏡去餐廳吃早餐。女服務生發現他嶄新的外表時吃了一驚，一抹微笑隨即掃過她的臉。現在他踏著霧色灰濃的週日清晨，去尋找老科蒂尼奧描述的藍屋。

他在察看上城幾條窄巷時，忽然發現在第一晚跟蹤過的男人，剛好走到窗邊抽菸。那棟房子在日光下看來比夜裡更狹窄破落。房間內部雖在陰影中，戈列格里斯還是瞥見沙發上的織毯、擺設彩繪瓷像的玻璃櫃，以及耶穌受難十字架。他停下來，望著抽菸男子。

「一座藍色房子？」他問。

那男人將手罩在耳上，戈列格里斯又問了一次。回答滔滔不絕，他一句都聽不懂，老人夾著菸的手同時上下舞動。老人說話時，一名身形佝僂、老態龍鍾的婦人走到他身邊。

「藍屋診所？」戈列格里斯問。

「是！」婦人聲音嘶嘶響著，又說了一遍：「是！」

她揮舞著骨瘦如柴的手臂與皺巴巴的手指，激動地比劃了半天。戈列格里斯好一會兒才明白，她在招呼他進去。他遲疑地走進屋子，房裡的霉味與燒焦的油味朝他撲來。要進入老人正在等待的房間，像是得衝過一堵氣味令人作嘔的厚牆壁。這時，老人唇間叼上了一根新香菸。他一瘸一瘸地領著戈列格里斯來到客廳，嘴裡含糊不清自語著，手飄忽地一擺，示意他在鋪著織毯的沙發上坐下。

接下來半小時，戈列格里斯吃力地在兩位老人令人費解的葡萄牙文及變化多端的手勢間辨明頭緒。老人試著向他說明，四十年前普拉多為這社區居民看診的情形。言語間流露出對醫生的敬重，尊敬一位遠比自己傑出的人。但語調中還有另一種情緒，戈列格里斯漸漸才看出，那謹慎的情緒來自多年來不願承認的指責，卻又無法完全從記憶中清除。大家開始迴避他，傷透了他的心。他想起科蒂尼奧告訴他，普拉多曾經救過有「里斯本屠夫」之稱的魯伊．路易士．門德斯的命。

老人拉起一隻褲腳，將一塊傷疤指給戈列格里斯看。「這是他治療的。」他用尼古丁燻黃的手指指著傷疤。老婦用皺巴巴的手揉著太陽穴，然後做出一個飛了的動作：普拉多治好她的頭痛。她還指出自己手指上的一小塊疤痕，從前那裡大概有塊疣吧。

戈列格里斯後來常自問，到底是什麼讓他最終下定決心去按藍屋的門鈴？這時便會不禁想起兩位老人的手勢，想到那名先受人尊敬、爾後遭唾棄，最後重新獲得人們景仰的醫生在兩老的身上留下的痕跡，醫生的手彷彿在他們的身上復活。

戈列格里斯詳細打聽去普拉多診所的路後，便向兩位老人告辭。他們頭挨著頭，在窗口目送他。戈列格里斯覺得他們的眼神中似乎含有妒意，一種矛盾的嫉妒：他可以去做他們已無能為力的事，去認識全新的普拉多，由此開拓一條通往自己過往人生的道路。

透過認知和理解他人，真的是看清自己的最好途徑嗎？儘管他人的人生與自己不同，擁有迥然不同的思考邏輯？對他人的好奇心，跟自己對人生流逝的感嘆又有何關？

戈列格里斯站在一間小酒吧的吧台旁喝咖啡，他是第二次站在這裡了。一小時前，他剛好來到路易士・路克斯・索里亞諾街，往前走了幾步後，便看到普拉多的藍屋診所。那是一幢三層樓的屋子，藍色瓷磚牆確實曾讓房子泛著藍色，但最突出的還是塗上閃亮深藍色的高大拱窗。油漆雖已老舊，色彩斑剝，有些潮濕的部位長出黑色苔蘚。連窗台下鍛鐵窗框上的藍漆都開始剝落，只有大門上的藍漆完美無缺，彷彿在說：看看這裡吧，這裡才是最重要的地方。

門鈴上沒有掛名牌。戈列格里斯看著黃銅門環時，心中狂跳不已。*我未來的一切似乎都維繫在這道門後。*他想著，然後朝幾棟房子外的小酒吧走去，內心在與要他放棄的威脅感抗爭。他看看時間：就在六天前，他正好在這時刻從教室裡的掛勾上取下濕漉漉的大衣，頭也不回地脫離原本安穩有條理的生活。他摸進外套口袋，碰到伯恩寓所的鑰匙。一股強烈的欲望湧來，彷彿突然爆發的飢餓感：他想要讀一段希臘文或希伯來文，要美麗的外來文字出現在眼前。四十年過去了，這些文字對他依然具有東方神奇的優雅魅力。他想證實，在經歷過不知所措的六天後，他並未喪失理解那些文字的能力。

科蒂尼奧送的希臘葡萄牙文雙語《新約聖經》放在旅館內，但旅館離這裡太遠。他想要讀，想在這距離藍屋不遠的地方，在威脅著要吞沒他的藍屋大門尚未啟開前，在此地此刻就要讀。他趕緊結了帳，去找一家有他想看書籍的書店。不巧今天是星期天，他只找到一家大門緊閉的教會書店，玻璃櫥窗裡擺著希臘文與希伯來文的書。他的額頭緊靠在霧氣朦朧的玻璃上，再次感受自己想去機場，登上下一班飛返蘇黎世班機的蠢動。他意識到自己戰勝那咄咄逼人的期望後如釋重負，他彷彿經歷了一場猛爆性高燒又退了燒，耐心地等待熱潮退去，然後緩緩走回藍屋附近的酒吧。

他從新外套的口袋裡取出普拉多的書，看著葡萄牙醫生果斷無畏的面孔，一名因恪守職責而遭致無情對待的醫生，一名反抗運動者，試圖用生命去換抵無罪之罪。他還是一個文字鍊金師，最大的熱情乃是讓緘默的人生打破沉默。

他突然感到一陣恐懼：倘若在此期間藍屋換了主人，那該怎麼辦？他匆忙將咖啡錢放在吧台上，然後衝向藍屋。他在藍色大門前深深吸了兩口氣，然後讓氣緩緩從肺部排出。他按下門鈴。門鈴叮噹響了起來，宛如來自遙遠的中世紀，聲音在整棟房子裡迴盪。沒有動靜。沒有燈光，沒有腳步聲。戈列格里斯強迫自己鎮靜下來，又按了一下。依然無聲無息。他轉身，疲倦地倚在門上，想著自己在伯恩的寓所。他感到釋然，一切終於過去了。他慢慢將普拉多的書放進大衣口袋，撫摸了一下大門上冰涼的門鎖，慢慢抽開身子，打算遠離此地。

就在這時，他聽到裡面傳來腳步聲，有人從樓梯上走下來。透過門窗，他看到屋裡出現了一道光亮。腳步聲接近大門。

「是誰？」門後傳來一個女人深沉沙啞的問話。

戈列格里斯一時之間不知該說什麼。他默默等待。幾秒鐘後，鑰匙在孔眼內旋轉，門開了。

相遇篇

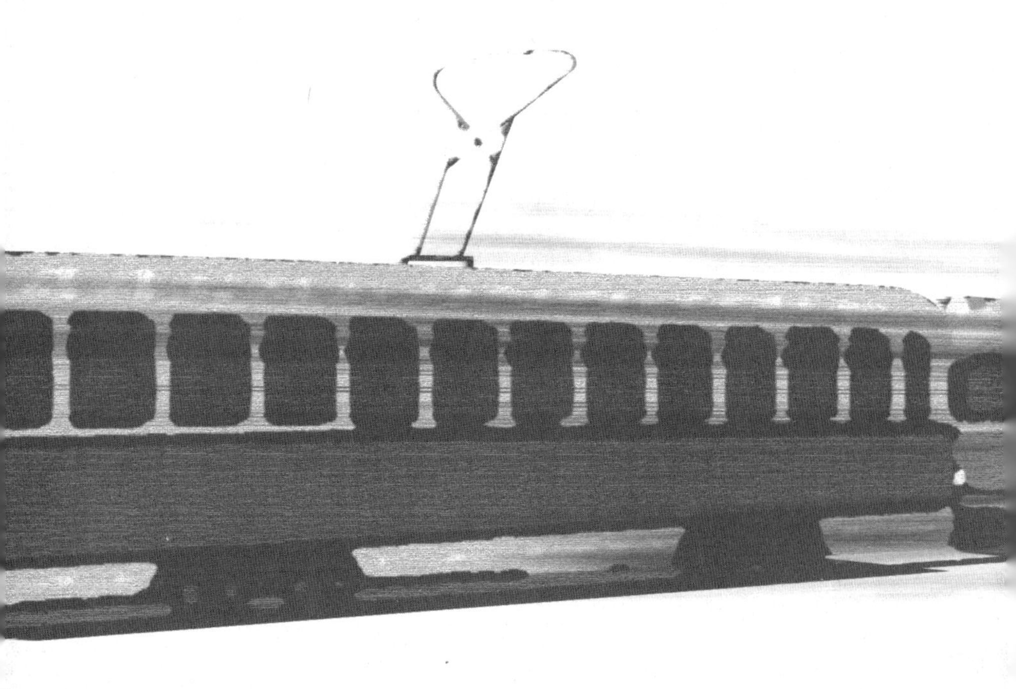

13

戈列格里斯面前的高大婦人身著一襲黑衣，面容嚴峻，有著修女般的美貌，宛如從古希臘悲劇中脫身而出。她瘦削蒼白的臉頰包覆著一條黑色針織頭巾，一隻手在下巴抓緊頭巾。她瘦骨嶙峋的手上青筋暴露，比臉更清楚地透露出她的高齡。深陷的眼睛如黑鑽般閃亮，銳利地打量著戈列格里斯，眼神訴說她的貧困，她的自我克制與自我否定，彷彿摩西在警告所有聽天由命的人。戈列格里斯心想，這婦人背脊筆直，昂起的頭遠超過她身形的高度，要是有人忤逆她沉默堅定的意志，那對眼睛肯定會噴出火來。現在那裡正射出一道冰冷的火焰。他在她面前不知所措，甚至忘了如何用葡萄牙語問候。

在婦人默默地盯視下，他沙啞地用法語問候，然後從口袋裡掏出普拉多的書，翻出作者肖像指給她看。

「我知道，這個人是醫生，在這裡住過和工作過。」他繼續用法語說：「我……我想親眼看他住過的地方，和了解他的人談談。他寫的東西太令人難忘。智慧之語，無比神奇。我想知道，能寫出這些話的人是怎樣的人，跟他在一起過得又是何種生活？」

在黑色頭巾襯托下，婦人蒼白無光的嚴厲臉龐似乎不為所動。只有特別清醒之人（此際的戈列格里斯正是如此），方能察覺，她緊繃的臉略為鬆動（一點點鬆動而已），不友善的嚴峻眼神稍微軟化。但她依舊一言不發，時間開始顯得漫長。

「真對不起，我不想……」他從門邊退開兩步，手尷尬地擺弄那忽然顯得過於窄小的外套口袋，小到無法接納那本書。他打算轉身離開。

「等一下！」婦人的聲音比剛才門後那冰冷聲調溫和了些，她的法語口音和他在橋上遇到的陌生葡萄牙女人相同，但她的聲音彷彿不可抵抗的命令。戈列格里斯想起，科蒂尼奧提到安德里亞娜對病人盛氣凌人的態度。他轉身再度面對她，手裡依舊握著那本礙手的書。

「請進。」婦人說，從門邊退了一步，手朝樓梯往上示意了一下。她用一把彷彿來自另一個世紀的大鑰匙將門鎖緊，尾隨他上樓。當她蒼白而瘦骨嶙峋的手鬆開扶手，繞過他，走向會客室時，他聽到她的喘氣聲，一股刺鼻的氣味飄過，可能是藥水，也可能是香水味。

戈列格里斯從未見過這種會客室，連在電影裡都沒見過。會客室沿著房子寬度延伸，像是無邊無際。無瑕疵的鑲木地板泛著光，用不同材質與不同色調的木料鑲嵌成玫瑰花型。就在似乎看到最後一朵鑲木玫瑰時，卻又冒出下一朵。視線的終點一直望向戶外的老樹，正值二月底，紛亂的深色樹枝竄入灰白色的天際。會客室的一角擺設著一張圓桌與法式風格家具：一張沙發和三把椅子，椅面是橄欖綠與銀白色的閃亮絲絨，彎曲有致的扶手，與紅木製的椅腳。另一角立著一座發亮的黑色立鐘，金色垂擺靜靜地垂著，分針秒針靜止在六點二十三分的位置。靠窗的一邊擱著一架平台鋼琴，一塊鑲繡金銀絲線的黑色錦緞琴罩一直鋪到琴鍵蓋上。

最讓戈列格里斯印象深刻的，還是那一眼望不到盡頭、嵌入赭色牆壁中的書牆，上面掛著青年風格的藝術小燈，頭頂上是花格天花板，和牆面一樣的赭色，並融入深紅色的幾何圖案。真像一間修道院圖書館，戈列格里斯心想，真像接受古典教育的富有人家子弟擁有的圖書館。他不敢沿著書牆走，但視線很快在一排鑲金書名的深藍色書中，瞥見牛津大學出版的古希臘文集，接下來是西塞羅、赫拉茲和早期基督教教父聖伊格納西的作品全集。他在這棟房子裡還不到十分鐘，卻已盼望不要離開。這裡一定是普拉多的圖書館了。是吧？

「普拉多很喜歡這房間，喜愛這些書。『可是，安德里亞娜，』他常跟我說：『看書的時間實在太少了，或許我該去當神父。』可是他又想開著診所大門，從早到晚看診。『有病痛或恐懼的人不能等待。』每當我看到他精疲力竭想制止他時，他便這麼對我說。晚上無法入睡時，他便會讀書和寫作。也許正因為覺得自己必須讀書、寫作和思索，他才不肯休息。我不知道。他的失眠太可怕了，我相信，要是他不必承受這種痛苦，不是這麼孜孜不倦地探索，不斷在文字中尋尋覓覓，他的大腦或許能工作得更久，也許到現在還活著。到今年十二月二十日，他該滿八十四歲了。」

她根本沒問戈列格里斯是誰，也沒介紹自己，卻滔滔不絕地談著自己的哥哥，講到哥哥的痛苦、奉獻、熱情及死亡。從她的敘述和表情可看出，這一切的一切無疑對她的一生至關緊要。她如此直言不諱，彷彿冀求戈列格里斯在一瞬間變形，不屬於任何一個時代，成為她想像世界裡面的一員，見證她所有的記憶。他攜帶的書上印有祕密符號「紅雪松」，足以讓他取得進入她思想聖殿的門票。她花了多少年的時間，為了等待一個像他這樣的人前來，一個能與她談論過世哥哥的人。普拉多墓碑上的死亡日期為一九七三年，也就是說，安德里亞娜在這棟房子裡孤單生活了三十一年，也守了哥哥走後三十一年裡，留在這棟房子裡的回憶與空洞。

她原本一直將頭巾在下巴緊緊抓住，似乎想掩飾什麼。現在她的手放開了，針織頭巾散開，露出裹住脖子的黑絲絨帶。頭巾分開，露出罩著雪白縐摺皮膚的寬絲絨帶，這景象令戈列格里斯無法忘懷，這一幕定格成一幅細節清晰的靜止畫面，更在後來得知黑絲絨帶掩飾的東西後，更成為記憶中的聖像了，連安德里亞娜的手查看絲帶是否安在的動作都包括在內。比起在她計畫與意識下做出的事，這個鬆開動作更表露出她的個性。

頭巾稍微向後滑落，戈列格里斯看見她的灰髮，夾雜的幾綹黑髮讓人想像她曾經擁有一頭烏黑的秀髮。安德里亞娜抓住滑落的頭巾，尷尬地朝前拉，暫停了一下，乾脆從頭上扯下來。兩人四目相對了一會兒，她的眼神似乎在說：沒錯，我是老了。她的頭往前彎，一綹鬈髮滑落到眼前，上半身縮了起來，青筋暴露的手失神慢慢地摸著膝上的頭巾。

戈列格里斯指著桌上普拉多的書。「普拉多寫的全在這裡面嗎？」

簡短的話語效果出奇好，安德里亞娜臉上所有疲倦與黯淡一掃而空。她起身，頭往後仰，雙手將頭髮撂到腦後，然後看著他。這是她臉上第一次露出狡黠的微笑，讓她至少年輕了二十歲。

「過來吧，先生。」她語氣中所有盛氣凌人的口吻消失殆盡，不再像是發號施令，甚至連要求都說不上，反而像是宣告，要他看個東西，領他進入一個掩藏的祕密中，用葡萄牙語對他展露出親暱與密謀感，顯然忘了他不懂葡萄牙文。

她帶著他經過走道，走向通往頂樓的第二道樓梯，然後喘著氣，一級級往上爬，最後停在頂樓兩扇門中的一扇門前。你可以說她只是想休息一下，但戈列格里斯事後在記憶中歸納這件事時，卻肯定這個歇息其實是種遲疑，疑慮著是否該向陌生人展示這片神聖之地。最後她還是按下門把，動作輕柔地有如去醫院病房探病，她小心謹慎地先打開一條門縫，然後才緩緩推開門。這動作不由得讓人覺得，彷彿時間她在爬樓梯時倒退了三十年，期待在踏進房間時再次見到普拉多，看他伏案寫作，或是沉思，或是睡覺。

在戈列格里斯的意識邊緣，或在稍許朦朧之處閃過一個念頭：一個女人正走在一道狹窄山脊上，這道山脊將她現今可見的生活與一個無形、久遠，對她而言卻更為真實的日子分開來。只消輕輕一推，甚至只消輕輕呼口氣，她便會跌下深谷，消失在過去與哥哥的生活中，永不復返。

時間確實在他們進入的大房間裡停滯。房間的擺設簡陋到近乎苦行，面對牆的一角擱著一張書桌及一把椅子，另一頭擺了一張床，床前鋪著一小塊地毯，看來像是祈禱用的。房中央擺著一張閱讀用的沙發椅，旁邊立著一盞立燈，周圍光禿禿的地板上胡亂堆了一層層的書，此外便一無所有了。這是個避難所，紀念醫生、反抗運動者及文字鍊金師的阿瑪迪歐・伊納西奧・德・阿爾麥德・普拉多的聖壇，瀰漫著大教堂的冷靜和深遠，無言低語的空間裡，時間凝固了。

戈列格里斯站在門邊。這裡不是陌生人可以隨意走進去的地方。安德里亞娜雖在少數幾件家具之間移動，動作卻顯然非比尋常。她不是踮著腳尖或步伐矯揉造作，戈列格里斯覺得，她緩慢的步履本身即超凡脫俗，擺脫物質的概念，近乎不受時空限制。她手臂與指尖的動作也是如此，她走過去輕撫家具，卻幾乎沒有觸碰到。

她最先觸摸的是書桌椅，圓凸的座墊、彎曲有致的椅背，與客廳中的椅子十分相配。椅子斜靠著書桌，似乎有人匆忙起身時碰倒了椅子。戈列格里斯不由自主地想，安德里亞娜一定會去扶正椅子，然而在安德里亞娜輕輕繞過椅子未做絲毫改變時，他才明白：傾斜的椅子正是普拉多三十年又兩個月前留下的模樣，不管要付出任何代價，安德里亞娜都不會去改變，否則便是以普羅米修斯的狂妄奪走不可變更的過去，或是推翻了自然法則。

書桌上的情形也一樣。為了方便讀書寫作，書桌上放了塊十分傾斜的書架，上面擺著一本從中攤開的大書，前面有一疊紙。戈列格里斯在遠處費力看著，看見紙上僅寫了幾個字。安德里亞娜用手背輕撫桌面，又輕輕觸碰了一下放在紅銅墊盤上的藍色瓷杯，旁邊還有個裝滿的方糖罐和一個滿溢出來的菸灰缸。這些東西也經歷了這些歲月？三十年的咖啡渣？年齡超過四分之一世紀的菸灰？打開的墨水瓶裡的墨水應該已碎成細粉，或是乾成黑黑的一團。書桌上雕飾精美桌燈的翠綠燈罩底下的燈泡是否還會亮？

有件事讓戈列格里斯吃了一驚，但他隔了一會兒才明白過來：所有物品全都一塵不染！他閉上眼，安德里亞娜成了在室內遊走、沙沙作響的幽靈。難道這幽靈在一萬一千個日子裡定期在這裡撣去灰塵，頭髮因此才灰白的嗎？

等他再度睜開雙眼，安德里亞娜剛好站在一堆塔樓般高的書堆前，那書堆看似隨時會坍塌。她瞧著最上頭一本厚厚的大開本書，封面有幅大腦圖。

「大腦，老是大腦。」她喃喃說著，語氣中淨是責備：「你為什麼不告訴我？」

她這時的聲調中有怒氣，在歲月和沉默的洗禮下聽天由命的怒氣，以此回應死去三十年的哥哥。普拉多沒告訴她，他得了動脈瘤，戈列格里斯心想，他也從未跟她提起自己的恐懼，更沒告訴她，自己的生命可能會隨時結束，直到她看到這些筆記。在悲傷過後最讓她氣惱的，便是他隱瞞著她，不願與她分憂。

她抬起頭看著戈列格里斯，彷彿已經忘記了他。她漸漸恢復神智，回到現實中來。

「啊，好，請您到這裡來。」她用法語說，踏著比先前堅定的腳步。她回到桌邊，拉開兩個抽屜，裡面放著用厚卡紙夾著的厚厚一疊疊的紙，外面用紅帶子纏綁了幾圈。

「法蒂瑪死後不久，他便開始寫作。他說：『這是在與麻木的內心搏鬥。』幾星期後又說：『為什麼我沒有早點寫作呢？人若不寫作，就不可能真正清醒，也無法了解自己，更不用說認清自己不是誰。』他不允許別人閱讀，包括我在內。他拔出鑰匙，一直帶在身上。他……不太相信別人。」

她關上抽屜。「我現在想一個人待著。」她突然冒出這句話，幾乎帶著敵意，下樓時也沒再多說一個字。打開大門後，她默默站著，姿態僵硬又笨拙。她不是那種會跟人握手的女人。

「謝謝，再見。」戈列格里斯說，遲疑地打算轉身離開。

「您貴姓？」

她問得過於大聲，聽來像是嘶啞的吠叫，讓他想到科蒂尼奧。他答覆後，她又重複一遍：

「戈列格里斯。」

「您住哪？」

他告訴她自己的旅館。她沒跟他道別便關上門，轉動鑰匙鎖上。

14

雲倒映在太迦河上，在波光粼粼的水面追逐，在河面上掠過，吞噬了光亮，又讓陽光從暗處冒出，綻放刺眼的光芒。戈列格里斯取下眼鏡，用雙手遮陽。刺眼的明亮和咄咄逼人的陰影的強烈交替，在新鏡片下鋒利異常，對他毫無防備的眼睛來說是個苦刑。他剛才在旅館裡稍事午休，但睡得不安寧，醒來後又戴上了舊眼鏡。然而沉重的舊眼鏡讓他很不舒服，彷彿用臉吃力地推著重擔。

他不安地在床沿坐了許久，多少也對自己感到陌生。他試著梳理上午紛亂的經歷。夢中他看見沉默的安德里亞娜一襲黑衣，臉如蒼白的大理石，形跡如鬼魅。那黑色十分獨特，具有附著所有物體的特質，且不論物體原本的色澤，釋放出何種光彩。安德里亞娜頸上的黑絲絨帶一直包到下巴，像是扼住了她的喉嚨，因為她不斷扯著，接著又用雙手抱頭，看來想要保護的是大腦，而不是頭顱。書一堆堆坍倒。有一會兒，戈列格里斯的心情交雜在擔心的等待與偷窺者的不安良心間，坐在普拉多堆滿化石物品的書桌前，書桌中央擺著一張寫了一半的紙。一行行文字一經他的眼睛接觸立刻褪色，無法識讀。

他在回憶這場夢境時，有時覺得自己從未造訪過藍屋診所，彷彿所有一切不過是場逼真的夢，一段錯覺交纏的插曲，清醒與夢境的差別不過是種偽裝。於是他也緊抱住頭，等他再度感受到拜訪過藍屋的真實感，剝除安德里亞娜身上所有夢幻成分，靜靜又仔細地看她，讓他們相處不到一小時中的每一個動作、每一句話，一一重現在腦海。有時想到安德里亞娜嚴厲苦澀、不與遙遠過去妥協的眼神時，便不由地感到害怕。見到她在普拉多的房間裡遊蕩，近乎迷亂地回到從前時，他則感到毛骨悚然。他想用針織頭巾溫柔地裹住她的頭，讓那備受折磨的靈魂稍事歇息。

要探訪普拉多的內心，勢必要透過這位剛強又脆弱的女人，說得更確切點，必須透過她，穿過這女人昏暗的回憶長廊，才能找到普拉多。他願意這麼做嗎？他有覺悟能辦到嗎？就憑他這個活在古文而非在現實裡，被敵視的同事稱為紙莎草紙先生的人？

應該找到更多了解普拉多的人，而非像科蒂尼奧和普拉多僅有一面之交，也不是那些把普拉多當成醫生的人，例如今天上午見到的跛腳老人和老嫗；而是要找出他的朋友，甚至是反抗運動的戰友，這些真正了解他的人。想從安德里亞娜那裡了解普拉多絕非易事。她將死去的哥哥視為私產，至少在她低頭審視那本醫學書，對普拉多說話的樣子，便已表明這點。一切有別於她心目中普拉多正確形象的事，她都會全盤否認，或想盡辦法保持距離。

戈列格里斯找出瑪麗安娜．埃薩的電話號碼，猶豫良久才撥打電話給她。要是他去養老院拜訪她的叔父胡安，她會反對嗎？他知道普拉多參加過反抗運動，或許胡安認識他。電話中先是一陣沉默，就在戈列格里斯要為自己的無禮表示歉意時，瑪麗安娜若有所思地回答：

「我當然不反對，一張新面孔或許反倒對他有幫助。我只是在想，要如何讓他同意見你，他有時很不講情面。昨天他就比往常沉默寡言。您千萬不能魯莽行事。」

她停頓了一下。

「我想，我知道怎麼幫你了。我昨天本想帶一張唱片給胡安，一張新錄製的舒伯特奏鳴曲。

一直以來他只聽瑪麗亞・胡安・畢麗斯[17]彈奏的舒伯特。我不知道是因為那樂音，還是因為那女人，或是一種怪誕的愛國方式才去聽的。不過他會喜歡這張唱片。我昨天忘了帶去。您過來我這邊，把唱片拿去給他，算是我委託你的。這樣或許會有點機會。」

他在瑪麗安娜・埃薩的家中喝了加入方糖的金紅色阿薩姆紅茶，並告訴她安德里亞娜的事。他希望她能就此事說點什麼，但她只是默默聽著。只有他提到普拉多那已放置三十多年用過的咖啡杯和滿滿的菸灰缸時，她才瞇起眼睛，彷彿以為自己抓住了一條線索。

「您小心點，」在告別時，她說：「我指的是安德里亞娜。還有，請在事後告訴我拜訪胡安的經過。」

他帶著舒伯特的奏鳴曲登上了渡輪，去卡希爾斯區的養老院，找一位曾飽受地獄般的酷刑，卻始終能直視對手的老人。他再次用手緊搗著頭。要是在一個星期前，他還在伯恩的公寓裡修改學生的拉丁文作業時，有人進來預言：七天後他將換上一身新裝，戴著新眼鏡，坐在里斯本的一艘渡輪上，要去拜訪一位在薩拉查獨裁時代飽受酷刑的受難者，只為了打聽一名早已去世三十多年的葡萄牙醫生和詩人，他鐵定會認為那人瘋了。他還是那個深度近視的書呆子，那個「無所不知」嗎？那個只因伯恩下了幾片雪，便會慌得不知所措的人？

渡輪靠岸後，戈列格里斯慢慢朝養老院走去。他該如何跟胡安溝通？老人除了葡萄牙文外，還會說哪種語言？現在是星期天下午，在街上看到人們手上捧著花束便知曉養老院有許多訪客。

---

[17] 瑪麗亞・胡安・畢麗斯（Maria João Pires），鋼琴家，一九四四年出生於里斯本，四歲登台，六歲舉行獨奏會。至今仍活躍在國際樂壇。

養老院的老人們腿上罩著毯子，坐在窄窄的陽台上，享受著時常躲到雲層後面的陽光。戈列格里斯站在入口處報上要拜訪的房間號碼。站在胡安門前時，他慢慢深呼吸了幾次，然後敲門。這已是他今天第二次心跳劇烈地站在一扇門前，同樣不知道在等待他的會是什麼。

房裡沒有反應。他又敲了一下。就在打算轉身離開時，他聽到背後的門在傳來一下輕響後打開了。他原以為老人會是衣冠不整，不修邊幅，披著浴衣坐在棋盤前。但這位如幽靈般無聲息打開門出現的人，卻是完全是另一副模樣。他套著一件深藍色毛外套，裡面穿著雪白襯衫，繫著紅領帶，褲子熨得平整，無懈可擊，腳上的皮鞋油黑光亮。老人的雙手藏在毛衣外套的口袋裡，禿頂上短髮稀疏，整齊地貼在一對招風耳上，頭略偏向一邊，彷似不願理睬人。那雙瞇起來的灰眼睛彷彿能當頭劈開阻擋在面前的一切物體。胡安·埃薩的確老了，甚至一如他姪女所言，健康狀態也不佳，卻又不願屈服。戈列格里斯不由地想著：最好別跟這樣的人作對。

「胡安·埃薩先生嗎？」戈列格里斯問。「我從您姪女那裡來的，帶了這張舒伯特奏鳴曲唱片過來。」他在渡輪上臨時從書裡看來這幾句葡萄牙話，練習了好多遍。

胡安一動不動地站在門邊看著他。戈列格里斯向來忍受不了這種注視，過了一會便低頭看著地面。這時胡安才將門打開，做了個手勢請他進去。戈列格里斯走進這間過分仔細整理過的小房間，裡面只有必備的東西。戈列格里斯在一瞬間想到女醫生的豪華房間，不懂她為何未將叔父安置在更舒適的環境裡。胡安的問題打斷了他的思路。

「您是哪位？」他的聲音又輕又啞，卻帶著見多識廣、精明幹練的男性威望。

戈列格里斯拿著唱片，用英語報上來歷與職業，並告訴老人，自己如何認識瑪麗安娜·埃薩。

「您為何來找我？肯定不是為了送張唱片。」

戈列格里斯將唱片擱在桌上，吸了口氣，從口袋裡掏出普拉多的書，指出那張肖像給他看。

「您姪女認為您可能認識他。」

胡安瞄了書上照片一眼，便緊緊閉上眼，身子微晃了一下，然後閉著眼走向沙發坐下。

「普拉多！」他在沉靜中喃喃說著：「普拉多，無神的神父。」

戈列格里斯等著。一個不當用詞、不合時宜的動作，都會讓胡安不願再透露隻字片語。戈列格里斯走向棋盤，注視剛剛開始的棋局，決定鋌而走險。

「一九二二年在英國哈斯丁，阿廖辛打敗波古留波夫的棋局。」他說。

胡安一下抬起頭，訝異地望著他。

「有人曾經問波蘭棋王塔塔科維，誰是全世界最好的棋手，他回答：『如果西洋棋是種搏鬥，最好的棋手當屬德國棋王拉斯克；如果是門學問，最佳棋手便是古巴的卡巴朗加；如果是門藝術，最好的棋手非阿廖辛莫屬。』」

「是啊，」戈列格里斯說：「犧牲兩個城堡的棋步，展現出一名藝術家的幻想。」

「聽來有嫉妒的味道。」

「確實如此。我想不出這一招。」

一絲笑意掠過胡安飽經風霜的土氣臉部線條。

「我也一樣想不出這招，這或許能安慰您。」

兩人視線交錯又分開。戈列格里斯心想，胡安要不說點什麼，把話題繼續下去，要不然會面便到此為止。

「那邊的小壁龕裡有茶。」胡安說：「我也想來一杯。」

戈列格里斯先是吃了一驚，這不是要他來當主人嗎？但隨即看到胡安藏在毛衣外套口袋裡捏成拳頭的手，馬上明白過來：胡安不想讓他看見自己抖動、扭曲變形的手，烙印著恐懼的手。他斟上兩杯茶。熱氣從杯中冒出。戈列格里斯等著。隔壁房間傳來訪客的歡聲笑語，接著又是一片沉寂。

胡安無聲地將手從外套口袋中抽出，伸向茶杯的動作，讓戈列格里斯想到他無聲出現在門口的模樣。胡安閉著眼，似乎相信別人無法看見他那雙扭曲的手，上面滿是菸頭燙傷的疤痕，兩個指甲不見了，抖得好似患了帕金森氏症。現在換胡安仔細打量戈列格里斯一眼，看他是否承受得住這場面。戈列格里斯內心的震顫如潮水湧過的乏力感，但他竭力克制，鎮靜地端起茶杯送到嘴邊。

「我的茶只能倒滿一半。」

胡安說這句話的聲音低且輕，讓戈列格里斯難以忘懷。他感到自己眼睛濕潤，淚水就要決堤。他做了個動作，深深改變他與眼前這位飽經折磨老人的關係：他端起胡安的茶杯，一口氣將半杯滾燙的茶水嚥下去。

他的舌頭和喉嚨一陣火熱，但他毫不在意，只靜靜將剩下的半杯擱回，將杯柄轉向老人的大拇指方向。胡安久久看著他，既顯得難以置信，又有說不盡的感激，這眼神同樣深深烙印在戈列格里斯記憶中。胡安早已不知如何表達感激，早就放棄去指望他人做出讓他感恩的舉止。胡安將茶杯顫抖地舉到唇邊，等待恰當的時機，迅速喝下一口。他把茶杯重新擱回碟子上時，發出了一陣和諧的叮噹聲響。

胡安從外套口袋掏出一包菸，抽出一根叼在唇邊，然後顫抖地把火湊上去。他吸了一口，臉色鬆弛下來，手也平穩了些。他夾菸時藏起兩根缺了指甲的指頭，另一隻手則又消失在毛衣外套口袋裡。他眼睛望著窗外，開始訴說往事。

「我第一次見到普拉多時是一九五二年秋天，在從倫敦到布萊頓（Brighton）的火車上。公司派我去英國上語言班，希望我學習與國外客戶打交道。我從小在北方的濱海城市埃斯波桑德（Esposende）長大，十分想念大海，因此，在英國的第一個星期天便出發前往布萊頓。我那間包廂門被打開，一個頭髮光亮、好像頂著鋼盔的男人走進來。他的眼神非比尋常，無畏無懼，但又溫柔憂鬱。他正與新婚妻子法蒂瑪四處旅行，錢對他來說不成問題，過去不是，後來也沒有過。我打聽到他是個醫生，尤其對大腦著迷；本來想當神父，後來卻成為信念堅定的唯物主義者。他對許多事情看法會自相矛盾，觀點並非荒謬，卻十分矛盾。

「那年我二十七歲，他年長我五歲，各方面都遠超過我，至少在那趟旅途期間我這麼感覺。他是來自里斯本貴族家庭的少爺，我只是個來自北方的農家子弟。我們在一起過了幾天，一起去海邊散步，一起吃飯，有次談到了獨裁政治。我們必須反抗，我告訴他。直到今天我都還記得這句話，之所以記著，是因為當我面對這位有著詩人般精緻臉龐的男人，面對這說出很多我從未聽聞過的詞句的男人時，這句話便脫口而出。

「聽我這麼一說，他垂下目光，點點頭，把視線轉向窗外。我觸碰到他不願多談的話題，對一個正與新婚妻子周遊世界的男人來說，這話題太不識趣。我趕緊找別的話題，但他開始心不在焉，讓我跟法蒂瑪閒聊。『你說得對，』分手時他對我說：『你說的當然有道理。』他指的顯然是反抗運動。

「在回倫敦的路上，我想到了他，我覺得他或是他的一部分，更想跟我一起回葡萄牙，而不是繼續蜜月旅行。他請我留下地址，並不是人們在旅途中相遇，禮貌地互換地址。他果然很快地中斷旅行，回到里斯本。不過與我無關。他妹妹打掉一個孩子，差點送了命。他急著趕回來探望，他不相信別的醫生。他就是不相信其他醫生的醫生，普拉多就是這樣的人。」

戈列格里斯在眼前看見安德里亞娜那張苦澀、不容妥協的臉。他開始理解她了。他的么妹呢？那得再等等。

「十三年後，我才又再見到他。」胡安繼續說：「那是一九六五年冬天，也就是祕密警察暗殺德爾加多（Delgado）那一年。他從我公司那裡弄到我的新地址，有天晚上臉色蒼白又沒剃鬍子地站在我家門前。那頭曾經如黑金般發亮的黑髮完全失去了光澤，眼裡淨是痛苦。他告訴我，他救了高階祕密警察門德斯，人稱『里斯本屠夫』的門德斯的命。自此以後病人迴避他，不再尊重他。」

「『我要為反抗組織工作，』他說。

「『為了贖罪？』

他尷尬地看著地面。

「『你沒犯罪，』我對他說：『你是個醫生。』

「『我想做些事。』他堅持說：『你聽懂了嗎：我想行動。告訴我，我能做什麼？你清楚這些事的。』

「『你從哪裡得知的？』

「『我知道，』他說：『在布萊頓時我就知道了。』

「這很危險，我們會遭遇的危險甚至遠甚於他。做為反抗運動成員，他——要我怎麼說呢——缺乏合適的內在身段與性格。合格的反抗運動成員必須善於忍耐與等待，像我這種人一樣死腦筋，沒有夢想家敏感的靈性，否則太冒險了。一旦出現差錯，所有人都會受牽連，陷入險境。他過於冷酷，過於大膽，缺少耐力、倔強的個性，和無所事事的本事，即便時機看似成熟也該如此。他察覺我的想法，在別人還沒想好前，他已經感受到外人對他的看法。或許在他一生中，這是第一次有人對他說：你不行，你沒這份能力。我想，這一定讓他難以忍受。不過，他知道我說的對，他太了解自己。於是，他同意剛開始時只為反抗運動做些不起眼的小事。

「我一再叮囑他，他必須先經受得住誘惑，不讓病人知道他在為我們工作。他當然很想曝光，以便彌補與門德斯受害者，也就是病人間的關係，重新獲得病人對他的信賴。其實，他會有這種想法不外乎為了一點：讓指責他的病人得知此事，改變那些人對他的鄙視，像從前樣敬重他、愛戴他。我知道，他這個期望太強烈了，但偏偏這點正是他與我們最大的敵人。他聽了我的話之後勃然大怒，彷彿我低估了他的智慧。我算什麼人，不就是一介小小會計，比他小了五歲。不過，他明白我說的對。『我真討厭世上有像你這樣了解我的人。』有次他對我說，說罷還扮了個鬼臉。

「他戰勝了內心的渴望，荒唐的贖罪渴望。他根本沒犯錯，或是說根本不必承擔這種後果。

「門德斯暗中掩護普拉多，他的救命恩人。普拉多的診所成為反抗組織傳遞情報與金錢交易的場所，卻從未被搜查過。搜索在當時對一般人來說，如同家常便飯。普拉多對此氣惱不已。這就是他，心中無神的神父，希望別人別看輕他，受到庇護反而更傷害他殉難者的自尊。

「這導致一陣子的新危機：他企圖莽撞行動，激起門德斯的警覺而不再保護他。我找他談論此事，我們的友誼變得岌岌可危。這次他沒說我有理，但之後的舉動確實克制許多。

「不久後，他出色地完成了兩次棘手行動，只有他這種對鐵路系統瞭如指掌的人才辦得到。這就是普拉多。他醉心火車、鐵軌和岔道等等，了解所有火車頭類型，尤其熟知葡萄牙所有火車站建築，連最小的車站是否有信號塔都一清二楚。這是他的執念：只要將拉桿朝一邊拉，便決定了火車行駛的方向。他對這個簡單的機械動作深深著迷。正是他這方面的知識，和他對鐵路的瘋狂迷戀救了我們的命。原本不願見到我接受他的同志，認為他不過是個過度狂熱的高雅靈魂，會讓我們陷入險境，從此都改變了看法。

「想必門德斯對他感激不盡。在我坐牢期間，監獄原本不允許任何人探我的監，連瑪麗安娜都不行，更別說受到懷疑的反抗組織成員。只有一個人例外，就是普拉多，他一個月內可以探望我兩次，甚至可以打破一切成規，自己選定日子和時間。

「他來，停留的時間總比約定的久。一旦獄卒警告他超過了探監時間，他便氣沖沖瞪著他們，讓獄卒不寒而慄。他帶藥來給我，有止痛藥，也有安眠藥。獄方先允許他把東西帶來，只要他一離開，獄方馬上便把所有的藥統統沒收。我從未告訴他真相，否則他一定會撞倒監獄的牆。看到我被折磨得不成人樣時，他淌下了淚水。當然是同情的眼淚，但更多是對自己無能為力的憤慨。他滿是淚痕的臉因怒火漲得通紅，要是當時獄卒在旁邊，一定會被他狠狠修理一頓。」

戈列格里斯看著胡安，想像他犀利的灰眼睛盯著燒得通紅的鐵塊，正嘶嘶作響朝他逼近。戈列格里斯感受到眼前男人難以置信的堅強。他們可以摧毀他的肉體，卻永無戰勝他的可能，即便他不再留在這空間裡，還是能感受到這裡有位讓敵人輾轉難眠的反抗運動者。

「普拉多帶給我一本《新約聖經》，葡萄牙文和希臘文版本。兩年中，那本《聖經》加上他帶來的一本希臘文文法書，是獄方唯一允許我看的書。

「『你根本不相信《聖經》裡的任何一個字。』我被帶回牢房時衝著他說。

「他笑了：『但裡面的文字美妙極了。』他說：『要注意一下其中的隱喻。』

「我驚訝不已。事實上，我從未真正讀過《聖經》，只跟其他人一樣，浮光掠影地知道一些常被引用的句子。我開始讀，對書中中肯與怪異的奇特結合嘆為觀止。有時我們會議論一番。『一門以死刑場景為中心的宗教令我討厭。』有次他對我說：『想想看，如果那裡換做一個絞刑架、一座斷頭台會如何？想像一下，要真是那樣，我們的宗教符號會是什麼樣子？』我自然從未這樣想過。我有些驚恐，尤其在監獄高牆後面，這類話有一番特別的分量。

「這就是他，無神的神父，愛把事情想到底，總是如此，無論結局多麼陰沉。有時他有些殘忍，不啻是在自我摧殘。或許正因為如此，他除了我和喬治以外沒有別的朋友。跟他做朋友多少得忍受他的個性。他么妹美洛蒂離開他後，他傷感許久。他很愛這個么妹。我只見過她一次，正如他所形容：輕盈活潑，彷彿是個腳不觸地的女孩。我想像得出來，她難以消受她哥哥的憂鬱傷感，那有如火山即將爆發的面向。」

胡安閉上眼，臉上露出疲倦。這是一趟時光之旅，他已經許多年沒說過這麼多話了。戈列格里斯很想問下去，打聽那名字特殊的么妹，問問喬治和法蒂瑪的事，也想知道胡安後來有沒有學希臘文。剛才他全神貫注聆聽，氣都不敢喘一下，連被燙過的喉嚨都忘了。這會兒他的喉嚨又疼起來，舌頭也腫得厲害。胡安在講述過去時曾遞過來一根菸，他無法拒絕，否則會扯斷兩人間的無形細線。他無法端起茶杯，拒絕胡安遞過來的香菸。天曉得為了什麼，總之他就是不能這麼做。於是，他把這輩子第一根香菸夾在嘴唇間，戰戰兢兢迎著胡安顫巍巍遞來的火，遲疑地稍稍吸了一口以免咳嗽。這時他才察覺，火辣的香菸刺激嘴裡的燙傷。他咒罵自己不理智，同時又驚訝地發現，這煙燻火燎正是他此刻想體驗的感覺。

一陣悅耳的鈴聲嚇到了戈列格里斯。

「開飯了。」胡安說。

戈列格里斯看了一眼手錶：五點半。胡安注意到他的表情，鄙夷地笑了一下。

「太早了，就像在監獄一樣。這跟住戶的作息時間無關，只是院方為了方便自己的時間而安排。」

戈列格里斯小心翼翼地問：「可以再來拜訪您嗎？」胡安望著棋盤默默點頭，好似罩上無言的盔甲。告別時，他察覺戈列格里斯伸來的手，迅速將兩隻手深深插進外衣口袋，眼睛盯著地面。

戈列格里斯渡河回到里斯本，幾乎沒在意周圍的景致。他途經奧古斯塔街，穿越巴夏區棋盤般的巷弄，一直來到羅西歐廣場，才感到自己人生中最長的一天終於走到了盡頭。後來他倒在旅館床上，忽然想到早上額頭靠著教堂書店霧氣瀰漫的櫥窗玻璃，等待前往機場的強烈欲望消退。後來他和安德里亞娜相遇，跟瑪麗安娜一起喝了金紅色的阿薩姆紅茶，還在她叔父那裡，用燙傷的嘴抽了生平第一根菸。這麼多事，真的是在一天之內發生的嗎？他翻開普拉多的肖像。他今天了解到的事，改變了他對普拉多的印象。這位無神的神父，開始在他心中變得鮮活起來。

15

「都還好吧？雖然不太舒服，不過……」葡萄牙發行量最大，也是最傳統的報紙《每日新聞》的實習生阿格斯汀娜面露窘迫。

沒關係，戈列格里斯安慰她，不要緊的。說完便抱著微縮膠片閱讀器，到裡面找到一個陰暗的角落坐定。一名沒耐性的編輯推薦這個讀歷史和法文的女生給戈列格里斯。她遲遲不肯離去。他早就感覺到，她要是一直待在電話響不停、電腦螢幕不斷閃爍跳躍的樓上，才需要更多的耐性。

「您想找什麼呢？」她問：「我的意思是，這事其實跟我無關……」

「找一名法官死亡的報導，」戈列格里斯說：「在一九五四年六月九日自殺的一位知名法官，也許因為他再也無法承受佝僂和脊背疼痛的折磨，也許因為認為自己在薩拉查獨裁期間執法，卻不曾抵制無法無天的政權而心生罪惡感。自殺那年他六十四歲，離退休也就幾年的事。一定出了什麼事，讓他無法忍受下去。不是和佝僂、背痛有關，便是與法院有關。我想查明的就是這個。」

「可是……您為什麼一定要查明這件事呢？抱歉……」

戈列格里斯取出普拉多的書，讓她讀了一段：

為什麼，父親？

「別自以為是！」要是有人抱怨，你總會這麼說。你坐在自己專屬的椅子上，枴杖夾在瘦腿間。你那雙因痛風而變形扭曲的手扶在手杖的銀手把上，頭跟以往一樣，從下往前探出。（我的天，你能不能在我面前挺直起來一次，昂首挺立，好匹配你的驕傲。哪怕一次也好！看過他千萬次躬身駝背的模樣後，不僅將他從前的模樣全都從記憶中銷毀，甚至癱瘓了想像力。）你一生中必須承受如此多的痛苦，以致於你千篇一律的警告享有絕對的權威。家裡沒人敢反抗你，不要說表面上不敢，連心裡都不敢否認。我們幾個孩子的確會在背地裡模仿你的遣詞用字，嘲弄你，譏笑你，就連媽媽也常為這些事訓斥我們的時候不由地笑出來，讓我們這些孩子多陶醉啊。但是，這只不過是表面上的解脫，正如無奈的瀆神之舉。

從來都是你說了算，直到那天早上。那天早上風雨交加，我忐忑不安地上學去。為何我的不安不是源自陰森的校舍和冷漠的老師，那本該是我覺得重要的事啊？瑪麗亞對我滿不在乎，讓我魂不守舍，我何必非沉住氣不可？為何你身上的痛苦，還有痛苦賜予你的超然淡泊，便是衡量一切的準則？「從永恆的角度來看，」你經常喜歡再補上一句：「很多事情並沒那麼重要。」瑪麗亞有了新歡，我妒火中燒，忿忿離開學校，步履沉重回到家中。飯後，我在你對面的椅子上坐下。「我想換去另一所中學，」我說得斬釘截鐵，實則外強中乾，「我受不了現在這所學校了。」「你別太自以為是。」你一邊說，一邊用手摩著手杖的銀手把。「若要是不自以為是，我該看重哪件事？」我問。「還有，『從永恆的角度來看』——事實上根本不存在。」

房中的靜穆一觸即發。家裡從未有人頂撞過你，甚至你最心愛的孩子，所以讓事情變得更糟。所有人在等待一場大風雨，還有你慣常的咆哮，此刻卻風平浪靜，你只將兩手擱在手杖的手把上。媽媽臉上閃過的表情，我從未見過。等我事後回想，才明白她當初為什麼會嫁給你。你默默起身，我聽到你輕微嘆息，不知是否因為疼痛。晚餐時你沒出現，這種事在我們家從未發生過。隔天午餐時我坐到桌邊，你靜靜望著我，眼中有些悲哀。「你想去哪所學校？」你問。但是這天下課休息時，瑪麗亞已跑來問我要不要吃柑橘。「事情解決了。」我說。

你如何判斷該認真對待人的感受，或只當是一時的情緒？為什麼，爸爸，在你做出決定時，為什麼不來找我談？起碼該讓我知道，你為什麼要這樣做？

「我明白了。」阿格斯汀娜說，然後埋頭在微縮片中尋找法官亞歷山大・賀拉西歐・德・阿爾梅達・普拉多死亡的報導。

「一九五四年，新聞審查最嚴的一年。」阿格斯汀娜說：「我很清楚這段歷史，新聞審查是我學士的論文題目。《每日新聞》上刊登的報導不見得正確，涉及政治人物自殺時更是如此。」

他們找出登在報紙上的第一份訃文，時間是六月十一日。阿格斯汀娜覺得，相較於葡萄牙那時代的做法，這份訃文過於簡短，簡短到讓她輕叫了一聲。

Faleceu（死亡），戈列格里斯在墓園認識這個字。Amor（親愛的）、recordação（追憶），措辭精簡、中規中矩。下面列了親屬的名字：瑪麗亞・普拉多、阿瑪迪歐・德・普拉多、安德里亞娜、麗塔，然後是地址及舉行追悼彌撒的教堂名稱，僅此而已。戈列格里斯心想，麗塔是否正是胡安・埃薩提過的那個美洛蒂？

他們翻找相關報導，六月九日後的第一個星期裡沒有任何消息。「不行，不行，接著找。」在戈列格里斯想放棄時，阿格斯汀娜仍堅持找下去。她終於在六月二十日本地新聞的最後一頁，看到一則訃文：

司法部今日證實：任職最高法院多年的傑出法官亞歷山大・賀拉西歐・德・阿爾梅達・普拉多久病不治，於上週與世長辭。

旁邊附上一張法官的肖像。與簡單的訃文相比，照片大得出奇。嚴肅的臉上戴著夾鼻眼鏡，掛著一條眼鏡鍊，一撮山羊鬍與鬍鬚，與他兒子媲美的高額頭，花白的頭髮十分濃密，高聳的白立領，黑領結，雪白的手靜靜抵住下巴，其餘都消失在黑暗背景中。照片拍攝的技巧巧妙，沒透露出一絲佝僂的痛苦、手部的痛風。頭與手像幽冥般靜靜地從黑暗中浮現，蒼白卻有權威，申訴或抗議都無濟於事。那張照片有種魔力，籠罩一屋子乃至於一個家，用他令人窒息的權威毒害所有人。一張法官的臉，這種人只能當法官。他的嚴厲硬如鋼鐵，決策冷酷，對人對己毫不偏頗，自己犯錯也絕不輕饒。他還是個臉上擠不出笑容的父親，與安東尼奧・德・奧利維拉・薩拉查多少有些共通性，但沒有薩拉查的殘暴狂熱、野心嗜權，對待自己同樣嚴厲與無情。難道正是基於這點，這位頭頂圓禮帽，身穿黑衣，神色肅穆莊嚴的先生，才為薩拉查服務這麼多年嗎？他是否最終無法原諒自己助紂為虐？從胡安・埃薩那雙原本能彈奏舒伯特，如今卻顫抖不已的手，便可窺見那殘暴。

久病不治於上週與世長辭。戈列格里斯感到怒火中燒。

「這不是真的，」阿格斯汀娜說：「連捏造的消息都不如，連沉默的謊言都不如。」

上樓時，戈列格里斯問她訃文上的地址。他看出她想同行，很高興自己在編輯部裡還有用武之地。

「你對這家人的事太過，太過……嗯，好像是自己家的事……」她伸手與他道別時說。

「妳覺得奇怪吧?沒錯，很奇怪，非常奇怪，連我自己都這麼想。」

16

這裡不算宮殿，卻住了一戶殷實人家，在屋內隨興布置，多一間或少一間房間，浴室是兩間或三間，都無關緊要。駝背法官以前住在這裡，握著有銀手把的手杖在屋內走動，和如影隨形的病痛搏鬥，又堅信人不可自以為是。他的工作室是否在那多角的塔樓裡，塔上的圓拱窗是用小圓柱分開來的？這棟多角房屋正面有許多陽台，數目多到數不清，每座陽台上都有鍛鐵製的雕花欄杆。戈列格里斯想像這個家中的五個成員，至少都有一、兩間房，並且想到自己兒時住的那間狹小、隔音差的屋子，博物館守衛、清潔女工和他們近視眼兒子坐在斗室裡的簡陋木桌前，只能藉複雜的希臘文動詞變化來抵禦不斷從隔壁傳來的廣播干擾聲。家中窄小的陽台連遮陽傘都無法撐開，小陽台在夏天熾熱難耐，加上廚房油煙如浪潮湧過，他根本不想踏上陽台一步。相較之下，法官的家恍若一座寬敞、陰涼、安靜的天堂。四下針葉樹參天，有彎曲的樹幹與交織的枝枒，像是一座座遮蔭的小屋頂，有時像是中國式的寶塔。

雪杉！戈列格里斯嚇了一跳。紅雪杉。真的是雪杉嗎？安德里亞娜眼中的紅雪杉？她為自己的出版社命名時，眼前出現的是否正是這片想像中色彩斑斕的樹林？戈列格里斯攔住路人，問這些樹是否是雪杉？他們聳聳肩，皺皺眉，覺得這個奇怪外國佬的問題莫名其妙。終於有一名年輕女子表示：是啊，沒錯，是雪杉，格外高大漂亮。現在他想像自己走進屋子，瞧著窗外的深濃綠意。發生了什麼事，讓她眼中的濃綠變成紅色？是鮮血嗎？

塔樓窗子後面出現一個身穿淺色衣衫的女人，頭髮高高盤起，步履輕飄地來回忙碌卻不慌張，現在不知從何處捻起一根點燃的菸，煙霧飄向挑高的天花板。陽光穿透雪杉落在房內，她感到刺眼便側身避開，突然消失不見。一個似乎腳不著地的女孩，胡安．埃薩曾這樣形容美洛蒂，實際的名字想必是麗塔。他的小妹。她會是在這塔樓裡動作輕盈如行雲流水的女人嗎？他們之間的年齡差距是如此之大？

戈列格里斯繼續往前走，在下一條街走進一間無座位咖啡店。點咖啡時，他要了一包香菸，正是在胡安那裡抽過的牌子。他吞雲吐霧，眼前出現科欽菲爾德的學生，他們正站在幾條街外的麵包店前抽菸，端著紙杯喝咖啡。凱吉從什麼時候開始明文規定教職員辦公室禁止吸菸的？現在他試著深吸一口入肺，灼熱的咳嗽令他差點喘不過氣來。他把新眼鏡擱在吧台上，擦拭咳出的眼淚。吧台後的女人一看便知是癮君子，對著他冷笑。「不會就別試。」戈列格里斯得意極了，因為他居然聽懂了，雖說聽得挺吃力。他不知該拿這菸怎麼辦，索性丟進咖啡杯旁的水杯裡。女人諒解地搖搖頭，拿走了水杯。那該怎麼辦，誰叫他是新手。

他慢慢朝雪杉屋的正門走去，又帶著毫無把握的心情按下門鈴。門開了，剛才見到的女人出現在門口，手裡拉著一條遛狗繩，上面繫著一頭沒耐性的德國牧羊犬。她已換上一條藍色牛仔褲，蹬著一雙球鞋，上半身還是那件束腰短上衣。她被狗拉著，踮著腳尖朝門口挪了幾步。一個腳不著地的女孩。她灰黃色的頭髮裡已露出不少白髮，看上去卻依然像個少女。

「早安。」她打招呼，疑惑地揚起眉，以清澈的眼睛注視著他。

「我……」戈列格里斯用法語猶豫地說道，感到香菸殘留在嘴裡不舒服的滋味：「多年前這裡曾經住了一位法官，一位知名的法官。我想……」

「他是我父親。」女人應了一句，吹開一綹落到眼前的頭髮。她的聲音清脆，和一對水汪汪的灰眼睛，還有字正腔圓的法語十分相稱。麗塔這個名字很美，但叫美洛蒂（旋律）簡直就是完美。

「你為什麼對他感興趣？」

「因為他是這個男人的父親。」戈列格里斯將普拉多的書拿出來給她看。

狗兒扯著繩子。

「潘！」美洛蒂叫道：「潘！」

狗兒坐下來。她把套圈推進胳臂肘裡，然後翻開普拉多的書。「看到雪杉……」她唸著，聲音隨著每個音節越來越小，到結尾已沉寂下去。她翻看著，瞧著書中哥哥的照片。她白皙的雀斑臉漸漸黯淡下來，連嚥口水都顯得費力。她目不轉睛注視著照片，宛若一尊跨越時空的雕像，有次還用舌尖舔了舔乾燥的唇。她又往後翻，讀了一兩句後再回到那張肖像，然後翻到書名頁。

「一九七五年。」她說：「大哥那時已過世兩年。對這本書我一無所知，你是從哪裡弄到的？」

她邊聽戈列格里斯說明，邊用手輕撫著灰色的封面。這動作不禁讓他想起在伯恩的西班牙書店裡碰到的女學生。美洛蒂似乎不再聽下去，他趕緊把話打住。

「安德里亞娜。」她說：「安德里亞娜連一個字都沒提過。她就是這樣子。」美洛蒂剛開始的語調中還帶著驚奇，漸漸卻添入了苦澀，最後不再與她悅耳動聽的名字搭配。她望向遠方，視線穿過古堡，穿過巴夏區的低窪地帶，一直望到巴羅奧爾多區的山坡上，似乎在與藍屋中的姊姊怒目相對。

他們面對面默立良久。潘喘著大氣。戈列格里斯覺得自己就像個入侵者，一個偷窺狂。

「進來喝杯咖啡吧。」她說，彷彿用輕踮起腳尖翻越過惱怒。「我想看看那本書。潘，算你倒楣。」說完，她用力拉牠進門。

屋裡生機盎然。樓梯上堆放著玩具，空中飄揚著咖啡、香菸和香水的味道，葡萄牙文報紙和法語雜誌七零八落攤在桌上，CD盒敞開，一隻貓咪趴在早餐桌上舔著奶油。美洛蒂哄走貓，為戈列格里斯倒了一杯咖啡。她剛才因激動而漲紅的臉，這時已趨於平靜，只剩幾塊紅斑印證了她剛才情緒的波動。她拿起放在報紙上的眼鏡，開始翻閱哥哥的筆記，不時前前後後翻著，偶爾咬住下唇。有次她眼睛沒離開書上，手卻在上衣上搜尋著，不假思索地摸出一根菸來。她的呼吸變得急促。

「這段關於瑪麗亞和換學校的事，一定是我出生前發生的事。我和普拉多相差了十六歲。但對爸爸的描述準確極了，爸爸就是這樣。我出生時，他四十六歲。我是他們去亞馬遜河的旅行途中意外懷上的，媽媽很少能誘惑爸爸出門旅行，但我無法想像爸爸在亞馬遜河時的模樣。我十四歲時，已在慶祝他六十大壽。在我眼中他不僅老態龍鍾、彎腰駝背，還嚴厲無比。」

美洛蒂停下來，又點起一根菸，眼望前方陷入沉思。戈列格里斯滿心指望她提到法官死亡的事，可是她的臉色變開朗起來，思路轉到另一個方向。

「瑪麗亞，我都不知道普拉多還是小男生的時候就認識她了。擺明他那時就愛上她了，這份愛從未終止，是他一生中最純潔無瑕的至愛。他若是沒吻過她，我也不會奇怪。在他心目中，沒有任何一個人、任何一個女人能超越她的地位。她結婚生子對他全無所謂，他依然愛著她。一旦他愁眉不展，遇到重大麻煩，就會去找她。從某種程度上來說，只有她清楚普拉多的個性。他懂得透過和人分享祕密來保持親密關係，他是這方面的大師，造詣高深。我們全知道，了解普拉多全部祕密的人是瑪麗亞。法蒂瑪一輩子籠罩在這陰影下，安德里亞娜對她更是恨之入骨。」

戈列格里斯問她是否還活著。美洛蒂說，她早年住在墓園附近的奧里基區，不過距離最後一次在普拉多墓前遇到她，已是很多年前的事了。那次碰面雙方都很客氣，也十分冷淡。

「她出生農家，和我們貴族始終保持距離。可是普拉多也是貴族，她假裝對此毫不知情，或只認為純屬偶然，是外在之物，跟他毫無瓜葛。」

美洛蒂也不知道瑪麗亞的姓氏。「我們只知道她是瑪麗亞。」

兩人走出塔樓的房間，來到屋子平整的一面，那裡立著一架織布機。

「我做過很多事。」看到戈列格里斯好奇的眼神，她笑著解釋：「我一直很不安分，反覆無常，爸爸不知道該拿我怎麼辦才好。」

有一瞬間，她清亮的嗓音黯淡下來，彷彿一片烏雲飄過太陽前方，又轉瞬即逝。她指著牆上自己的照片，照片上的景致各異。

「這張是我在酒吧當侍者；這張我蹺課時拍的；這張是在加油站打零工；這張你一定要看，是我的樂團。」

照片裡是八個女孩組成的街頭樂隊，全是小提琴手，頭上全戴著一頂男孩帽，帽簷都轉向一邊。

「認出我了嗎？我的帽簷朝左，其他人向右，代表我是頭。我們賺了很多錢，一大把錢。我們在婚禮和宴會中演出，是壓軸好戲。」

她忽然轉身，走到窗前，朝遠處望去。

「爸爸不樂意看我客串演出。在他去世前不久，我正跟我的氣球女孩（人們這麼叫我們）在街頭表演，忽然發現爸爸的專車和司機出現在人行道邊。每天早上五點五十分，司機都會準時來接爸爸去法院，他永遠都是第一個到法庭上班的人。爸爸跟以往一樣坐在後車座上，這時正抬頭看著我們。我的淚水湧了上來，演奏不斷出錯。車門打開，爸爸從車裡走下來，臉因疼痛而扭曲著。他拿手杖擋住來往車輛，連在這種地方，他都表現出法官的權威。他慢慢走來，站在圍觀的人群後面一會兒，然後擠過人群，走到用來賞錢的小提琴盒前，看都沒看我一眼，朝裡面扔了一大把硬幣。淚水順著臉滑下，我無法繼續演奏下去。車子開走了，我看到爸爸揮動那隻因痛風扭曲的手，我也朝他揮手，之後跌坐在一家大門前的樓梯上，淚如泉湧。我不知道那是為了爸爸到來而欣喜，還是為了他的姍姍來遲而感到悲哀。」

戈列格里斯瀏覽著照片。她曾是一個討所有人喜愛的女孩，為所有人帶來歡笑；就連哭泣也是晴天時突降的驟雨。學校裡的教師被這鬼靈精怪的女孩迷惑，以致她蹺了許多課還能完成學業。她告訴他，她一夜之間便學會了法語，用法國女星艾樂蒂為自己取法文名字，其他人立刻改稱她為美洛蒂，這名字彷彿是為她天造地設，因為只要她在場，一切便顯得輕快美好，像美妙的旋律。人人愛她，卻又沒人拴得住她的心。

「我愛普拉多，或這麼說，我一直很想愛他，但是愛他很難。要如何愛一座紀念碑？我還很小時，他已經成為一塊紀念碑了。每個人都仰望著他，包括爸爸，特別是安德里亞娜，她用嫉妒把他從我身邊奪走。他對我的愛，是哥哥對妹妹的愛。可是我不甘心只像玩偶讓他撫摸，期望他正眼相待。我等著，直到我二十五歲。在我結婚前夕，終於收到他寄自英國的信。」

她打開寫字櫃，取出一大包信。發黃的信箋上密密麻麻布滿深黑墨水寫成的秀麗鋼筆字，連邊上都寫滿了。美洛蒂默默讀了一會兒，然後將信件內容翻譯給戈列格里斯聽。普拉多在牛津寫這封信時，妻子剛過世幾個月。

親愛的美洛蒂，這趟旅行是個錯誤。我原以為，要是再次目睹和法蒂瑪一起見過的景物，自己會好過些。殊知睹物思情，更讓人傷感，因此我決定提前返家。我很想妳，在此將前晚寫下的東西寄給妳，就此也許可以讓我的心與妳同在。

「牛津：空談！」為何在我看來，夜間籠罩住修道院般建築間的寂靜，竟如此無力、乏味，如此空虛、缺乏魅力？比起里斯本的奧古斯塔街真有天壤之別，那裡到凌晨三、四點即便沒人跡，依然煥發出生命的氣息。為什麼會這樣？這些以聖人命名的建築，不都是用天國般明亮的石頭搭建起來的？在飽學之士的研究室、美侖美奐的圖書館、布滿天鵝絨般塵埃的寂靜空間內，人們思慮周密，來回辯駁，用字考究。為什麼會是這樣？

「進來吧。」我站在一張海報前，一名紅髮的愛爾蘭人熱情邀我進去聆聽一場講座，主題是：向說謊者撒謊。「進來聽聽吧，會很有趣的。」我想起曾為奧古斯丁辯護的巴托羅繆神父說過的話：「用騙術報復騙術，正如用掠奪回報掠奪、用褻瀆報應褻瀆、用私通報應私通。看看過去發生在西班牙和德國的事，都是這種例子。」我們為此爭辯過多少次，他一直態度溫和，從未失控過。我走進演講大廳，挨著愛爾蘭人坐下時，再次深深思念起他，感到思鄉之苦。

難以想像，主講人竟是一個尖鼻猴腮、胡說八道的女人，用嘶啞嗓音宣揚欺騙的詭辯術，世上不可能有比她更吹毛求疵、不著邊際的人了。她不必活在專制體制的謊言中，哪裡懂得一個好的謊言能決定生死的道理。上帝能創造一塊祂舉不起來的石頭嗎？如果不能，表明上帝並非全能；要是能，同樣表明上帝並非全能，因為有塊石頭祂就舉不起來。這女人的皮膚像羊皮紙，灰白的頭髮砌成一座人工鳥巢。她向聽眾灌輸的，不外乎是煩瑣哲學那點貨色。

這還不是最不可思議的，更瞠目結舌的是他們所謂的討論。大家把自己澆鑄到英式華麗詞藻的灰色鉛框中，完美地兜圈子應答，不間歇地表示理解對方的意思，爭相提出解釋，但全然不是那回事。所有人都堅持己見，沒人因為提出的觀點而改變想法。我猛然醒悟，就連肉體也感受到震撼：人人向來都在自說自唱。換句話來說：怎能期待那些討論會有效應？我們腦海中的思想、影像與感知無時無刻不洶湧奔騰，那股強烈的洪流不把別人對我們說的不同意見一掃而盡並轉為遺忘，那才是怪事。當然只有那些話在無意間正巧與我們的想法相違背時才會發生。我本人又有何不同？我在心裡想著，我什麼時候真的聽進別人的話，讓別人的話深入我心，並因此改變自己思緒？

「喜歡這個講座嗎？」我們沿著布洛德散步時，愛爾蘭人問我。我沒說什麼，只告訴他，我覺得像活見鬼，每個人都像在自言自語。「嗯……呃……」過了好一會兒，他才接著說：「知道嗎，這只是說說而已，空談罷了。有人就是喜歡說。說到底就是這麼回事：空談。」「沒有心靈交會？」我驚問。「什麼？」他大叫，接著怪聲怪氣地縱身大笑，「你說什麼？」說著將一直捧在手裡的足球一腳踢到人行道上。我真希望自己是這個愛爾蘭人，居然抱著鮮紅色的足球出現在萬靈學院⑱的晚間講座！我多想成為這個愛爾蘭人啊！

我現在終於明白，為何夜晚的寂靜在這非比尋常之地讓我不安。所有註定會被遺忘的話語都將會消逝。本來這也無關緊要，大家在巴夏說過的話同樣會逐漸消逝。但有一點不同，我們在那裡說話不是為了炫耀，只是單純交流，單純享受著交流的樂趣，正如舔舐冰淇淋以慰藉疲倦的舌尖。在牛津，大家談吐不俗，超群出眾，彷彿說出來的話無比重要。然而，這些人無論如何裝腔作勢同樣得休息，所以一切陷入腐臭的沉寂，因為妄自菲薄正橫屍遍野，無聲無息地散發惡臭。

「他討厭裝腔作勢的人，管他們叫自大狂。」美洛蒂說著將信裝回信封袋內：「在任何場合，他都討厭這樣的人，不論在政界，在醫師圈裡，還是記者，而且堅持己見。我欣賞他的判斷，因為他鐵面無私，清廉公正，於人於己都一個標準。然而，當他的判斷如劊子手般具有毀滅性時，我又無法忍受。因此我開始迴避他，迴避我那像紀念碑的哥哥。」

在美洛蒂頭旁邊的牆上掛著一張照片，美洛蒂正和普拉多翩翩起舞。戈列格里斯想：普拉多的舞姿雖不僵硬，卻看得出他排斥跳舞。事後他回想起來時，心底冒出一個恰當字眼：普拉多與跳舞不相稱。

「在萬靈學院手捧紅球的愛爾蘭人。」美洛蒂的聲音在靜默中響起：「信中這段文字深深觸動了我，在我看來，這段文字傳遞出一份他從未表白過的渴望：能當一次玩球的男孩該多好！他從四歲起開始讀書，從那以後博覽群書，小學教育對他來說無聊至極，中學時他連跳兩級，二十歲時已幾乎無所不知，並且常問自己還能學些什麼，卻偏偏不知道如何踢球。」

狗高聲吠叫，幾個小孩接著衝進來，想必是她的孫子。美洛蒂向戈列格里斯伸出手。她知道，戈列格里斯一定還想打聽更多事，比如有關紅雪杉出版社的事，還有法官父親的死因。她的眼神證實了她明白，但也表明，即便孩子們不在場，她也不想再多說了。

戈列格里斯斜倚在古堡邊的長椅上，想著普拉多從牛津寫給小妹的信。他務必要找到巴托羅繆神父，那位溫和的教師。普拉多能分辨出不同寂靜的聲音，這種本事只有失眠的人才有。他評論那晚的演講時，提到女主講人是用羊皮紙做的。戈列格里斯這時才發覺自己吃了一驚，第一次在內心深處與這位判斷如劊子手般無情的無神神父普拉多疏遠開來。無所不知，紙莎草紙，羊皮紙和紙莎草紙。

戈列格里斯下山坡，朝旅館方向走去，經過一家店鋪時進去買了一副西洋棋。這晚直到深夜，他都在琢磨不用波古留波夫犧牲兩個城堡的方法打敗阿廖辛。他想念多夏狄斯，取出舊眼鏡戴上。

⑱ 萬靈學院（All Souls College），在一四三八年由國王亨利六世創建，名稱的由來是為了紀念英法百年戰爭戰死的英靈，它是牛津大學城的學院之一，和其他牛津學院不同在於萬靈學院沒有自己的學生（沒有大學生，只有研究生）。每年萬靈學院都會邀請牛津大學的頂尖學生參加考試，挑出其中最優秀的兩位成為萬靈學院的新人，因此，能夠成為萬靈學院的學生，在英國被視為最高榮譽。

17

那不是文章，戈列格里斯，人們說的話不是文章，不過隨口說說而已。很久以前，多夏狄斯曾對他這樣說。他有次向多夏狄斯抱怨，人們說的話常前後不連貫，自相矛盾，而且很快忘了剛才講過的話。希臘人聞言不覺有些發笑。像他這樣的人，當過計程車司機，還是來自薩洛尼卡，心裡都十分明白：人們嘴裡說出來的話十有八九靠不住。不光是在計程車上攀談，大家通常只為了說話而說話。只有語言學家，也就是整天跟有上千條註釋文章、一成不變字眼打交道的古語言學家，才會認真看待那些鬼話。

「如果無法信任別人說的話，該拿那些話怎麼辦？」戈列格里斯不解地問。希臘人放聲大笑：「藉這個機會自說自話呀！這樣才能一直講下去。」普拉多在寫給小妹信中，愛爾蘭人說的話也是這意思，只不過愛爾蘭人指的不是希臘計程車上閒扯的乘客，而是牛津萬靈學院的教授。然而，聽愛爾蘭人這麼說的人對陳腐的葡萄牙文反感，恨不得能將之重新組合排列。

外面大雨如注，已整整兩天，雨水好似一張魔法帷帳，讓戈列格里斯與外面世界阻隔開來。他不在伯恩，卻又像是在伯恩；他置身里斯本，又好似不在此。他下了一整天的棋，卻不斷忘記自己的布局和棋路，這情形從未有過。有時，他突然發覺手中拿著一個棋子，卻忘了從哪裡拿來的。下樓吃飯時，服務生得不斷問他點哪道菜。有次他連湯都還沒點，就先要了一份餐後甜點。

第二天，他打電話給伯恩的鄰居，請她幫忙清理信箱，信箱鑰匙放在他家門口的腳墊下。需要替他轉寄信件嗎？他回答要，之後又打電話過去說不必了。翻閱筆記時，無意中看到葡萄牙女人寫在他額頭上的電話號碼。他拿起聽筒開始撥號，但在接通之前又趕緊掛斷。

希臘文的《新約聖經》於簡單，提不起他的興致。好在這本科蒂尼奧贈送的書的另一半是葡萄牙文，總算有點刺激。他打電話給好幾家書店，問有沒有阿奇里斯、賀瑞斯或希羅多德及塔西佗的書，可惜沒人聽得懂他的話。等他好不容易打聽到，又因為外面下著大雨而沒去取書。

他在工商電話簿上，按照索引尋找葡萄牙文語言學校，還打電話給瑪麗安娜・埃薩，想告知她拜訪胡安的情況。但她正忙著，聽得心不在焉；而西爾維拉人在比亞里茲。

時間停滯，世界偃息，原因是戈列格里斯的意志停擺了，意志在他這輩子從未停擺過。

他幾次眼神空洞地站在窗前，重溫科蒂尼奧、安德里亞娜、胡安和美洛蒂評論普拉多的話。外面依舊雲霧繚繞，但已可辨識一些景物，宛如一幅中國山水畫。他已幾天沒碰普拉多的筆記了，他翻開書，眼睛停留在其中一段：

心靈之影

關於自己的故事，外人描述的更準確，還是自己的更接近真實？這真的是你自己的故事？人是主宰自我的權威嗎？但這並非我關注的問題。我想知道：在這樣的故事中，孰真孰偽是否有差異？對人的外在判斷就有差異。但如果啟程去探索一個人的內心世界呢？這樣的旅途是否有終點？人的靈魂是否是真相的歸宿？或者所謂事實是否是故事中虛晃的詭影？

星期四早上天空湛藍清澈，戈列格里斯前往報社，請實習生阿格斯汀娜設法找出三十年代初期一所曾教授古代語言，並有神父執教的科蒂斯文理中學。阿格斯汀娜熱心地搜索，找出來後，又在市街圖上標出所在位置。她還找到那地區所屬的教堂，替戈列格里斯打電話過去找一位巴托羅繆神父，曾在科蒂斯文理中學執教，時間應在一九三五年左右。教堂人員告訴她，那只會是巴托羅繆．羅倫可．古斯茂神父，他已年過九旬，很少接待訪客。有什麼事嗎？阿瑪迪歐．伊納西奧．德．阿爾麥德．普拉多？他們會問一下神父，再回電給她。幾分鐘後，電話鈴聲響起。神父很想見見在這麼多年後仍對普拉多有興趣的人。神父將在傍晚前等候客人來訪。

戈列格里斯出發前往以前的科蒂斯文理中學，年輕學子普拉多曾在那裡為奧古斯丁對謊言不妥協的戒律，與巴托羅繆神父有過激烈爭辯，個性溫和的神父在爭辯中未曾失態。位於城東的學校已屬城外，四周古樹參天，乍看之下很容易把這座灰黃色圍牆環繞的學校當做十九世紀的豪華飯店舊址，唯獨缺了陽台，狹窄的鐘樓也與飯店不搭。整棟建築完全荒廢，牆上灰泥斑駁，窗上玻璃若非積滿塵埃就是破裂。屋頂上缺了瓦片，屋簷水槽鏽跡斑斑，一角已經折斷。

戈列格里斯在入口階梯上坐下，這階梯早在普拉多懷舊重遊之際已長滿青苔，應是七十年代末吧。普拉多曾坐在這裡自問：如果他在三十年前面對人生交岔口時選擇了另一個方向，現在將會如何？如果他未順從父親動人又霸道的期望，沒有踏入醫學系的大門，情況又將如何？

戈列格里斯拿出普拉多的筆記翻閱：……如夢般的熱切期待——希望再次回到生命中的那一刻——選擇與造就後來的我，也就是今天的我，截然不同的人生道路……再次坐在溫暖的青苔上，手中拿著校帽，帶著閱世的烙印，加入回到自己過往歲月的旅途，這是否是荒謬的願望？

圍繞校園中庭的籬笆業已腐朽。六十七年前，普拉多班上倒數第一的學生在畢業考結束後，將校帽扔過籬笆，落入長滿睡蓮的池塘內。如今池塘早已枯竭，只剩下長滿長春藤的池底窪地。

樹林後的建築群想必是女子中學，瑪麗亞正是從那裡走來。這女孩的膝蓋曬得黝黑，淺色連衣裙上飄著香皂的芬芳，普拉多一生中純潔無瑕的至愛，美洛蒂認為唯一了解普拉多的人。她對普拉多影響之大，使得安德里亞娜對她恨之入骨，儘管普拉多從未吻過她一次。

戈列格里斯閉上雙眼，再次回到科欽菲爾德，他在上課時從教室裡溜出來，站在一列房屋的角落，從那裡可以看到學校而不被人察覺。他再次感受到十天前一股意料之外的衝擊力朝他襲來，讓他明白他有多眷戀這些建築與相關的一切。此刻的感受相同，卻又不一樣，因為現在一切都變了。想到一切不再，一切再也不會回復重前，不由得感到一陣難過。他站起來，視線沿著斑駁褪色的黃屋門面緩緩掃過，心情豁然開朗，漂浮的好奇心沖淡了抑鬱的情緒。他推開虛掩的門，走了進去，生鏽的門鉸鍊的刺耳吱嘎響好似恐怖片的氛圍。

一股潮濕與發霉的氣味迎面而來。他走了幾步，差點滑倒。被學生們踩得凹凸不平的石板地上不但長滿青苔，還覆著一層薄薄的濕泥土。他扶著把手，緩緩踏上突出的石階。通往樓上的彈簧門上蜘蛛網密布。他推了一下，門上發出沉悶的斷裂聲。一群蝙蝠掠過走道，使他嚇了一跳。之後四周回復寂靜，戈列格里斯從未經歷過的寂靜：彷彿歲月在其中靜默。

通往校長辦公室的門飾有精細木雕，很容易辨認。這道門也黏住了，用力好幾下才推開來。辦公室內似乎只擺了一件家具：一張踩著木雕弧形桌腳的碩大黑色書桌，讓一旁堆滿灰塵的空蕩書架、放在光禿腐壞地板上的樸素茶桌、簡樸的沙發椅都黯然失色。戈列格里斯撢去座椅上的灰塵，在書桌後面坐下來。當時的校長叫科蒂斯，步伐穩健從容，面容莊嚴。

戈列格里斯激起的塵埃細小微粒，在太陽的圓錐光柱中輕盈起舞。塵封的時間讓戈列格里斯覺得自己像入侵者，有好一陣子甚至忘了呼吸。最後好奇心勝利了，他拉開書桌抽屜一個個查看。有一段繩子、從鉛筆上削下來的一圈發霉筆屑、一九六九年的發皺郵票，還有刺鼻的霉味。最下層的抽屜裡有一本用灰色亞麻布裝幀、又厚又重、陳舊褪色的希伯來文《聖經》，有幾處受潮痕跡，書皮上幾個燙金大字：BIBLIA HEBRAICA。金字已開始發黑。

戈列格里斯愣了一下。根據阿格斯汀娜查出來的資料，這間中學並非教會學校。彭巴伯爵[19]在十八世紀中葉將耶穌會教士逐出葡萄牙，二十世紀初也發生過一起類似事件。到了二十世紀四〇年代末期，天主教聖母會成立了自己的學校，不過那時普拉多已從中學畢業。在那以前都只有公立學校，偶爾會有神父教授古代語言。怎會出現一本《聖經》呢？而且放在校長的書桌裡？是疏忽，還是無關緊要的巧合？一種暗地的沉默抗議，抗議那些關閉學校的人？為抗議獨裁政權刻意遺忘在此，連獨裁者的走狗也未能察覺？

戈列格里斯小心翼翼翻閱皺巴巴的厚書頁，摸起來有些潮濕易碎。太陽的圓錐光柱緩緩移動。戈列格里斯扣起外套鈕釦，豎起衣領，手插入袖管裡。一會兒之後將一根香菸銜在唇間，是他在星期一買的。他不時咳幾下。未緊閉的門外有東西窸窣而過，想必是隻老鼠。

他讀著〈約伯記〉，內心狂跳不已。提幔人以利法、書雅人比勒達及拿瑪人瑣法。伊斯法罕。他原本要去任教的家庭叫什麼名字？當時在法郎克書店裡有本伊斯法罕的畫冊，裡面有清真寺、廣場與受沙塵暴遮蔽的鄰近山丘。他買不起這本畫冊，於是每天都去書店翻閱。自從出現那足以讓他失明的白熱黃沙惡夢後，迫使他撤銷了求職申請，接下來幾個月一直沒去造訪法郎克書店。等他再回到那家書店時，畫冊已經不在了。

希伯來文字母在戈列格里斯的眼前模糊起來。他抹了一下濕透的臉，擦拭過眼鏡，接著往下讀。輝煌之城伊斯法罕對他過去的人生具有重大意義：從一開始，他便將《聖經》當作一本詩歌，一部長詩，繚繞在清真寺的深藍與黃金周圍的語言音樂。「我覺得，您並沒有認真看待《聖經》。」露絲．高琪有次對他這麼說，大衛．雷曼在一旁點頭。這真是上個月發生的事嗎？

「真有一種認真的態度能超越詩歌的重量嗎？」他問這兩位學生。露絲眼睛盯著地面，她喜歡這位老師，但比不上當年坐在第一排的芙羅倫斯，更絕對不可能會去摘他的眼鏡。但她喜歡他，如今心情擺盪在愛慕與失望之間，甚至為他褻瀆上帝之言感到震驚。他閱讀上帝的話語像是朗讀一首長詩，或是聆聽一系列的東方奏鳴曲。

陽光從校長辦公室消失，戈列格里斯感到一陣寒意。在幾小時中，這孤寂的空間讓一切成為過去，他坐在一個完全空無的世界裡，唯有希伯來文字母像失落夢想的神祕符號，聳立在世界中。現在他站起來，僵硬地走進穿廊，沿著樓梯上樓朝教室走去。

每間教室都積滿塵埃與死寂，唯有根據每間教室的殘敗狀況來區分：一間教室的天花板上有片巨大水漬；另一間的洗手台因螺絲生鏽斷裂而垂掛著；第三間教室地板上有個破碎的玻璃燈罩，只剩光禿禿的燈泡吊在天花板下。戈列格里斯試了試每間教室的電燈開關，沒有任何反應。角落有顆洩了氣的足球，殘破的窗玻璃在正午陽光下閃爍。他偏偏忘了出去踢足球，美洛蒂提及哥哥時這麼說，他在這所學校裡連跳兩級，因為他從四歲起，就已經開始在圖書館裡找書看了。

⑲ 彭巴伯爵（Marquês de Pombal，1699~1782），葡萄牙十八世紀中期的政治家。

戈列格里斯在一個位置上坐下，普拉多學生時代在文理中學簡易教學大樓裡的位置。從這裡可以看見女子中學，但女校建築被一棵五針松的大樹幹遮住一半。普拉多一定選了另一個看得到女校全景的座位，可以看到坐在書桌後的瑪麗亞，無論她坐在哪裡。戈列格里斯找到視野最佳的位子坐下，吃力地朝對面望。沒錯，他可以看見那身穿白衣、身上飄著香皂芬芳的她。他們交換眼神，當她在考試時，他希望能握住她的手幫她寫答案。他有用過望遠鏡偷看嗎？出身最高法院法官的貴族之家，想必會有這玩意。法官即便肯走進劇院包廂，死活也不會用望遠鏡。不過他的妻子瑪麗亞呢？在老普拉多死後她獨活的六年裡用過望遠鏡嗎？他的死對她來說是否是種解脫？或許正如普拉多和安德里亞娜，他的死讓時間停滯，火山熔岩似的情感凝固定型？

一間間教室如軍營般沿著長廊排列下去。戈列格里斯一間間走下去。偶然間被一隻死老鼠絆到，顫抖地站在那裡好一會兒。手雖然沒碰到死耗子，還是在外套上擦了好半天。他又回到樓下，推開一扇高大簡陋的門。那裡是餐廳，出菜窗口仍在，後方鋪瓷磚的空間是舊廚房，現在裡面只剩下生鏽的管子，突兀地外露在牆上。長餐桌還留在原處。但是大禮堂在哪裡？

戈列格里斯在大樓另一側找到禮堂。成排座椅固定在地面，窗上的彩繪玻璃缺了兩塊，前方高講台上有一盞小燈。還有一張單獨的長椅，大概是校長的座位吧。禮堂洋溢著教堂式的靜默，卻又不盡如此，單純是股讓人專心的寧靜，無法隨意開口打破的寧靜，一旦化為文字便可成為雕塑品，頌揚、警示或致命判決的紀念碑。

戈列格里斯回到校長辦公室，手上猶豫不決地拿著希伯來語《聖經》。他先把書夾在腋下走到門口，又折回來。他脫下毛衣，襯在放《聖經》的潮濕抽屜裡，然後小心地把書擱回去。之後他啟程去拜訪住在里斯本貝倫區（Belém）的巴托羅繆神父。

18

「奧古斯丁和他的謊言，只是我們爭論過的千個話題之一。」巴托羅繆神父說：「我們爭論過不知多少次，但每一次都不能算是真的爭執。您知道，他是個急性子，叛逆又聰明好動，還是個天才演說家，六年間在學校內像股旋風無往不利，因此成為傳奇人物。」

神父把普拉多的書擱在手上，手背輕拂過普拉多的肖像，可以說他在撫平紙張，也可說在撫摸普拉多的肖像。戈列格里斯彷彿看到安德里亞娜用手背輕撫過普拉多的書桌。

「他這張照片有點老，」神父說：「但這就是他，他就是這個樣子。」

他把書放在裹住雙腿的毯子上。

「我當年成為他的老師時才二十四、五歲，應付他是項難以置信的挑戰。他讓教師劃分成兩派，一派詛咒他，一派喜歡他。沒錯，這麼說絲毫不為過：有些教師甚至愛上他，愛他的無法無天、過度的寬宏大量、執著的倔強、傲睨天下的勇氣、他的無畏，還有他狂熱的熱情。他大膽放肆，是個冒險家，可以想像他是歷史上著名航海探險隊中的一員，高唱頌歌，向全世界傳播信仰，決心保護遠方大陸的居民對抗外來的壓制侵略，必要時拔刀相助。他準備挑戰世界，不只是魔鬼，連上帝也不會放過。不，那不是妄想，不像他的敵人所言；他擁有旺盛的生命力，覺醒的能量如火山爆發，他是迸濺的燦爛火花。這個年輕人無疑自恃極高，性情桀敖不馴，不可一世，讓人忘卻防衛，驚異地注視這個唯我獨尊的天才。愛他的人視他為璞玉，一塊未經雕琢的寶石；恨他的人對他的無禮（他的無禮確實傷人）反感，對他外表緘默、卻無法洞悉的自負深惡痛絕，這類人頭腦敏捷、思維清晰、才華出眾，又十分清楚自己高人一等。他們視他為華貴子弟，受命運眷顧，不僅有榮華富貴，更是才華洋溢、儀表堂堂、風度翩翩，加上令人傾倒的憂鬱氣質，使他註定成為女孩心目中的白馬王子。他的條件勝過一般人，這並不公平，他因此遭妒。但即便是持這種心態的人，同樣不得不為他嘆服，無法對他視而不見：他有能力攀上天際。」

回憶將神父遠遠帶離兩人踞坐的房間。這房間比胡安・埃薩在養老院的簡陋房間寬敞許多，也有大量書籍，但是從房內的醫療設備和床上方的鈴，還是可以看出這是療養院的房間。戈列格里斯第一眼見到神父時，便喜歡上這個修長、清瘦、鬢髮華白、眼睛深邃機敏的老人。他曾教過普拉多，現在想必超過九十歲了，卻未顯現老態龍鍾或思維不清的樣子。七十年前，他正以這份清醒面對普拉多激烈的挑戰。神父的手瘦削，手指纖細修長，彷彿天生用來翻閱珍貴古籍。此刻他正用這雙手翻閱普拉多的筆記。他並未閱讀，觸摸紙張似乎只是儀式，藉此喚醒遙遠的過去。

「他十歲那年穿著合身小禮服踏進科蒂斯文理中學門檻時，不知已讀了多少書！許多教師發覺自己私下在考驗他是否能跟上。課後他窩在圖書館裡發揮他驚人的記憶力，黑眼睛將圖書館裡所有厚重書籍一段接一段、一頁接一頁吸收進大腦，全神貫注，宛如置身無人之境，就算有震耳欲聾的槍炮聲都無法影響他。『普拉多讀完一本書後，』有位教師說：『那本書上的字就不見了。他不單吞下書裡的精髓，連紙上的黑墨都吸了進去。』

「沒錯，就是這樣，文字看上去全被他吸掉了，書架上只剩下一堆空殼。在他高得嚇人的寬大前額後面，他的知識也以驚人的速度快速增長，每週都有新架構組成，各種想法、聯想和語言的古怪構想，讓我們聽了連連瞠目結舌。他好似躲在圖書館某個角落，拿手電筒通宵達旦閱讀。普拉多頭一回徹夜未歸，他母親驚慌失措。然而久而久之，她對兒子無視所有常規一事已見怪不怪，還感到些許驕傲。

「有時普拉多專注地注視一名老師，會令那名老師不寒而慄，那視線並無敵對、挑釁或好鬥的成分。他只給老師一次好好解說的機會，只有一次，一旦出現錯誤或解釋遲疑不定，他的眼神絕無潛藏或蔑視，甚至讀不到一絲失望，他僅僅挪開視線，不想讓人察覺，離開時的態度也都禮貌友善。然而，正是這不想傷人的心態最傷人。我自己也體驗過，別人也證實過這點：我們還在準備課程時，眼前便已出現普拉多審視的眼神。對某些人來說，那不啻是主考官的眼神，命令他們重返學校再學一遍；對另一些人來說，無異於在運動競技場上遇上強大對手的挑戰。當老師在書齋中準備較難的課題，而且是教師都難免會出錯的難題，這個知名法官的兒子，早熟且機敏過人的阿瑪迪歐・伊納西奧・德・阿爾麥德・普拉多都會在場。就我所知，每個教師都經歷過。

「他不只挑戰別人，他自己亦非完美，有諸多破損、裂痕與罅隙，有時會幾乎認不出他來。當他意識到自己的盛氣凌人與不可一世造成何種結果，他會驚醒，感到無措，想辦法去彌補。普拉多也有古道熱腸的一面，整夜陪伴同窗，幫助他們準備考試。這時的他極有耐心且謙遜如天使，讓抱怨他的人無地自容。

「這個面貌的普拉多有時候會突然傷感。傷感侵襲的速度很快，他彷彿暫受另一種情緒支配，一絲風吹草動都讓他宛若驚弓之鳥。那時候他就像個問題男孩，哎呀，這時候如果有人安慰或是鼓勵他幾句，他會嘶聲憤怒，撲向對方。

「這個受恩寵的男孩會的可多了，唯有一件事做不來：慶祝、放鬆、順其自然。他無時無刻保持絕對清醒、狂熱追求一目了然和宰控一切的個性妨礙了他。他菸酒不沾，多年後才變成癮君子，但茶喝得很兇，尤其喜歡金紅色的阿薩姆濃茶，還特意從家裡帶來一把銀茶壺。最後把茶壺送給了廚子。」

「那時應該有個叫瑪麗亞的女孩，」戈列格里斯試探問著。

「是的，普拉多愛她，以一種獨特的純潔方式愛著她。大家都在笑他，又掩飾不了自己的嫉妒。這種嫉妒原本只在童話故事裡才會出現。他愛她，崇拜她，對，就是這樣：他崇拜她！這個字眼一般不會用在小孩身上，但普拉多是另一回事，他實在與眾不同。瑪麗亞既非花容月貌，更非公主小姐，還差遠了。而且據我所知，她甚至成績平平。沒人理解他們的關係，女校那邊的女生更是大惑不解。她們使出渾身解數，百般想要得到這位貴少爺青睞，偏偏不得要領。或許事情就這麼簡單：瑪麗亞不像別人那樣為他神魂顛倒。也許這反而是他要的：找一個能和他平等相處的人，讓自己融化在對方平淡自然的話語、注視和舉動中。

「每當瑪麗亞從女中走來，挨著他坐在階梯上時，他看上去頓時平靜下來，從警覺和機敏反應的擔子下，從永遠沉著鎮靜的重壓和不得不永遠戰勝超越自我的折磨中解脫。坐在她身邊，他甚至連上課鐘聲都聽不到。你看著他，會感覺到他寧願不站起來。每次總是瑪麗亞把手擱在他肩上，把他從樂園中拉回來。永遠是她去碰他，我從未看到他伸手碰過她。每次她準備回學校時，都會用橡皮筋把烏黑發亮的秀髮束成馬尾。每次他總在一旁看得如癡如醉，哪怕看了上百遍還是一樣。想必他愛極她這個動作。有天橡皮筋不見了，換上一個銀色髮夾。看他臉上洋溢的幸福不難猜出，那是他送她的禮物。」

神父跟美洛蒂一樣，不清楚女孩子姓什麼。

「您現在問起，我才想到，或許我們根本不想知道那女孩姓什麼。打聽出女孩的姓反讓人覺得奇怪。」神父接著說：「好比沒人打聽聖人、戴安娜或伊萊卡⑳的姓氏一樣。」

一名身著修女裝的修女走了進來。

「等一會吧。」她剛要挽起神父的袖口替他量血壓時，神父開口說。

他的話中帶有溫柔的權威。戈列格里斯忽然明白，年輕的普拉多遇到眼前這位老者算是走運：他擁有普拉多最需要的權威，憑藉這份權威衡量自己的界線，或藉此從掙脫擁有絕對權威的嚴父。

「給我們來杯茶吧。」神父朝修女莞爾一笑，抹去修女臉上剛要表露的不滿。「一份阿薩姆茶，請煮得濃點，金紅色的茶才會發亮。」

神父閉上眼沉默。他不想離開普拉多送銀色髮夾給瑪麗亞的遙遠記憶。戈列格里斯心想，他寧願跟自己的得意門生在一起，跟曾為奧古斯丁以及其他上千種話題與自己爭辯過的得意門生在一起，這個少年甚至可以觸碰天際。他想跟瑪麗亞一樣，把手搭在這名少年肩上。

「瑪麗亞和喬治，」神父閉著眼繼續說下去：「就像是他的守護神。喬治．歐凱利。在這日後成為藥劑師的人身上，普拉多找到了友情。若說他是普拉多除了瑪麗亞以外唯一的朋友，我一點都不意外。喬治在許多方面與普拉多大不相同，甚至正好相反。有時我想：普拉多正需要這麼一個人讓自己完整。喬治永不會去收拾他農夫似的大塊頭，頭髮整天亂蓬蓬的不整理，而他大可

⑳伊萊卡（Electra），古希臘神話中的人物。特洛伊戰中，希臘統帥阿伽門農的女兒。

以約束一下自己遲鈍緩慢、拖拖拉拉的個性。在學校對外開放的日子，我注意到，只要一身窮酸衣服的他邋裡邋遢經過家世顯赫的學生家長身邊時，家長們都會驚愕地轉身。喬治不修邊幅，衣衫永遠皺巴巴，不成形的外套，永遠是那條歪歪的黑領結，要以此抗衡世俗的約束。

「有次我和同事們在學校走廊上遇到普拉多和喬治。一名同事後來跟我說：『要是有人要我在一部辭典裡定義優雅與優雅的反義辭，只要描繪這兩個男孩就行了，其他解釋都是多餘。』

「喬治能讓普拉多平靜下來，讓他從匆促緊張中恢復。只要跟喬治在一起，普拉多的急性子在片刻後會減緩，喬治的從容不迫感染給他。比方說下西洋棋，喬治下一步棋要思慮許久，普拉多在一開始就快要抓狂。以他易變的形而上學觀之，需要冗長思考時間的人最終竟然會贏棋，實在有違他的世界觀。不過他很快便開始吸納喬治的鎮靜，一個始終清楚自己是誰、又何去何從的人方有的鎮靜。聽來不可思議，不過我還是認為普拉多需要定期被喬治打敗。他難得贏一回時卻快樂不起來，這不啻於被他抓緊的山崖轟然坍塌了。

「喬治清楚知道自己的愛爾蘭祖先何時來到葡萄牙，對自己的愛爾蘭血統深以為傲。雖然他天生不適合，卻能說一口流利的英語。要是在愛爾蘭農莊或鄉間酒吧碰到他真的沒什麼好奇怪，你若想像一下，喬治簡直就是年輕的貝克特[21]。

「那時他的骨子裡已是徹底的無神論者。我也不清楚我們怎麼知道的，但我們就是知情。一旦觸及這話題，他便無動於衷地引用一段自己家徽上的銘言：主是我們堅固的塔。他閱讀俄國、安達魯西亞和加泰隆尼亞地區的無政府主義者言論，想像著哪天越過邊界，去為抵抗法朗哥而戰。後來他加入了葡萄牙的反抗運動，若不是這樣，我才真會奇怪呢。他終其一生是個現實的浪漫主義者，要是真有這種人，那非他莫屬。這位浪漫主義者有兩個夢想：一是成為藥劑師，一是彈奏史坦威鋼琴。他的第一個夢想實現了，如今他依然披著白袍，站在薩巴泰羅街藥局的櫃台後面。至於第二個夢想，大家都覺得可笑，他自己更覺得荒謬至極。他那雙粗糙的手指尖過寬，指甲有一條條槽紋，更適合在學校樂團演奏低音大提琴。他果真拉了一陣子，直到因為自己缺乏才氣深感絕望，在弦上猛烈『拉鋸』，折斷了弓。」

神父喝了口茶，戈列格里斯察覺神父喝水時咕嚕出聲越來越響，不由地一陣難受。神父突然變成一個耄耋老者，嘴唇無法完全聽命於大腦，語調也開始出現變化，聲音傷感懷舊，彷彿對著空無說話，正是普拉多離校後遺留下來的。

「我們當然都知道，秋天，當酷暑消退，金色光影灑滿大地時，我們在走道上再也碰不到他了，可是沒人提起。在離別之際，他與每個人握手，一個都沒忘，措辭高貴熱情地向大家致謝。我現在依然記得，當時我心想：他活像個總統。」

神父猶豫了一下，接著說：「他真不該說出那麼完美的話語，哪怕停頓片刻、不知所措，或是加點試探的語氣，不像精雕細鑿的寶石或細心打磨的大理石，那該有多好！」

戈列格里斯心想，普拉多向巴托羅繆神父告別的方式本該與眾不同，該用更親近的字眼，甚至擁抱。然而，他對神父的態度與他人無異，傷透了神父的心。直到七十年後的今天，神父還為此難過。

㉑貝克特（Samuel Beckett，1906~1989），二十世紀愛爾蘭作家，創作領域包括戲劇、小說和詩歌，尤以戲劇成就最高。他是荒誕派戲劇的重要代表人物。一九六九年，他「以一種新的小說與戲劇的形式，以崇高的藝術表現人類的苦惱」，而獲得諾貝爾文學獎。

「新學年開始的第一天，我昏沉沉地走在學校走道上，全因為他的離去。我不斷對自己說：你別期待再看到他的鋼盔頭，別希望再見到他心高氣傲的身影轉過角落，不可能再看到他跟人說話，兩手獨特又傳神地上下舞動。我相信其他人也有類似感受，雖然我們沒談起。只有一次聽到：『在那以後一切都不同了。』無疑是指普拉多。我們再也無法在走道上聽到普拉多溫柔的男中音了，不只是再也見不到普拉多，再也碰不到他，你能感覺到這裡少了普拉多。他的缺席宛如一張清晰照片被剪下了精確的輪廓，現在那空缺的人影反而超越了一切，在照片中占有最重要的地位。這正是我們悵然若失的感覺，因為他確實不在了。

「多年後，我才再次遇到他，那時他就讀於北方的孔布拉大學，我很少見到他，只偶爾從我在那所大學裡為醫學系教授講課和解剖課時擔任助教的朋友那裡聽到他的消息。普拉多在那裡也很快成為一名傳奇人物，當然不是很風光的那種。坦白說，獲獎無數的教授和專業領域的權威們宛如接受他的重重考核。並非他懂得比他們多，他還差得遠，但是他孜孜不倦，永不饜足地在尋求答案。一旦他媲美笛卡兒的嚴正洞察力得知，從教授那裡獲得的答案事實上並非真正的答案時，大講堂裡便會有好戲上演了。

「有回他大肆嘲弄一名愛賣弄的教授，把那教授當例證的解釋拿出來，與莫里哀大大嘲弄過的一個醫生笑話相提並論，裡面將藥劑的催眠效力解釋為催眠促睡力。面對虛榮之徒，他絕不心慈手軟，毫不留情，他會勃然大怒。這是低估了愚蠢。他常說：人必須先忘了人類毫無意義的作為乃無窮盡，才能表現得這麼虛榮。這是極度的愚蠢。

「一旦他處在這種情緒中，最好別去惹他，孔布拉大學的人很快也了解到這點。他們後來又發現他的一大特長，他有第六感，能悟出想報復他的人要採用的伎倆。喬治也有這本事。普拉多竊為己有，然後自行開發。一旦他意識到有人想讓他難堪，他便會找出報復手法最厲害的棋步，小心謹慎地準備。孔布拉大學醫學系裡就發生過。有次在大講堂中，教授洋洋得意地把他叫到黑板前，對他提出最冷僻的問題。教授臉上露出不懷好意的笑容，普拉多拒絕教授遞來的粉筆，從口袋裡掏出自己攜帶的粉筆。『噢，是這樣。』他的口氣透露出不屑，然後在黑板上塗鴉，全是人體結構、生理方程式或生物化學公式。算錯時便問道：『我非得了解這些嗎？』你看不到其他人的竊笑，卻能聽得到。你拿他根本沒辦法。」

兩個人在黑暗中坐了半小時，神父才打開燈。

「我主持他的葬禮，他妹妹安德里亞娜希望這樣。清晨六點，他癱倒在奧古斯塔街，他特別鍾愛的一條街，他正因為失眠在城裡遊蕩。一個出門遛狗的女人發現他，馬上叫來救護車。但那時他已氣絕，大腦內一根動脈血管破裂，熄滅他意識中的燦爛光芒。

「我很猶豫，不知道普拉多如何看待他妹妹的請求。普拉多曾說：『葬禮是別人的事，跟死者無關。』有時，他冰冷的話讓人感到恐怖，這是其中一句。

「安德里亞娜應該是條龍，保護普拉多的龍。然而，面對普拉多的死，面對死神對我們索求，她像小女孩般無助。我接受她的請求，找出適合他沉默靈魂的字眼。幾十年過去，我在字斟句酌時不必擔心他挪開視線，越過我肩頭望向遠方，他又出現在我面前。他的生命之火熄滅了，可在我看來，他那張堅毅的慘白臉孔要求我做的，比他有生之年以生機勃勃、多姿多彩的臉向我提出的無數次挑戰還要艱難得多。

「我在他墓前致哀的悼詞，不僅要能過得了死者那關，還得接受另一個人的考驗。我知道喬治肯定會到場。在他面前我無法談論上帝，或提到被他委婉稱為空洞許諾的話題。我只能講述自已與普拉多來往的經驗，講述他在他熟知的人當中留下無法抹滅的痕跡，其中也包括他的仇敵。

「前來墓園參加葬禮的人多到難以置信，都是普拉多治療過的病患，沒收過診療費的市井小民。我用的唯一一個宗教字眼便是：阿門！我大聲說出這個字，因為普拉多喜歡，也因為喬治清楚這一點。神聖話語在沉靜的墓園迴盪，人們悄然肅立。開始下雨，淚水從大家眼中撲簌流下，繼之相擁而泣，沒人想離去。天空好似打開的閥門，在場的人全被雨水打個濕透，卻依舊站著，一動不動。我想，他們一定想用如鉛沉重的腳拉住時間，阻止時間流逝，不讓時間每分每秒拉開他們與心愛的醫生間的距離。又佇立了半小時，人群才漸漸動起來，因為最年長的老人無法再支撐下去。又過了一小時，墓園才清空。

「在我打算離開時，卻看到了奇特的一幕，後來這一幕一再出現在我的夢境中，如同布紐爾㉒電影中不真實的一景：兩個人，一名男子和一個含蓄的年輕美麗女子同時出現在墓園兩側門邊，同時朝普拉多的墓地走來。男的是喬治，女的我不認識。儘管我不知道她是誰，卻感覺到他們彼此相識，關係親密，但又涉及一樁不幸，一齣悲劇，普拉多也牽扯其中。他們沿幾乎等長的小路，朝普拉多的墓走來，腳步彷彿約定過一般，好同時抵達。兩人自始自終不曾看對方一眼，只盯著地面，眼神越是相互躲避，越營造出兩人之間關係密切，遠超過一次眼神交會的限制。兩人最後並排站在普拉多的墳前，似乎連喘氣的節奏都一致，但還是不瞧對方一眼，彷彿死者唯自己獨有。我意識到自己該走開了。直到今天，我還弄不清楚到底是何種祕密把兩人聯繫在一起，又跟普拉多有何關係。」

鈴聲大作，該是進晚餐的時候。神父臉上掠過些許不快，使勁掀開蓋在膝蓋上的毯子，起身走到門前，把門鎖上，又重新坐回椅子上，抓住電燈開關將燈關上。餐車在走道上噠噠經過，漸行漸遠。巴托羅繆神父等著，直到四周恢復寧靜才接著講下去：

「也許我知道一些，或說是感覺到一些。在普拉多去世一年前的一個深夜，他突然出現在我門前，自信的神采離他遠去，倉促之色支配他的容貌、氣息與姿態。我沏好茶，見我拿著方糖走過來，他也只是淡淡笑了一下，臉色隨之陰沉下來。他還是學生時，我的方糖總讓他雀躍不已。

「我不逼他開口，問都不問，只默默等待。他跟自己過不去，能撐多久就撐多久，彷彿這場搏鬥的輸贏決定生死。或許事實正好如此。我聽到傳言，他正為反抗組織工作。趁他費力喘氣、出神發呆的時候，我仔細打量他，感嘆歲月帶給他的改變。他修長的手上已出現老人斑，失眠雙眼底下疲憊的眼皮，頭上甚至有了白髮。我突然意識到他一身邋遢，這讓我大吃一驚。儘管邋遢的方式十分溫和，不像流浪漢般從不洗澡的德性，甚至不惹人注意：他只是鬍鬚雜亂，長出耳毛和鼻毛，指甲忘了剪，白色衣領上有塊黃斑，皮鞋未擦，彷彿好幾天沒回家。他的眼皮不停眨動，似乎一輩子操勞過度。

「『一條命換多條命，這樣做對嗎？』普拉多用壓抑的口吻問我，話語間既有怨氣，又有恐懼，似乎擔心做錯，做出不可饒恕的事。

「『你知道我怎麼看這問題，』我回答：『我的看法從未改變過。』

「『如果裡面牽扯到很多條命呢？』

「『你必須這麼做嗎？』

㉒布紐爾（Luis Buñuel，1900~1986），西班牙電影導演、劇作家，被譽為「上世紀最後一個超現實主義大師」，代表作為《安達魯之犬》。

「『正好相反，我必須阻止。』
「『他知道得太多了？』
「『是她。她處境危險，會受不了。她會說出來，別人都這麼認為。』
「『喬治也這麼認為嗎？』我想試探一下，誰知一試即中。
「『我不想提他。』
「我們之間出現一陣沉默。茶冷了。這件事讓普拉多心碎。普拉多愛她？或因為她只是一條人命？
「『她叫什麼名字？名字是無形的影子，別人用名字闡明我們，我們同樣用名字闡明他人。還記得嗎？』
「這是普拉多自己說過的話，讓我們瞠目結舌的一句話。
「回憶暫時讓普拉多舒坦，臉上閃過一絲笑意。
「『艾斯特方妮雅．艾斯平霍莎，詩一樣的名字，不是嗎？』
「『你打算怎麼辦？』
「『越過邊境，進入山區，別問我去哪。』
「普拉多消失在花園門後，是我在他生前最後一次見到他。
「墓園那奇異一幕之後，我不斷回想起那夜的對話。墓園的那女人是否正是艾斯特方妮雅．艾斯平霍莎？她是不在西班牙聽到普拉多的死訊而趕了過來？喬治原本打算要犧牲她嗎？兩人並排站在墓前動也不動，兩眼空洞無神，躺在墓中的男人為了救一個名字像詩一樣的女人，拋棄了終生摯友的友情。」

巴托羅繆神父再次開燈，戈列格里斯站起來。

「等等，」神父說：「我把一切都告訴您了，現在您該讀讀這個。」說罷，從書櫃裡取出一個陳舊的文件夾，繫住文件夾的帶子已年久褪色。「您是古語言學家，能看得懂這個。這是普拉多在畢業典禮上的致詞，特別為我準備的，用的是拉丁文。不可思議，棒極了！您在大禮堂中見過那個講台，他就在那致詞。

「對普拉多的演講，大家心裡多少有所準備，卻沒想到會是這樣。從第一句起，全場便籠罩在寂靜中，之後越加沉重，氣氛也越加肅穆。從反聖像朝拜的十七歲少年筆尖流洩出來的文句犀利如鞭撻，口吻彷彿走過人生一遭的老人。我心裡揣測，等最後一個字塵埃落定，場內會出現何種情況？我很擔心他。他清楚自己在做什麼，但又不完全明白。我擔心，這個敏感冒險家的言語力道也會傷害到自己，擔心也許在場沒有人能承受得了這些。教師們個個僵硬筆直地坐著，幾個人緊閉雙眼，似乎正在內心築起一堵牆，抵禦這場褻瀆神靈的轟炸；或是造出堡壘，對抗對神的誹謗，誰能想到在這種地方會出現這等瀆神行為？大家還會跟他說話嗎？是否抵擋得住內心蠢蠢欲動的誘惑，視他為未成年的孩子，倨傲地還擊？

「您會讀到，最後那句話裡隱含鼓舞人心又令人恐懼的脅迫，能感覺到背後有一座隨時可能噴發的火山，若沒有達到爆發的極限，也許會在自己的灼熱中崩解。最後這一段，普拉多說得平淡，更沒握拳。他語調輕柔，簡直是輕聲細語。直到現在我都無法肯定，他是否是故意的，藉以增強演講的衝擊力，或是他用堅定沉著的態度向鴉雀無聲的大眾拋出大膽無畏的宣言後，頓時勇氣盡失，打算預先以柔聲求取原諒？他事先肯定沒有這麼打算，也許適巧來自心底所願，他對外心明如鏡，卻無法完全認清自己。

「最後一個字塵埃落定，沒人動彈。普拉多整理了一下稿子，眼睛盯著講台。現在沒什麼需要整理的了，再沒有需要他做的事，完全沒有了。可是，在這樣的講台上發表了這樣一篇演講後，在沒有得到聽眾反應前無法離開，無論哪種反應。假裝根本沒人上台演講過是最糟的情況。

「一股力量驅使我起身鼓掌，哪怕只為這篇危險演說中的傑出論點，都值得拍手叫好。但我隨即意識到，絕不能為瀆神行為鼓掌，無論演講有多精采。誰都不行，更何況我身為神父，神的子民。於是我坐著沒動。時間一分一秒過去，不能再拖下去了，否則會是一場災難，對他對我們都一樣。普拉多抬起頭，挺直背，視線投向彩繪玻璃窗，久久停在那裡。我敢肯定那沒有任何目的，絕非作秀。這是由衷而發之舉，為他的演講做了演示，您會見識到，他這個人正如那篇講稿。

「也許是該打破僵局的時候了。但接著發生一件事，讓在場所有人覺得，彷彿是上帝存在的詼諧證明：外面有隻狗開始大叫。起初只是短促的一聲乾吠，彷彿在責備沉默的我們心胸狹窄、缺乏幽默，隨後演變成持續不斷的鬼哭狼嚎，彷彿在為演講遭受的冷漠待遇深感悲哀。

「喬治．歐凱利大笑出聲。大家驚愕了幾秒鐘後，也跟著笑了起來。我相信普拉多先是吃了一驚，怎麼也想不到會出現這段可笑的插曲。不過，既然喬治開了頭，一切於是無妨。他臉上露出的笑意雖有些牽強，但在更多頭狗的吠聲伴隨下步下講台時，笑容一直掛在臉上。

「直到這時，校長科蒂斯先生才如夢初醒。他站起來，走到普拉多面前跟他握手。人是否能透過握手得知那是最後一次而因此釋懷？科蒂斯先生跟普拉多說了些話，聲音被諧和的犬吠聲蓋過。普拉多在回答時已找回了自信，大家能從他的動作中得知：他把那篇驚世駭俗的講稿平靜地放進禮服的口袋。那絕非難為情而做出的掩飾，更像將一件珍貴的寶藏收藏在安全的地方。最後他低下頭，直直望入校長的眼睛，然後轉身朝門口走去。喬治正在那裡等他，將胳臂搭在他肩上，把他推了出去。

「後來我在公園裡見到他們。喬治手舞足蹈講個不停，普拉多則靜靜聽著。這一幕令我想到指導學生堅持搏鬥下去的教練。瑪麗亞走了過來。喬治雙手把住好友肩膀，笑著將他朝女孩的方向推了過去。

「後來鮮有教師談及他演講的事。我不認為他們絕口不提，應該是說，我們找不到合適的字眼或適當口氣來談論。也許大家多少慶幸那幾天的炎熱難以忍受，不必非說『太不像話！』或是『有點道理』之類的話，而是改說『真是熱啊！』」

19

戈列格里心想這如何可能：他搭乘百年電車穿越夜晚的里斯本，卻覺得彷彿在耽擱三十八年後，終於動身前往伊斯法罕。他與巴托羅繆神父道別後，在回程中半途下了車，到書店取走阿奇里斯的悲劇和賀瑞斯的詩集。回旅館的路上不太順遂，步伐越來越慢且躊躇不決。他在一個熱氣騰騰的烤雞攤前站了幾分鐘，因燒焦油脂的氣味而倒胃。在這時安靜站著，找出浮出表面的東西，對他來說至關重要。他何時曾如此專注地打探蛛絲馬跡？

他對外心明如鏡，卻無法完全認清自己。巴托羅繆神父用這句話描述普拉多時，聽來如此理所當然，彷似每個成年人都斷然明瞭自己的內在與外在警醒度。葡萄牙語。科欽菲爾德大橋上那名葡萄牙女子又出現在眼前，看她張開雙臂朝欄杆撲去，腳後跟從鞋裡滑出來。艾斯特方妮雅·艾斯平霍莎，詩一般的名字，普拉多說。越過邊境，進入山區。別問我去哪。戈列格里斯突然清楚自己想要什麼：他不要在旅館讀普拉多的講稿，而是去那所荒棄的文理中學，普拉多演講的地方。那裡的校長辦公桌抽屜裡的《聖經》包在他的毛衣裡，那裡蝙蝠和老鼠成群。

為何這看似荒謬卻無傷大雅的願望，對他來說是個重大決定？為何他會覺得不回旅館而回頭搭電車會對日後影響深遠？在店家打烊前最後一刻，他鑽進一家五金行，買了一把亮度最強的手電筒。現在他又坐在老電車上，搖搖晃晃地前往地鐵站，從那裡出發去科蒂斯文理中學。

校舍沒入公園的黑暗，他從未見過如此荒涼孤寂的建築物。剛剛在路上，他還回想起中午在科蒂斯校長辦公室裡緩慢移轉的圓錐光柱，此刻，眼前的校舍宛如一艘遭人們與時間遺忘的海底沉船。

他在一塊石頭上坐下，想著一位許久前在夜晚潛入科欽菲爾德文理中學的學生，他從校長辦公室打了幾千瑞士法郎的電話到全球各地，為了報復。他叫漢斯．古莫爾，他帶著這個姓氏，像是背負著絞刑架。戈列格里斯替古莫爾結清了電話帳單，說服凱吉不要報案。他在城裡碰到古莫爾，試圖弄清這少年報復校方的動機，卻未成功。「反正就是想報復。」那少年一再說著，疲倦地坐在蘋果蛋糕後面，因怨恨而心力交瘁，彷彿那怨恨與生俱來。分手時，戈列格里斯久久望著他的背影。戈列格里斯告訴芙羅倫斯：不知何故，他有點佩服那少年，或是嫉妒他。

「你想想看，他三更半夜一個人坐在凱吉辦公桌後面，打電話去雪梨、貝倫、聖地牙哥，甚至北京。都是打到大使館，因為那裡講德語。接通後卻一言不發，半句話不說，就是想聽聽線路接通後的嗡嗡聲，感受昂貴的通話時間一秒秒過去的罪惡感。這難道不讓人驚嘆嗎？」

「這偏偏是你說的？帳單還沒出來，你就樂意替他付帳了？只為不讓任何人背負責任？」

「沒錯，」戈列格里斯說得乾脆：「正是！」

芙羅倫斯扶一下過於時髦的眼鏡。每次他說出類似話語時，她總會做出同樣的動作。

戈列格里斯扭開手電筒，沿著光柱朝入口走去。嘎吱作響的大門在陰森森的黑暗中比白天更響，宛如在說「謝絕進入」。被聲音驚醒的蝙蝠一窩蜂湧出。戈列格里斯等待這波浪潮恢復平靜，才推開通往樓上的彈簧門。手電筒的光束像掃帚，劃過走道的石板地，以免自己踩到死老鼠。冰冷四壁之間，寒意襲人。戈列格里斯先走進校長辦公室，去取抽屜裡的毛衣。

他瞧著原為巴托羅繆神父所屬的希伯來文《聖經》。一九七〇年，柯蒂斯文理中學關閉，要成為幹部培訓地，神父及柯蒂斯先生的繼任者站在空蕩蕩的校長辦公室裡，義憤填膺又百般無奈。「我們想做點什麼，具有象徵意義的事。」神父說。他把自己的《聖經》放在校長辦公桌抽屜裡。校長對他咧嘴而笑：「太棒了，讓上帝去對付他們吧。」

戈列格里斯在禮堂裡為校長準備的長椅上坐下。柯蒂斯先生曾坐在這裡，面容冷漠地聆聽普拉多演講。他從書店的袋子裡取出巴托羅繆神父交給他的文件夾，解開帶子，取出一疊紙，那是普拉多演講完後，在驚愕和尷尬的沉默中在講台上整理過的講稿，字跡與普拉多從牛津寫給美洛蒂那封信的深黑墨跡一模一樣。戈列格里斯將手電筒的光對著發潮泛黃的紙，開始閱讀。

崇敬與憎惡上帝的話

我不願意在沒有大教堂的世界裡生活，我需要教堂的美麗與莊嚴，抵禦平庸的世界。我願意舉頭仰望教堂明亮的窗，讓這非世俗的色彩撩亂我的眼。我需要它的輝煌，抵禦骯髒單調的制服。我願意置身在教堂逼人的寒氣中，需要那專橫獨斷的沉默，抗衡兵營操練場上空洞的吼叫，追隨者俏皮的閒話。我想聆聽管風琴的華麗音調，需要超脫塵世的音樂澎湃我心，抵禦刺耳可笑的進行曲。我愛教堂中的祈禱者，需要看到他們的眼神，抵擋膚淺與漫不經心的險惡毒素。我要閱讀有力的上帝言詞，需要《聖經》韻文中的非凡力量，對抗我們墮落的語言與政治口號的專制獨裁。我不想生活在沒有這一切的世界裡。

可是，還有另一個我不想生活的世界。在那世界裡，人的肉體與個人的獨立見解備受輕視和詆毀，我們能經歷到最傑出的事物被冠為罪惡。那個世界逼迫我們向暴君、虐待狂與暗殺者奉獻愛，不論他們野蠻的腳步在大街小巷踏出令人麻痺的回音，還是如貓一般無聲無息匍匐而過，像怯懦的鬼魂，手舉雪亮的刀劍從背後刺穿受害者的心臟。站在高高的布道壇上的人竟要求我們原諒這樣的貨色，甚至向他們頂禮膜拜，天下豈有如此荒謬之理？倘若真有人做到這點，可真是史無前例的虛偽，殘酷的自制，代價是人格徹底畸形。這個向仇敵示愛的瘋狂和反常的要求，只會造成人類被制伏，被剝奪全部的勇氣與自信，讓人類受暴君操縱，對他們唯命是從，喪失抗爭的能力。為了達到這目的，必要時甚至動用武力。

我崇拜上帝的話，因為那有詩的力量。我又無比憎惡它，無法接受它的殘暴。這是份沉重的愛，我必須不斷區分話語的光明力量，與透過文字暴力、洋洋得意奴役我們的上帝。這是份沉重的恨。地球這半部的人怎能憎恨這屬於生命旋律的文字，憎恨人們從兒時起便深深敬仰的文字？在我們開始意識到可見的人生並非人生的全部時，那些文字宛如火把，為我們指明方向。沒有這些文字，我們不可能成為今天的我們。我們怎能恨它？

可是，我們不該忘記：這正是要求亞伯拉罕如宰殺動物般殺害親生兒子的文字。讀到這一段時，我們該如何表達自己的怒火？對這樣的上帝，我們做何感想？主不是無所不知，無所不曉嗎，怎會指責約伯偏離信仰？難道不正是他創造出這個約伯？為什麼上帝卻可像凡夫俗子般，毫無緣由讓一個人陷入悲慘境地，那樣做是公平的嗎？約伯豈沒有抱怨的理由？

上帝話語的詩文如此震撼人心，讓萬物靜寂，讓所有反駁傷痕累累。正因如此，一旦人們對《聖經》加諸我們頭上的無禮要求和施加於身的奴役再也忍無可忍，就不能只是隨手將之棄置一旁，而必須遠遠拋掉。《聖經》宣揚的是個脫離現實、悶悶不樂的上帝，想要大規模限制人類生活的上帝（要是給他自由選擇，他一定會劃定一個巨大的範圍），將人生困在唯一一個毫無伸展餘地的點上，那就是遵從。我們深深憂傷，背負沉重的罪惡，因臣服形同槁木，因懺悔失去尊嚴。我們額上帶著灰十字，往主的墓地走去，儘管被主駁斥上千次，依舊抱持期望，讓自己在主身邊得到更好的歸宿。可是，主已將我們所有的快樂和自由全部剝奪。在這樣的主身邊，我們怎能獲得更多幸福？

但那些源於祂，又回歸於祂的話語何其美妙！擔任彌撒儀式中的神父助手時，我對其愛不釋手。在祭壇前的燭光剪影中，那些話讓我深深醉了！那是衡量萬物的準則，那是再明確、清楚不過了。當我發現，人們竟然認為世上還有其他重要話語時，我簡直不能理解。那些話語裡的每一句都代表著下流的消遣，喪失了人性之本！直到今天，只要聽到葛利果聖歌，我還會情不自禁停下腳步，在不經意的瞬間隱隱哀痛，因為從前的癡迷被叛逆取代，再也追不回來。當我第一次聽到下面幾個字時，叛逆如火舌自心底竄起：心智的奉獻犧牲。

倘若沒有好奇心、疑問、懷疑和爭辯，我們怎能快樂？沒有享受思考的快樂？那幾個字一劍斬斷了我們的頭顱，無疑在要求：感覺和行事皆要違背自己的思想，讓我們的心靈四分五裂，命令我們犧牲付出，而犧牲的，正是快樂的核心：內心的完整和人生的和諧一致。在帆槳戰船上做苦役的奴隸雖然手腳受縛，卻能自由思考。但我們的主卻要求我們成為奴隸，親手把自己推向深淵，還得做得心甘情願，滿心歡愉。世上還有比這更機諷的事嗎？

無所不在的主，日日夜夜觀察我們，時時刻刻把我們的言行紀錄在功過簿上，讓我們不得安寧，片刻不讓我們擁有自己的空間。無法擁有隱密，這對我們意味什麼？除了主之外，任何人都不得抱持自己的思想和期望？無論是過去的宗教法庭，還是當今的審訊機構，拷問者無一不知一個道理：只要斬斷人們通往內心的退路，讓人一直處在亮光下，不讓他獨處，不讓他睡，或是得到寧靜，便能撬開他的口。拷問者以此方式盜取我們的靈魂，等於摧毀了我們內心的孤寂，而我們對那份孤寂的需求，正如呼吸之於空氣。我們的主是否想過：他用肆無忌憚的好奇心與可憎的愛看熱鬧心態，竊走了我們原應不朽的靈魂？

誰真的願意長生不老，永世長存？要是我們知道，無論在這一天、這個月或這一年發生過什麼事，都將無足輕重，因為以後還有無止境的年月日，一切將會何等無聊乏味。真是那樣，還有什麼值得我們看重？大家無須計算時間，永遠不會錯過任何事，永遠不必著急。一件事今天去做，或明天去做，全無所謂。在永恆中，即便是百萬倍的疏忽也都微不足道，再也無須後悔，反正彌補的機會還有的是。我們將無法體驗生活，因為其中的喜樂皆因我們意識到時光流逝；在死亡面前，悠閒度日的人才是冒險家，成為違背立即行動準則的十字軍騎士。當任何事，所有人，隨時隨地擁有充足的時間，人類怎還有可能享受消磨時間的快樂？

同樣的感覺第二次出現時，便不再有第一次時的感受，重現的感覺讓感受褪色。一旦同樣的感覺出現過於頻繁，持續過於長久，大家必定心生厭倦和疲乏。想到日子將永無止境，不朽的靈魂怎能不滋生出強烈的厭惡和絕望的呼喊？感覺不斷在變，我們也隨之改變，是什麼，就是什麼，因為它們脫離了原來的模樣，因為從情感迎向未來的那一刻起，便遠離了原有的模樣。當這股洪流流向永恆，成千上萬的感覺必定在我們體內聚集，遠超出我們這些習慣在可見時間裡生存的人的想像。於是，我們聽到永恆生命這個詞時根本無從得知，未來會向我們做出何種保證？假設在得不到安慰下，我們活在永恆中，有朝一日在強迫中獲得拯救，我們又將成為什麼模樣？我們不知道，那是否是種賜福，我們也永遠無法得知。因為有一點我們非常清楚：永生的天堂是一座地獄。

死亡賦予人類美麗和恐懼的瞬間！唯有死亡，才讓時間有了生命。為什麼偏偏我們的主，我們無所不知、無處不在的主卻不知道？為何主要用永恆威脅我們？對我們來說，不正意味著難以承受之空虛嗎？

我不想活在一個沒有大教堂的世界裡，我需要大教堂彩繪玻璃的光芒、寒氣逼人的肅穆和其霸道的沉默，需要管風琴潮汐般洶湧澎湃的音響，需要虔誠人們的祈禱。我需要神聖的文字，需要這篇莊嚴的偉大詩篇。我需要所有這一切。然而，我同樣需要自由，反對一切殘暴。所有這些缺一不可，沒人可以強迫我在其中做選擇。

戈列格里斯讀了三遍，越發驚奇不已。普拉多的拉丁文感染力與文體的優雅，和西塞羅不相上下，而他思想帶來的撞擊和真摯情感，更讓人不禁想到奧古斯丁。這份手稿竟出自一個十七歲少年之手！要是這份奇才表現在樂器上，人們一定會稱他神童。

巴托羅繆神父對結尾的看法精確之極：那威脅令人動容，否則又能針對誰？這位少年始終選擇反對暴力，必要時，甚至寧願犧牲大教堂。這個不信神的神父想在內心建造一座自己的大教堂，那怕只有金色的文字也好，用此抗衡世俗，而他抵抗殘暴的歷程也將更苦澀。

或許威脅並非空穴來風？普拉多站在大禮堂前演講時，是否已在無意中道出三十五年後的行動：背離了反抗運動的計畫，也是喬治的計畫，拯救了艾斯特方妮雅．艾斯平霍莎。

戈列格里斯真希望能聽到普拉多的聲音，感受他言語中熔岩般的灼熱。他抽出普拉多的札記，將手電筒對著普拉多的肖像。普拉多曾經擔任過彌撒中的助手，孩童時在祭壇上手持聖燭，第一次釋放出他的熱情，而上帝話語光輝燦爛，神聖不可冒犯。然而，其他書本上的文字漸漸深入他內心，蔓延滋生，直到他將所有外來文字放在金秤上篩選秤量，治煉出自己的文字。

戈列格里斯扣緊外套鈕釦，冰涼的手插入袖管，橫躺在長椅上。他累了，疲倦源於過分專注聆聽演講，盡力理解其中意涵的狂熱，疲倦也源自於內心的清醒，清醒伴隨狂熱而來，他有時甚至覺得，這份清醒正是狂熱本身。他第一次眷戀起自己在伯恩公寓裡的床。他在睡前常愛靠在床上看書，等著入睡。他想到科欽菲爾德大橋，葡萄牙女人踏上大橋前和之後發生的變化，想著放在教室講台上的拉丁語教材。已經十天了，是誰代替他繼續教授拉丁文法的奪格獨立片語？又是誰接著講解《伊利亞德》的結構？前些日子在希伯來文課上，他們討論路德將《聖經》從希伯來文翻譯成德語時，為何將上帝是嫉妒的神翻成渴求的神。他向學生介紹德語與希伯來語《聖經》間令人瞠目結舌的巨大差異。現在，誰會繼續講解呢？

戈列格里打了個哆嗦。最後一班地鐵早已開走。這裡既沒電話，也沒計程車。徒步到旅館，至少需要幾個小時。禮堂外面隱約傳來蝙蝠掠過的撲打聲，偶爾聽到老鼠吱喳叫喚，除此之外，一切如墓園般靜默。

他感到口渴，所幸外套口袋裡還有一顆糖果。他把糖塞進嘴裡時，看見學生娜塔麗雅．魯賓的手捏著一顆紅紅的糖果，伸到自己面前。在短短的一剎那間，他覺得娜塔麗雅‧魯賓正作勢把糖塞進他的嘴裡。或者那只是幻覺？

他問她，要是沒人知道瑪麗亞的姓氏，到哪裡才能找得到她，娜塔麗雅舒展四肢笑了。他跟娜塔麗雅已在墓園旁的烤雞攤前站了好幾天，美洛蒂在那裡最後一次見到瑪麗亞。現在是冬季，天開始下雪，從伯恩開往日內瓦的火車已經啟動。為什麼他要上這班車，面容嚴肅的列車員問他，而且還是坐頭等車廂？他冷得渾身哆嗦，翻遍口袋找尋車票。醒來時他四肢僵硬，外面已微露曙光。

在首班發出的地鐵上，有一段時間他是唯一的乘客，彷彿是柯蒂斯文理中學靜謐虛幻世界裡的下一段插曲，他自己安排的場景。接著上來一些葡萄牙人，趕去上班的葡萄牙人，和普拉多毫無關係。戈列格里斯很感激這些冷靜陰沉的臉，他們的表情與清晨從雷爾街搭乘早班公車上班的人相似。他能在這地方生活嗎？在這裡生活和工作，不管那是什麼樣子？

旅館門房憂心地注視他。他還好嗎？是否安然無恙？門房遞給他一個火蠟封口的厚紙信封，昨天下午一個老婦人送過來的，她一直在這裡等他，直到晚上。

安德里亞娜！在此地認識的人中，只有她會用蠟封信。然而門房對老婦人的描述並不符合她的樣子，何況她也不可能親自過來。像她這樣的人，不可能親自送信來。一定是女傭無疑。女傭分內的事，也包括撣去頂樓普拉多房間裡的塵埃，不讓屋內留下時間流逝的痕跡。一切都好，戈列格里斯再次向門房強調一遍，然後上樓去了。

「我想見您！安德里亞娜」這張貴重信箋上只有一句話。黑墨水與普拉多慣用的一樣，字跡僵硬，卻趾高氣揚。彷彿書寫者費勁地回憶著每個字母，好讓每個字帶有過往的莊嚴優美。她忘了他不懂葡萄牙文嗎？他們之間是用法語溝通的。

文字言簡意賅，儼然如軍令，讓戈列格里斯一時傻眼。他面前出現那張蒼白的臉和一對苦澀的黑眼睛，看到她在不該死去的哥哥房裡來回踱步，宛如沿山脊邊緣行走的老婦。於是那句話不再是個命令，而似套著神祕黑絲絨帶的耄耋老婦，從喉嚨裡發出的沙啞呼救。

戈列格里斯打量著壓印在信籤上方中央的黑獅子，顯然是普拉多的家徽。獅子與嚴父及他陰鬱的死亡吻合，也與安德里亞娜的黑色身影及普拉多絕不退縮的無畏相符，卻與輕手輕腳、反覆無常的美洛蒂毫不相關，她是亞馬遜河岸一段不尋常的輕率後誕生的結晶。她是否和母親瑪麗亞同一個模子？為什麼沒人提到她？

戈列格里斯沖了個熱水澡，一覺睡到中午。他很高興自己先考慮到自己，讓安德里亞娜暫等。要是在伯恩，他會這麼做嗎？

去藍屋的路上，他經過西蒙斯的舊書店，問他能否弄到一本波斯文文法？他若是決定學習葡萄牙文，哪間語言學校最合適？

西蒙斯笑了：「想所有事一起來，既學葡萄牙文，又學波斯文？」

戈列格里斯只惱怒了一會兒。眼前這男人怎會明白，葡萄牙文和波斯文在他人生這一刻毫無區別。在某種意義上來說，這兩種語言是同一回事。西蒙斯又問他，打探普拉多的事進行得如何，科蒂尼奧是否幫上他的忙。一小時後，接近四點鐘，他按下藍屋的門鈴。

開門的女人約五十五歲左右。

「我是這裡的女傭。」她說。

她那看來終身勞碌的粗糙手指順了一下灰白的頭髮，又查看一下衣服上的鈕釦是否整齊。

「夫人在客廳等你。」她在前面領路。

就像上回第一次登門造訪一樣，戈列格里斯再次驚嘆沙龍的寬大和優雅。他注意看著立鐘，指針依然指著六點二十三分。安德里亞娜坐在在角落的桌前。他再次聞到那股藥水或香水的刺鼻氣味。

「您來晚了。」她說。

那封短訊已讓戈列格里斯習慣她不帶問候的嚴厲舉止。坐在桌邊時，他驚訝地發感覺到，自己能跟這個冷冰冰的老女人融洽相處。他輕而易舉察覺到，這女人的言行舉止，只是內心痛楚和寂寞的表露。

「我這不是來了嘛。」他回答。

「是啊。」她說，過了好一會，又重複道：「是啊。」

女傭飄然來到桌旁，悄然無聲。

「克羅蒂爾德，」安德里亞娜說：「擺好機器。」

戈列格里斯這才注意到那個箱子。一部巨大的老式錄音機，有兩個盤子大小的捲軸。克羅蒂爾德從錄音帶的開口處抽出一節磁帶，固定在空著的捲軸上，然後按下鍵，捲軸開始轉動。她轉身離開。

起先錄音機劈啪出聲，沙沙作響，接著出現一個女人的聲音：

「你們幹嘛不說話？」

戈列格里斯聽懂的有限，因為耳裡滿是錄音機裡嘈雜混亂的說話聲，那些聲音又被一片窸窣和嘈雜掩蓋。一定是麥克風使用不當。

「普拉多。」當一個男人的聲音出現時，安德里亞娜介紹說。提到這名字，她慣常的沙啞聲提高了，一邊將手擱在脖子旁，抓著黑絲絨帶，似乎想掐得更緊。

戈列格里斯耳朵緊貼在揚聲器上。那裡發出的聲音和他所想的完全兩樣。巴托羅繆神父說普拉多有副男中音嗓子。音域上吻合，音質卻嚴肅的多。聽得出來，這男人說話時可以鋒利如刃。這是否跟戈列格里斯唯一聽懂的一句話——「我不要」——有關？

「法蒂瑪。」一個聲音從嘈雜聲中冒出來時，安德里亞娜說。她提到這名字時的鄙視口吻說明了一切。法蒂瑪讓人不舒服，不只這一次，所有場合都一樣。她配不上普拉多。她把安德里亞娜至愛的哥哥非法據為己有，她最好從未進入他的生活中。

法蒂瑪聲音柔和低沉。聽得出來，她想取得眾人認同並不是件容易的事。這溫和的聲調中是否隱含一種要求，希望引起人們特別的關注和體諒？或只是機器的雜音造成的印象？沒人打斷她，直到她說話的聲音逐漸減弱。

「大家一直照顧她，真他媽的無微不至！」不等聽完，安德里亞娜已咬牙切齒說：「好像她的舌音是多舛命運造成的，像是所有人都對不起她，就連宗教的老掉牙玩意都能為她辯解，總之就是所有一切。」

戈列格里斯並未聽出法蒂瑪有舌音，都被雜音壓下去了。

接下來說話的是美洛蒂。她說話的速度很快，似乎有意朝麥克風吹氣，然後放聲大笑。安德里亞娜厭惡地扭開頭，望著窗外。聽到自己的聲音時，她迅速伸手關掉開關，讓錄音機停下來。

她盯著錄音機看了幾分鐘，這部機器讓過去重現。她的眼神與星期天低頭打量普拉多的書、衝著往生的哥哥說話時的模樣一樣。錄音機上的錄音她聽過上百次，甚至上千次，對每個字、每段嚓嚓作響和劈啪雜音瞭如指掌。彷彿她依然跟大家坐在一起，還在他們家的那棟大宅裡，美洛蒂現在住的那棟屋子裡。她憑什麼不能用現在式說話？即便使用過去式，也只當是昨天發生的事而已。

「我們簡直不敢相信媽媽會把這玩意帶回家。她對機器一竅不通，根本不懂得如何操作，甚至擔心得要命，總覺自己會弄壞什麼，結果她偏偏把一架錄音機搬回家，還是市面上出現的第一代錄音機。

「『不，不是這樣。』我們事後談起時，普拉多總說：『不是因為她想保留我們的聲音。不是，她只想讓我們再次關心她。』

「他說得對。現在爸爸去世了，我們的診所又在這邊，媽媽的生活想必十分空虛。麗塔整天只知到處閒逛，很少探望媽媽。法蒂瑪雖然每星期都會過去，但解決不了什麼問題。

「『她更想見你。』有次法蒂瑪回來後告訴普拉多。

「普拉多不想去。他雖然從未提過，但是我知道。一碰到有關媽媽的話題，他就變成膽小鬼。這是他一生中唯一膽怯之處。通常他絕不會避開不愉快的事，從來不會。」

安德里亞娜再次伸手搗了搗脖子。有那麼一會兒，她看似就要揭露藏在黑絲絨帶後面的祕密了。戈列格里斯屏住呼吸，可是那一刻錯過了，安德里亞娜的眼神又從過去回到現在。

他可以再聽一次普拉多的聲音嗎？他問。

「我一點都不感到奇怪。」安德里亞娜引述了普拉多的話，並開始憑記憶複述普拉多的每一句話。不，她不只在引述，也不光是模仿，好似一名出色演員在歷史性的一刻所做的表演。親近感更強，完美無缺：安德里亞娜就是普拉多！

戈列格里斯這次不但聽出não quero（我不要），還有一些新詞彙：ouvir a minha voz de fora（從外面聽到我的聲音）。

安德里亞娜複述完畢後，開始翻譯給他聽。不，這一切之所以可能，他一點都不奇怪，普拉多說，透過醫學，他多少懂得一些科技原理。「可我不喜歡這類東西與文字扯上關係。」他不想從外界聽到自己的聲音，不想自己找罪受，他覺得自己已夠不討人喜歡了。至於這種讓話凍結的方式：通常人們只隨便說說，多數很快會被遺忘。要是把每一句話，所有未經思考的話和毫無品味的評語統統存留起來，他光想到就覺得可怕，讓他想到輕率魯莽的上帝。

「他不過是喃喃自語。」安德里亞娜說：「媽媽不愛聽，也讓法蒂瑪一籌莫展。」

「這部機器毀掉了忘卻的自由，」普拉多接著說：「可我不怪你，媽媽，這玩意滿有趣的。別把你聰明絕頂的兒子說的話當真。」

「何必一直安慰她，一定要把所有的話收回來。」安德里亞娜大發雷霆：「看看她怎麼用溫柔的方式折磨你！你幹嘛不堅持己見？你不是一直都這樣的嗎？一直都是！」

戈列格里斯問他可不可以再聽一遍錄音帶，他想再聽一遍那聲音。這請求打動了安德里亞娜。她倒帶時，臉上露出小女孩般驚奇和快樂的神情：她認為重要的東西，大人也認為重要。

戈列格里斯反覆聽著普拉多的話。他把普拉多書中帶肖像的一面平攤在桌上，一邊聽，一邊讓那些話深入普拉多的臉，直到完全屬於那張臉為止。然後他抬頭望著安德里亞娜，不由吃了一驚。她想必一直看著他，面容舒展開來，所有嚴厲和苦澀一掃而光，只剩下一種表情，歡迎他進入她對普拉多的愛和崇拜的世界。你小心點，我指的是安德里亞娜，他聽到瑪麗安娜・埃薩的告誡。

「請過來，」安德里亞娜說：「我想給您看看我們工作的地方。」

她在前面帶路，走下樓時的腳步比先前自信許多，也快了許多。她現在要去診所找哥哥，哥哥需要她，得動作快。「誰要是有病痛或恐懼，是等不得的。普拉多常愛這麼說。」她很有把握地把鑰匙插入鑰匙孔，推開所有的門，打開所有的燈。

三十一年前，普拉多在這裡治療最後一位病人。看診床上依然鋪著一張乾淨的紙巾，放置用具的架上擺著現今已沒人用的注射器。桌子中央擺著打開的病歷卡盒，其中一張病歷卡斜插，旁邊是聽診器。垃圾桶裡還有一堆帶血棉球，門上掛著兩件白袍，一塵不染。

安德里亞娜從掛勾上取下一件白袍穿上。「他的永遠掛在左邊。他是左撇子。」她邊說邊扣上鈕釦。

戈列格里斯開始感到害怕，怕她再次回到過往，在往日中夢遊，此外一無所知。還好情況沒那麼糟，她看來十分輕鬆，臉上因工作的熱情而容光煥發。她打開藥櫃，清點裡面的存貨。

「快沒嗎啡了，」她喃喃自語：「我得趕快打電話給喬治。」

她闔上藥櫃，撫摸看診床上的紙巾，用腳尖調整了一下體重計，又察看一下洗手台是否清潔。最後對著桌上斜插的病歷卡，站著不動。她沒碰斜插的卡片，更沒看上一眼，便開始講述病人的情況。

「她幹嘛去找那個混蛋，那個墮胎庸醫？好，她不知道我當初的情況有多糟。但每個人都知道，這種事普拉多照料得很好。女人一旦陷入困境，他可以無視法律。艾特維娜加上一個孩子，太不像話了。普拉多說，下個星期，他決定看是否要送她進醫院，接受後續治療。」

他妹妹曾經打掉過一個孩子，差點送命。戈列格里斯聽到胡安．埃薩說。他渾身毛骨悚然。在這樓下，安德里亞娜看來比在樓上普拉多的房間裡更沉湎於過去。面對樓上的過去，她只能在一旁觀看。她把普拉多的書視為紀念碑。可是，當普拉多坐在書桌前抽菸喝咖啡，手裡握著老式羽毛筆時，她就無法接近他。戈列格里斯相信，她對哥哥沉思之際的孤寂妒火中燒。然而，在診所裡卻是另一回事。她能聽到哥哥說出的每一句話，跟他一起談論病人，協助他治療。他完全歸她所有！多少年來，這裡是她生活的重心，對她來說最具生命力的地方。她臉上儘管有歲月的痕跡，但在這一刻卻顯得年輕美麗，這張臉描繪出她的心願，永遠停留在這時刻中，永遠不離開那些幸福時光。

然而，清醒的時刻不遠了。安德里亞娜的手指不安地檢查白袍的鈕釦是否全都扣好了。她眼裡的光彩開始黯淡，衰老臉龐上鬆弛的皮膚開始垂落，往日的幸福開始從這空間消逝。

戈列格里斯真不想看她醒來，回到冰冷的現實，回到必須讓克羅蒂爾德為她擺設錄音機的世界裡。現在還不要，那太殘忍了，他決定冒一次險。

「魯伊．路易士．門德斯，普拉多是在這裡治療這位祕密警察的嗎？」

宛如他從架上取出一只注射器，朝她血管扎進一針毒品，在深紅血管內迅速蔓延開來。她全身一陣強烈震顫，瘦削的身子如高燒般顫抖了一下，呼吸變得沉重。戈列格里斯吃了一驚，咒罵自己的魯莽。安德里亞娜接著從痙攣中平靜下來，身體繃直，閃亮的眼睛堅定有力。現在她走向看診床。戈列格里斯等她問，他是從哪知道門德斯的事。不過安德里亞娜已回到過去的情境中。

她的手平放在看診床上的紙巾。「就在這裡。我看他倒在上面，似乎幾分鐘內便會死去。」

她開始敘述當時的事。這博物館似的空間因她激情有力的話語而生動起來，那遙遠日子裡的炎熱與不幸，重新降臨這家診所。在這裡，阿瑪迪歐．伊納西奧．德．阿爾麥德．普拉多，一個熱愛大教堂、不懈反對所有殘暴的人，做了一件他永生難以擺脫的事，即便他永遠保持清醒的判斷力也無從處理，無法做出了結。那件事在他生命之火將要燃盡的最後歲月中，一直如影隨形跟著他。

那是一九六五年八月，一個潮濕炎熱的日子，普拉多剛過完四十五歲生日。二月，左派與溫和派在一九五八年支持的反對黨總統候選人德爾加多，試圖從流亡的阿爾及利亞回國，在他越過西班牙邊境回到葡萄牙境內時遇刺身亡。這起謀殺的責任被推到西班牙和葡萄牙警方身上，但人們猜測是祕密警察下的毒手，也就是在薩拉查年老體衰後，大權在握的邊防警察幹的好事。非法印製的傳單在里斯本流傳，指稱血案係令人毛骨悚然的祕密警官門德斯所為。

「我們的信箱也收到一份同樣的傳單。」安德里亞娜說：「普拉多看著門德斯的頭像，像是要以眼神毀掉他，然後將傳單撕成碎片，扔到馬桶沖走。」

時間剛過中午，沉悶的熱浪籠罩全城。普拉多躺下來想休息，這是他每天的習慣，只睡半小時，分秒不差。這是在他日夜作息中，唯一可以輕鬆入睡的時段。在這段時間中他總睡得深沉，不會作夢，聽不到外界聲響。要是有東西把他從睡夢中驚醒，他會心煩意亂上好一陣子。安德里亞娜看護著哥哥的午休，像供奉神明般謹慎。

安德里亞娜聽到街上劃破午間靜寂的刺耳尖叫時，普拉多剛剛入睡。她趕緊衝到窗前，發現鄰居家門前的人行道上躺著一名男子。圍攏在那男人身邊的人群擋住安德里亞娜的視線，他們一個接一個大叫，瘋狂地比手畫腳。安德里亞娜覺得有個女人正用鞋尖踢那躺在地上的軀體。最終有兩個身材高大的男人將眾人擋開，抬起地上的男人，朝普拉多診所的大門奔來。直到此刻，安德里亞娜才認出這人，她的心突然停止跳動：門德斯——在他的傳單照片下面印著：里斯本屠夫。

「在這一刻，我清楚知道將會發生什麼事，知道其中所有細節，彷彿未來早已發生過。我驚訝地發現，那似乎是早已存在的事實，只不過遲早會擴展開來。接下去幾個小時對普拉多來說，將是他生命中一道深深的傷口，是他所有考驗中最嚴峻的一次。就連這點，我當時都看得一清二楚。」

抬著門德斯的男人們如狂風暴雨按門鈴。安德里亞娜覺得，這此起彼伏、不絕於耳、令人難以忍受的刺耳鈴聲，彷彿拉近他們一直以來與獨裁政權的血腥和暴力所保持的距離（並對此良心不安），並打開一條通道，通往他們優雅、備受呵護的安寧世界。兩三秒鐘內，她什麼都不想，只一動不動站著，像死了一般。但她明白：普拉多絕不會原諒她。於是她去開門，並上樓喚醒普拉多。

「他甚麼話都沒說。他知道，若非攸關生死，我絕不會叫醒他。『快去診所。』我只說了一句。他光著腳，跌跌撞撞衝下樓。一進診所，一頭衝向洗手台，手舀著冷水潑到臉上，然後迅速衝到這張看診床邊，也就是門德斯躺的地方。

「他愣住了，難以置信地盯著那慘白、額上流著細小汗珠、癱軟無力的臉兩三秒鐘。他轉過身，求證似地望著我。我點了點頭。他手一下子摀住了臉，緊接著渾身震顫。他用雙手一把撕開門德斯的襯衫，鈕釦都被他扯掉了。他耳朵貼在門德斯毛茸茸的胸前，又用我遞給他的聽診器聽了一下門德斯的心跳。

「『毛地黃！』

「他只說了這一句。在僵硬壓抑的語調裡，滿是全力抵抗的仇恨，如鋼鐵般閃爍的仇恨。我把藥抽入針管時，他正在按摩門德斯的心臟。我聽到一聲沉悶的破裂聲，門德斯的肋骨斷了。

「我把針遞給普拉多時，我們對視片刻。這一刻我多愛他，我的哥哥！他以鐵一般頑強的意志抵抗自己的強烈願望：希望躺在床上的人死掉！所有人都猜測他擔負了嚴刑拷打和暗殺的罪名，這具汗涔涔的肥胖身體擔負這國家對百姓無情的壓制。殺死他有多容易，簡單得不可思議！只消幾秒鐘對他置之不理就夠了。什麼都不做！不做！

「事實上，普拉多為門德斯的胸口消毒後猶豫了一下，閉上雙眼。無論之前或之後，我從未見過任何一個人以這種方式壓抑自己。然後他睜開眼，將針對著門德斯的心臟扎下去，彷彿是死亡的一擊，讓我渾身冰冷。他如往常一樣，以驚人的自信扎下這針。你會覺得，人的軀體在這時刻對他來說是玻璃做的。他空前平靜，穩穩將藥注射進門德斯的心肌，讓他的心臟恢復運作。他抽出針頭時，身上所有的狂躁消失了，並在注射的部位貼上一塊膏藥，拿聽診器聽了一下門德斯的心跳，然後轉頭望著我，點了點頭。『救護車。』他說。

「醫護人員來到，門德斯在擔架上被抬出去。快到門口時，門德斯醒過來，張開了眼，碰上普拉多的視線。我很訝異我哥哥的眼神何等平靜，就事論事地看著門德斯。或許是因為精疲力竭，總之他斜倚在門上，就像個剛克服過一場難關、現在理應休息一下的人。

「然而事與願違。普拉多並不知道剛才聚攏在癱倒的門德斯身邊的人，我也早忘了他們，所以我們突然聽到歇斯底里的喊叫『背叛者！背叛者！』時，完全沒有心理準備。大家一定看到躺在救護車擔架上的門德斯還活著，便對著救活這該死者一命的人發出怒吼，那個人背叛了公正的裁決。

「他就跟剛才第一眼認出門德斯時的模樣一樣，手緊摀著臉，但這回動作緩慢得多。平日高昂的頭顱，現在則垂在兩手掌心內，這動作明確表露出他的疲倦與悲哀，並以這心情看清自己面對的事實。

「不過，無論是疲倦還是悲哀，都無法讓他意志消沉。他穩重地取下之前來不及從掛勾上取下穿上的白袍，放在手裡撫摸。這動作中流露出天生的自信，我到後來才明白：普拉多無須思慮就知道，他必須以醫生身分面對眾人，只要他穿上這身有說服力的白袍，大家也會立刻認同他的醫生身分。

「他出現在大門口時，外面的喧嘩戛然而止。有一會兒他只是站在那裡，低垂著頭，手插在白袍口袋裡。所有人都在等待，等他為自己辯護。普拉多抬起頭，環視四周。我覺得，他赤裸的雙腳不是踏在石磚地上，而是靠著石磚地支撐。

「『我是醫生。』他說，又如發誓般重複一遍：『我是醫生。』我認出三四個鄰居，也是我們的病人，他們尷尬地盯著地面。

「『他是劊子手！』一個人高喊。

「『屠夫！』另一個人也喊。

「我看到普拉多的肩膀因呼吸沉重而上下起伏。

「『他是一條生命，是一個人。』他明確並響亮地說，在重複『人』這字眼時，大概只有我這個對他聲調細微變化瞭如指掌的人，才聽得出他語調中的微微震顫。

「他才剛說完，一只番茄在他的白袍上爆裂。就我所知，這是普拉多唯一一次遭受人身攻擊。這對緊接著發生在他身上的事起了多大影響我說不上來，也說不清後來門口那件事對他造成多深的震撼。但我猜想，這和接下來發生的事相比實在不算什麼：一個女人突然衝出人群走到他面前，衝著他的臉啐了一口。

「要是那只是唯一一下，他或許還認為是一時的輕率衝動，只是在怒氣沖沖的失控下做出的舉動。但那女人接連啐了好幾下，一口接一口，激動地停不下來，她噁心的唾液淹沒普拉多，在他臉上慢慢流淌。

「普拉多緊閉雙眼，應付這一波波攻擊。但他一定認得這個女人，我也認得，那是他長年以來免費出診無數次的一位罹患癌症的太太。他一直陪伴那個病人直到去世，他從未收過她一毛錢。多麼忘恩負義！我開始時想。接著我看到她憤怒的眼神流露出的痛苦與絕望，因此我明白了：她啐他，正是因為感激他，感激他為他們做的一切。他是大家的英雄，是天使，上帝的使者，在丈夫病痛的黑暗中陪伴她的人。要是只靠她自己，她肯定早就迷失了自己，而現在偏偏是他擋在正義伸張的路口，那條路是不讓門德斯活下去。這想法在這扭曲變形、思維簡單的女人腦海裡激盪，而她只知道靠這爆發來發洩。宣洩的時間越久，意義越荒唐無稽，已遠非針對普拉多了。

「大家似乎意識到事情過了頭，於是情緒緩和下來，紛紛垂下頭離開。普拉多轉身朝我走來，我拿紙巾擦掉他臉上的污濁。然後他走到那裡，就在那個洗手台前，把臉擱在水流下。水龍頭全開，水向四面八方濺落出來。他擦乾後的臉十分蒼白。我相信，這一刻要是能哭出來，讓他拿什麼出來換都行。他站在那，等著淚水流落，可是什麼都沒有。四年前，法蒂瑪死後他再也沒哭過。他踏著僵硬的步伐朝我走來，彷彿在重新學習走路。然後，他站在我面前，眼裡閃著淚光，卻怎麼都淌不下來。他兩隻手握住我肩膀，將他仍潮濕的前額緊靠在我額上。我們站著，大概持續了三四分鐘。這段時間是我生命裡最寶貴的時光。」

安德里亞娜停下沉默不語。她將那段往事、那個時刻又再經歷了一次。她的臉抽動著，眼淚卻流不下來。她走到洗手台前，用手掌捧住水，把臉埋下去，然後緩緩拿毛巾擦著眼、臉頰和嘴唇。接下去講述前，她又走回到原來的位子，似乎這個故事要求敘述者保持原來的位置，連手都重新放在看診床上。

她說，後來普拉多不停洗澡。最後他坐在桌旁，取出一張白紙，旋開自來水筆的筆帽。什麼事都沒發生。他一個字都沒寫下。

「這正是最糟的。」安德里亞娜說：「只能眼睜睜看著他沉默，讓事情快要憋死他。」問他是否想吃飯，普拉多只心不在焉點了點頭，然後走進浴室將白袍上的番茄斑污洗淨。吃飯時，他竟然穿著白袍出來——這種事從未發生過！手還不住摸著洗過部位。安德里亞娜感覺出這個撫摸動作發自心底，並非特意，而是剛巧出現的動作。她真擔心他會在她面前失去理智，從此一頹不振，目光變得空洞，腦海裡只想著如何搓掉扔到他身上的污穢。他可是日日夜夜向那些人奉獻出全付精力啊！

他嘴裡還在嚼食物，卻突然衝向浴室，在扼人鼻息的痙攣中大吐特吐。他想休息一下，後來他無力地說。

「我真想抱著他。」安德里亞娜說：「但不行。當時他彷彿渾身燃燒起來，靠近他的人會被他燒成灰燼。」

接下來的兩天，彷彿什麼事都沒發生過。普拉多只比往日緊張些，對待病人的友善中總有種飄渺和不真實感。他的動作有時會突然停下，眼睛怔怔地望著前方，恍如失去意識的癲癇病人。一走到候診室門口，他的動作便躊躇起來，似乎擔心在等候的人群中，會有人罵他叛徒。

第三天起，他病倒了。安德里亞娜在黎明時發現他在餐桌邊打顫，看上去老了好幾歲，誰都不想見。他感謝安德里亞娜，將一切交由她打理，然後陷入深沉、孤魂野鬼般的麻木不仁中，不刮鬍子，衣冠不整。只有喬治一人，那個藥劑師，可以來探望他。然而，即便面對喬治，他也幾乎不發一言。喬治太了解他，不會逼問他。安德里亞娜告訴他事情原委，他只默默點了點頭。

「一星期後，門德斯寄來一封信，普拉多原封不動往小茶几上一扔。到了第三天大清早，他把這封未拆開的信裝進一個大信封，寫上寄信人的地址。他堅持親自送到郵局。不過那裡九點才開門，我說。他還是沿著空蕩蕩的街走下去，手裡拿著大信封。我望著他的背影離去，直到他幾小時後回來，我都靠在窗邊等他。回來時，他的頭比離開時高昂得多。在廚房裡，他試著能否再次喝咖啡。可以。隨後他剃鬚修面，穿戴整齊，重新坐到書前。」

安德里亞娜再次停下來，表情逐漸淡漠，眼睛失神望著看診床，望著普拉多曾經站過的地方。他在那裡用一個動作——彷彿致命一擊——將救命針刺進門德斯的心臟。故事說到尾聲，也是夢該結束的時候了。

起先，戈列格里斯也覺得時間當著他的面戛然而止，感覺有那短暫一刻，捕捉到安德里亞娜三十多年來的苦境：不得不活在早已到盡頭的過去時光裡。

她把手從看診床上挪開。隨著抬手的動作，似乎便與過去中斷了連結，但那才是她的真實世界。她頓時不知該把手放在何處，於是插入白袍口袋，動作凸顯了白袍，戈列格里斯覺得那是個魔力罩袍，讓安德里亞娜躲進去，逃離平淡靜寂的現實生活，重新進入那閃亮發光的遙遠過去。現在，過去的光芒消逝，白袍也失魂落魄起來，像是廢棄戲院道具間裡的一件平凡戲服。

戈列格里斯無法繼續忍受她呆滯的神情。最好馬上離開，到城裡去找一間人聲鼎沸的酒館，裡面充滿歡笑和音樂；去一個他平日會避開的地方。

「普拉多坐到桌前，」他問：「寫什麼了？」

剛才的生命之光重新浮現在安德里亞娜的臉上，但在談論哥哥的歡愉中似又隱含什麼。戈列格里斯慢慢意識到那是惱怒。並非因為雞毛蒜皮小事而一時惱火，情緒來匆匆、去匆匆，而是像幽冥之火深沉內斂，在不知不覺中緩緩增長。

「我真希望他沒寫，或連想都沒想過。好像在那一天，他在血管裡注射了一劑慢性毒藥，改變了他，毀了他。他不想給我看。可是，從那以後他變了個人。因此，我趁他睡著時從抽屜裡拿出來讀了一遍。這是我頭一次做這種事，但也是最後一次。現在，毒素蔓延到了我體內，傷害了自尊，毀掉了信任。後來，我們的關係再也不比從前。

「要是他不對自己誠實到不計後果，那該有多好！他自欺欺人，以致走火入魔！他常說，人理應認清自己的真實面目。這句話宛如對信仰的懺悔，他與喬治之間的誓言，一個信條。最後偏是這信條毀掉兩人間神聖的友情，那該死的友情。我不清楚兩人在一起的細節，一定跟瘋狂的自我理想有關，讓這兩名真正的神父從學生時代起便像十字軍騎士般高舉著大旗。」

安德里亞娜朝門邊的牆走去，額頭靠著牆，兩手交叉置在身後，似乎被人綁住一般。她默默抱怨普拉多，抱怨喬治及自己。她在腦海中抗拒著無法逆轉的事實：搶救門德斯雖然帶來一段與哥哥親密相處的寶貴時刻，但隨後發生的事卻改變了一切。她用全身重量抵住牆，額頭一定很痛。她又在背後的手突然鬆開，高高舉起，握緊拳頭朝牆壁打去，一遍又一遍。這個想要轉動時間之輪的年邁婦人，密集敲打出沉悶絕望的聲響，那是無力的憤怒爆發，也是喪失幸福時光後的絕望衝撞。

安德里亞娜的捶打漸漸變緩、無力，怒火漸漸平息。她疲倦地倚牆站了一會，然後走回房間，又坐在椅上，額上滿是牆上的白色灰泥，白灰礫不時從臉上滾落。她再次盯著牆壁。戈列格里斯順著她的視線望去，看見她剛才站立的地方有一大塊長方形痕跡，顏色比周圍淡許多，想必曾經掛過一幅畫。

「我一直不明白，為什麼他一定要把圖取下。」安德里亞娜說：「一張大腦圖，在那裡掛了十一年，診所成立時就掛上去了，上面全是拉丁文術語。我不敢問其中原委。有時要是問錯話，他會很光火。我當然也不知道他得了動脈瘤，他沒向我透露過。人腦裡要是一直帶著一顆定時炸彈，看到那張圖當然無法忍受。」

戈列格里斯對自己接下來的行為萬分驚詫。他走到洗手台前，拿起一塊手巾走到安德里亞娜身邊，為她擦試額頭。起先她僵硬地坐著，彷彿要抗拒。不過她很快便疲倦垂下頭，感激地接納他。「你想帶走他當年寫的東西嗎？」她挺起身子時問道。「我不想再看到了。」

她上樓去拿那些備受她責怪的東西時，戈列格里斯站在窗邊，凝視窗外的小巷。門德斯曾經癱倒在那。他想像自己站在門前，面對一群憤怒的群眾。一個女人從人群中擠出來，朝他啐口水，不止一次，而是一而再、再而三。那女人指控他背叛，而他偏偏是個始終嚴以律己的人。

安德里亞娜把那幾張紙塞進信封。

她將封了口的信交給他時說：「我常想燒掉它們。」

她默默送他到大門口，身上依然穿著白袍。就在他一隻腳已跨到門外時，他聽到一個小女孩怯生生的聲音，安德里亞娜曾有過那聲音：「你會把那些東西帶回來嗎？求求你，那是他的所有物。」

戈列格里斯沿著小巷離開時，想像著她脫下白袍，掛在普拉多那件旁邊，又關上了燈，鎖上門。克羅蒂爾德正在樓上等她。

21

戈列格里斯屏氣凝神讀完普拉多的文章。起初他只粗略地看，好盡快了解，為何安德里亞娜覺得他的想法對後來的歲月是種詛咒。之後他逐字逐句推敲，最後將全文寫下，以便進一步理解普拉多思考這些問題的情形。

我這麼做是為了他嗎？讓他活下去，是為了他著想？我能真誠地說，那是出於我的意願嗎？面對病人以及我討厭的人，我會如此。起碼這是我的希望，並且不願去想，我做的事在背後實則受其他動機操縱，而不是我自以為明瞭的動機。可是對他呢？

我的手似乎擁有自己的記憶，在我看來，這份記憶比任何一種自我探究的泉源更可信。這隻手將針扎進門德斯心臟的記憶說：這是隻謀殺暴君的手，以悖謬之舉撿回暴君的性命。（這裡也證明了，經驗一再施予的教誨，完全與我思考裡的原始秉性相抵觸：心靈較身體容易收買。心靈是個自欺欺人的迷人舞台，以美麗溫柔的詞藻編織而成，讓我們以毫無偏差的熟悉感迷惑自己；心靈讓我們更認清自己，保護我們不受自己傷害。這種不費吹灰之力便肯定自己的生活多麼無趣！）

那麼，這樣做是否真是為了我自己？為自己擺出有能力克服心中仇恨的好醫生和勇者形象？為了慶祝自我克制的勝利，陶醉在自我征服的喜悅中？也就是說，是出於道德上的虛榮，更糟的是出於再平庸不過的虛榮感？那一刻的經驗絕非可以細細品味的虛榮，這點我很清楚。情況正好相反，我的行動完全違背自己，讓我不為接連而來的賠罪與幸災樂禍而憤恨。也許那算不上什麼證據，也許還有一種人們沒意識到的虛榮，恰好隱藏在完全相悖的感覺裡？

我是一名醫生！這是我對憤怒人群的反駁。或許該說：我曾向希波克拉底斯㉓誓言起過誓，那是神聖的誓言，我絕不可以打破，無論如何，永遠不違反！我感覺到：我想說、愛說那句話，它讓我興奮，讓我陶醉，因為它宛如神父向上帝起誓？我救回屠夫的性命，是否是種虔敬的行為？因為他暗自懊悔，不再深信基督教義和禮拜儀式？一直緬懷祭壇燭火超塵脫俗之光的人？這舉動根本無從解釋？是否在我無意識中，在我靈魂深處，當年那個神父助理與暴君謀殺者之間終於展開一場短兵相接的激烈搏鬥？帶有救命之毒的針插入門德斯心臟時，是否等於神父與謀殺者握手言和？那舉動是否說明雙方都如願以償？

若我是朝我吐口水的依內絲．薩倫茂，我會對自己說什麼？

我可能會說：「我們不希望你殺人。你沒有犯罪，非法律意義，也非道德上的犯罪。你讓他死，沒有法官會來追捕你，也沒人會以摩西第六戒來告誡你：你不可殺生！都沒有！我們指望你做的事十分直接、一目了然：你不該盡力讓他活下去，讓他得以繼續施行

㉓希波克拉底斯（Ιπποκράτης，460~370BC），希臘時代的醫師，其所制定的「醫師誓言」成為後世醫師奉行的圭臬。

血腥統治。他帶給我們不幸，拷打我們，帶來死亡，讓我們不再相信人類本性慈悲。」

我該如何為自己辯護？

「每個人都該得到別人幫助以維持生命，不論他做過什麼。出於他是個個體，或是出於人的角度，都應得到別人幫助。我們不能判決別人的生死。」

「如果事關他人死亡呢？看見有人正打算射殺他人，我們該不該射殺他？你會不會去阻止眾所皆知的劊子手門德斯屠殺，甚至採取謀殺手段？這些不都遠甚於你的無動於衷嗎？」

要是我走開，對他見死不救，情況又會如何？我犯了致命疏失，人們非但不朝我吐口水，還對我歡呼雀躍，情況又會如何？要是我面對的是巷裡人們興高采烈的鬆懈情緒，而不是怒火中燒的失望時，又將如何？我肯定，這件事會讓我魂牽夢縈。為什麼？因我非得遵守那無條件的絕對準則不可。或簡單說，要是我狠下心讓門德斯死，便是背離了我自己？而我會是什麼樣的人，不過是隨機使然。

我想像我走到依內絲家門前，按下門鈴。我說：

「我別無他法，我就是這樣的人。也許會出現另一種情況，但事實上另一種情況並未出現。我就是我，我對自己也沒有辦法。」

依內絲可能會說：「你愛怎麼想你自己都行，那完全不重要。但你想像一下門德斯康復後，穿上制服、下達謀殺指令時的模樣吧。你想像一下，好好想像一下，然後再去評斷你自己。」

我能做何回答？能說什麼？能說什麼？

普拉多曾對胡安．埃薩說：「我想做點什麼。你聽懂了嗎，做點什麼。告訴我，我能做些什麼？」普拉多到底想補償什麼？「你沒犯罪，」胡安跟他說：「你是個醫生。」他對著憤怒群眾反駁回去，同樣也對自己說，肯定說過上百次。這樣依然無法讓他平靜。對他來說太簡單，過於貧乏。普拉多深深懷疑一切貧乏與表面之物，鄙視，甚至敵視此類隨口而出的話：「我是一名醫生。」他到海邊散步，希望冰冷的海風能掃盡聽來只是習慣這麼說的話，那是習慣的陰險詭計，阻礙人們反省，習慣製造出幻覺，讓人以為事情早已發生，並從空洞的話語中找到結論。

門德斯躺在他面前時，他把門德斯看做單一特別個體，攸關生命死活，只把他當成一個人看待。他看待這條命的方式無法顧及他人觀點，顧及那是影響大環境的癥結點。那正是他在自我對白中，指責他的女人所言：他沒考慮到後果，那後果會牽動其他人的生命，眾多的生命；他沒準備好，以一條命換取眾多生命。

戈列格里斯心想，他加入反抗運動，也是為了慢慢學會接受這種想法，但這努力以失敗告終。「用一條命換取眾多生命。能這麼算嗎？」多少年後，他這麼詰問巴托羅繆神父。普拉多找到他從前的良師，好確認自己的感受。然而，即便想法得到確認，他又能如何？於是他帶著艾斯特方妮雅．艾斯平霍莎穿過邊境，離開人們認為只有犧牲她，才能避免招致惡果之地。

造就他的內在重力不允許他採取別的行動。然而，他依然心存疑惑，他無法不懷疑他在道德上的虛榮。對一個視虛榮為瘴癘的人來說，這份懷疑無比沉重。

安德里亞娜深深詛咒這點。她想把哥哥完全據為己有，並且感覺到，要是哥哥內心布滿疑惑，便永遠無法占有他。

22

「我不信！」娜塔麗雅．魯賓在電話另一端說：「我簡直不敢相信！您在哪？」

在里斯本，戈列格里斯回答，他需要一些書，一些德語書。

「書！」她笑了：「不然會是什麼！」

他列出清單：最詳盡的德葡大字典，鉅細靡遺的葡萄牙文法書，要枯燥得像拉丁文書，裡面不要有任何說明學習竅門的廢話，還要一本葡萄牙史。

「另外有本書可能不好找：關於薩拉查獨裁統治下的葡萄牙反抗運動。」

「聽起來像冒險故事。」娜塔麗雅說。

「沒錯，」戈列格里斯說：「是有那麼點意思。」

「我盡力而為。」她說。

起先他沒聽明白，接著差點昏了過去。他的學生竟然懂葡萄牙文！怎麼可能?!這一下子毀了伯恩和里斯本的距離感，也毀了這趟旅行的瘋狂魔力。他詛咒這通電話。

「您還在嗎？要是您覺得奇怪，那我告訴您，我媽媽是葡萄牙人。」

戈列格里斯說他還需要一本新波斯語的文法書，接著告訴她那本四十年前標價十三塊三瑞士法郎的書名。要是沒那本書，就買其他版本。他說話的口吻宛如一個不願捨棄夢想的固執男孩。

他還給她地址與旅館名稱。他說買書錢今天會寄出，要是還剩下些，唔，也許以後他還需要買書。

「也就是說，您要在我這裡開個帳戶？這點子不錯。」

戈列格里斯喜歡她說的話。要是她壓根兒不懂葡萄牙文會更好。

她沒聽到戈列格里斯的回答，接著說：「您在這裡造成的騷動簡直鬧翻天了。」

戈列格里斯不想聽這些。他需要一堵隔絕伯恩和里斯本聯通的牆。

「發生什麼事了？」他問。

「『他不會再來了。』戈列格里斯關上教室門時，路西恩．馮．格拉芬里德在靜得出奇的教室裡開口說。

「『你瘋了！』其他人說：『無所不知不會隨便就走，無所不知不可能做這種事，他這輩子都不可能。』

「『你們根本不懂看臉色。』路西恩反駁說。」

戈列格里斯不敢相信那是路西恩說的話。

「我們去過您家按了半天門鈴，」娜塔麗雅說：「我敢打賭，您那時在家。」

他給校長凱吉的信星期三寄到。凱吉星期二整天都在向警局打聽車禍事件。拉丁文及希臘文的課都停了，學生全不知所措地坐在外面石階上。一切失序。

娜塔麗雅猶豫了一下。「那個女人……我是說……我們都覺得滿刺激的。對不起。」沒聽到戈列格里斯任何反應，她趕緊補充道。

那麼星期三呢？

「下課休息時，我們看到黑板上有布告，說在近期內您暫時不上課，由校長親自代課。幾個學生代表去找校長詢問事情原委。他坐在辦公桌後，面前擱著您寫給他的信。校長看上去不同以往，表情謙遜友善許多，沒擺出校長的架勢。『我不知道是否應該這樣做。』他說，接著讀了您信上摘錄的奧里略《沉思錄》。我們問他，他認為您生病了嗎？他沉默好一陣子，眼睛望向窗外。『我無從得知。』最後他說：『不過我不相信他病了，寧願相信他只是忽然有了新領悟，雖然只是細微小事，卻有革命性的意義，宛如無聲的爆炸，改變了一切。』我們還提到，嗯……那個女人。『啊，』校長說：『是啊。』我感覺他有點嫉妒。『校長真酷！』路西恩後來說：『我沒想過他是這種人。』路西恩說得沒錯，但是校長的課非常無聊。我們……我們都希望您回來。」

淚水湧現，戈列格里斯摘下眼鏡飲泣吞聲。「我，呃……我現在還說不準。」

「不過，您……沒生病吧？我是說……」

「沒有，」他回答自己沒生病。「有點瘋，可沒病。」

她笑了。他從未聽她這麼笑過，完全不是女孩溫文爾雅的聲音。笑聲有感染力，他也跟著笑了，為生命中不可知之輕而笑。兩人同時笑了一陣子，他的笑聲帶動她，她的同樣感染他。他們笑個不停，起因早已不重要，他們的笑宛如開動的火車，感覺到火車敲擊在鐵軌上的聲音，承載著平安和未來，再也不想停歇。

「今天是星期六。」通話結束前，娜塔麗雅趕緊說：「書店只開到四點，我得馬上去書店。」

「娜塔麗雅，我希望別跟人提起我們聊過，就當作什麼事都沒發生過。」

她笑了：「聊過什麼？再見！」

戈列格里斯注視著糖果紙，那是他昨晚在柯蒂斯文理中學放進外套口袋裡的，今天早上手插進口袋時無意中碰到。他拿起電話聽筒，又放下。查號台給他三個姓魯賓的電話號碼，第二個才是正確的。撥號時，他覺得自己彷彿正躍下峭壁，跌入一片虛無。說不清他是草率行事，還是一時盲目衝動。他好幾次把聽筒拿在手上又掛斷，然後走到窗前。今天是三月一日星期一，早上的陽光果然不同，第一次出現他想像中的璀璨，符合他在暴風雪中搭火車離開伯恩時的想像。

不管從哪方面想，他都不該打那通電話。外套口袋裡的糖果紙並非出其不意打電話給女學生的理由，他跟她從未私下說過話。既然他開溜了，一通電話很可能會引起騷動。會是因為從哪方面想都不適合，反而才決定去做嗎？

現在他們一起笑了好幾分鐘。彷彿是心靈的觸摸，輕飄飄，全無阻力，相形之下，肌膚相親彷彿笨拙可笑的花招。有次他在報上讀到一篇關於一名警察的報導：警察放了逮住的小偷。「我們一起放聲大笑，」警察在道歉的時候說：「我沒辦法監禁他，一點辦法都沒有。」

戈列格里斯打電話給瑪麗安娜．埃薩和美洛蒂。沒人接聽。於是他動身前往百廈區，去找位於薩巴泰羅斯路上喬治．歐凱利的藥鋪。巴托羅繆神父說，喬治依舊在開藥店。今天是他到里斯本後第一次能敞開外套的日子。他感覺微風拂面，慶幸兩位女士都沒有接電話，否則真不知道該跟她們講什麼。

旅館的人問他還打算住多久。我不知道。」他說，然後結清到此為止的帳。他從大廳柱子上的鏡子裡看到接待處的女人一直目送他出門。他慢慢朝羅西歐廣場走去。他彷彿看見娜塔麗雅．魯賓朝史陶法赫書店走去。她難道不知道，買波斯語文法書得去獵鷹廣場的豪普特書店才行？

一間書報攤旁擺著一張里斯本市區圖，標示出里斯本所有教堂的剪影。戈列格里斯買下一張。巴托羅繆神父說，普拉多對里斯本城內所有教堂瞭若指掌。普拉多曾跟神父去過其中幾座。「該把它拆了！」有次經過懺悔室時，普拉多說：「簡直丟人現眼！」

喬治．歐凱利藥鋪的門窗都是深綠色和金色。門上方有根醫神的蛇杖，窗台上擺著一具老式天平。戈列格里斯走進去時，許多鈴鐺齊聲響起，合奏出一段溫柔叮噹的旋律。他慶幸自己可以隱身在許多客人之中。這時他才看見一件難以置信的事：櫃台後的藥劑師正在抽菸！店裡瀰漫著濃濃的菸味和藥味。喬治此時正用剩下的菸頭點燃一根新菸，再啜上一口放在櫃台上的咖啡。藥鋪裡的人似乎都習以為常。喬治用極快的說話速度為客戶服務，要不就開句玩笑。戈列格里斯發現，他對所有人都不用敬稱。

這就是喬治，堅定的無神論者和理智的浪漫主義者，普拉多需要他，才能變得完整。他下棋時深思熟慮，對擅於思索的普拉多來說尤其重要。普拉多瀆神的演講完畢後，一聲犬吠打破尷尬的沉悶，他是頭一個發出大笑的人，也是認為自己缺乏才氣，因而在低音大提琴上猛力拉鋸，以致弓弦都被鋸斷的人。他還打算犧牲艾斯特方妮雅，普拉多在得知之後全力反對他的計畫。若是巴托羅繆神父的推測準確，他在若干年後，在普拉多的墓地前朝她迎面走去，卻未曾看她一眼。

戈列格里斯走出藥鋪，坐進對面的咖啡館。他知道，普拉多書中有一段是以喬治的來電起頭。此刻他置身在車水馬龍的街道上，置身在閉目養神、享受著早春陽光，或相互交頭接耳的人群中，翻閱著字典開始翻譯。他忽然感到一件從未有過的不得了的事：他在噪音、街頭演奏及咖啡機蒸汽騰騰的喧鬧聲中潛心研究文字。「你不也常常在咖啡館裡讀報紙嗎？」他向芙羅倫斯說明，文章需要一堵護牆，隔離世界上所有雜音，最好厚且堅固，如地下檔案室的圍牆。芙羅倫斯不表贊同。「什麼報紙，」他答：「我指的是文章。」現在他不再需要那堵牆了，眼前的葡萄牙文和他周遭的葡萄牙語交融在一起。他想像普拉多和喬治．歐凱利坐在鄰桌交談，剛好被服務生打斷。不過，那些對他的文字沒有絲毫影響。

迷惘的死亡陰影

「我從睡夢中驚醒，突然害怕死亡。」喬治在電話裡說：「現在還怕得要命。」那時近凌晨三點。聲音聽來與我往日熟知的他不同，與顧客交談時不同，也不同請我喝一杯或下棋時說「該你走了」時的聲調。無法清楚指出那聲音多不平靜，但那聲音彷彿在費力壓抑一股即將爆發的強烈情感。

他作夢，夢見自己在舞台上，坐在嶄新的史坦威鋼琴前，卻不知如何彈奏。不久前這個狂熱的理性主義者才做了一件瘋狂舉動：他用意外死去的哥哥留下的錢，買了一部史坦威鋼琴，儘管他一小節音符都彈不出來。買琴時，他連鍵盤蓋都不打開，便朝閃閃發亮的琴蓋一指，讓賣鋼琴的人驚訝不已。從那以後，那鋼琴便帶著博物館般的光芒，一直站在他孤寂的房子裡，好似紀念碑的碑石。「我一醒來，立刻明白一件事：在我生命中，永遠不可能在這部鋼琴上彈奏出配得上它的音樂。」他披著晨袍坐在我對面，看起來比往日更深深陷在座椅中。他窘迫地揉搓永遠冰涼的雙手。「你肯定在想：這件事從一開始就很清楚。我當然多少有些自知之明。但你看，直到今天醒來，我才第一次真正意識到這點。這下子我怕極了。」

「你怕什麼？」我等著這視線剛正無畏的大師抬頭看我：「你到底在怕什麼？」

喬治臉上閃過一絲笑意。過去一直是他對我咄咄逼人，以他精於分析的判斷力與下西洋棋時精密如化學結構的綿密思考詰問我，不讓我將懸而未決的事棄之不顧。

我說，藥劑師不畏懼病痛與垂死掙扎，而肉體及精神崩潰的屈辱，我們也多次談論過，一旦超越了可忍受的程度，我們總有足夠手段和方法對付。他怕的到底是什麼？

「那鋼琴！今天晚上它讓我想到，我這輩子還有來不及完成的事。」他閉起眼，他想搶先默默反駁我時便一貫如此。「並非事關生活中無關緊要的小小喜悅與一時享受，並非像久旱逢甘霖的人，而是想去做、想去體驗的願望，唯有做過，才能充實自己的人生、這特殊的人生；缺了它，人生便不完整，好似一件未完成的作品，僅是殘破碎片。」

我說，從死亡那一刻起，他再也不必受到人生不完整的折磨，再也無法為此感到悲哀。

沒錯，當然，喬治回答。跟從前一樣，一聽到在他認為是聊勝於無的話語時，語調就顯得煩躁。但這牽扯到當下活生生的意識，意識到自己的人生將不完整，支離破碎，得不到指望的和諧。這個認知最要命，也是對死亡的恐懼。

可是他的不快樂，並不因為他在現在這個人生裡——他們正在談論的人生裡——內在尚未完整，對嗎？

喬治搖了搖頭。還沒體驗到本該屬於他的人生經驗、使他人生完整的經驗，他沒說那是個遺憾。要是將此刻對人生不完整的意識視為不快樂，這個人一生勢必無法快樂。反之，開放的意識正是生動的人生、不會活得死氣沉沉的大前提。造成不快樂的勢必有其他原因：是認知到自己即使到以後，也無法完成那些使人生完善完美的體驗？

我說：既然尚未有一刻能證明他存在的不完整，使得那一刻成為憂傷時刻，為什麼不乾脆承認意識每一刻都在告訴你：完整永無可能實現。事情看起來，你視自己期待的完整為一個未來價值，一件可以追求，但不能企及的目標。「換句話說，」我接著說：「你到底是從哪個立場抱怨無法企及的完整人生？你懼怕的又是何物？何不從人生每一刻皆川流不息出發，缺欠的完整並非不幸，而當成對生命力的鼓勵和標誌？」

假設一個人想要體會剛醒來時的恐懼，喬治說，就得接納另一種立場，而不是平常向前看時的開放立場，那你就得認清不完整是種不幸，從人生終點回頭望時，將人生視為完整，正如人思及死亡之際的作為。

「為何這該引起恐慌？」我問：「身為涉世已深者，你此刻人生的不完整並非不幸，此點我們看法一致。在我看來，在你無法體驗，在面臨死亡之際產生的體悟，人生的不完整才算不幸。身為還在閱歷人生的人，你不能預先望向未來，站在還沒出現的終點上，對你有所欠缺的人生產生絕望，而那個未來終點站還等著你慢慢走過去呢。看來你對死亡的恐懼有個奇怪的特性：你永遠不會體驗到人生的不完整。」

「我真想讓大鋼琴發出美妙旋律，」喬治說：「在鋼琴上彈出，讓我想想——巴哈的《郭德堡變奏曲》。艾斯特方妮雅會彈，她曾為我彈奏過，此後我一直期望自己也會彈。直到一小時前，我都還朦朧覺得自己還有時間學會彈琴。直到那個舞台夢打醒我：直到人生終點，我都彈不出變奏曲。」

就算是吧，我說，這又有什麼好怕的？為何不心痛、失望或是難過？甚至惱火？「害怕是因為事情還沒發生，還可能來臨。但你明知道永遠都不會有人去彈那架鋼琴，我是指就我們當前所知。這難受的感覺會持續，卻不會更強烈，根本無法讓你因此產生恐懼。同樣的道理，你對自己的新認定很可能壓垮你，扼制你，但那不是恐懼的理由。」

這是誤解，喬治不同意我的看法。恐懼不能算是新的自我認定，而是關於什麼樣的認定。雖然將來才能看清自己人生的不完整，但那不完整已大致成形，他已感覺到人生有所欠缺，欠缺感之強烈，導致來自內心的認知轉變為恐懼。

認知到人生將有所欠缺，我們便懼怕得額頭冒汗——人生完整到底又是什麼？如果好好思索，不論內心或外在，我們的人生都像狂想曲般反覆無常，變化多端，要如何組成完整的人生？人並非完美無缺，完全不是。我們只談論滿足體驗的需求嗎？他覺得自己無法坐在發亮的史坦威鋼琴前彈奏巴哈的音樂，讓音符從自己指間流瀉出，折磨喬治的是這個嗎？或只因為我們有充分體驗人生的需求，以便能表明自己人生的完整？

到頭來是自我想像的問題，在多年前便已形塑出一個特定想像，規定好自己該做什麼、該體驗什麼，讓人生變成我們樂意接受的模樣？把對死亡的恐懼視為無法實現願望的恐懼，看來完全在我個人掌控中，因為我正是為自己設計出人生藍圖的人。怎樣做更能讓我實現願望，我便馬上調整藍圖，死亡的恐懼肯定會立刻煙消雲散。如果恐懼依舊緊緊依附著我，也是因為：藍圖是由我設計而非出自他人之手，既不源自於任性乖張的專斷，也不可隨意更改，而是固著於我，在我的感覺與思想的相互影響下生根發芽。因此可以將對死亡的恐懼描繪成無法實現原來願望的恐懼。

午夜時分襲向喬治的有限性意識清晰如白晝。我常不得不借用文字向病人宣告致命的診斷結果，正是想要激發病人產生這種意識。它帶給我們的驚慌失措無事能比擬，因為我們常在不知情的情況下要自己活得接近完整，因為每一個散發出生命力的活躍時刻都能成為一塊拼圖，從以組成未被我們認知的完整人生。一旦認知到完整人生永遠無法實現，我們會即刻手足無措，不知如何度過日後的時光。這導致一些垂死病人心生動搖，對來日不多的日子無所適從。

聊完後，我與喬治走進小巷。太陽剛升起，難得有路人迎面而來，他們在逆光中的剪影彷彿無臉的凡人。我坐在與地面齊平的外窗台上，等待路人接近，露出他們的臉。第一個走近的是個走路搖搖晃晃的女人。我看到她臉上依然帶著濃濃睡意，但不難想像這張臉將會在陽光下綻放，眼光充滿未來，滿懷希望與期望面對這一天。第二個從我身邊走過的是個牽狗的老人。他停了下來，點燃一根菸，解開狗繩，讓狗跑進花園裡。從他臉上神情可看出他深愛那隻狗，喜歡跟狗在一起生活。再過一會兒才走過來的老婦，頭上罩著針織頭巾。雖然浮腫的腿讓她舉步維艱，她卻依依戀人生。她緊握著背書包男孩的小手，也許是她的孫子。今天是開學第一天，她要帶他準時去上學，不讓孫子錯過未來的重要開端。

這些人都會死亡，想到這點人人都會畏懼。總有一天會死，但不是現在。我試著回想前晚滿是質疑和爭辯的迷宮，我和喬治在裡面迷失了半個夜晚。試著回想起在最後一剎那失去線索、快要釐清的思路。我目送剛走過的年輕女人背影，她伸了個懶腰；看著手牽狗繩、跟狗縱情玩耍的老人；再看著走路一瘸一拐的老婦，正用手撫摸著男孩的頭髮。如果他們在這一刻接到自己死期將近的宣告，怎能不驚慌失措？我在晨光中抬起因熬夜而疲倦的臉，心想著：不論生活輕鬆或艱難與否，不論生活貧瘠或豐富與否，他們不過想從生活中得到更多。他們不想就此結束，即使他們知道，人一旦死去，再也無法留戀缺欠的人生。

我朝回家的路走去。複雜與分析式的思考與直觀的認知有何關聯？我們該信賴哪一邊？

我推開診所的窗，望著屋頂上淡藍色的天空、煙囪和掛在繩上晾曬的衣服。經過昨夜，我和喬治之間的關係會如何變化？我們還會像往常那樣面對面下棋，抑或會物換星移？對死亡的了解，又關我們什麼事？

喬治走出藥房關門上鎖，已接近傍晚了。戈列格里斯受了一小時風寒，喝了一杯又一杯的咖啡。他在杯底壓一張鈔票，尾隨喬治離去。經過藥房時，他察覺到藥房的燈還亮著。他從窗口望進去，裡面沒有人，古老的收銀機用一個骯髒的罩子罩著。

藥劑師拐過街口，戈列格里斯加快步伐。他們走到橫穿百夏區的康西卡奧街，一直到阿爾法瑪舊城區，經過三座接連報時的教堂。喬治在撒烏達德街上踩熄第三根香菸，接著消失在一道門後。

戈列格里斯趕緊走到對街，沒見到一間公寓亮起燈。他躊躇地穿越馬路，走進昏暗的門廊。喬治一定消失在這扇厚重木門後面。這扇門看上去不像公寓大門，而像一間酒吧，卻不見酒吧招牌。是賭場嗎？以他對喬治的了解，無法想像喬治會去這種地方。戈列格里斯在門口站了一會兒，手插在外套口袋裡。他敲敲門，沒有回應。他按下門鈴時，感覺跟上午撥電話給娜塔麗雅·魯賓時一模一樣，像是躍入一片虛無。

是個西洋棋俱樂部。在煙霧繚繞、光線朦朧的低矮空間裡擺著十幾張棋桌，下棋的全都是男人。角落有個供應飲料的小吧台。室內沒有暖氣，男人們披著外套或穿著暖和的夾克，有幾個人頭戴扁圓的軟帽。已經有人在等喬治。戈列格里斯認出煙霧後面的喬治時，對手正雙手握拳讓喬治選棋。鄰桌只坐著一人，眼睛正盯著時鐘，手指咚咚敲著桌面。

戈列格里斯吃了一驚，那男人像極當年與他在尤拉（Jura）對奕的人。他們下了十個小時，到頭來他還是輸了。那場比賽在穆狄葉（Moutier）舉行，在一個十二月的寒冷週末，那裡的天氣從未放晴過，四面環繞的山宛如堡壘。對手是當地人，法語講得很不流利，四四方方的臉跟現在坐在桌邊的葡萄牙人一模一樣，額頭同樣後傾，同樣有一對招風耳，就連如割草機劃過的扎人髮型都一個樣。只是葡萄牙人的鼻子完全不同，還有那眼神！在濃眉下的黑眼珠賽過烏鴉，迸射出的眼神有如墓園的圍牆。

那人正以那眼神盯著戈列格里斯。別跟這種人對奕。戈列格里斯心想，千萬別跟這種人對奕。那人招呼他過去。戈列格里斯朝他走近，這樣就能看到鄰桌喬治的棋盤，可以不動聲色觀察他，這就是代價。這可惡的神聖友情，他聽到安德里亞娜的聲音。他坐了下來。

「Novato?（新手？）」男人問。

戈列格里斯沒聽懂。是新來的，還是新手？他決定選第一個解釋，於是點了點頭。

「佩德羅。」葡萄牙人自我介紹。

「賴蒙德。」戈列格里斯也自我介紹。

這個人的下棋速度比那個尤拉人還慢。第一步就慢，慢得如鉛沉重，癱瘓似的。戈列格里斯四下看了一眼，沒人用鐘，這裡沒有時間的位置。只有棋盤是一切，連說話都不行。

佩德羅前臂平放在桌面，手撐著下巴，放低姿勢望著棋盤。那緊繃的眼神像是得了癲癇，虹膜往上吊，眼白渾濁，不時狂躁地翻咬嘴唇，戈列格里斯看了十分不舒服，當年那個尤拉人也是這樣快要將他逼瘋。那次比賽是場耐心的較量，他輸了。他喝太多咖啡了，他在心裡咒罵自己。

他跟鄰座的喬治第一次交換了眼神。這男人曾在深夜受死亡恐懼驚醒，比普拉多多活了三十一年。

「當心！」喬治說，下巴朝佩德羅點了點：「難對付的對手。」

佩德羅冷冷一笑，頭也沒抬一下，看上去更像癲癇患者。「沒錯。」他喃喃自語，嘴角邊冒出一些細微泡沫。

單純的棋路，佩德羅走得滴水不漏，戈列格里斯在一個小時後看清這點。但別被這後斜額頭和癲癇症的眼神騙了，這人一切算得仔仔細細，必要時可以算上十遍，至少算出十步棋路。問題在於，若是對手下出意料不到的棋步，他將如何對付？那步棋不僅看上去無意義，實際上也的確無意義。戈列格里斯經常以此讓強勁的對手亂了陣腳，但這招對多夏狄斯行不通。「亂來！」希臘人只會嘀咕一聲，不輕易丟掉到手的優勢。

又過了一小時。戈列格里斯決定攪局。他在占不到優勢的情況下，犧牲了一個卒子。

佩德羅的嘴唇不停前後努動。最後他抬起頭，盯著戈列格里斯。戈列格里斯真希望自己有戴那副堡壘般的舊眼鏡，好抵禦這眼神。佩德羅瞇起眼睛，手搓揉著太陽穴，短而粗的手指在髮間來回梳理。他沒碰卒子。「Novato。」他低聲說著：「dizt Novato。」戈列格里斯知道這個字的意思了：新手。

佩德羅不吃卒子，因為他認為，犧牲卒子是戈列格里斯設下的陷阱，以便隨後發動攻勢。戈列格里斯揮動大軍一步步推進，切斷對手所有的防守。佩德羅開始每隔幾分鐘大聲擤一下鼻涕，戈列格里斯不明白這是故意的，還是這人就是這副德性。喬治看到戈列格里斯聽見噁心聲音難受的樣子，不禁咧嘴笑了。大家好似都知道佩德羅的惡習。每當戈列格里斯先一步瓦解佩德羅尚未明朗的計畫時，這人的眼神便繃得更緊，眼睛好似發光的板岩。戈列格里斯身子往後靠，平靜地望著棋局：還得下幾個小時，但大局已定。

表面上他看似瞧著窗戶，那裡有盞掛在電線上的街燈微微搖動。實際上在打量喬治的臉。在巴托羅繆神父的描述中，喬治原本只是一個剪影，沒有光的剪影。他貌不驚人，卻堅定不移、無畏無懼、直言不諱。但是在普拉多夜訪神父的故事最後卻是：「是她，她是個災禍。她堅守不住，會全盤托出。大家都這麼認為。喬治呢？我不想提他。」

喬治先點了一根菸，然後才讓主教橫越棋盤，吃掉對手的城堡。他的手指被尼古丁燻得焦黃，指甲底下黑漆漆。大且多肉的大鼻孔好似肆無忌憚的肉瘤，戈列格里斯覺得一陣噁心。這鼻子跟喬治剛才幸災樂禍的笑太匹配了。然而，那對褐色眼珠裡疲憊且友善的眼神，又讓所有噁心感統統瓦解。

艾斯特方妮雅。戈列格里斯吃了一驚，感覺自己渾身熱了起來。今天下午才在普拉多的筆記中讀過這名字，當時並未把兩者聯想在一起……《郭德堡變奏曲》……艾斯特方妮雅——她會彈，她曾為我彈奏過，此後我一直期望自己也會彈。是那個艾斯特方妮雅嗎？普拉多想從喬治手裡救出來的女人？讓兩人之間該死的神聖友情破裂的女人？

戈列格里斯的念頭快速轉動。沒錯，有可能。一個人為了反抗運動打算犧牲一個女人，那女人用巴哈的音符凸顯自己從中學時代起對史坦威的迷戀——真是再慘忍不過了。

當時神父離開後，兩人在墓園裡發生了什麼事？艾斯特方妮雅又回去西班牙了嗎？她比喬治年輕，年輕許多，所以普拉多可能愛上了她，在法蒂瑪過世十年後。若是如此，介於普拉多和喬治之間的就不只是不同的道德觀，而是愛情的問題了。

安德里亞娜對此了解多少？她能接受這樣的想法嗎？或許她早已封閉起心靈，正如面對其他事一樣？那部沒人再碰過的史坦威鋼琴，至今還在喬治家裡嗎？

上幾步棋戈列格里斯只按部就班匆匆帶過，那是他在科欽菲爾德與幾名學生下一對多指導棋時的棋路。他忽然瞥見佩德羅臉上閃現陰險的冷笑，仔細審視棋盤後不由地吃了一驚。葡萄牙人攻勢犀利，他的大勢已去。

戈列格里斯閉上眼，鉛般重的疲倦席捲全身。他為什麼不馬上站起來走掉？他怎會跑到里斯本一間叫人受不了的低矮房間裡，坐在窒悶的煙霧中，跟一個噁心的傢伙下棋？那男人跟他素不相識，兩人連半句話都說不上。怎麼會這樣？

他犧牲了最後一個主教，讓棋局進入尾聲。他不可能贏，但至少可以打成平手。佩德羅去上廁所，戈列格里斯轉身看了一下，四周已空空蕩蕩，留下的幾個人都圍攏過來。佩德羅回來，坐下，又吸了吸鼻涕。喬治的對手已經走了，他坐在鄰桌觀察這邊的殘局。戈列格里斯聽到他急促的喘息。要是不想輸，必須忘了這個男人。

有次阿廖辛在少對手三只棋的情況下在殘局取得勝利。戈列格里斯那時還是學生，抱持著懷疑排了那盤殘局。之後幾個月，他排過所有能找到的棋譜的殘局。此後，他一看便知下一步該怎麼走。此刻，他也看到自己該走哪步棋。

佩德羅思考了半小時之久，還是落入陷阱。他沒移動半步棋，便已發現陷阱。他再無任何贏面，只好不斷前後蠕動嘴唇，往前，又後縮，冷酷地直直盯著戈列格里斯。「新手。」他說：

「新手。」然後迅速起身離去。

「你從哪來的？」圍觀人群中有人問他。

「瑞士伯恩。」戈列格里斯回答，又補充一句：「慢動作的傢伙。」

人們大笑，遞給他一杯啤酒，要他再來下棋。

喬治在街上與他攀談。

「您為什麼跟著我？」他用英語問。

看到戈列格里斯臉上錯愕的神情，他生硬地笑了一下。

「曾經有段日子，注意是否有人跟蹤懸繫我的性命。」

戈列格里斯猶豫了。他在墓地前與普拉多告別已是三十年前的事了，若是一下子對他亮出普拉多的肖像，會出現何種情景？戈列格里斯從外套口袋裡緩緩拿出書，翻開，讓喬治看那肖像。喬治瞇起眼，從戈列格里斯手裡拿過書，走到路燈底下，眼睛緊貼住肖像。戈列格里斯大概不會忘記這一幕：喬治在搖曳的路燈下注視著他的故友，一臉難以置信，又驚訝萬分。他臉上的神情近乎崩潰。

「您跟我一起來吧。」喬治聲音嘶啞，為掩飾震驚，聲音聽起來霸道蠻橫：「我住的地方離這裡不遠。」

他走在前頭，腳步比先前僵硬且不穩，他在驟然間變成一個老人。

他的公寓好似洞穴，一個煙霧瀰漫的洞穴。牆壁四周貼滿了鋼琴家的照片：有魯賓斯坦、李希特、霍洛維茲、李帕第、佩拉雅，還有一張巨大的瑪麗亞．胡安．琵爾斯的肖像。她也是胡安．埃薩最喜愛的女鋼琴家。

喬治走進客廳，打開無數的燈。總有一束光投射到一張照片上，使照片從黑暗中浮現。只有一個角落籠罩在黑暗中，平台鋼琴放在那角落，沉默的黑將燈光遮暗，折射以蒼白。我真想讓大鋼琴發出美妙旋律……直到人生終點，我都彈不出變奏曲。這鋼琴屹立在那裡幾十年，以磨亮的優雅堆積出來的黑暗海市蜃樓，一塊黑色紀念碑，悼念一個無法實現的圓滿生命的夢。戈列格里斯想到普拉多房裡不可觸碰的物品，喬治的大鋼琴上也是一塵不染。

生命的意義不在於如何生活，而在於如何設想生活。普拉多書中曾這樣說。

喬治以他慣常的姿態坐進座椅。他瞧著普拉多的畫像，那視線讓地球停止轉動，只偶爾被眨動的眼瞼打斷。鋼琴的黑色沉默吞沒整個空間，只有外面街上摩托車的嘶吼打破這寂靜。人無法承受靜默，這是普拉多書中一段簡短心得：這意指，人得忍受自己。

「這本書是從哪弄來的？」喬治開口問。戈列格里斯解釋了前因後果。「紅雪杉。」喬治高聲唸著。

「聽上去像安德里亞娜喜歡的煽情劇風格。普拉多不喜歡這類戲劇，但盡量不讓安德里亞娜察覺。他跟我說：『她是我妹妹。她幫我，讓我過自己的生活。』」

戈列格里斯是否知道紅雪杉跟什麼有關？美洛蒂，戈列格里斯回答，他感覺美洛蒂知道箇中原因。他怎麼認識美洛蒂的？為什麼對這些事感興趣？喬治問話的語氣雖不尖銳，但戈列格里斯聽出過去時代的回聲，在那凡是碰到特殊情況就得保持警覺的時代。

「我想知道，如果我是他，會是什麼情形。」戈列格里斯回答。

喬治詫異地望著他，接著視線落在肖像上。他閉起眼睛。

「成為另一個人會如何，有可能知道嗎？你根本就不是他。」

「設想自己正是那個人，起碼有可能了解，成為那個人會如何。」戈列格里斯回答。

喬治大笑。在畢業典禮上他因為犬吠爆出大笑，聽起來應該是這樣。

「為了這個你就溜了？有夠瘋狂。這主意不錯。普拉多常說，想像力是我們的最後聖地。」一提到普拉多的名字，喬治整個人便不一樣了。「他幾十年沒提過這個名字了，」戈列格里斯心想。喬治點燃香菸時，手指顫抖著。他咳起來，一面翻開普拉多的書，翻到戈列格里斯將下午在咖啡館消費的帳單插入那頁。他削瘦的胸膛上下起伏，呼吸發出輕微聲響。戈列格里斯真該讓他自己獨處的。

「我還活著。」他將書擱置一旁：「還有那恐懼，當初無法理喻的恐懼依舊存在。鋼琴也還在，只不過不再是紀念碑，就是鋼琴而已：一架平台鋼琴，不再具有使命，一個沉默的陪伴者。普拉多在一九七〇年年底時寫下那段對話。那時我還發誓，我們，他和我，絕不分離。我們好似兄弟，比兄弟還親。

「我還記著第一次見到他的情景。學校剛開學，他晚一天來班上報到，我不記得理由了。他還遲到了。他穿著小禮服，一看就知道是個富家子弟，那種衣服不可能來自成衣店。他是唯一不背書包的學生，彷彿藉此告訴大家：所有東西都裝在我的腦子裡。這跟他找了空位坐下時，外人模仿不來的自信完全相符，沒有絲毫傲慢與自命不凡。他只是確信自己沒有學不會的東西，而且不費吹灰之力。我不相信他清楚自己擁有這份確認，這麼說貶低了他，不，他本身就是那份確認。他站起來，報出自己的名字，再坐下，簡直是純熟的表演。不，這男孩不是在表演。他不需要舞台，什麼都不需要。他動作中流露出來的是優雅，純粹的優雅。巴托羅繆神父看到後愣住了，有一會兒甚至不知該說什麼。」

喬治陷入沉默。戈列格里斯告訴他，他已讀過普拉多的畢業致詞。喬治站起來，走進廚房，帶了一瓶紅葡萄酒出來。他倒酒，慢條斯理喝了兩杯，他需要慢條斯理地喝。

「我們花了好幾個晚上才完成。其中他好幾次失去勇氣，只能動怒。『因為法老不思悔改，上帝便用瘟疫懲罰埃及人。』他大喊：『但正是上帝創造了法老啊！上帝就是要造出這麼一個人來展示自己的權威！多虛偽、自負的上帝！多狂妄自大！』我多喜歡他滿腔怒火，昂起又高又俊的額頭面對上帝的模樣！

「他想以『敬畏與厭惡上帝垂死之言』為題。我說這未免太做作，做作的形而上學。最後他接受了我的建議。他常不自覺慷慨激昂，偏又不肯承認，但心裡很清楚，所以一有機會便公開挑戰拙劣的作品。屆時他的態度會不公平，極不公平。

「唯一沒被他禁革的人是法蒂瑪。她可隨心所欲。在整整八年婚姻中，他對她無比寵愛。他需要一個被自己寵愛的人，這就是他。但這並沒有讓她感到幸福。她從未和我談起這事。她不太喜歡我，可能出於嫉妒，嫉妒我和普拉多親如知己。有次我在城裡一家咖啡館碰到她。她在讀報上的徵人廣告，還畫了些圈圈。一看到我，她馬上把報紙收起來。但我從後面走過去，早都看見了。『我真希望他能多信任我一點。』那次她跟我說。但是，他真正相信的女人只有瑪麗亞。瑪麗亞，我的天，當然是瑪麗亞。」

喬治又拿出一瓶酒，話已開始模糊。他喝著酒，默不出聲。

「瑪麗亞姓什麼？」戈列格里斯問。

「亞維拉，跟聖女泰瑞莎一樣。所以在學校裡，大家都叫她聖人。要是她聽到，會氣得抓起東西丟過去。後來她結婚，夫姓非常普通且不起眼。我忘了叫什麼。」

喬治喝酒，陷入沉思。

「我真以為，我們永遠不會分開。」他突然打破寂靜說：「我還以為那種事不可能發生。有次我在某處讀到一句話：友情有其時間性，會結束。當時我想，這不可能發生在我們身上，不可能是我們。」

喬治越喝越快，已經完全失去了自制。他費勁起身，搖搖晃晃走出去，過一陣子回來時，手裡拿著一張紙。

「看，這是我們一起寫下的。當時我們在孔布拉大學，整個世界都還在我們腳下。」

上面是一份清單，上面寫著：人與人之間的忠誠。

普拉多與喬治開出所有忠誠的理由：

對他人的責任感；共同成長；分享痛苦；分享喜悅；戮力同心；意氣相投；一致對外；同甘共苦；密切互動的需要；品味相同；憎惡相同；祕密共享；分享幻想與夢；共享歡樂；共享幽默；共享英勇行為；共同達成決定；共享成功、失敗、勝利與打擊；共享失望；共享錯誤。

戈列格里斯說，上面並沒有談到愛情。喬治全身緊繃，有陣子躲在煙霧後保持警醒。

「他不相信愛情，向來避而不談。他視愛情為平庸之物。他只相信三件事：慾望、滿足和安全感。這些全都曇花一現，最快消逝的是慾望，然後是滿足，可惜就連受人關愛的安全感也遲早會破滅。生命的苛求，所有我們終需克服的東西，真是太多太龐大，遠超出情感所能承受。唯有忠誠永存。他認為忠誠不是感情，而是意志，是決心，精神的擁護，將偶遇和偶然產生的情感轉化成必要。他說：『永恆出現雖如剎那芳華，但就是存在。』

「他錯了。我們都錯了。

「後來我們回到里斯本，他一直在思考自我忠誠是否存在。這意指著在想像與行動中面對自我的責任感，即便不願意，也準備好要信守自己。他太想改寫自己，千方百計讓虛構的創作變成事實。他有次說：我只有工作時才能忍受自己。」

喬治沉默，緊繃的身體逐漸放鬆，眼神朦朧，呼吸緩和得好似睡眠中人。戈列格里斯此刻沒辦法脫身。於是他起身打量書架。一整排無政府主義理論的相關書籍，涵蓋俄國、安達魯西亞和加泰隆尼亞地區。許多書的書名有「正義」的字眼。作者除了杜斯妥也夫斯基，還是杜斯妥也夫斯基。接著是埃薩．德．克羅茲的《阿馬羅神父的罪惡》㉔，他第一次走進西蒙斯的舊書店便買下這本書。書架上還有佛洛伊德、鋼琴家傳記和各類西洋棋棋譜。最後，他在壁龕的小架子上發現了學校的課本，有些至少保存了七十多年之久。戈列格里斯抽出拉丁文及希臘文文法，翻閱墨跡斑斑的脆弱紙張。還有字典、習題本、西塞羅、李維、色諾芬，以及索福克勒斯的作品。《聖經》已被翻爛，上面滿是標記。

喬治醒了，但他開口說話的樣子，似乎仍在經歷方才的夢境。

「他幫我買下這間藥房，位於最好地段的一整間藥房。我們在咖啡店碰面，討論未來的遠景，但他對藥房一事隻字未提。他是保密高手，他媽的熱心保密高手。我沒見過有人比他更會守密。這也是他虛榮心的表現，雖然這理由他不愛聽。在回家路上，他突然停下來問：『看見這間藥房了嗎？』『當然看見了。』我回答：『怎麼了？』『它是你的了。』說完便將一串鑰匙遞到我面前：『你不是一直想擁有自己的藥房嗎？現在你有了。』他也替我支付全部的裝潢費用。您知道嗎？我甚至不覺得不好意思。我高興得沖昏頭了，剛開始每天早上都會揉眼睛，無法相信這是真的。有時我會打電話問他：『想像一下，我站在自己的藥房裡呢！』他聽完笑了，笑得輕鬆愉快。之後要聽見那笑聲是一年難過一年了。

「面對家族的大筆財產，他的態度撲朔迷離。他會以大手筆將大筆錢財往窗外潑，不同於他一毛不拔的法官父親。可是一見到乞丐，他又會心煩意亂。『我為什麼只給他幾個錢幣？』他自責道：『而不是給他一大把鈔票？為什麼不把所有錢都給他？為什麼偏偏是他，而不是別人？我們從這個乞丐身邊走過，不是別的乞丐，純粹是巧合，是偶然。還有，要是幾步之外就得忍受這屈辱，怎麼還買得了冰淇淋？根本不行！你聽清楚了嗎？根本不行！』有次還對這種模糊心態大為光火：他媽的這麼不乾脆，他這樣形容自己的心態，然後跺起腳來又跑回去，往乞丐帽子裡扔了一張大額鈔票。」

喬治的臉原本因回憶而輕快起來，似乎擺脫了長痛，現在重新黯淡蒼老。

「斷絕朋友關係後，我原本想賣掉藥房把錢還他，但我意識到：那等於將我們過去一切，那段長久幸福的友誼一筆勾消，彷彿追溯過去，毒害我們的親密關係與互信。我留下了藥房。做出

㉔ 埃薩・德・克羅茲（Eça de Queirós，1845~1900），葡萄牙最偉大的寫實主義作家。《阿馬羅神父的罪惡》（O Crime do Padre Amaro）一八七六年在里斯本一出版，便帶給葡萄牙文學界一股清新的氣息，令沉湎於幻想和美化現實的浪漫主義更加萎靡不振。該書所以受到廣大讀者歡迎，乃因無情揭露群眾所痛恨的宗教勢力，真實反映當時教權與政權互相矛盾又互相利用的背景。因此，這部長篇小說被視為葡萄牙文學史上難得的批判現實主義作品。

決定幾天後，我突然有種特殊感覺：藥房這時才真正屬於我。為何有這種感覺我不明白，至今依然不明白。」

藥房裡的燈還亮著。告別時，戈列格里斯提醒他。

喬治笑了。「我故意的。那裡的燈一直亮著，始終亮著，就是為了浪費電，報復我貧窮的成長過程。以前我家晚上只有一間房間有燈，睡覺時得摸黑上床。我把幾分的零用錢都花在買手電筒的電池上，以便晚上閱讀。書是偷來的。我當時想：我不該破費買書，直到今天依然這麼認為。房東不停切斷我家電源，只因為我們沒付房租。切斷電源，我永遠不會忘記貧窮的威脅。人總是對平凡小事無法忘懷，正如難聞的臭味、臉上被賞一巴掌後的灼熱、整棟房子突然被黑暗淹沒，還有父親粗魯的咒罵。起先警察會來關切藥房徹夜不關的燈，現在所有人都知曉，也沒人再理會我了。」

23

娜塔麗雅．魯賓打來三次電話。戈列格里斯打回去。字典和葡萄牙文文法書沒問題，她說。「您會愛死這本文法書！就像一部法典，羅列一大串例外用法。作者一定對例外有迷戀，就像您一樣。請見諒。」

但是，葡萄牙史有些麻煩，版本有好幾種。她選擇了最精巧簡潔的。書都已寄出。他提到的那本波斯文文法書仍然買得到，書店在下星期三前可以弄到手。不過，葡萄牙反抗運動的書是一大難題。她去圖書館找時已經到了閉館時間，只能等到星期一再去看看。書店的人建議她去大學羅曼語系詢問一下。她已經打聽到星期一時該去找誰。

她的衝勁讓戈列格里斯吃了一驚，雖然他早意識到會這樣。他聽她說，她真想現在就去里斯本幫他調查。

戈列格里斯在午夜時分驚醒，一時不確定她是在夢中還是真的這樣說過。他跟佩德羅對奕時，凱吉和路西恩一直在旁喊著太妙了！佩德羅用額頭移動棋子，一旦中了戈列格里斯設下的圈套，便氣得用頭撞桌子。跟娜塔麗雅下的那盤棋十分怪異，既無棋子，也沒燈光。她說：「我會說葡萄牙文，我能幫您！」他試著用葡萄牙文回答，像在經歷考試，一個問題也答不上來。敏哈太太，他不斷重複：敏哈太太。之後的事他就不知道了。

他打電話給多夏狄斯。不，他沒把他吵醒，希臘人趕緊解釋，他現在又有睡眠問題了，而且不只是失眠。

戈列格里斯從未聽他用這樣的口吻說話，不由得吃了一驚。他問出什麼事了？

「唉，沒什麼。」希臘人回答：「我累了，診斷時出錯。我不想做下去了。」

不做？他，就此結束？然後呢？

「譬如說去里斯本。」他笑了。

戈列格里斯告訴他佩德羅的事，那個後斜額頭及癲癇般的眼神。多夏狄斯記得那個尤拉人。

「之後有一陣子，你的棋路全亂了，跟平日的棋路相比真是慘不忍睹。」他說。

天亮時，戈列格里斯才終於入睡。兩小時後醒來時，里斯本晴空萬里，路上行人全脫去了外套。他坐上渡船，去卡希爾斯區找胡安．埃薩。

「我正在想您今天會來呢。」胡安．埃薩開心地說，細長的嘴裡吐出這幾個字眼，宛如激情的煙火。

他們喝茶，下棋。每下一步棋，胡安的手都抖動不已；棋子一放就會喀啦出聲。他每下一步棋，手背上的燙傷疤痕都讓戈列格里斯心驚肉跳。

「痛和傷還不是最可怕的。」胡安說：「最可怕的莫過於羞辱。當你意識到自己尿褲子了，那才是恥辱。出獄後，我心裡燃著復仇的烈焰。我躲藏在角落，等著拷問的人下班。他們像上班族一樣穿著普通的外套，拎著公事包。我跟蹤他們回家，我要一報還一報。然而，一碰到那些人，我又噁心想吐，這才救了自己。我真對他們報復，一槍斃了他們是太便宜這幫人。瑪麗安娜認為，我在經歷道德成熟的過程。這我才不要，我一直拒絕接受那種成長。我根本不想成熟，認為這種成熟是投機主義，或是單純的倦怠。」

戈列格里斯輸了。才走了幾步棋，他就覺著不想贏眼前這個男人，又不能讓對手知道，那才是本事。他決定採取高難度手段，胡安這樣的棋手能看得出的高難度棋路，但也只有胡安這種人才能識破。

「下次您不可以讓棋。」開飯鈴聲響起時，胡安說：「否則我要生氣了。」

他們一起吃著煮得過爛、淡而無味的午餐。沒錯，一直如此，胡安說。看到戈列格里斯臉上的表情，他第一次開心地笑了。戈列格里斯聽到胡安的哥哥，也就是瑪麗安娜．埃薩的父親的事，他娶了一名有錢的妻子，還聽聞女醫生失敗的婚姻。

胡安說：「你這回沒問普拉多的事。」

「今天我是為您來，不是為他。」戈列格里斯回答。

「儘管不是為他，」近傍晚時，胡安說：「我還是有樣東西想給你看。有天我問他在寫什麼，他之後拿給我看的。這份東西我已讀了無數遍，幾乎倒背如流。」說罷，他開始為戈列格里斯翻譯：

失望的香膏

失望被視為壞事完全是有欠思考的偏見。未經歷過失望，如何發現期待和盼望？若是沒有這番發現，自身的認知將棲身何處？如果沒有失望，人將如何認清自我？

我們不該嘆息著忍受失望，想像著生活本該多美好。我們理應尋找、探究、蒐集失望的經驗。發現少年時代崇拜的偶像老化和衰退時，我為什麼會失望呢？因為失望教導我，成功的價值微乎其微？許多人花上一生的時間才坦承對父母的失望。對於這樣的人，我們能有什麼期待？一輩子活在痛苦的無情奴役下的人，常會對他人的表現失望，甚至也對那些始終陪伴他、同情他的人失望，抱怨那些人做的和說的太少，對他的關心太少。「您還期待什麼呢？」我問。他們說不出來，並且驚訝自己這許多年來一直帶著一種會失望的期待，卻絲毫未察。

一個真正想了解自己的人，必定是個想像力豐富又積極好動的失望蒐集者。他勢必像上了癮般追求失望的經驗，支配他一生的癮。因為他十分清楚明白，失望不是滾燙、毀滅的毒液，而是冷靜與安撫人心的香膏，打開了我們的視野，讓我們看清自己的真實輪廓。對他來說，失望還不僅限於別人與周圍環境。如果把失望當成通往內心世界的主軸，一定會急切想知道，對自己的失望有多大：譬如缺乏勇氣、不夠真誠，或是由於自我感覺、行動和語言造成的可怕狹隘界線。我們自己到底期待和盼望些什麼呢？希望自己不受限制，或是要成為完全不同的人？

降低期待值，希望當然更可能實現，並退縮到更堅實、更可依賴的硬殼中，讓自己受到保護，免受失望的痛苦。可是，如果只懷著平庸的期待，就像等公車一般，拒絕接受每一個大膽狂妄的期待，那將會是何種生活？

「我從未見過像他這樣的人，深深迷失在自己的夢中。」胡安說：「而且如此憎惡失望。他寫下的東西，明明就是針對他自己，正如他經常不滿意自己的生活方式。喬治一定不認同我的看法。您認識喬治嗎？喬治．歐凱利，一個藥劑師。他的藥房日夜燈火通明。他認識普拉多的時間比我久，久多了。儘管如此，還是一樣。

「喬治和我，嗯……我們下過一盤棋，就一次，雙方平手。可是一旦涉及反抗運動計畫，尤其涉及周全巧妙的欺敵計畫時，我們就成了戰無不克的搭檔，像對雙胞胎般心靈相通。

「普拉多嫉妒我們，他覺得跟不上我們的詭計與恣意妄為的行為。他稱我與喬治間的聯盟為你們的方陣。我們的聯盟有時完全保密，對他也是。這時就能感覺到，他很想打入我們之間。他開始胡思亂想，有時還真被他瞎貓碰上死耗子，有時卻又進不了狀況。尤其是當事情，嗯……牽扯到他的時候。」

戈列格里斯屏住呼吸。胡安要開始談艾斯特方妮雅了嗎？他無法向胡安或喬治直接打聽那件事，絕對不行。最後是普拉多弄錯了嗎？把那個女人帶離險境，抵達安全的地方，可是壓根兒沒有危險威脅？或是胡安的遲疑是另一個回憶的開端？

「我一直討厭這裡的星期天。」兩人道別時，胡安說：「蛋糕沒味道，鮮奶油沒味道，禮物毫無品味，陳腔濫調也淡而無味。這裡是俗套的魔窟。不過現在……有您在的下午……我會漸漸適應的。」

他從口袋裡伸出手來，少了指甲的那隻手。在搭船途中，戈列格里斯依然感受得到那強有力的手勁。

嘗試篇

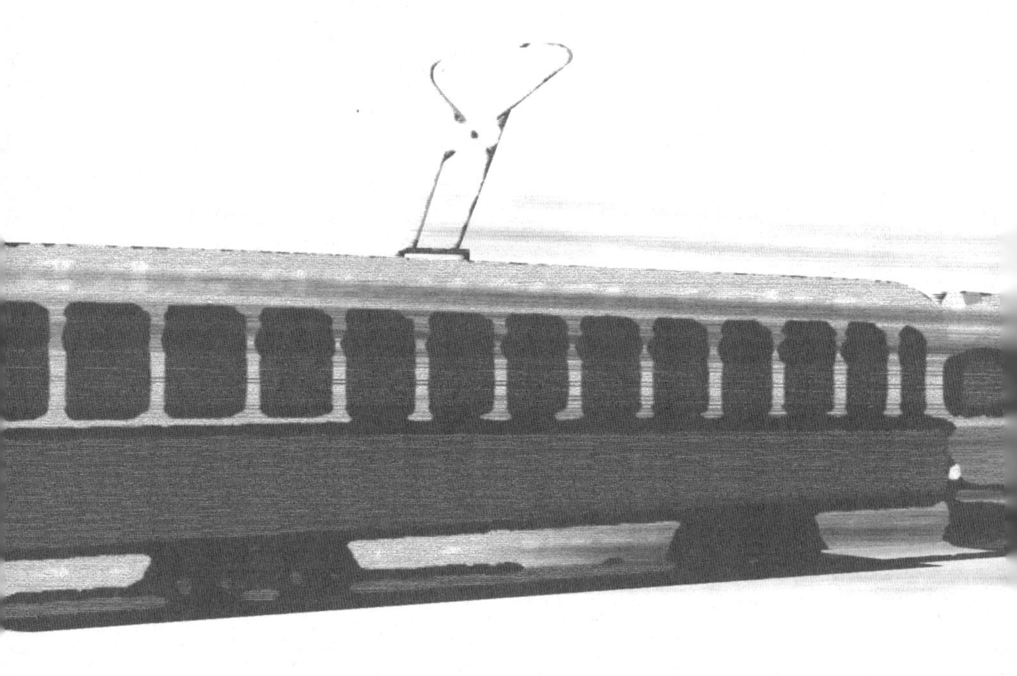

24

星期一上午，戈列格里斯飛往蘇黎世。他清晨醒來，心想：我正逐漸喪失自我。這可不是他人先醒來，在不受其他意識支配的清醒狀態下冒出的念頭，即便沒這個念頭，他依舊清醒。正好相反：念頭先存在，之後才是清醒。他從未感受過這種透徹又奇異的清醒，和上次搭火車前往巴黎途中，那種近乎全新的清醒感受不同，但就某種意義而言，這種清醒與那個念頭並無二致。他不確定，是否自己這樣想，或是受這想法的支配。不過，即便他無法釐清，這念頭還是硬生生盤據在腦海中。突然，一陣恐慌襲來，他顫抖著手開始將書和衣物胡亂塞進箱子。打包完畢，他強迫自己平靜下來，在窗旁站了一會兒。

今天應該是陽光燦爛的一天。安德里亞娜家的客廳裡，鑲木地板會被陽光照得耀眼生輝。晨光中，普拉多的書桌將比往日更顯孤寂。桌邊的牆上，貼著好幾張紙條，上頭的字跡早已褪色，難以辨認。從遠處看，只能看見上面的幾個點，可見書寫者拿鋼筆寫字時力道之猛。戈列格里斯真想知道，那些字提醒了醫生什麼。

明天或是後天，也許就在今天，克羅蒂爾德會拿著安德里亞娜的新邀請函到旅館來。胡安·埃薩相信他星期天會去下棋。喬治和美洛蒂若是沒了他的消息——這個突然出現，打聽普拉多的人，這個認定自己的幸福和了解普拉多息息相關的人——應該會很驚訝。至於巴托羅繆神父，在信箱中發現普拉多畢業典禮致詞的影本時，一定認為事情不尋常。瑪麗安娜．埃薩則不明白，為何他彷彿從地球上蒸發了一般，突然間消失。還有西爾維拉和科蒂尼奧……

他在櫃台前結帳時，女接待員表示，希望他突然離去不是因為什麼糟糕的事。計程車司機講的葡萄牙語，他一個字也沒聽懂。他到達機場，準備付錢，卻發現外套口袋裡有張紙條，是舊書商尤利歐．西蒙斯寫下的一家語言學校地址。他端詳了紙條一會兒，還是扔進出境大廳門旁的字紙簍。辦理登機時，地勤人員告知他十點起飛的飛機只坐滿一半，給了他一個靠窗的位子。

候機室裡，他聽到的全是葡萄牙文，甚至聽見有人說到葡萄牙語一詞。如今，這個字眼讓他感到畏懼，可又說不清原因。他想睡在雷爾街家中的床，想去聯邦階地，踏上科欽菲爾德大橋。他想談論拉丁語變格和《伊利亞德》，想站在熟悉的布本貝爾格廣場。他想回家。

飛抵蘇黎世克洛藤（Kloten）機場上空時，他被空姐的葡萄牙文問話驚醒。問話很長，但他不費吹灰之力便聽懂了，並以葡萄牙文回答。機身下方是蘇黎世湖，再往外，大片土地被污濁的積雪覆蓋。雨劈劈啪啪打在機翼上。

他想去的地方不是蘇黎世，而是伯恩，他心想。他很高興身上帶著普拉多的書。飛機開始著陸，其他乘客紛紛將書報放置一旁，他卻取出普拉多的書，讀了起來。

不朽的青春

年輕時，我們彷彿終將永生不死似地活著。對死亡的認知，猶如一捲在我們身旁撩動，卻觸不到肌膚的易碎紙。什麼時候起，一切都變了？那捲紙何時開始纏繞我們，越纏越緊，直到我們窒息？我們如何認知這股溫柔卻也清楚讓我們明白它絕不退讓的壓力？

我們如何在別人身上看清這點？又如何在自己身上看清這點？

戈列格里斯真希望飛機就是公車，即便到達終點，也能繼續閱讀不必起身，然後折返。他是最後一個下飛機的人。

在火車站售票處，他猶豫不決，售票窗內的女人不耐煩地轉著手鐲。

「二等車廂。」他終於說。

火車駛離蘇黎世火車站，全速前進。他忽然想起，今天娜塔麗雅·魯賓會去圖書館查一本葡萄牙反抗運動的書，還有幾本書正在寄往里斯本的途中。星期三，他回雷爾街已經住了好幾天時，幾棟房子外的她，會再到豪伯特書店，然後把波斯文文法書拿到郵局。要是他剛巧碰到她，該說些什麼？又該如何向其他人、向凱吉、向其他同事，還有向學生們解釋？多夏狄斯最容易應付，即使如此，該用哪些詞、哪種說法，才恰到好處？伯恩主教大教堂映入眼簾時，他有種感覺，自己幾分鐘後將踏入一座禁城。

公寓裡很冷。戈列格里斯拉起廚房的百葉窗，那是他兩星期前為了隱藏自己而拉下的。葡萄牙文教學唱片還擱在唱盤上，話筒依舊反放著，讓他想起臨行前和多夏狄斯的夜間交談。為什麼即便過去有快樂的痕跡，還是讓我傷感？普拉多言簡意賅的筆記中有一段自問。

戈列格里斯打開行李箱，把書擺在桌上。《大地震》、《黑死病》。他將所有房間的暖氣全開，又啟動洗衣機，便閱讀起關於葡萄牙十四、十五世紀黑死病的書。書中的葡萄牙文淺顯易懂，讀起來毫不費力。過了一會兒，他點燃菸盒裡最後一支菸，菸是在美洛蒂家附近的咖啡館裡買的那包。這間他住了十五年的屋子裡，第一次飄著菸味。有時候讀完一段章節時，他會想起第一次看望胡安．埃薩的情景。為了讓胡安．埃薩顫抖的手好過點，他一口氣嚥下半杯滾燙的茶水。至今，他仍清楚感受到喉嚨中的火熱。

他到衣櫃取出厚毛衣時，突然想起在荒廢的柯蒂斯文理中學，用來包裹希伯來文《聖經》的那件毛衣。他坐在校長的辦公室裡，讀著〈約伯記〉，陽光形成的錐形光柱在屋內游移，感覺妙不可喻。戈列格里斯還想起提幔人以利法、書雅人比勒達和拿瑪人瑣法。薩拉曼卡火車站的站牌也再次出現眼前。還有他為了準備伊斯法罕之行，在他當年距離這裡幾百公尺遠的小屋裡，於壁板上第一次寫下波斯文字母。他取出一張白紙，尋找手中的記憶，畫出了一些筆畫和曲線，以及母音上面的幾個點。然後，記憶中斷了。

門鈴大作，他吃了一驚。是他的鄰居勞詩禮太太。她注意到他家門前腳踏墊的位置變了，應該是他回來了，她解釋說，一邊將郵件和信箱鑰匙還給他。假期如何？以後學校都這麼早放假嗎？

信件中唯一讓戈列格里斯感興趣的，是校長凱吉的信。他一反用拆信刀拆信的習慣，匆忙將信撕開：

親愛的戈列格里斯：

您的信深深打動了我，我不想讓您寫給我的信就此悄無聲息，石沉大海。何況，我想不論您去哪兒，總會讓郵局把信轉到您手裡。

我最想告訴您，自從少了您，學校顯得空空盪盪。空盪到什麼程度呢？拿維吉妮．拉朵媽來說吧。今天，她突然在教職員辦公室說：「有時，我真討厭他直接了當、缺乏教養的表達方式。說實在，他平時若能穿得稍微好點，對他也有益無害。但他永遠那身鬆垮垮、老掉牙的衣服，看了讓人倒胃。可是我不得不說，非說不可：不知為什麼，我真有點想他。真奇怪！」這位可敬的法語老師所說，和我們從一些學生——恕我直言，尤其是女生——那裡聽來的話，幾乎無法相提並論。我如今站在您的班級前，感受到少了您所留下的巨大陰影。還有，西洋棋比賽現在該怎麼辦？

奧里略——沒錯。我能否向您透露，我的妻子和我，我們最近越來越強烈感覺到將失去我們的兩個孩子，不是因為疾病，或是意外事故，比那還糟：他們完全拒絕接受我們的生活方式，而且是直言不諱，毫無掩飾。有時，妻子看起來快要崩潰了。就在這時，您正好提醒我想到這位賢明的國王。請容我再補充一句——但願您不要覺得我過於瑣碎。每當我看到擱著您來信的信封（仍遲遲不願從我桌上消失），便心生嫉妒。就這麼站起來，走了，這需要何等勇氣！「他就這麼站起來，走了。」學生們一再說：「就這麼站起來，走了！」

我想通知您，學校依然保留您的職位。我接手您部分的課程，其他的找了些學生代課。希伯來文課也是一樣。薪資方面，您會收到校方寄出的必要文件。

最後，我還能說什麼呢，親愛的戈列格里斯？簡而言之：我們衷心祝福您，無論是內心或者外在世界，願您的旅程帶您到您想去的地方。

您的維爾納・凱吉

又：您的書好好地擱在我的櫃子裡，放心吧。只是，我還有一個實際的小請求：您什麼時候——這事一點都不急——將學校鑰匙交回來？

最後，凱吉在旁附加一句：或者，您打算留著鑰匙以備萬一？

戈列格里斯坐了許久。外頭天色已黑。他壓根兒沒想到凱吉會寫這樣的信。很久以前，他有次在城裡碰到他帶著兩個孩子。他們開心笑著，看上去幸福美滿。他很中意維吉妮・拉朵嫣對他穿著的評論。他低下頭，看到旅途中穿上的新西裝褲時，幾乎感到有點難過。直接了當？她說得真對。可是，缺乏教養？除了娜塔麗雅・魯賓想念他之外，或許露絲・高琪也有一點，還有哪些學生想著他？

他之所以回來，只因想回到自己熟悉的地方。這裡，他不必說葡萄牙文，也不必非得說法語或英語。為何凱吉的信將他的企圖，一個再單純不過的企圖，瞬間弄得複雜？他之前搭火車時已計畫天黑後再去布本貝格廣場，這點為什麼現在更加重要？

一小時後，他站在廣場上，心中有股再也無法觸碰這個地方的感覺。沒錯，聽起來奇特，可是再貼切不過，他再也無法觸碰布本貝格廣場了。他繞廣場走了三圈，停下來等紅綠燈，四下張望。他看著電影院、郵局、紀念碑，也看著他首次遇見普拉多的西班牙書店。往前望去，是電車站、聖靈教堂和勒伯百貨。他靠邊站著，閉起眼，專心感受身體壓在鋪石路面上的壓力。腳掌熱了，街道彷彿迎面而來，然而情況依舊：他再也無法觸碰這座廣場。不僅是街道和數十年來再熟悉不過的廣場，那些街道、建築、燈光和嘈雜也無法觸碰他，無法跨越最後一道薄薄的裂痕完全靠近他，讓自己不單成為他回憶中熟悉的一切，瞭如指掌的一切，甚至就是他。只有像現在這樣無法觸碰，他才意識到那是習以為常的方式。

那令人費解的頑強裂痕不是保護他的，不像緩衝器那般，意味著距離和鎮定。相反的，裂痕來自於戈列格里斯的驚恐，他害怕因為這些他希望召喚而來，以便重新找回自我的熟悉事物，讓他失去了自己，在這裡經歷到里斯本那個清晨曾經有過的感受。只是，這次情形顯然詭譎得多，也非常、非常危險，因為里斯本後面還有伯恩，但遺失的伯恩後面，再無另一個伯恩。他朝一個路人跑過去，視線盯著向後退去的堅硬地面，突然一陣暈眩襲來，一時間，天旋地轉。他雙手緊摀著頭，好似要把頭穩住。待他恢復平靜，安定下來後，看見一個女人正打量著他，目光中透露出疑問：他是否需要幫助？

聖靈大教堂的鐘顯示將近八點，街上交通沉寂許多。雲層散開，露出點點星光。天氣很冷。戈列格里斯穿過小堡壘街，來到聯邦階地。他激動又興奮，期待走過拐角，踏上科欽菲爾德大橋的一刻。他每天清晨七點四十五分準時走到橋上，數十年如一日。

橋被封了。由於修整電車軌道，到隔日清晨為止，整夜不得通行。「出了場嚴重車禍。」有人看到戈列格里斯一臉茫然迷惑盯著布告，向他解釋。

他有種感覺，某些對他而言原本陌生的事物將成為習慣。帶著這樣的心情，他踏進美景飯店，徑直走向餐廳。餐廳裡音樂輕柔，服務生身穿淺米色外套，餐具閃爍銀光。他點了叫做「失望的香膏」的菜。胡安．埃薩提到普拉多時說：「他常愛取笑我們人類總以為世界是個舞台，舞台上的一切圍繞著我們和我們的意願搬演。他認為這種假象正是所有宗教的起源。『那沒有半點真實。』他常說：『宇宙就是存在那裡，根本不在乎我們人類發生什麼事情，完完全全漠不關心。』」

戈列格里斯取出普拉多的書，尋找有可笑一詞的標題。餐點送來時，他才翻到要找的地方：

可笑的舞台

世界宛如一座舞台，等著我們上演想像力的各齣戲碼，有的重要，有的悲哀，有的可笑，有的無足輕重。這想法多麼魅惑又動人！又是多麼難以避免！

戈列格里斯慢慢走向蒙比茹大橋，然後前往學校。多年來，他總是從這個方向看學校的建築物，如今，一切對他異樣陌生。他向來從後門進學校，這回改走前門。一片漆黑。某座教堂傳來鐘聲，九點半了。

有個男人將自行車停放一旁，走向大門，推開門，隨即消失在門後，是布利少校。他偶爾晚上過來，準備隔天的物理或化學實驗。實驗室的燈亮起。

戈列格里斯悄悄進入室內，但不知道自己來這兒做什麼。他踮著腳，輕輕走到二樓。教室的門都鎖了，大禮堂的大門同樣推不開。雖是無稽之談，他還是感到被排斥在外。膠底鞋在地毯上摩擦，發出微微吱嘎聲。月光從窗口灑落進來。在蒼白的月光下，他打量四周一切，似乎以前從未注意過似的，做教師時沒有，當學生時也沒有。他打量門把、樓梯扶手、學生用的櫃子，他從前投射過的目光，這些東西如今千倍奉還，展現出他從未見過的樣貌。他的手碰觸各個門把，感覺它們冰冷的阻力。他像道遲緩的巨大影子，輕輕穿越走道。一樓的另一端，布利弄翻了東西，樓道裡迴盪著玻璃的破碎聲。

有扇門終於能被乖乖打開。戈列格里斯站在教室裡，這兒正是他學生時代第一次在黑板上看到希臘文單字的教室。那是四十三年前的事了。他總是坐在左邊那排座位後方，此刻，他再次坐了上去。「不可思議」愛娃坐在前兩排的位置，紅髮繫成馬尾。他可以一連數小時看著馬尾在襯衫和毛衣上擦拂，從一邊肩膀到另一邊。那幾年一直坐在他旁邊的比亞特．楚布里根，常因上課打瞌睡被人取笑。後來，大家才知道，那跟新陳代謝失調有關，他很早便因這個病過世。

戈列格里斯離開教室時，明白了置身此處讓他感到奇特的原因：他將自己視為當年的學生，在樓道和內心之間徘徊，完全忘卻自己身為教師幾十年來也在樓道間來來去去。人能否身為前者，而將後者遺忘，儘管後者才是讓前者得以上場展示的舞台？如果那不算是遺忘，又是什麼？

樓下，布利邊罵邊衝過走道，啪一聲甩上門，那門應該是教職員辦公室的。接著，戈列格里斯聽到正門鎖上的聲音。鑰匙轉動，他被鎖住了。

他這時才彷彿如夢初醒，但並非以教師身分歸來，也不是一生在這棟建築度過的「無所不知」，而是隱身的訪客，是那個傍晚入夜時分無法觸碰布本貝格廣場的人。戈列格里斯走下樓，來到教職員辦公室。布利心煩氣躁之餘，忘了將門鎖上。他注視著維吉妮．拉朵嫣常坐的椅子。可是，我不得不說，非說不可：不知為什麼，我真有點想他。

他在窗邊站了好一會兒，凝視窗外黑夜。喬治．歐凱利的藥局浮現他眼前，金綠色的玻璃門上，寫著幾個大字：愛爾蘭之門。他走向電話，撥到查號台，要求接通藥局。他真想讓電話在燈火通明的藥局裡響徹通宵，直到喬治隔天酒醒起床，晃進藥局，在櫃台後點燃第一根香菸為止。然而，一會兒後卻傳來占線聲。戈列格里斯掛斷電話，再次撥通查號台，要求接通瑞士駐伊斯法罕領事館。電話中傳來親切而沙啞的男人聲音，他掛斷電話。漢斯．古莫爾，他心想，漢斯．古莫爾。

他從學校後門邊上的窗子爬了出去，往下一跳。他眼前一陣發黑，抓住了自行車架。然後，走向棚屋的一扇窗。當年他上希臘文課時，正是從那裡翻身跳出來的。他彷彿看見「不可思議」

轉身看鄰座女孩，要鄰座女孩注意戈列格里斯跳出窗外的異常舉動。「不可思議」的呼吸吹動著鄰座女孩的頭髮，臉上的雀斑因驚異而更為明顯，眼睛也斜得更厲害。戈列格里斯轉過身，朝科欽菲爾德大橋走去。

他忘了今晚大橋被封，只好再次繞道蒙比茹大橋，心裡老大不高興。到達貝恆廣場時，午夜的鐘剛好敲響。明天一早這裡有市集，又會出現女攤販和她們的錢盒。書是偷來的。我不該破費買書，直到今天依然這麼認為。喬治・歐凱利的聲音在耳邊響起。接著，他轉身朝正義街走去。

芙羅倫斯的寓所沒有透出燈光。她向來夜裡一點過後才上床睡覺。戈列格里斯轉到小巷另一側，站在一根柱子後等著。他最近一次這麼做，是十多年前的事了。當時她獨自一人回家，步伐疲憊，缺乏生氣。不過，此刻他看見她在男人的陪同下回來。你也該買些新衣服穿了。不管怎麼說，你不是一個人生活，光懂希臘文也不能當衣服穿。戈列格里斯低頭打量自己的新西裝，比那個男人有品味。芙羅倫斯走進巷子，燈光灑在她髮上，戈列格里斯吃了一驚。她的頭髮十年間變白了。她不過四十中旬，穿著打扮卻像五十多歲的人。戈列格里斯怒火湧了上來。她為什麼不在巴黎待著？旁邊的男人看上去就像缺乏保養的稅務師，那種邋遢傢伙扼殺了她的優雅品味嗎？芙羅倫斯後來上樓，打開窗戶，身子往外靠，他很想從柱子後面走出來，朝她揮手。

稍後，他走到門鈴邊。芙羅倫斯婚前的姓是德・勞宏奇。如果他對門鈴的排列判斷正確的話，她現在應該姓麥爾（Meier），姓氏中竟然連個 y 都沒有。想當初，這個女博士生端坐在圓頂餐廳時，是多麼優雅！但樓上那個婦人卻如此庸俗、黯淡！在前往火車站及走到雷爾街的路上，他火氣直冒，越走越無法理解自己所氣為何，直到站在一棟破敗的房子前，怒氣才漸漸消退。這裡是他成長的地方。

房門緊鎖，不過門上少了片不透明玻璃。戈列格里斯鼻子湊近開口，依然能夠聞到白菜味。他搜尋著自己小房間的窗戶，他曾在房裡將波斯文單字寫在壁板上。那扇窗已經改大，換了別的窗框。當他亢奮地埋首於波斯文文法，而母親吆喝他吃飯時，總讓他火冒三丈。他看到本土小說家路德維希・甘霍夫（Ludwig Ganghofer）的鄉土小說，擱在母親的床頭櫃上。俗氣的文藝作品乃是最狡詐的監牢，普拉多寫道，欄杆用簡化過的不真實情感黃金包裹，讓人以為那是宮殿梁柱。

這天晚上，戈列格里斯幾乎沒有合眼。醒來時，一時不知自己身在何處。他彷彿搖晃著學校大門，然後爬過窗戶。清晨，城市甦醒，他站在窗邊，不太確定自己是否真的去過科欽菲爾德文理中學。

在《大伯恩日報》編輯部，大家對他態度冷淡。戈列格里斯不禁懷念起里斯本《每日新聞》的實習生阿格斯汀娜。一九六六年的廣告啟事？他們雖然同意他獨自留在檔案室，不過態度有點勉強。將近中午，他終於找到當年登報為孩子徵家教老師的工業家姓名。電話簿裡，有三個人叫哈內斯・施奈德，但只有一個擁有機械碩士的頭銜，住在艾爾芬奧。

戈列格里斯前去拜訪，按門鈴時，覺得自己的行為非常不恰當。施奈德夫妻住在雅緻的別墅裡，似乎對這位不速之客來訪並不反感，很高興能跟當年差點成為他們孩子家教的人一起喝茶。兩人年近八十，談起當年他們發跡致富的美好往事。他當初為何要取消應徵呢？通過文理高中畢業考試的年輕人，正是他們要找的對象。戈列格里斯告知母親生病的事，然後很快便轉移話題。

伊斯法罕天氣如何？他終於開口問。熱嗎？有沙塵暴嗎？沒有什麼需要擔心的事，他們笑說，至少以他們當時的居住條件完全無須擔憂。他們拿出照片。戈列格里斯一直待到傍晚。施奈德夫妻很訝異他對他們的回憶有興趣，非常開心，送了他一本伊斯法罕的畫冊。

戈列格里斯上床前，一邊欣賞伊斯法罕清真寺，一邊聽葡萄牙文的教學唱片。入夢前，他有種感覺：無論里斯本或是伯恩，都讓他受挫。他再也無法理解一個地方讓人不感覺受挫，會是何種情況。

他接近四點醒來，想打電話給多夏狄斯。但要說些什麼？告訴他，自己回來了，但很快又要離開？告訴他，他把科欽菲爾德文理中學的教職員辦公室當成自己紛亂願望的電話總機？他甚至弄不清一切是否真的發生？

不跟希臘人談，又能找誰？戈列格里斯想起那個特別的夜晚，他們試探性地以你互稱。

「我叫康斯坦丁。」下棋時，希臘人突然說。

「賴蒙德。」他回答。

沒有簽章儀式，沒舉杯握手，甚至沒相互對視。

「你真卑鄙。」戈列格里斯故意落入陷阱時，希臘人說。

這樣講有點不太對勁，戈列格里斯意識到兩人都察覺到這點。

「你不該低估我的卑鄙。」他說。

那晚其他時間兩人便避開了稱謂。

「晚安！戈列格里斯，」希臘人告別時說：「有個好夢。」

「您也是，醫生。」戈列格里斯說。

之後，兩人的稱呼還是維持老樣子。

難道這就是他為什麼不想告訴醫生懸宕在腦中的困惑，困惑中，他在伯恩蹣跚來去的原因？

或者，兩人刻意保持距離的親密感，正是這類傾訴所需要的？戈列格里斯撥通了電話，鈴聲響兩下後，他就掛斷。希臘人偶爾有這類粗暴習慣，那在他的家鄉薩洛尼卡的計程車司機間相當普遍。

他拿出普拉多的書，就像兩星期前一樣，坐在拉下百葉窗的餐桌旁閱讀。他有種預感，這位葡萄牙貴族在藍屋閣樓寫下的文字，有助他找到不讓自己感到受挫的地方，而那既不是伯恩，也非里斯本。

內心的廣袤

我們生活在此時此地，之前，以及發生在別處的事，都已成為過去。大部分的事已被我們遺忘，只有少數成了未經整理的回憶碎片，以狂想曲般的巧合瞬間閃現又熄滅。我們習慣以此形式反觀自己。當我們的目光放到他人、他事上，自然而然如此思考：對方是真真實實出現在我們眼前的此時、此地，而非他時彼處。若非透過其唯一真實僅存在於事件發生當下的內心回憶，我們怎能想到對方與過去的關連？

然而，從自己內心的角度出發，情況迥然不同。我們不侷限在當前，而是遠遠擴及過去。那源於我們的情感，尤其是那些深植內心，決定我們為何許人，又如何成為我們的情感。這些情感沒有時間性，不識歲月，也不認可時光流逝。如果我說我仍是個男孩，還站在學校石階上，手拿校帽，遠眺女校，期待見到瑪麗亞．胡安．亞維拉，那自然不對。畢竟已經過去三十多年了，怎麼會對呢？但那又如此真實。面對難題時的心跳，與見到數學教師朗庫斯先生踏入教室時的心跳一樣；面對權威時的焦慮不安，與傴僂父親不容違抗的話語產生共鳴；與目光閃爍的女子眼神交會時，我的呼吸停滯，就如同當年穿過一扇又一扇窗，與瑪麗亞的目光相交時一模一樣。我依然留在那兒，留在早已遠離我的那個地方和那個時刻。我從未離去，只是活到了過去，或是說從過去走了出來。過去正是現在，不僅是以短促的瞬間回憶形式出現。與「感受」的永恆當下相比，成千上萬個推移時間流逝的變化，如夢般短暫虛無，也如夢般飄渺不實。那些變化矇騙我，讓我這個病人們帶著痛苦和擔憂前來求診的醫生，自以為擁有不可思議的強大自信和無畏。求助者一旦站在我面前，目光透露出驚懼的信賴，便迫使我有那樣的感受。但他們後腳才離開，我便等不及想朝他們的背影大喊：我還是那個站在學校石階上膽戰心驚的男孩。我是否身穿白袍，坐在巨大的書桌後面診療病人，一點也不重要，那甚至是場騙局。你們別被我們可笑又膚淺定義的所謂現狀所矇騙。

我們不只在時間上延伸，空間上亦然，遠遠超過可見的空間。我們離開某處時，總會留下一些東西；人雖已離去，心卻依舊留在那裡。有些事，只有回到原地，才能再度尋得。當單調的車輪聲載著我們通向過去的一段生活，不論過去距今多麼短暫，都讓我們駛向自我，回到自己的世界。第二次踏上異鄉的火車站月台，擴音器傳來播音員的聲音，車站的獨特氣味撲鼻而來時，我們不只是到達了遠方某處，同時也抵達內心某處遙遠的地方，一處或許非常偏僻的角落，我們身在異地時，這角落便深深隱身於黑暗之中。否則當列車長報出站名，當我們聽到火車嘎吱的煞車聲，被突然出現的車站陰影吞噬的一剎那，為什麼會如此激動，難以自持？在火車最後一聲氣息完全靜止下來的瞬間，我們為什麼感到如此奇妙，彷彿那是無聲卻扣人心弦的一刻？因為我們一踏上那陌生卻又不再陌生的站台，便再度拾起了人生的一部分。當年，就在我們一感覺到火車駛離那瞬間傳來的初次晃動，那段時光便此中斷，且被遺忘。還有什麼比一段帶著一切期望再次出現的斷裂人生，更讓人激動的呢？

我們只關注此地此刻，相信因此理解了生命本質，那可大錯特錯了，是荒唐愚蠢的暴力行為。重要的是，我們應懷抱適度的幽默和憂鬱，冷靜自信地往來於時空上皆擴展開來的內在風景，那風景代表了我們自己。我們為什麼會為無法出門旅行的人難過？因為他們無法跨足外在世界，內在不能隨之延展，無法豐富自我，因此被剝奪深入自己內在的可能性，沒有機會發現自己還能成為什麼樣的人，變成什麼模樣。

天亮後，戈列格里斯來到火車站，搭乘首班列車前往尤拉的穆狄葉。還真有去穆狄葉的人。真的有。穆狄葉不只是他跟那個額頭上斜、短髮扎人的方臉男子對奕，最後因受不了對方下棋的慢勁而輸棋之處，還是一座有市政府、超市，甚至茶館的小城。戈列格里斯在城裡轉了兩個多小時，尋找當年舉行西洋棋比賽的地方，但徒勞無功。人怎麼可能找得到早已遺忘的東西？他那些顛三倒四的紊亂問題，令茶館的服務生吃驚，等他離開後，便和同事兩個人在背後竊竊私語。

中午剛過，他回到伯恩，搭電梯進入大學。此刻正值假期。他在一間空蕩蕩的大講堂裡坐下，想著年輕的普拉多坐在孔布拉大學課堂裡時的情景。據巴托羅繆神父所言，普拉多面對虛偽相當無情。「面對虛榮之徒，他絕不心慈手軟，毫不留情。他會勃然大怒。要是有人召他上來黑板前，打算讓他出糗，他會帶上自己的粉筆。」戈列格里斯在眾多好奇眼光的注視下，走進這裡，上關於尤瑞皮底斯[25]的課那一天，已經是多年前的事了。當時，他對年輕講師故意咬文嚼字的高傲作法大為驚異。「您為什麼不再唸一遍？」戈列格里斯真想衝著他大叫：「照著唸，只要唸就行了！」等他穿插越來越多的法文概念，彷彿想搭配身上的紅襯衫似的，戈列格里斯起身離開。現在想起來，真可惜他當初沒衝著無知傲慢的年輕講師大吼。

出到外面，他才走幾步，便突然停下來，屏住呼吸。另一頭，娜塔麗雅・魯賓正走出豪伯特書店的大門，拎著的袋子裡，他想應該就是波斯文文法書。好在娜塔麗雅轉身朝郵局走去，要將書寄往里斯本。

戈列格里斯後來想，那樣彷彿還不夠似的。或許他該留下來，待在布本貝格廣場，直到自己能夠重新「碰觸」到廣場為止。但接著，在陰霾的薄暮餘光中，所有藥局燈光齊放。「我永遠忘不了那種要脅。」喬治・歐凱利的聲音響起。那句話纏繞腦中不去，戈列格里斯於是走進銀行，匯了一大筆錢到自己轉帳用的戶頭。「啊，您終於需要點錢用了！」負責管理他帳戶的女人說。

他告訴鄰居勞詩禮太太，自己得出門好一陣子，她是否可以繼續幫他收郵件，等他打電話告訴她寄件地址後，將郵件轉給他？勞詩禮太太想打聽更多，又不敢貿然詢問。「一切都沒有問題。」他安慰她說，然後握手言別。

他打電話到里斯本的旅館，表示他將停留一段時間，希望對方將之前的房間保留給他。還好他打了電話，旅館的人回覆他們剛收到一件寄給他的包裹；克羅蒂爾德不久前也送來一封信；還有人打電話找他，電話號碼旅館都記下了。另外，他們在衣櫃裡，發現一副西洋棋。是他的嗎？

㉕尤瑞皮底斯（Ευριπίδης，480~406BC），古希臘三大悲劇詩人之一。

晚上戈列格里斯到美景飯店用餐，這裡最安全，誰也碰不到。服務生態度親切有禮，彷彿戈列格里斯是常客。飯後，他信步走上科欽菲爾德大橋。大橋已重新開放。他來到葡萄牙女人讀信的地方，從橋上往下看，感到一陣暈眩。回到家裡，他閱讀那本里斯本黑死病的葡萄牙文書，直到深夜。他翻著書頁，覺得自己就像懂葡萄牙文的人。

隔天一大早，他搭火車前往蘇黎世。飛往里斯本的班機，將在十一點前起飛。下午，飛機在里斯本著陸。萬里無雲，陽光燦爛。他搭乘的計程車，車窗大開。旅館小廝幫他把行李送到房間，同時也拿來娜塔麗雅．魯賓寄來的包裹，小廝認出了戈列格里斯，話如瀑布般傾洩而出。戈列格里斯一個字也沒聽懂。

25

克羅蒂爾德星期二帶來的短信上寫著：「您想跟我喝一杯嗎？」這回的簽名比較簡單，也多了份親切：安德里亞娜。

戈列格里斯端詳三張來電紀錄條。星期一晚上，娜塔麗雅・魯賓打電話過來。他們告訴她，他已離開，她不知所措。那麼，他昨天看她拿著那本波斯文文法書，或許根本沒從郵局寄出來？他撥通她的電話，向她解釋一切是誤會，自己只是外出小小旅行一番，依然住在這家旅館。她告訴他徒勞尋找有關葡萄牙反抗運動書籍的過程。

「要是我在里斯本，一定找得出幾本。」

戈列格里斯沒說什麼。

他匯太多錢了，她打破靜默說。還有，她今天就去郵局寄出那本波斯文文法書。

戈列格里斯還是沒出聲。

「要是我也學波斯文，您不反對吧？」她的聲音突然透出畏懼。畏懼跟這個禮貌得體的小女生很不相稱，比不久前感染了他的笑聲更不適合。

「不，不，」他說著，盡量顯得快活，「幹嘛不呢？」

「再見。」她說。

「再見。」他也回答。怎麼只要扯上親密與疏遠這類事，他便突然變得像個文盲？星期二那晚是多夏狄斯，現在換成這個女孩。或是他一直如此，只是自己沒察覺？為什麼他從未有過朋友，像喬治跟普拉多似的朋友？為什麼他沒有一個能傾談忠誠、愛情，甚至死亡的朋友？

瑪麗安娜．埃薩打來一通電話，沒留下任何口信。胡賽．安東尼奧．達．西爾維拉讓人轉告他，一旦他回里斯本，想請他共進晚餐。

戈列格里斯打開那包書。葡萄牙文文法書，看上去就像本拉丁文書，讓他不由得笑出聲。他一直讀到天黑，接著又打開葡萄牙史，看完後，確認普拉多的生命階段與薩拉查的法西斯新國家體制在時間上重合。讀完了有關葡萄牙法西斯政權的發展和里斯本屠夫門德斯所屬的國家防衛國際警察，他得知塔拉法爾（Tarrafal）是葡萄牙囚禁政治犯的幾個地點中最恐怖的地方，位於維德角島上。塔拉法爾於是成了無情政治迫害的代名詞。整本書中，戈列格里斯最感興趣的，還是葡萄牙青年團，那是按照義大利和德國法西斯模式建立的類軍隊組織，也採用了羅馬人致敬的方式。從小學到大學的男孩，必須加入這一組織。一九三六年起實施，當時正值西班牙內戰，而普拉多十六歲。當時他也必須穿上規定的綠色制服，像德國人一樣高抬手臂嗎？戈列格里斯盯著普拉多的照片，簡直無法想像。但普拉多如何擺脫這個規定呢？他父親是否施加影響力？儘管有維德角這種地方，法官還是每天早上五點五十分讓司機準時接自己上班，以便第一個抵達法院。

夜深時分，戈列格里斯站在羅西歐廣場。他什麼時候能像以前觸碰布本貝格廣場那樣，觸碰這裡呢？

回旅館的路上，他途經薩巴泰羅街。喬治的藥局依舊燈火通明，他看到擱在櫃台上的老式電話。星期一晚上，他在科蒂斯校長的辦公室曾撥通這部電話。

26

星期五早上，戈列格里斯打電話給舊書商尤利歐．西蒙斯，請他再給一遍葡萄牙文語言學校的地址。他飛往蘇黎世前把那地址給扔了。語言學校校長對他的急切感到非常驚訝，因為他說他無法等到星期一，可能的話，希望即刻開始上課。

沒多久，就有位女士走進一對一授課教室，一身綠衣，連睫毛膏的顏色也相稱。她在講台後坐下，儘管屋裡暖氣十足，但她還是直打哆嗦地裹緊肩頭的圍巾。她用清亮悅耳的嗓音自我介紹叫賽希里亞，但音色跟她悶悶不樂、困倦的臉極不相稱。她請他介紹自己，以及說說為什麼想學葡萄牙文。「當然，請用葡萄牙文。」她補充說，語氣聽來無聊得要命。

三小時後，他頭昏腦脹，疲憊地走上大街，方才明白自己剛剛發生了什麼事：他接受那快快不樂的女人粗魯無禮的挑戰，彷彿她是棋盤上意外的開局。「你棋下得那麼好，幹嘛不也那樣為自己的生活拚一下？」芙羅倫斯不止一次對他說。「因為我覺得為生活打拚是件可笑的事，」他如此回答，「跟自己都有拚不完的事了。」現在，他居然扯入這場和綠衣女人的對決。難道她異常敏銳，發現必須在他人生這一刻與他對決？他偶爾出現這種感覺。尤其當她讚賞他的進步，那張陰鬱外表下似乎出現勝利的笑意時，感受更為強烈。「不行，不行，」他取出文法書時，她堅決反對：「從會話中學。」

回到旅館，戈列格里斯一頭倒在床上。賽希里亞禁止了他這個「無所不知」使用文法書，甚至將書拿走。她的嘴唇不停地蠕動，他也只好跟著講，完全不知道那些詞彙怎麼冒出的。「更甜美些，更柔和些。」她不住重複，說話時還拉起薄如蟬翼的綠色披肩遮住嘴，披肩被吹鼓起來，他只能等她的嘴唇再次出現。

他醒來時，日近黃昏。等他按響安德里亞娜家的門鈴，天色已暗。克羅蒂爾德帶他到客廳。「您去哪兒了？」不等他進來，安德里亞娜便大聲問。

「我把您哥哥的手稿帶回來了。」戈列格里斯說，一邊將裝有手稿的信封遞給她。

安德里亞娜的面孔僵硬，手依舊放在膝蓋上。

「您期待什麼？」戈列格里斯問，但那似乎是招險棋，後果難料。「一個像他這樣的男人，無法思考什麼是對的嗎？在經歷過如此的變動、在面對那場質疑他一切信念的譴責之後？您期待他回到原來的生活嗎？您不會真的這麼想吧？」

戈列格里斯為自己強烈的措辭感到詫異。他已做好被安德里亞娜轟出門外的準備。

然而，安德里亞娜的神色緩和下來，臉上甚至閃過一絲近似快樂的驚訝。她朝他伸手，戈列格里斯將信封遞過去。她用手背輕撫信封好一會兒，正如他第一次來訪時，她在普拉多房間裡輕撫家具一樣。

「那之後，他去找一個很久以前與法瑪蒂去英國旅行時遇見的男人。他……為了我提前從英國趕回來後，告訴過我那人的事。他叫埃薩，埃薩什麼的。後來，他經常去找那人，有時甚至徹夜不歸，我不得不請病人回去。他會躺在地上研究火車路線。他以前就是火車迷，可是不至於這樣。誰都看得出來他氣色不好，臉頰凹陷，人也瘦了，滿臉鬍碴，衣著邋遢。我覺得這樣下去，會害死他。」

說到最後，語調又透出抱怨。聽得出來，她拒絕接受過往之事已經無法逆轉的事實。他剛準備斥責她，卻看到她臉上出現一種神情。你可以理解為決心，甚至是擺脫回憶魔爪的迫切渴望，從往日牢獄中解脫。於是，他決定冒險。

「他已很久沒研究火車路線了，安德里亞娜，也好久沒找過胡安·埃薩。他早就不出診了。普拉多死了，安德里亞娜，您明明知道這事。他三十一年前死於動脈瘤，人生才到一半就走了。他凌晨逝世的，地點在奧古斯塔街。您接到電話通知時，」戈列格里斯指著立鐘，「是六點二十三分，對嗎？」

戈列格里斯感到一陣暈眩，趕緊撐在椅背上。他沒力氣再去經歷老婦人一星期前在樓下診療室爆發的那種情感。一旦暈眩過去，他就要離開這裡，不再回來。天啊，他為何認為把這個毫不相干的老婦人從僵化的過去中解救出來，讓她重新感受當下流動的生命，是他的責任？憑什麼以為自己正是那個注定要打破她心靈封印的人？為何突然間會有這種荒唐的想法？

房內一片靜默。戈列格里斯的暈眩感退了些。他睜開眼，發現安德里亞娜攤坐在椅子中，手摀著臉哭泣，瘦削的身子上下抽動，青筋暴露的手顫抖不止。戈列格里斯坐到她身邊，摟住她的肩。她再度淚如泉湧，撲進他懷裡。過了好一會兒，啜泣才漸漸緩和，人疲憊地靜了下來。

她直起身去拿手帕，戈列格里斯這時站起來朝立鐘走去，動作緩慢，宛如電影中的慢鏡頭。他打開鐘面上的玻璃，把指針調到現在時刻。但他不敢轉身，擔心一個錯誤的舉動，一個錯誤的眼神，便前功盡棄。然後，喀嚓一下，鐘面玻璃輕輕關上。他又打開擺錘箱，讓擺錘重新擺動。滴答的聲響比他預期還大聲。一時，客廳裡似乎只剩下滴答聲。一個新時代開始了。

安德里亞娜盯著立鐘，眼神宛如一個懷疑一切的孩子，捏著手帕的手突然停頓，彷彿從時間中被剪了下來。接下來的事，在戈列格里斯看來，不啻為一場沒有震盪的地震：安德里亞娜的目光閃耀熾熱，然後漸漸黯淡，熄滅，後又恢復跳動閃爍，眼神變得自信明澈，望向當下。兩人目光相遇，戈列格里斯得在眼神中注入所有的自信，才能迎視她再度熾烈燃燒的目光。

克羅蒂爾德端著茶走來，停在門邊，直盯著滴答作響的立鐘。「上帝啊！」她輕呼一聲，看著安德里亞娜。將茶放到桌上時，眼裡閃閃晶亮。

「普拉多愛聽什麼音樂？」靜默了一陣子後，戈列格里斯問。起先，安德里亞娜似乎沒聽到。她的注意力顯然有好長一段路得走，才能回到當下。立鐘滴答走著，每一下似乎都在宣告此後一切將會不同。安德里亞娜突然起身，一言不發，將白遼士的唱片放到唱盤上：《夏夜》（Les Nuits d'Ete）、《美麗的女旅人》（La Belle Voyageuse）、《女奴》（La Captive）和《奧菲莉之死》（La Mort d'Ophelie）。

「這張唱片他可以聽上好幾個小時。」她說：「我是說，他能連續聽上好幾天。」她重新坐回沙發上。

戈列格里斯確信安德里亞娜還有話要補充。她的手用力壓在唱片封套上，指節都泛白了。她嚥了下口水，唇邊出現一些口沫。她舔了舔嘴唇，頭往後靠向椅背，像是個疲累困頓的人。黑絲絨帶朝上滑動了一下，露出下面一道細微的傷疤。

「這是法蒂瑪最愛聽的音樂。」她說。

音樂漸漸減弱，房裡立鐘的滴答聲響再次浮現，安德里亞娜直直坐正，調整一下黑絲絨圍巾。她語調沉穩得令人驚嘆，一派輕鬆自信，就像剛跨越原本以為永遠無法克服的內心障礙的人。

「法蒂瑪死於心臟衰竭時，才剛滿三十五歲。普拉多完全無法置信。他適應新事物的速度一向異於常人，突發的挑戰，只會促使他更加沉著、鎮定。所以，當面對雪崩般極度嚴重的意外事件時，他反而才似乎真正活著。這個永遠無法滿足現實的男人不相信、也不願承認法蒂瑪臉上慘白的安寧，不只是短暫的小憩。他拒絕解剖檢查，一想到要動刀便無法忍受；他一再推遲舉行喪禮，朝所有讓他想到現實的人大喊大叫。他完全失去頭緒，排定安魂彌撒的日期又推掉，自己卻忘了這事，到頭來還指責神父為何沒有安排。『我要是早知道就好了，安德里亞娜，』他對我說：『瑪法蒂一直有心悸的問題，我從沒當一回事。我是醫生，卻不拿這當一回事。換成其他人，我早就認真看待了。可是對她，只認為她是神經過敏。她在孤兒院跟別人發生爭執。人家說她根本不是受過培訓的幼教老師，不過是個被寵壞的上流人家女兒、一個有錢醫生的妻子，不知道如何打發時間。這深深刺傷她，傷得好重，因為她可以做得那麼好，是個天才。孩子們只吃她遞過去的食物，別人非常嫉妒她。她將自己膝下無子的哀痛轉移到工作中，做得真棒，真的非常好，她才會深受傷害，無力招架，只有嚥下這口氣。她那時開始出現心悸，有時甚至心跳過速。我真不該掉以輕心，安德里亞娜，我為什麼沒把她送到專家那裡。我認識一個醫生，是我在孔布拉大學時的同窗，他是這方面的權威。我只要打個電話就行，為什麼我沒這麼做?!天哪，為什麼我沒這麼做?!我甚至沒幫她聽診，妳想想看，一次也沒有。

「於是，媽媽死後一年，我們又參加了一次安魂彌撒。『她肯定希望如此，』他說：『何況，總得給死者一個形式，至少，宗教上是這麼說的。我不知道。』他忽然變得舉棋不定，『不知道，不知道，』他反覆說。參加媽媽的安魂彌撒時，他坐在昏暗的角落，才不會被察覺他沒跟著參與儀式。麗塔無法理解這點。『那不過是種表示，做個樣子罷了，』她說，『你都當過輔祭童，而且參加爸爸的彌撒時，你不也做得好好的嗎？』現在，在法蒂瑪的安魂彌撒中，他卻失去常態，有時跟著做儀式，有時只是呆坐著不一起祈禱。更糟的是，他的拉丁經文中，竟然出現了錯誤！他?!出錯?!

「他從未在公開場合哭過，在法蒂瑪墓前同樣沒掉淚。那天是二月三日，氣溫暖得不尋常，但他依舊不停搓手。他的手有點涼。棺材慢慢降下時，他將手塞在外套口袋裡，一直盯著棺材看。我從未見過他那種目光，以後也沒見過。那是必須將自己擁有的一切統統埋葬的眼神。在爸媽墓前，他完全不是這樣，他站在那裡，彷彿早已為告別做好準備，知道那意味著他從此將進入自己的人生。

「大家察覺到他想獨處，於是全部走開。我回望時，他與法蒂瑪的父親站在一起。法蒂瑪的父親是我爸爸的老友，普拉多正是在他家認識法蒂瑪。那天從她家回來後，他整個人好似受了催眠。普拉多擁抱法蒂瑪高大的父親，老人抬起袖子擦拭眼睛，然後邁著過分果斷的腳步離開。我哥哥則垂著頭，雙眼緊閉，兩手交叉，獨自站在未鋪上土的墓前，大概站了有一刻鐘。我可以發誓他在為她祈禱。我希望他那麼做。」

我熱愛教堂中祈禱的人們，需要看到他們的眼神，抵擋膚淺和漫不經心的險惡毒素。戈列格里斯看到學生時期的普拉多出現眼前，看見他站在柯蒂斯文理中學大禮堂講台上，表達對主教大教堂的熱愛。無神的神父，他耳邊又響起胡安·埃薩的聲音。

戈列格里斯第一次希望，他們告別時能握個手。一綹灰髮垂在老婦臉上，她果然慢慢走近，幾乎快碰到他，聞得到她身上混雜香水和藥水的奇異氣味。他反而想後退了，但她閉著眼，伸手摸他臉的舉動，似乎不容違抗。她彷如盲人似的，冰涼顫抖的手輕輕摸索他的臉，滑過他面部輪廓。摸到眼鏡時，她停住手。普拉多戴的是金邊圓框眼鏡。他戈列格里斯，是個外人，終結了時間的靜止狀態，封印了這位兄長的死亡。然而，他又正是兄長本人，那個在敘述中重新復活的哥哥。哥哥——在這一刻，戈列格里斯絕對是哥哥——與黑絲絨帶底下的那個傷疤有關，也與紅雪杉有關。

安德里亞娜尷尬地站在他面前，手垂在身體兩側，低頭不語。戈列格里斯雙手握住她肩膀。

「我會再來。」他說。

27

躺在床上還不到半小時，門房就通知他有訪客。他簡直無法相信自己的眼睛，是安德里亞娜！她拄著枴杖，身體裹在黑色大衣裡，頭上依舊是那條針織頭巾，就站在旅館大廳中央，模樣動人卻又做作，就像多年足不出戶後第一次邁出家門的老婦，進入一個自己早已陌生的世界，甚至連坐下都不敢。

她正解開大衣鈕釦，取出兩個信封。

「我……我想讓您看看這個。」她僵硬地說，語調不甚肯定，似乎到了外面的世界，令她說話變得困難，或是有別於內心的自言自語。「一封是我們在媽媽死後整理房間時，我發現的。普拉多差點看到。我從爸爸的書桌暗格裡取出來時，有種預感，所以趕緊把信藏起來；另一封是普拉多死後，我在他書桌裡發現的，就埋在亂紙堆裡。」她有些靦腆地望著戈列格里斯，垂下目光，又重新抬起頭，「我……我不想成為唯一知道這些信的人。麗塔，嗯，麗塔不會懂的。我找不出別人了。」

戈列格里斯把信從一隻手交到另一隻手上，思索合適的話，卻怎麼也找不到。「您怎麼來的？」最後他問。

克羅蒂爾德坐在外面的計程車裡，正等著她。安德里亞娜沉入鋪著軟墊的後車座，這次到現實世界的出遊似乎耗費了她所有精力。「再見！」上車前她對他說，一邊將手遞了過來。他感覺到她的指骨及手背突起的青筋，但在握手的力道下，卻又沒那麼明顯了。他很訝異老婦握起手堅定有力，幾乎與從早到晚在外打拚，每天不知握過多少次手的人不相上下。

戈列格里斯凝視遠去的計程車，安德里亞娜出人意料熟練又有力的握手方式揮之不去。在他腦海中，已將安德里亞娜變回四十歲的女人，對待病人專橫傲慢，就像科蒂尼奧描繪過的。如果她這一生沒有經歷那次震驚的墮胎，如果她得以過自己的生活，而非哥哥的生活，將會成為一個和今天截然不同的人！

回到房間後，他先拆開較厚的信，是普拉多寫給法官父親的，一封沒有寄出的信。多年來，這封信不斷被修改，從諸多痕跡便可看出，不僅新舊墨水的顏色有差別，筆跡也出現變化。開頭的稱謂原是「敬愛的父親大人」，後來改為「令人敬畏的父親大人」，之後又補上「親愛的爸爸」，最後加上的是「悄悄被愛的爸爸」：

> 今天早上，您的司機開車送我去車站。我一坐上後排軟墊，也是您每天一大早坐著的地方，就知道必須把幾乎將我撕成碎片的所有矛盾感覺寫下來，才能不繼續成為這些感覺的受害者。「我相信，將一件事情表達清楚，意味保存其力道，取走其中的驚怵。」費爾南多．佩索亞曾這麼寫道。寫完此封信，我將知道他是否有理。不過，我大概必須等到很久以後才會知道。因為我尚未動筆，就已感覺這段用筆釐清感受之路，將會漫長艱辛。一想到佩索亞忽略了對事物的表達也存在「不切題」的可能時，我不禁憂心忡忡。若是如此，該拿那「力道」和「驚怵」怎麼辦？

「祝你這學期拿到好成績。」您對我說，正如每次我回孔布拉時您說的話。您從未——這次沒有，以前也從未有過——表達過期望新學期帶給我滿足，甚至快樂。坐在汽車裡，我撫摸著高貴的座墊，心想：他到底知不知道「開心」這個字眼呢？他年輕過嗎？遇見媽媽那時，他總該年輕，總該有過開心的日子吧？

雖然這次道別仍如以往，可是爸爸，我還是感覺到了不同。「希望你再一年就回來。」我已步出家門後，你對我說。這句話一下子扼住我的喉嚨，我差點絆倒。這話是出自一個備受佝僂病折磨的駝背者，而非法官之口。坐在汽車裡，我盡量將之當成是父親單純表達對兒子的喜愛。但那聲調卻非如此，因為我知道他還是最期望他的醫生兒子留在身邊，幫助他一起抵抗病痛。「他偶爾會提到我嗎？」我問駕駛座上的司機恩里克。他許久沒回答，似乎只注意路況。「我想他非常以你為傲。」最終他說。

戈列格里斯知道，葡萄牙孩子即使到五十多歲，還少有親暱稱父母為「你」的，多使用爸、媽這種間接說法。這是他從賽希里亞那裡知道的。一開始，她稱他為「您」，過了一段時間便建議以「你」互稱，她說「您」過於死板，何況還是「閣下」的簡稱。信中，年輕的普拉多透過「您」和「你」的運用，在親密感與禮節上皆跨出一大步，最後決定在兩極之間轉換。或許，這根本不是什麼選擇，而是他對自己搖擺不定的感覺自然而然的草率表達？

這一頁結束於司機的回答。普拉多沒有加註頁數。下一段開始得突兀，用的是另一顏色的墨水。紙張順序是普拉多原有的，還是安德里亞娜排列的呢？

您是法官，父親，也就是說，您是那個評判、裁決並處罰別人的人。「我忘了怎麼會有這種想法，」有次伯父對我說：「但在我看來，他一出生便註定成為法官。」沒錯，當時我在心裡想：就是這樣。

我注意到，您在家時行為舉止並不像法官。您不像其他父親那樣愛評判，幾乎是極少表態。可是，父親，我還是從您的少言寡語、您的沉默裡，感覺到了判決，法官的判決，甚至是司法的判決。

我能想像，您是有正義感的法官，心存善念，且以善行事，而非判決時心狠手辣、不容妥協的法官，根據自己人生中因匱乏和失敗所產生的憤慨，或是因私下犯錯，問心有愧而做下判決。您充分利用了法律給予的寬容與諒解。可是我始終為你在法庭裡審判他人而深感痛苦。「法官就是把別人送進監獄的人嗎？」第一天上學後，我回來問你。那天我必須在班上公開回答父親的職業。下課時，那成了同學們談論的話題。他們既非蔑視，也絕非指責，只是好奇和八卦，那就跟聽到有人說父親在屠宰場工作時所產生的好奇心無異。從那時起，我去買東西時會盡量繞路，以免從監獄經過。

我躲過警衛溜進法庭那年十二歲，為的是看您身穿法官長袍，坐在高高的審訊桌後的模樣。當時，您還只是個普通法官，尚未進入最高法院。我心中升起驕傲，卻又大為震驚。您那天宣讀了一份判決，判定一名女慣竊入獄服刑，由於是累犯，不得緩刑。那女人年近中年，面容憂慮憔悴，相貌醜陋，絲毫不給人好感。可是她被帶出去，消失在法庭地窖的那一刻，我全身緊繃，每個細胞都痙攣、僵硬。因為在我想像中，那地窖冰冷陰森又潮濕。

我認為辯護律師沒有盡責，推測應該只是個義務辯護律師。他無精打采地把話囫圇說完，我們根本無從得知女人的動機，她自己又說不出所以然。她若是個文盲，我也不會覺得奇怪。稍晚，我躺在黑夜中為她辯護。相較之下，這場辯護比較是針對您，而非檢察官。我說得聲嘶喿啞，竭盡詞彙。最後，我腦筋空白地站在您面前，因為無語而渾身癱軟，彷彿頭腦清醒地喪失了意識。醒來時，我知道自己最終是為一個您從未提出的指控辯護。您從未重重指責過您最恩寵的兒子，一次都沒有。有時我想，我做的一切只為了一件事：搶先解決我或許認識，但對其卻一無所知的可能指責。那不正是我最後之所以成為醫生的原因嗎？以便竭盡全力，醫治你背上邪惡的僵直性脊椎炎？以及免遭你的指責，說我不足以分擔你無言的痛苦？那個將安德里亞娜和麗塔從身邊趕走的指責。

還是回到法庭上來吧。我永遠無法忘懷宣讀判決後，檢察官和辯護律師走到一起，把手言笑的那一刻，我震驚莫名，難以置信。我以為那樣的事根本不可能發生，直到今天我依然無法理解。但我原諒您，因為您腋下夾著書離開法庭時，面色嚴峻，似乎讀得到您臉上的惋惜。我多麼真切地盼望，當沉重的牢門在女犯人背後關上，大到令人難以忍受的巨大鑰匙將鎖孔鎖住時，您的心裡的確感到惋惜！

我永遠無法忘記她，那個女犯人。多年後，我在百貨公司注意到另一個年輕的女竊賊。她美麗動人，用藝術家般的靈巧敏捷，讓那些閃閃發光的東西，消失在自己的大衣口袋裡。發覺到她後，隨之湧出欣喜的感受，讓我迷惑不解。在她膽大包天的偷取過程中，我一直尾隨其後，跟著她轉遍所有樓層。我漸漸意識到，在我的想像中，這個女人正在替那個被您送進監獄的女人復仇。我看到一個男人潛伏在後走近她時，趕緊朝她走去，低聲耳語道：「小心！」她的鎮靜自若讓我瞠目結舌。「朝前走，親愛的。」她邊說邊挽住我的臂膀，頭依偎在我的肩上。到了街上，她望著我，看得出目光中有絲驚恐，跟她毫不在乎的冷血舉動截然相反。

「您為什麼這麼做？」風將她濃密的頭髮吹拂到臉上，一時遮住她的視線。我撥開她額前的髮。

「這是個很長的故事。」我說：「長話短說吧，我愛女竊賊。但有個前提，我得知道您尊姓大名。」

她噘起嘴唇，想了一會兒說：「狄阿芒蒂娜．愛斯梅拉爾達．艾爾梅琳達。」

她笑了，在我的唇印上一記香吻，隨後消失在街角。後來，我在餐桌上面對您時，內心充滿了勝利感及匿名贏家的寬宏大量。這一刻，世上的女竊賊都在嘲弄一切的法典。

您的法典。從我懂事以來，您那些千篇一律的黑色大書，讓我何等敬畏，跟其他的書不同，屬於特殊的層次，擁有獨一無二的尊嚴。這些書如此脫俗非凡，當我在其中發現葡萄牙文時，不禁大為驚訝。儘管那些文字拙重，字體雕琢華麗，我卻感覺像是另一個冰冷星球上的居民杜撰出來的。從書架上滲出的刺鼻灰塵味，更加深了陌生感和距離感，讓我隱約覺得那正是這些書的本質，而且沒有人取下過書，其神聖內容從未曝光。

很久以後，我開始明白獨裁者的專制到底是什麼時，兒時那些從未有人碰過的法典便經常浮現眼前，然後我在腦中傻氣地指責您為什麼沒從書架上取下書，砸到薩拉查這個劊子手臉上。

您從未禁止我從架上取下書。不，不是您開口禁止，而是它們的沉重莊嚴狠狠地阻止了我，哪怕移一下都不行。我兒時多少次悄悄溜進你的辦公室，心狂跳不已，不知是否該取下一冊，偷看一眼裡面神聖的內容！我十歲時，終於邁出這一步。當時我手指哆嗦，朝大廳裡瞄了好幾眼，生怕被人逮著。我想尋找您職業中的神祕之處，想了解你離開家在外面世界是什麼樣子。但書中內容讓我大失所望，那些在封面封底之間主宰一切的文字，冷漠而公式化，一點啟示也沒有，壓根兒沒有！完全無法讓人抱持期盼，或是膽顫心驚。

那次，您審理完女慣竊的案件，準備起身時，我們的目光相遇。起碼我是這麼覺得。我真希望——這個希望持續了數星期——你能談談這件事。然而，這個希望逐漸褪色，轉成失望，進而演變成反抗和憤怒：您是不是覺得我還年幼，思想過於侷限？但這跟您平日對我的要求，對我理所當然的期待不符。兒子看到您身穿法官長袍，您是否感到不安？不過，我從不覺得您會因自己的職業感到難堪。還是說，您對我的質疑感到害怕？我很可能有這些質疑，即使我還年幼。您知道我會有這種質疑，因為您太了解我了，起碼我是這樣希望。或者是，您膽怯了？您有那種我從未跟您聯繫在一起的懦弱？

我呢？我幹嘛不自己先提起？答案簡單明瞭：要我責問您嗎？那可萬萬做不得。這不啻讓家庭轟然坍塌。不僅做不得，連想一下都不行。我沒這麼想，也沒這麼做，而是在腦海中將兩種形象重疊為一：一個是我私底下熟知的父親，沉默寡言的主宰者；一個是身穿法官長袍，遣詞精確，雄辯滔滔，聲音宏亮威嚴迴盪在法庭大廳的父親。那聲音在大廳中引起的聲響，令我簌簌發抖。每當我在心裡進行這樣的想像，不由得驚駭怵然，因為我沒有得出令人安慰的反對意見，反而彷彿看到一個完整的人物。將所有的事情用如此嚴厲的方式拼合起來真難啊，父親。而一旦我再也受不了您在我心中如紀念碑般冷酷的形象，便會求助於一個我平日絕對杜絕的念頭，因為它會玷污神聖的親密感：想必你以前有時也會擁抱媽媽吧。

你為什麼要成為法官，爸爸，而不是辯護律師？為什麼你要站在懲罰者那邊？總得要有法官，您可能會這麼說。我當然理解，無可非議。可是為什麼我的父親偏偏要成為其中之一？

到此為止，信是就讀孔布拉大學時的普拉多寫給仍在世的父親的。可以想像，這是他在信中提到的歸程後不久寫的。下一封信，用的是另一種墨水，筆跡也不同，筆勢更為自信輕快，就像是經過職業磨練，每日寫下無數處方的人寫出來的字跡。從動詞的時態變化得知，信是在法官去世後寫成的。

戈列格里斯大致推算了一下：普拉多大學畢業至父親去世，之間相差了十年。難道兒子心中與父親之間的無聲對話，竟然停頓了十年之久？在人類感受的最深底處，十年恍如一瞬間，而普拉多是最清楚這點的人了。

兒子是否非得等到父親死後，才有辦法接著往下寫？學業結束後，普拉多回到里斯本，在醫院神經科工作。戈列格里斯是從美洛蒂那裡得知此事。

「我那時九歲，他回到家來我很開心。但今天我不得不說那是個錯誤。」美洛蒂說：「他懷念里斯本，思鄉滿懷，人剛離開便想著回來。我那個魅力四射、了不起的哥哥，身上總是充滿矛盾，對火車如癡如狂，又有強烈的思鄉之情。他是名旅者，嚮往異地，對穿越西伯利亞的火車心馳神往，海參威在他嘴裡，簡直就是聖地；但他又是思鄉念舊的人。『思鄉好比口渴。』他常說，『鄉愁襲來時，一如讓人無法忍受的口渴。或許我應該熟知所有火車路線，以便能隨時回家。我要是真去了西伯利亞，肯定待不下去。你想像一下：接連幾天幾夜聽著火車車輪喀啦的聲響，離里斯本漸行漸遠，越來越遠……』」

戈列格里斯把字典放在床邊，揉著刺痛的眼睛，天色已破曉。他放下窗簾，和衣躺在被子裡。我正逐漸喪失自我。這念頭促使他走向布本貝格廣場，去那個他再也觸碰不到的地方。那是什麼時候的事了？

如果我就是想要失去自我呢？

戈列格里斯陷入淺淺的夢境。那裡，千萬個念頭急風暴雨般肆虐。身穿綠衣的賽希里亞不斷尊稱法官「閣下」。她偷竊的全是閃閃發光的貴重物品、鑽石及其他寶石，但最多的還是「名稱」，那些喀啦作響的車輪穿越西伯利亞，到達海參威時，沿途承載的名稱和熱吻。那個地方遠離法庭和病痛之城里斯本。

中午，他拉起窗簾，打開窗子，熱風吹拂著他的臉頰。他在窗前杵了幾分鐘，感受臉在沙漠熱浪的衝擊下變得又乾又燙。他一生中第二次讓人把飯送進房間。看著眼前的餐盤，他想到另一次。那是芙羅倫斯第一次在他廚房裡吃完早餐時，建議的瘋狂巴黎之旅。慾望、滿足和安全感。普拉多曾說這些都會曇花一現。最短促、瞬息即逝的是慾望，接著是滿足，最後連安全感也隨之破碎。因此，對心靈的效忠程度，遠甚於情感。「永恆中的一瞬。你從未真正在意過我。」他最後這樣對她說，她沒有反駁。

戈列格里斯打電話給西爾維拉。西爾維拉邀他共進晚餐。他帶上艾爾芬奧區的施奈德夫婦送的伊斯法罕畫冊，然後問服務生，哪裡買得到剪刀、圖釘和透明膠帶。他剛要出門，娜塔麗雅·

魯賓打了電話來。她很失望，雖然用了郵遞快捷，波斯文文法書還是沒有寄到。「我真該親自帶去給您！」她對自己的話感到驚訝，又不免有些窘迫，於是問他這週末打算做什麼。

戈列格里斯忍不住開口說：「坐在一所沒有電燈、老鼠滿地跑的學校，讀一份兒子向父親吃力的愛心表白。那位父親或因病痛，或因人生的罪惡感而自殺，沒人知道為了什麼。」

「您是在逗我……」娜塔麗雅說。

「噢，不，不，」戈列格里斯說：「我不是在跟您開玩笑，我說的是事實。嗯，我說不清，解釋不清。沒辦法。還有這股沙漠的風……」

「您簡直不像……幾乎認不出是您了。要是我……」

「您儘管直說吧，娜塔麗雅，有時連我自己也無法相信。」

他又說一收到文法書，會馬上打電話給她。

「您也想在那個嚇人的『老鼠學校』裡學波斯文嗎？」她為自己造出的新字大笑起來。

「當然了，那裡就是波斯啊。」

「我舉手投降。」

兩人放聲大笑。

28

為什麼，爸爸，為什麼你沒跟我談起你的疑慮和內心的掙扎？為什麼你沒給我看你寫給司法部長請求離職的信？為什麼你把它們全部毀掉，看來就像你從未寫過這些信似的？為什麼我非得透過媽媽，才知道你這些尋求解脫的嘗試？媽媽告訴我時，感到羞愧。但這本該是值得驕傲的理由。

如果最終是病痛將你推向死亡，那好吧，我同樣無能為力。在病痛面前，文字的力量很快便會衰竭。但若病痛並非決定性的因素，而是因為你最終沒有聚集起足夠的力量，擺脫薩拉查，因為你再也無法在血腥暴力和嚴刑拷打面前緊閉雙眼，從而擔下了罪惡感和背叛感，那你為什麼不跟我談，不跟你原本想要成為神父的兒子談?!

戈列格里斯抬頭望去。非洲的熱氣透過科蒂斯校長辦公室敞開的窗子湧了進來。光柱在已漸腐爛的地板上移走，比前幾天更加燦黃。牆上貼著他從畫冊剪下的伊斯法罕的照片，深藍與金色，金色與深藍，還有其他更多：清真寺的尖塔和拱頂、鬧市和集市。遮住臉的女人們，漆黑的眼中流露出對生命的渴望。提幔人以利法、書雅人比勒達及拿瑪人瑣法。

他先查看包裹在散發霉腐味的毛衣裡的《聖經》。「因為法老不思悔改，上帝便用瘟疫懲罰埃及人，」普拉多有一次跟喬治．歐凱利說：「但正是上帝創造了這個法老啊！何況上帝就是造出這樣一個人來展示自己的權威啊！多麼虛偽、多麼自負的上帝！狂妄自大者！」戈列格里斯再次翻閱《聖經》，果不其然。

喬治花了半天的時間告訴他，兩人為了決定普拉多是否真的應該在演講中稱上帝是狂妄自大，或是吹牛，還是胡扯的人，而發生爭執。只因上帝瞬間用過唯一一個狂妄的字眼，便將他與口無遮攔的街頭小子相提並論，是否太過分？喬治最後占了上風，普拉多讓步。有那麼一會兒，戈列格里斯對喬治感到失望。

戈列格里斯在樓裡四處閒逛，避開老鼠，坐在上次他幻想普拉多與瑪麗亞四目相對的地方。他在地下室找到當年的圖書館。據巴托羅繆神父描述，年輕的普拉多關在這裡徹夜閱讀。「普拉多讀完一本書後，那本書上的字便不見了。」架上空空如也，塵埃堆積，十分骯髒。唯一一本剩下的書，被拿來支撐架子，以免書架傾倒。戈列格里斯從腐爛的木頭地板上折下一角，卡在書支撐的位置，然後撢撢書，打開來看。這是一本胡安娜㉖的傳記。他把書拿到科蒂斯校長辦公室。

跟希特勒、史達林和佛朗哥相比，大家更容易中安東尼奧．德．奧利維拉．薩拉查這個貴族教授的圈套。你應該不會和那種人渣來往，你的智慧和對人準確無誤的直覺，應該讓你自然而然對他免疫。而你從未朝這號人舉起手臂，這點我用生命打賭。但那個身著黑衣、頭戴圓頂黑禮帽，有張聰明又嚴厲的臉的男人，有時候我認為你或許覺得與他投契、

㉖胡安娜（Juana I de Castilla，1479~1555），是亞拉岡國王斐迪南二世的次女，神聖羅馬帝國皇帝查理五世之母

相似。不是他那種冷酷的虛榮和意識型態的盲目，但那種嚴厲，卻和您十分相近。然而，父親，他跟別人同流合污啊！面對那些語言難以表述的惡行，他只旁觀而已！而我們有塔拉法爾！塔拉法爾啊，父親！塔拉法爾！您的想像力哪裡去了？您真該看看我所見過的胡安．埃薩的手，哪怕就一次。看他那雙傷痕累累、扭曲變形的燒傷的手吧，那原是彈奏舒伯特的手啊！為什麼您從未看過這樣的手，父親？

難道是身體有缺陷的病人心生恐懼，不敢與當權者正面作對，因此挪開目光？是你彎曲的脊背禁止你展露自己的骨氣？不，我拒絕接受這樣的解釋，如此闡述並不公平，那會剝奪你始終向世人證實的尊嚴，亦即你一生堅強，永遠不屈服於思想上和行動承受的痛苦。

我必須承認，有一次我真的很開心，父親，只有唯一的一次，您周旋在衣冠楚楚、頭戴禮帽的罪人間[27]，透過關係把我從莫賽德拉監獄放出來。您看出我一想到要穿上綠衫、高抬手臂時，眼中所透出的驚恐。不會有事，您只簡單說了一句。您眼神中充滿愛意的不屈不撓，讓我深感幸福。我絕對不會想與您為敵。當然，你肯定也不希望兒子成了庸俗營火會中的無產階級者。無論如何，我還是——我不關心你真正的動機——視你這一舉動為深切的愛意表達。我被釋放的那天晚上，你表露出了最強烈的感情。

您為了阻止我因安德里亞娜受傷一事受審，費了比前次更大的周折。這可是法官的兒子。我不知道您動用了什麼關係，談了些什麼，只是，今天我想告訴您：我寧願站在法官面前，與他抗辯道德權益，告訴他必須將生命置於法律之前。但不論你如何辦到的，仍讓我深深感動。我說不清為什麼會這麼想，不過可以肯定的是，你的舉動絕非出自你對醜聞的畏懼和行使權利的快感，那兩樣是我絕對無法接受的。你就是想保護我！有次，我向你解釋醫學知識，指給你看教科書中的相關段落時，你突然說：「我為你感到驕傲。」然後緊緊擁抱了我。這是我成為少年後，你唯一一次擁抱我。我聞到你衣服上的菸味和臉上的香皂味。直到今天，我依然聞得到那種味道，依然感受得到你臂膀的力量，那力量久留不去，遠超出我的期待。我夢過這樣的臂膀，那雙臂膀懇切張開，熱切地請求兒子像個善良的魔術師般解除他的苦痛。

夢中，我向你講解你那無法改變的脊椎彎曲，即所謂的僵直性脊椎炎，談起病痛的玄義時，你臉上總會露出過度的期待和希望。你的目光落在我唇上，吸收我這個未來的醫生說出的每一個字，彷彿是天啟。那是既親密又深切的片刻。這時我變成知識淵博的父親，你則是求助的孩子。「外公是個什麼樣的人，怎樣待妳？」有次和父親結束這類的談話後，我問媽媽。「驕傲孤獨、讓人忍無可忍的暴君。不過，他對我唯命是從。」她說。他曾是一個狂熱的殖民主義者。「他要是知道了妳的看法，會死不瞑目。」

戈列格里斯回到旅館，換好衣服，準備到西爾維拉家赴宴，他住在貝倫區一座別墅裡。一名女僕開了門，西爾維拉從寬敞的大廳，迎面而來，水晶吊燈將大廳襯托得如大使館的入口。他注意到戈列格里斯正驚嘆地四下張望。

「離婚，加上孩子們都搬走，讓這兒一下子顯得空蕩。即使如此，我也不想搬走。」他臉上浮現戈列格里斯頭一次在夜車上遇見他時的疲倦。

㉗這裡指的在薩拉查獨裁期間，支持薩拉查，壓制工會及學者的地主及企業主們。

戈列格里斯不清楚後來是怎麼聊起的。吃甜食時，他提起了芙羅倫斯、伊斯法罕，還講了自己留在柯蒂斯文理中學裡的瘋狂舉動。那情景有點像上次在夜車臥鋪，他告訴這個男人他起身離開教室的事。「您把大衣從掛勾上拿下來時，仍是濕的。我還清楚記得當時下著雨。」喝湯時，西爾維拉說：「而且我也記得用希伯來語怎麼說『光』。」於是戈列格里斯不知不覺又提起無名的葡萄牙女人一事，當初他在夜車上時故意略過這段。

「請您過來。」喝完咖啡，西爾維拉帶他到地下室。「這是給孩子們露營的裝備，都是質料最好的名牌，但也沒有用。有一天，他們就這樣棄之一旁，再也沒興趣，也沒有一句感激的話，什麼都沒有。裡面有暖爐、立燈，還有咖啡機，萬用電池。您要不乾脆帶到柯蒂斯文理中學去？我通知司機，讓他檢查一下電池，然後開車送過去。」

不，這不只是慷慨，而是因為柯蒂斯文理中學。稍早，他讓戈列格里斯詳細描繪那所學校給他聽，現在還想進一步了解。不過，這只是種好奇，就像對被施了魔法的童話城堡般的好奇。贈送露營裝備的舉動，表明他理解戈列格里斯奇特的舉動，或者至少帶著尊重。戈列格里斯從未料到有人會這樣做，尤其是一個一生都在算計金錢的商人。

西爾維拉看出他的驚訝。「我只是喜歡柯蒂斯文理中學和老鼠的故事，就這樣。」他笑著說。「那是你根本想像不到的另類事情。在我看來，甚至跟奧里略有關。」

戈列格里斯單獨留在客廳裡，於是看起書架上的書。很多是有關陶瓷的書，還有商法業、一些旅遊書，及英法語商業字典、一本兒童心理學。一排書架上，則亂堆放著小說。

角落一張小桌上，擺了一張一男一女與兩個小孩的照片。戈列格里斯一時想起校長凱吉的信。早上，娜塔麗雅．魯賓在電話中提到校長缺課，他妻子住進森林醫院。「有時，她看起來快要崩潰了。」凱吉曾在信中提到。

「我剛打電話給一位商場朋友，他常去伊朗。」西爾維拉回來時說：「去那裡需要簽證，但去伊斯法罕旅行不成問題。」

西爾維拉看到戈列格里斯的神情，愣了一下。

「啊，原來如此。」他緩緩地說：「原來如此。當然了。跟這個伊斯法罕沒關係，跟伊朗也不相干，只跟波斯有關。」

戈列格里斯點了點頭。瑪麗安娜・埃薩對他的視力感興趣，也看出他失眠。但西爾維拉是唯一對他感興趣的人，對他這個人感興趣。與普拉多世界裡的居民相比，只有他不單只是把戈列格里斯視為一面透視普拉多的鏡子。

晚上要離開時，兩個人再次站在大廳握手告別。女僕去拿戈列格里斯的外套，西爾維拉目光移至通向其他房間的走廊，然後盯著地面，再抬起頭。

「那邊是孩子們住的側房，從前住的，您想過去看看嗎？」

那是兩間寬敞明亮的房間，有各自的衛浴。書架上擺著好幾排喬治・西默農的小說。

他們站在走廊上，西爾維拉忽然間顯得有些手足無措。

「您願意的話，可以住在這兒。當然，不需要付錢。想住多久都可以。」他忽然笑出聲：「要是您人不在波斯的話。這裡總比旅館強，沒人打擾您，我經常出外，明天一早又要離開。胡麗塔，就是那個女孩，會照顧您的起居。還有，總有一天我會贏您一局。」

「我叫胡賽。」兩人握手達成協議時他說，「您呢？」

29

戈列格里斯收拾行李。他十分激動，彷彿將要啟程環遊世界。他已打算取下男孩書架上部分西默農的作品，擺上自己的書：兩本關於里斯本瘟疫和地震的書、科蒂尼奧先生許久以前送他的《新約聖經》，還有費爾南多．佩索亞、埃薩．德克羅茲的著作，加上娜塔麗雅．魯賓寄來的書。另外，還有他從伯恩家裡帶來的奧里略和郝拉茨（Horace）作品、希臘悲劇及莎孚詩集。最後一刻他還帶了奧古斯丁的《懺悔錄》。這些書全是下一段旅程的書籍。

行李很重，他從床上拎下拉到門口時，一陣頭暈目眩。他躺下歇會兒，幾分鐘後回過神來。於是，他繼續閱讀普拉多寫給父親的信：

我一想到父母在子女身上留下那些意外的、不知情的，卻又無法避免且不可阻止的壓力，就渾身發抖。那如同燒傷的痕跡，永遠無法去除。父母的企圖及恐懼所呈現出的輪廓，用熾熱的石筆刻印在孩子不知何事將至的脆弱心靈上。我們要花一生的時間，才能找到並解讀那些烙印的文字，但我們也無法確定能理解它們。

你看，爸爸，這也是你對我做的好事。不久前我才明白，我心裡有段威嚴的文字，高高在上，主宰我至今所有的感覺與行為。這段隱密的滾燙文字最陰險的力量在於，無論我的學識多豐富，仍未曾想過它或許從未擁有我無意中給予它的有效性。這段文字簡鍊，如舊約般決斷：他人皆為你之法庭。

我無法在法庭作證，但我很小就知道自己在您的眼神讀到了這段文字，父親。您鏡片後顯露出來的眼神既匱乏、痛苦又嚴厲，我走到哪裡，就跟到那裡，唯一無法跟到的地方是科蒂斯文理中學圖書館的大座椅。晚上，我躲到那椅子後面繼續閱讀。椅子堅固的實體，加上黑漆漆的夜，形成一堵無法穿透的牆，抵擋了所有的糾纏煩擾。您的目光同樣無法滲透。即便我讀到那些肢體蒼白的女人及所有私下幹出的勾當時，也沒有需要我出庭作證的法庭。

我讀到〈耶利米書〉的預言時，您能理解我的憤怒嗎？「人豈能在隱密處藏身，使我看不見他呢？」耶和華說：「我豈不充滿天地嗎？」

「你到底在想什麼？」巴托羅繆神父問我：「他是上帝。」

「沒錯，問題就出在這兒：他是上帝。」我反駁說。

神父笑了。他沒因此生我的氣，他愛我。

爸爸，我要是能有一位可以談論這些的父親該多好！談論上帝和他洋洋自得的殘暴，談論十字軍、斷頭台、絞架，談論「另一邊臉頰」的瘋狂愚蠢，還有公正及復仇。

你的背讓你無法忍受教堂的長椅，所以我只看過你蹲下來一次，那是在叔父艾爾奈斯特的安魂彌撒上。你彎曲的側影，讓我永生難忘。那身影與但丁和煉獄有某種關連，我常將之想像成一片熊熊燃燒的屈辱火海。還有什麼比屈辱更糟的事呢？相較之下，軀體上的劇痛根本算不上什麼。我們從未有機會談論這些。我是說，我只從你的老生常談中，聽你提過「上帝」一詞，那並非由衷出於信仰。不過，你從未對你心中不僅有世界法典，還有誕生宗教法庭的法典這種無聲印象有過任何表示。塔拉法爾，父親，塔拉法爾啊！

30

近午時分，西爾維拉的司機來接戈列格里斯。司機已將露營設備的電池充好電，還帶了兩條毯子，以及咖啡、糖和餅乾。旅館的人不太願意他搬走。「接待您非常開心。」他們說。

昨晚下過雨，車頂上沾著沙漠吹來的細小風沙。司機菲立普打開車門，請戈列格里斯坐進華麗寬敞的後座。「坐在汽車裡，我撫摸著高貴的座墊。」那一刻，普拉多冒出寫信給父親的念頭。

戈列格里斯只和父母坐過一次計程車。從圖恩湖旅行回程的路上，父親的腳扭傷，因為有行李，除了搭計程車別無他法。從後面看父親的後腦，讓他很不習慣。母親則像進了童話世界，眼睛綻放光彩，完全不想下車。

菲立普先開車到別墅，再駛往柯蒂斯文理中學。原本提供學校餐廳專車行駛的車道，早已雜草叢生。菲立普停好車。「這裡？」他目瞪口呆地說。這個高頭大馬的男人怯生生地繞開老鼠。在科蒂斯校長辦公室裡，他手中捏著帽子，小心翼翼沿著牆打量伊斯法罕的圖片。

「您在這裡做什麼？」他問：「我的意思是，我沒權過問……」

「不好解釋，說不清楚。您知道白日夢吧？有點像白日夢，又不全然是，要認真得多，也瘋狂得多。一旦人生苦短，就沒有什麼規則適用了。那看起來就像人變得瘋狂，該住進瘋人院了。

但事實正好相反，基本上那兒住的人並不承認來日不長，一天活過一天，彷彿什麼事都沒有。您懂嗎？」

「兩年前，我曾心肌梗塞。」菲立普說：「我重新回來工作後，發覺一切已不同尋常。這件事我全忘了，現在才想起來。」

「沒錯，就是這樣。」戈列格里斯回答。

菲立普走後，烏雲密布，天昏暗陰冷。戈列格里斯架好暖爐，打開燈，煮一壺咖啡，然後從口袋裡拿出菸來。西爾維拉問過他頭一次抽的菸是哪個牌子？聽完，西爾維拉起身走開，隨後拿了包同一牌子的香菸回來。「拿著，我妻子也抽同一個牌子。菸已在她那旁的床頭櫃抽屜裡擱了幾年，我沒法扔掉。菸絲大概全乾了。」戈列格里斯撕開包裝，抽出一根點燃。現在，他已能把菸吸進肺裡而不咳了。菸味很重，味如焦木。一陣暈眩襲來，似乎有些心悸。

他翻至普拉多寫到的〈耶利米書〉處，讀了一遍，然後翻回〈以賽亞書〉。耶和華說：我的意念不是你們的意念，你們的道路也不是我的道路。天怎樣高過地，我的道路也怎樣高過你們的道路，我的意念也怎樣高過你們的意念。

普拉多當真視上帝為一個能思考、有願望、有感受的人。跟別人一樣，他從小聆聽主的教誨，最終卻不想跟這個性格自負狂妄的人扯上關係。可是，上帝有性格嗎？戈列格里斯想到露絲．高琪和大衛．雷曼，又想到自己那番再也沒有超越詩歌般嚴肅的說法。伯恩遙不可及。

父親，您難以親近，總是要透過媽媽來轉譯您的沉默。您為什麼沒學會和別人談論您自己，談論您的感受？我想告訴您：您太安逸了，安逸至極，把自己隱藏在南方貴族家庭的家長身分之後，同時扮演一個寡言的病痛者，在這種人身上，沉默是種美德，其偉大之處就在於毫不抱怨痛苦。於是，疾病成了您沒興趣學習表達自己的藉口。您的傲慢在於：別人卻得學著揣摩您所承受的痛苦。

您沒發覺自己因此喪失了自決性嗎？那是人唯有懂得如何用言語表達才能擁有的。

爸爸，你有沒有想過，你不願跟我們談你的痛，談你屈辱的駝背，反讓我們備感沉重？你對病痛英雄般默默忍受，其中不乏虛榮。為什麼你就不能放任一次自憐自憫的淚水橫流，讓我們可為你拭去淚水？沉默比大聲咒罵，更讓我們感到折磨，你明白嗎？你的榜樣對我們來說，意味著我們這些孩子，尤其是你的兒子，我，全都囚禁在你勇氣的禁區裡，沒有抱怨的權利。在主張有這樣的權利之前——甚至在我們有人想到要主張這權利之前——已經被你的勇氣和你承受痛苦的無畏精神給吸入、吞噬、毀滅。

你不肯服用止痛劑，不願讓頭腦喪失清醒，這點你從不容人爭辯。可是，有回，你自以為沒人注意時，我卻透過門縫注視著你。你先服用了一粒藥片，經過一番短暫的掙扎，又將第二粒塞進嘴裡。過了一會兒，我再朝門縫望去時，只見你歪倒在沙發椅上，頭埋靠在墊子上，眼鏡滑落膝蓋，嘴巴半張。我多麼想衝進去，輕輕撫摸你啊。但那樣做當然是令人無法想像的！

我從沒見你哭過，一次都沒有。我們埋葬親愛的小狗卡洛斯，也是你心愛的小狗時，你依舊面無表情站在那裡。你不是沒有靈魂的冷漠之人，當然不是。但是，為什麼你終其一生要表現出靈魂是種讓人羞愧的不得體東西，是不計代價也要隱藏起來的軟弱之處？

從你身上，我們從孩提時便學會我們一開始只有軀體，要先有了軀體，腦子裡才會有思想。你不讓我們接受一點一滴溫情的滋養，但矛盾的是，我們實在無法相信，你和媽媽甚至可能親暱到生出我們。「我不是他生的，」美洛蒂有一回說：「是亞馬遜河。」我只有一次感覺到你仍然知道什麼是女人，那是法蒂瑪來的時候。你沒有變，但一切都變了。那是怎樣的一個磁場！而我如今才第一次體會到。

信到此結束。戈列格里斯把信紙裝回信封，這時他注意到最後一頁背面，有段鉛筆加註：對你的幻想，我到底了解多少？為什麼我們對父母的幻想知之甚少？如果無法了解一個人的想像力傳遞給他的影像，我們能了解這個人什麼？戈列格里斯把信封擺在一旁，出門去找胡安·埃薩。

30

胡安手執白子，卻不急於開始。戈列格里斯煮好茶，兩人各倒一半。他抽著西爾維拉太太留在臥室的那包菸。胡安同樣邊抽菸，邊喝茶，什麼都沒說。夜幕漸漸降臨，晚餐鈴聲就要響起。

「不要開。」戈列格里斯打算去開燈時，胡安說：「不過，請您把門鎖上。」

天色很快暗下來。胡安手中的菸明滅不定。等他終於說話時，聲音彷彿像安裝了弱音器的樂器，讓他的話語較為輕柔難辨，也更加粗俗。

「那個女孩，艾斯特方妮雅．艾斯平霍莎，我不知道您對她了解到什麼程度。不過，我相信您聽過她的事了。您早就想找我打聽她的事，我感覺到了，只是您不敢開口。從上星期天我就一直想著這事。還是把我的故事告訴您比較好。我想，如果有真相的話，這個故事只能算是一部分。但不論日後別人說什麼，您應該了解這個部分。」

戈列格里斯遞過茶杯。胡安喝茶時，手抖得厲害。

「她在郵局工作。對反抗組織來說，郵局非常重要。郵局和鐵路系統都很重要。喬治．歐凱利認識她時，她很年輕，大約二十三或二十四歲。那是一九七〇年春天。她的記憶力驚人，目睹耳聞過的事絕不會忘記。不論地址、電話，還是臉孔都一樣。大家開她玩笑，說她整本電話簿都背得下來。她卻完全不以為傲。『你們為什麼辦不到呢？』她說：『我真不明白，人怎麼會如此健忘。』她母親離家出走，或者很早就死了，我不清楚。有天早上，她在鐵路局當工人的父親被逮捕，當局懷疑他參加破壞活動。

「她成了喬治的情人。他被她迷得神魂顛倒，我們很擔心，這種事通常十分危險。她喜歡他，但他不是她的摯愛，這讓他備受折磨，變得急躁、病態般嫉妒。『別擔心，』當我若有所思地望著他時，他總是這麼說：『情場老手又不是只有你而已。』

「開辦掃盲班是她的點子，一個絕妙的主意。薩拉查號召大家展開掃盲運動，學習閱讀成了愛國義務。我們想辦法弄到一間房，在裡頭放了些舊椅子和一張講台，還有一塊大黑板。那個女孩負責張羅教具，像字母圖表之類的資料。任何人都可參加掃盲班，不分老幼。參加這個班，無須對外解釋自己的行為，還可以慎重堅持不會閱讀是人生的污點，以應付愛打報告的密探。這就是一種伎倆。艾斯特方妮雅負責發送邀請函，確保信件不會被人拆閱，儘管裡面只寫著：我們星期五見？致吻，娜利亞。這個杜撰的名字是個暗號。

「我們在那兒聚會，討論行動計畫。為預防祕密警察突襲，或是出現陌生面孔，那女孩隨時拿著粉筆，黑板上早寫好字，假裝正在上課。這個伎倆還有一招是，我們可以公開聚會，不需偷偷摸摸，完全隨心所欲耍弄那些走狗。反抗運動不是鬧著玩的事，但有時我們還是能放聲大笑。

「艾斯特方妮雅的記憶力越來越重要。我們無須寫下事項，留下書面痕跡，整個網絡都存在她的腦袋裡。有時我會想：萬一她有個三長兩短怎麼辦？不過，她如此年輕，如此美麗，正如蓓蕾盛開，那想法很自然被擱置不理。政府的打擊行動一個接一個，而我們就這樣做下去。

「一九七一年一個秋天傍晚，普拉多來了。他盯著她看，心醉神迷。聚會結束後，他朝她走去，跟她說話。喬治在門口等。她幾乎沒瞧普拉多一眼，迅速垂下目光。我把這一幕看在眼裡。

「什麼事都沒發生，喬治仍跟艾斯特方妮雅在一起。普拉多再也沒來參加聚會。後來，我得知她瘋了似地迷上他，去過他的診所。但普拉多拒絕了她，他要對喬治忠誠，所以自我克制著。接下來整個冬天就在緊張的平靜中度過。有時還能看到喬治跟普拉多在一起。他們之間似乎起了某種變化，某種難以琢磨的改變。兩人並肩同行時，似乎不再像從前那樣步調一致。彷彿維持彼此的共同之處相當勞神費勁。而那女孩和喬治之間，也發生了變化。喬治盡量控制自己的情緒，偶爾還是忍不住爆發。他會糾正她，卻反遭她超級記憶力的駁斥，只有一氣之下離開。但事情鬧得再大，跟後來相比，也只是小事一樁。

「二月下旬，一名薩拉查的走狗突然闖入聚會。他悄悄推開門，走進教室。那是個頭腦機敏、十分危險的傢伙，我們都認得他。艾斯特方妮雅實在不可思議，她一看見他，立刻中斷一段關於危險行動的句子，拿起粉筆和教學棒，講解字母 ç。我到現在都記得那是 ç。那男人名叫巴達霍斯，跟西班牙一座城市同名。他坐了下來。直到今天，我還能聽見椅子在靜得讓人窒息的空間裡吱嘎一響。雖然教室裡很涼爽，艾斯特方妮雅還是脫掉外套。我們聚會時，她總是打扮得嫵媚迷人，以防萬一。裸露的手臂和透明的襯衫讓她……讓人當場神智迷亂。喬治肯定氣瘋了。巴達霍斯則把一條腿架到另一條腿上。

「艾斯特方妮雅一記性感的肢體扭動，結束了這堂所謂的課程。『下次見。』她說。大家起身，從手部動作看得出來大夥正竭力保持鎮定。坐在我旁邊來參加掃盲班的音樂教授也站起來，而巴達霍斯朝他走去。

「我就知道，我就知道，要出事了。

「『啊，文盲教授！』巴達霍斯說著，臉上擠出陰險可憎的冷笑，『學點新東西，恭喜你體驗新的學習生活。』

「教授臉色慘白，舌頭舔著發乾的嘴唇。不過，他馬上隨機應變。

「『我最近結識了一個人，他不識字。我聽說艾斯平霍莎小姐開這樣的課，她是我的學生。我想在建議那個人之前，先了解一下上課情況。』

「『啊哈，』巴達霍斯說：『那人叫什麼名字？』

「我真慶幸其他人全都走了。當時我沒帶刀子，真詛咒自己。

「『胡安．平托。』教授說。

「『真有創意啊。』巴達霍斯說：『地址呢？』

「教授說出來的地址，當然不存在。他被傳喚到警局，遭到扣留。艾斯特方妮雅再也沒回家，我阻止她跟喬治同住。『理智點，』我對他說：『太危險了。要是她被逮捕，你也會被牽連。』我把她安置在一位年歲很大的姨媽家裡。

「普拉多請我去他的診所。他剛跟喬治談過，整個人驚慌失措，完全失去自制力。當然，以他特有的平靜方式表現出來。

「『喬治想殺死她！』他無力地說：『他沒明確說出這個詞，但再清楚不過。他想殺死艾斯特方妮雅，在他們帶走她前，消除她腦海中的記憶。你想想看呀，那是我的老朋友喬治，我最好的朋友，我唯一真正的朋友啊。他瘋了，要犧牲情人的命！為了拯救更多條生命，他一再強調。用一命換取更多生命，這就是他的打算。幫幫我，你必須幫我，這種事絕不能發生。』

「就算我早先不知道，那麼這次談話也讓我明白：普拉多愛她！我自然不清楚法蒂瑪怎麼想，我只在布萊頓見過他們一次。不過，我相信這回完全不一樣，狂熱得多，好似即將爆發的岩槳。普拉多本身就是個矛盾：舉止自信無畏，但在表象底下，又總在意旁人的眼光，痛苦萬分。正因如此，他才來找我們，想為自己因救門德斯而受到的指責辯護。我相信，艾斯特方妮雅是他的機會，讓他終於能遠離法庭，進入熾熱又自由的人生。這回，他才不管別人，完全依照自己的心願，聽任自己的激情。

「他知道自己有這個機會，這點我深信不疑。他太了解自己，勝過世上大多數人。但他有道障礙，一道對喬治忠誠的銅牆鐵壁。普拉多是世上最忠誠的人，視忠誠為信仰。要忠誠，必須犧牲自由以及一些的幸福，沒有妥協的餘地。他在心裡抵禦著如山崩般轟裂的欲望，渴望的目光一碰到那女孩，便迅速移開。不論自己的渴望有多劇烈，他希望以後還能直視喬治的目光，不願四十年的友情為了個白日夢而破裂。

「可是現在喬治想要這女孩子的命，這個從未屬於過他的女孩；想要毀掉他內心介於忠誠及被否認的心願間的危險平衡。這樣做太過分了。

「我找喬治談。他矢口否認說過類似的話或做出相關暗示。他鬍鬚未刮的臉上有紅色傷痕，很難說是跟艾斯特方妮雅，還是跟普拉多有關。

「他撒謊，我知道。他也知道我心知肚明。

「他開始喝酒，不管是否有普拉多出現，艾斯特方妮雅一樣正在離他而去。他受不了。

「『我們可以帶她出國。』我說。

「『他們仍然抓得到她。』他說，『教授人很好，樂意幫忙，卻不夠堅強。他們會撬開他的嘴，然後得知艾斯特方妮雅腦袋裡隱藏的一切，接著竭盡全力追捕她，得到他們想要的東西。太嚴重了，你想想吧，那可是整個里斯本的關係網。他們不找到她，誓不罷休。他們可是軍隊。』」

護理員過來敲胡安的房門，問他是否吃晚飯。胡安沒理睬，繼續說著。屋裡黑漆一片，戈列格里斯覺得他的聲音彷彿來自另一個世界。

「我現在要說的事，會讓您嚇一跳：我能理解喬治，既理解他這個人，也理解他的想法。只要他們給她打上一針，撬開她的記憶，我們就完了，會賠上兩百多條人命。要是他們再把兩百多人一一拷打，可能還會牽扯出更多人。那種事無法想像。只要稍微想像一下，就會生起她必須離開的念頭。

「從這個意義上說，我理解喬治。直到今天，我仍認為那種謀殺站得住腳。持相反意見的人過於輕率，照我看是缺乏想像力。把不沾污穢的清白雙手視為最高準則，令人作嘔。

「我認為普拉多在這件事上思慮不周。他眼前只有她閃亮的明眸，近乎亞洲人的不尋常膚色，還有迷人的笑聲及搖曳的身影。他不想讓這一切消失，不願意這樣的事發生。我很高興他不願意那樣，因為其他事或許已經讓他成了怪物，一個自我克制的怪物。

「喬治則不同。我懷疑他也從中看到了擺脫痛苦的可能，擺脫自己再也無法留住她，而且明白激情將她吸引到普拉多身邊的痛苦。在這點上，我能理解他，但意思完全不同，也就是說我根本不認同他。我從他的感受中看到了自己，所以能理解他。那是很久以前的事了，我的女人同樣移情別戀。她也把音樂帶入我的生活，但不像帶給喬治的巴哈，而是舒伯特。我很清楚夢想能有這樣的解脫是什麼意思，也很清楚會有多想為這種計畫找個藉口。

「正因如此，我阻止喬治的計畫。我把女孩從藏身處帶到藍屋診所。為此，安德里亞娜恨我入骨。不過，她以前就恨我了，我是拐走她哥哥參加反抗運動的罪魁禍首。

「我找那些熟悉邊境山路的人，然後告訴普拉多怎麼走。他離開了一個星期，回來後就病倒了。此後，我再沒見過艾斯特方妮雅。

「不久，他們把我抓起來，但跟她無關。她應該在普拉多的葬禮上出現過。多年後，我聽說她成了薩拉曼卡大學的歷史講師。

「十年間，我沒跟喬治說過一句話。現在，我們的關係還好，但彼此不會互訪。他如今明白我當初的看法，只是那也無法讓情況好一點。」

胡安猛吸了口菸，火舌沿著菸一路下來，在黑暗中幽幽泛光。他咳了起來。

「每次普拉多來探監，我都想問他喬治的情況和他們之間的友情，但沒這個膽。他從不威脅人，這是他的信念。但他卻在不知不覺中成為一種威脅，他會當著別人的面撕破臉。當然，一樣不能問喬治。或許三十多年後的今天可以問他，我不知道。發生這樣的事，友情還能倖存嗎？

「我出獄後，到處打聽音樂教授的下落。自從他被逮捕，就沒人聽過他的消息。那些豬玀，還有塔拉法爾。您聽過塔拉法爾的事嗎？我當時以為自己也會被關進去。那時薩拉查已經老了，祕密警察隨心所欲。我相信自己沒被關進塔拉法爾，全憑運氣。幸運總與專橫跋扈結伴而行。我要真的進去了，肯定拿頭猛撞監獄牆壁，直到腦袋開花。」

兩人默不出聲。戈列格里斯不知該說什麼。

最後胡安起身，打開電燈。他揉了揉眼，坐在棋盤前，用一貫的招式下第一步棋。四步棋後，胡安一把推開棋盤。兩個人站起身。胡安從毛衣口袋裡抽出手來。兩人互相靠近，緊緊擁抱。胡安的身體顫抖，喉嚨發出一聲充滿獸性卻又無助的嘶啞喊叫。他精疲力盡，緊挨著撫摸他頭的戈列格里斯。稍後戈列格里斯輕輕開門離去時，胡安靠在窗口，朝夜幕中望去。

32

戈列格里斯站在西爾維拉別墅的客廳中，打量一組在大型宴會上拍的照片。男人多數身穿燕尾服，女士身著晚禮服，裙襬拖過光亮的木頭地板。裡面也可見西爾維拉的身影，他比現在年輕得多，一旁有妻子陪伴，一位體態豐腴的金髮女人，讓戈列格里斯不由得想到安妮塔·艾格伯格[28]款款步入羅馬許願池時的情形。七、八個小孩在一張長得見不到邊緣的自助餐桌下，追來跑去。有張桌子上放著一面家族徽章的小旗，上頭是繫著紅佩帶的銀獅。另一張照片上，所有人坐在客廳裡，聆聽一名年輕女子在平台鋼琴上演奏，她光潔雪白，美得驚人，有點像戈列格里斯在科欽菲爾德大橋上遇到的無名葡萄牙女子。

戈列格里斯回到別墅後，在床上躺了很久，等待和胡安·埃薩道別時的震撼平息下來。那聲發自喉頭的嘶啞喊叫，是無淚的嗚咽，是求助的呼喚，是對折磨的回憶，是所有的一切——這一幕，他此生難忘。他真希望，自己能灌下更多熱茶，沖刷掉胡安·埃薩心中的痛楚。

慢慢地，艾斯特方妮雅·艾斯平霍莎故事中的細節浮現他腦中。薩拉曼卡！她曾在薩拉曼卡當大學講師。那個站牌上帶著中世紀風範的黑色名字，又出現在他面前。站牌消失，他回想起巴托羅繆神父描繪的場景：喬治·歐凱利和那位女士彼此避開目光，朝對方走去，然後一起站在普拉多墓前。眼神越是相互躲避，越營造出兩人之間關係密切，遠超過一次眼神交會的限制。

戈列格里斯終於打開行李，把書擱上書架。屋內寂靜無聲。女僕胡麗塔已經走了，廚房餐桌上留了張紙條，告訴他在哪兒可以找到吃的。戈列格里斯從未待過這種房子，覺得這裡的一切似乎全被禁止，包括自己的腳步聲。他把燈一盞盞打開，餐廳、衛浴，還有西爾維拉的書房，他探頭進去瞄了一眼，旋即將門帶上。

他來到和西爾維拉一起喝咖啡的客廳，喊了一聲高貴，感覺非常好，便反覆說著這個字。還有貴族。他這才發現自己一向很喜愛這個字，它是個事物會注入或者流出的字。「德・勞宏奇」是芙羅倫斯的娘家姓，雖然有「德」，他卻未因此想到貴族，她也不以為然。路西恩・馮・格拉芬里德這個伯恩的古老貴族稱號則不同。聽到這個名字，讓他聯想到正義街拐角上完美無瑕的高貴砂岩建築，還想到有個馮・格拉芬里德曾在貝魯特扮演過曖昧奇怪的角色。當然，還有「不可思議」愛娃・馮・穆拉爾特。她家舉辦過聚會，雖然比不上西爾維拉家照片上的場景，可是高大的屋頂，還是令戈列格里斯激動得汗流浹背。一個男孩問愛娃是否可以買到貴族頭銜，她大叫：「不可思議！」聚會結束時，戈列格里斯想幫忙清洗餐具，她又大叫：「不可思議！」

西爾維拉收集的唱片感覺許久沒碰過，彷彿音樂在他人生中舉足輕重的那個時代早已結束。戈列格里斯找到幾首白遼士作品，《夏夜》、《美麗的女旅人》和《奧菲莉之死》，那些曲子普拉多愛不釋手，因為讓他想起法蒂瑪。艾斯特方妮雅是他的機會，讓他終於能遠離法院，進入熾熱又自由的人生。

㉘安妮塔・艾格伯格（Anita Ekberg，1931~），瑞典女演員。

瑪麗亞。他必須找到瑪麗亞。若還有人知道當初逃亡過程發生什麼事，為什麼普拉多一回來就病倒，那麼非她莫屬。

他獨自度過不安的夜。夜裡，他豎耳傾聽每一個不尋常的聲響。夢境凌亂片段，內容似乎雷同：到處是貴族仕女、轎車和司機，他們追捕艾斯特方妮雅，但他看不到任何驅趕追捕的畫面。他因心跳劇烈而醒來，頭暈目眩。於是清晨五點，他在餐桌邊坐下，開始閱讀安德里亞娜帶來的另一封信。

我親愛的出色兒子：

這麼多年來，我寫給你又扔掉的信多不勝數，自己都不知道這次是第幾封了。為什麼會這麼困難？你能想像生個天性機警、擁有眾多天賦的兒子是什麼樣子嗎？這個兒子駕馭詞彙的能力之強，讓父親覺得唯有選擇沉默，才不至於顯得笨拙遲鈍。身為法學院學生，我一向享有善於遣詞用字的美譽。在你母親家人的面前，我被介紹為能言善辯的律師。我反對那位身穿軍裝、風度翩翩的騙子士多尼奧·派斯[29]，以及擁護在電車站手持雨傘的特奧菲洛·布拉加[30]的言論，讓人留下深刻印象。是什麼原因讓我陷入沉默呢？

你抱著你第一本書，跑來唸「里斯本是我們的首都，是一座美麗的城市」給我聽時，才四歲。那是一個陣雨過後的星期天下午，濕熱沉重的空氣從敞開的窗戶湧入，帶著一股潮濕的花味。你先敲了敲門，然後探進小腦袋問：「你有時間嗎？」儼如貴族家的成年孩子，舉止恭敬地接近一家之主，懇求接見。我既為他的早熟高興，又相當詫異。我們做錯了什麼，你竟不像其他孩子那樣砰地一聲闖進門來？你母親從未跟我提起過這本書，你口齒清晰地對我流利朗讀出那兩句話時，我簡直目瞪口呆。那不止是清晰，言語間還充滿了愛意，讓兩句簡單的話聽上去如同詩歌。（這麼想很可笑，但我時常在想，這兩句話應該就是你鄉愁的源頭，你所欣賞的那種傳奇鄉愁。你雖然從未離開過里斯本，不可能懂得什麼鄉愁，但你在有能力經歷過它之前，一定就擁有這份感受。誰知道呢，你畢竟無所不能，甚至連常人無法想像的事也一樣。）

頓時，房間洋溢著耀人的智慧。我至今還記得當時的想法：幼稚的句子與他的聰慧多不相稱啊！事後我獨處時，驕傲感被另一個想法取代：從現在起，他的靈魂將如耀眼的聚光燈，無情照亮我所有缺點。我相信這是我畏懼你的開始，之後我便開始怕你了。

要一位父親向孩子坦白真難！想到所有的缺點、盲目、錯誤和膽怯，都銘印到自己孩子心中，讓人難以承受！起先，我是因為僵直性脊椎炎的遺傳性，而有此想法。謝天謝地，這病沒遺傳給你們。後來，我想到了心靈，我們的內在很容易受到印象的影響，有如蠟片㉛寫字板，將一切如地震儀般精確地紀錄下來。我站在鏡子前，心想：這張嚴厲的臉會給別人什麼印象？

可是，一個人能拿他的臉怎麼辦？不是一點辦法都沒有，我指的不是單純的相貌。不

㉙士多尼奧．派斯（Sidónio Pais，1872~1918），葡萄牙第一共和時期的第四任總統。

㉚特奧菲洛．布拉加（Teofiló Braga，1843~1924），作家、劇作家，葡萄牙第一共和時期的第二任總統。

㉛指柏拉圖在西元前四世紀，提出的記憶領域思想，即蠟片假說。柏拉圖認為，人腦接受印象，就像蠟表面被尖狀物劃過留下痕跡一樣。一旦留下印象，就會保持，直到隨著時間的推移又恢復平滑的表面。

過，也做不了更多。我們不是自己容貌的雕刻家，也不是讓我們嚴肅、歡笑或哭泣的導演。

那兩句話引出了成百、成千、上萬句的話。有時書似乎宛如你持書的手，是你的一部分。有次，你坐在石階上讀書，一旁孩子們玩的球不小心滾過來你這兒，你放下書，把球扔回去。你扔球的動作竟是如此生疏！

我愛讀書人的你，非常愛你。即便你對讀書如飢似渴癡迷，讓我覺得怪異，我還是深愛著你。更怪異的，是你對手持聖燭走向聖壇的熾烈熱情。我不像你母親，從未想過你以後可能成為神父。你有種叛逆的氣質，而叛逆者無法成為神父。那麼，這股熱情最終會引向哪個目標，會尋覓哪件物體？你的激情之火隨時可能引爆，那是顯而易見的。我非常擔心你的激情可能製造的爆炸威力。

我在法庭看到你時，馬上感覺受了這份憂心。我必須判那名女慣竊入獄，這是法律要求我做的。為什麼吃飯時你盯著我的眼神彷彿我是個施虐者？你的眼光讓我癱瘓，我無法談論這件事。但你有更好的主意，我們能拿那個女慣竊怎麼辦？你有辦法嗎？

我看著你漸漸長大，訝異於你心智跳躍式的進步。我聽到你詛咒上帝。我不喜歡你的朋友喬治，無政府主義讓我害怕，但同時又為你擁有朋友而高興。一個像你這樣的少年，很可能變成另一副模樣。你的母親夢想你沉靜而蒼白地置身聖壇的圍牆後。她對你在學校畢業典禮上的演講，大感震驚。「我為什麼會有一個褻瀆神明的兒子?!」她說。

我也讀了演講稿，多為你驕傲，又多嫉妒你！嫉妒，是因為你獨立的思想及從字裡行間流露出來的剛正，好似燦爛的地平線，我多希望自己也能到達那裡，卻做不到。我所接受的教育彷彿鉛般的重力，讓我動彈不得。我如何向你解釋我驕傲的嫉妒心，而不讓自己變得渺小，比以前還更渺小、更氣餒？

真是瘋狂，戈列格里斯心想。這父子兩人如同古代戲劇中的對立角色，同住一城卻隔山相望。古老的恐懼及深切的愛意，將兩人緊緊相連，卻找不出合適的言語表達，於是訴諸筆端。然而，寫好的信卻不敢投遞。兩人糾結在自己也不明白的沉默中，完全看不見一個沉默引出另一個沉默的事實。

「從前太太常愛坐在這裡。」上午稍晚，胡麗塔進來，看到戈列格里斯坐在餐桌邊上時說：「不過，太太從不看書，只看雜誌。」她仔細打量他，「沒睡好覺嗎？是床的問題？」

「我很好，」戈列格里斯回答：「已經好久沒感覺這麼好了。」

她很高興房子裡終於又多了一個人，她說，西爾維拉先生太安靜自閉了。「我討厭住旅館。」前不久她幫他收拾行李時，他說：「我為什麼還要這樣下去？妳能告訴我嗎，胡麗塔？」

33

他是她學生中最奇特的一位，賽希里亞說。

「您懂得的文學字彙，比電車上多數人還多，卻對罵人、購物或旅遊訂票之類一竅不通，更別提調情。你知道該對我說些什麼嗎？」

她哆嗦地將綠圍巾裹緊肩頭。

「還有，您是我碰到應對最慢的男人。回答緩慢，卻又對答如流，沒想到竟有這種事。對於您來說……」

在她指責的目光下，戈列格里斯取出文法書，指出其中一個錯誤。

「是啊，是啊。」她說，她唇前的綠圍巾被吹鼓了。「但有時候潦草馬虎反而是對的。希臘文中一定也有同樣情況。」

在回西爾維拉別墅的路上，戈列格里斯在喬治的藥局對面喝了杯咖啡。他不時透過櫥窗看到抽著菸的藥劑師。他被她迷倒了，胡安．埃薩的聲音響起，她喜歡他，但他不是她的摯愛。這讓他備受折磨，變得急躁，病態般嫉妒……普拉多走了進來，盯著她看，心醉神迷。戈列格里斯取出普拉多的筆記，翻找著。

但何時啟程去探查一個人的內心世界？那是一趟會到達終點的旅程嗎？心靈是真相的歸宿嗎？所謂事實是否是自己故事中的騙人影子？

在往貝倫區的電車上，他突然發覺自己對這座城市的感覺正在改變。迄今為止，這座城市只是他研究的地方。他在這座城市花費的時間，完全投注在想多了解普拉多的計畫中。此刻他望向電車窗外，感覺在電車嘎吱聲中流逝的時間，完全屬於自己，是他賴蒙德．戈列格里斯經歷新生活的時間。他又看見自己站在伯恩電車停車場前，打聽那些舊車的去向。三星期前，他感覺是在這裡重遊兒時的伯恩。但現在他坐在穿越里斯本的電車上，穿越的只是里斯本。他感覺內心深處發生了某種變化。

他在西爾維拉的家，打電話給鄰居勞詩禮太太，告訴她新的地址。然後又去電旅館，得知波斯文文法的包裹寄到。露台沐浴在春天溫暖的陽光裡。他聽著街上行人的言談，驚訝發現自己竟然聽懂許多。不知何處飄來飯香，他想起兒時瀰漫著廚房刺鼻煙霧的小陽台。最後，他躺在西爾維拉兒子的房間裡，蓋上被子，不出幾秒便睡著了，進入一場對答如流比賽，回答最慢的贏；然後又跟「不可思議」愛娃．馮．穆拉爾特站在流理台前，清洗聚會的杯碟；最後，他坐在校長凱吉的辦公室裡，打了好幾個小時的長途電話，但都沒人接聽。

就連在西爾維拉的家中，時間也開始變成他自己的。他到達里斯本以來，第一次打開電視機看晚間新聞。他離電視機很近，盡量縮短與句子間的距離。他很驚訝這段期間所發生的事，以及里斯本人看世界的角度和其他地方不同。同樣讓他吃驚的是，這裡出名的事物跟在家鄉是一樣的。他腦海裡想：我住在這裡。之後的影片他聽不懂內容，便來到客廳，播放白遼士的唱片，那是普拉多在法蒂瑪死後天天聽的樂曲。旋律迴盪屋裡。過了一會兒，他又坐回餐桌邊，將法官寫給令人敬畏的兒子的信讀完。

有時（頻率越來越多了），我的兒，我覺得你像是自負的法官，指責我依然身披法官長袍；指責我對當局的殘暴視而不見。然後，我感受到你投射到我身上的熾熱目光。我真想祈求上帝，多給你充實些理解力，去除你眼中尖銳的審視精光。在與我有關的事情上，為什麼你不賦予更多的想像力？我真想呼喚上帝。呼喚中，將滿是怨恨。

因為你想想，不論你的想像力多豐富，多出類拔萃，你根本不懂病痛與永遠佝僂的脊背會將人折磨成什麼樣。算了，反正看來沒人懂，除了受害者外，誰也不懂。你對我精闢解釋了如何發現僵直性脊椎炎。我絕不會錯過這樣的談話，一次也不會。對我而言，這種時刻太珍貴了，那時跟你在一起很有安全感。但隨後，一切又過去，我重新回到彎腰駝背和忍耐的地獄。你好像從未想過，你是無法期待一個屈辱地駝著背、無法擺脫病痛的奴隸，像那些可以忘掉自己的身軀，把一切拋諸腦後，以便盡情享受的人一樣。根本不該對那樣的人有同樣的期待！而那類人自己也不會說出來。否則，又會是新的屈辱！

真相——是的，真相——非常簡單：若是恩里克不每天早上五點五十分來接我，我不知道將如何承受這一切。你無法想像星期天對我是何種折磨。星期六晚上我有時候不入睡，因為我知道星期天會是什麼樣子。你們也會嘲笑我每星期六早上六點十五分準時踏進空無一人的法院大樓。我偶爾會想，輕率有時比人類其他的缺點更為殘忍。我一直要求星期天也能給我鑰匙，但被拒絕。有時，我真希望他們哪天也能經歷同樣的病痛，一天也好。這樣，他們便會明白。

我一踏進辦公室，病痛便減輕些，似乎這個空間轉變為減輕我肉體痛苦的支柱。八點以前，整棟大樓都靜悄悄的。通常我會研究這天的案例，確保不出意外。像我這樣的人害怕意外。我也會讀讀詩，這時我的氣息便較為平緩，彷彿面對一片汪洋大海。有時，唸詩也有助我減輕痛苦。你現在懂了嗎？

可是，塔拉法爾！你一定會說。沒錯，塔拉法爾，我知道，這我知道。難道因為如此，我就得交出鑰匙？我嘗試過不止一次。我從鑰匙圈上取下鑰匙，放在桌子上，然後離開大樓，走上大街，彷彿我真的做到了。我照醫生的建議，吸氣入脊背，呼吸聲越來越響。我氣喘吁吁穿越城市，恐懼讓我渾身發熱，擔心這假想的行動有天成為事實。事後我大汗淋漓跌坐在法官桌邊，衣衫濕透。你現在明白了嗎？

我不僅給你寫過許多封信，雖然都消失了，也不斷寫信給部長，其中一封我直接扔進法院的內部信箱。後來我又在街上攔下送信給部長的信差。因為得徹底翻找信袋，所以他很生氣，看我的眼神帶著有些人看待瘋子時那種輕蔑的好奇。我隨即把信丟了，其他的信也同樣丟在那兒：太迦河，讓河水沖刷背叛的墨跡。你現在懂了嗎？

你在學校時最忠誠的女友瑪麗亞．胡安．亞維拉就懂得這點。有天，我再也無法忍受你的目光時，終於去找她。

「普拉多很希望敬重您。」她把手放在我手上，「既敬重您又愛您，就像愛一個模範那樣。『我不希望把父親看成可以被原諒一切的病人。』他說：『要是那樣，我等於失去父親。』他在心裡幫所有人指定了位置，要是別人無法符合他心意，他會冷面無情。一種高雅的利己主義表現。」

她注視著我，送上一份微笑，彷彿發自清醒而生機勃勃的寬廣草原。

「您為什麼不試試憤怒？」

戈列格里斯取出最後一張信紙，上頭有短短幾句話用另一種顏色的墨水寫成。法官在上面加註日期：一九五四年八月八日，他死前一天。

搏鬥到頭了。我的兒，道別時我能對你說些什麼呢？

你為了我而成為醫生。如果沒有我受難的生命，讓你在陰影下成長，你會成為什麼人？我欠你的債。你不用為我的病痛和我失去抵抗力而負責。

我已將辦公室的鑰匙交回去了。他們會將一切歸咎於我的病痛。拒絕也會致人於死地，而他們並不熟悉這種想法。

你呢，我的死會讓你滿足嗎？

戈列格里斯感到渾身發冷，於是把暖氣開大。普拉多差點看到，但我有種預感，所以趕緊把信藏起來。戈列格里斯耳邊又浮起安德里亞娜的話語。暖氣開得再大都沒用。他打開電視，看著一句話也聽不懂的肥皂劇，那可能是中文。他在浴室裡看到一片安眠藥。藥性發作時，外面的天色已發白。

34

電話簿上，有兩個瑪麗亞．胡安．亞維拉住在奧里克廣場。隔天語言學校下課後，戈列格里斯便前去拜訪。他按下鈴的第一道門後，住著一位帶著兩個小孩的年輕女人，小孩緊抓著媽媽的衣裙。而在第二道門後，他得知亞維拉太太已經出門旅行兩天了。

他回到旅館取了波斯文文法書之後，又動身前往柯蒂斯文理中學。候鳥沙沙地飛過荒棄的中學。他曾希望非洲熱浪再度來襲，但是這裡只有溫和的三月暖風，夾帶著一絲冬天的寒意。

文法書裡夾著娜塔麗雅．魯賓的紙條：截至目前，我已經全部搞定！他打電話告訴她書已收到時，她說：「這些話可不是鬧著玩的。」幾天下來，她除了他交代的事情之外，什麼都沒做，父母對她的勤奮感到吃驚。他打算什麼時候去伊朗旅行？現在去會不會有危險？

一年前，戈列格里斯曾在報上讀到關於一名老人的諷刺評論文章。那人在九十歲時開始學中文。作者狠狠地譏諷了老人一番。您什麼都不懂。戈列格里斯用這樣的標題，給編輯部寫了封讀者投書。「您何必把時間浪費在這種事情上面？」多夏狄斯看他氣憤難耐，安慰他說。那封信他並沒有寄出去。但是，多夏狄斯那不把這當回事的態度，讓他不太開心。

幾天前，他在伯恩小小測試一下，看自己還記得多少波斯文。結果還想得起來的，實在少之又少。現在書擺在眼前，一切就順利多了。我依然留在那兒，留在那當時早已離我遠去的地方；

我從未離開過，只是長時間活在過去，或者說，從過去走來。普拉多曾這樣寫道。成千上萬個推移著時間向前移動的變化，與此一感受的永恆「在場」相比，彷彿夢境般虛無飄渺，短暫且不真實。

校長辦公室裡，錐形的光束游移著。戈列格里斯想著父親死去時，臉上那再也不會改變的沉靜。當初因為害怕波斯的沙塵暴，他曾經多希望父親能給他一些建議，但他並不是那種會給孩子建議的父親。

前往貝倫的路很長，戈列格里斯一路步行，想像法官當時如何默默承受痛苦以及生活在兒子對他所做判決的恐懼中。漆黑的夜空下，雪杉高聳入雲。戈列格里斯想著安德里亞娜脖子上那道掩藏在黑絲絨帶底下的傷疤。往燈火通明的屋裡望去，美洛蒂從一個房間走到另一個房間。她是否知道，這些正是紅雪杉？當法庭可能宣判普拉多人身傷害罪時，她與此事又有何關連？

這已經是他在西爾維拉家住下的第三個晚上。現在我住在這裡。戈列格里斯穿過屋子，又穿過陰鬱的花園，來到街上。他信步走在社區裡，看著那些正在做飯、吃飯和看電視的人們，然後又再走回西爾維拉家前，打量著這一棟建築。這棟入口燈火燦燦、裝飾著立柱的淺黃色房子，是這片高級住宅區中的豪華建築。現在我住在這裡。他在客廳裡的沙發上坐下來。這意味著什麼？他已經無法再觸碰到布本貝格廣場了。他有可能就這麼繼續碰觸里斯本的地面嗎？那會是一種什麼樣的碰觸？他在這片土地上的足跡，看上去會是什麼樣子？

為當下而活，這聽起來多麼適切又美妙。普拉多在他的一段短文中寫道。但我越是希望自己能做到，越是無法理解其中含意。

戈列格里斯在他的生命中從未感到無聊過。他認為一個人不知道該怎麼過他的生活，是最不可理解的少數幾樁事情之一。就連現在，他也絲毫不覺無聊。他在這棟大得出奇的寂靜屋子裡，感受到某種不同的東西：靜止的時間。或許不盡然，時間並沒有完全靜止，只是沒有引他向前，沒有帶他迎向未來，反而只是無動於衷地從他身邊流過，事不關己。

他走進男孩的房間，打量書架上西默農的小說，《看火車的男人》。他在布本貝格廣場電影院的廣告櫥窗裡，看過畫著珍娜．莫羅的黑白電影海報。那已經是三週前的事了，那天是星期一。就在這天，他「溜走」了。那部電影應該是珍娜．莫羅在六十年代拍的，已經是四十年前的事了。那又是多久呢？

戈列格里斯猶豫不決，不知是否該翻開普拉多的書。看了那些信之後，他的心境有了些微變化。從父親的信中所受到的影響，遠比從兒子的信來得多。最後，他還是翻開書來。還沒讀到的部分，所剩不多。在他讀完最後一頁後，情況將會變成如何？他始終害怕讀到這本書的最後一句。讀到一半的時候，有個想法一直折磨著他：他的閱讀遲早會來到最後一句。然而這次的最後一句，將比其他任何書中的最後一句都要來得艱難，它很可能因此斷絕了他和牡鹿胡同的西班牙書店之間無形的連結。他盡量拖著不翻到最後一頁，讓閱讀的目光盡可能久久停在那裡。但這畢竟不全是掌握在自己手裡。最後，他再查一下字典，詳細到超出了實際的需要。最後一個字。最後一個句號。接著，他將進入里斯本，進入葡萄牙的里斯本。

謎一樣的時間

我花了一年的時間，想弄清楚一個月到底有多長。那是去年十月的最後一天。那天和每年的這一天並無二致，但我每年到了這一天，便感到驚慌失措，彷彿我以前從未經歷過這一天似的。清晨，一道嶄新的微弱曙光，預示了冬季的降臨。光線不再灼熱，不再刺人肌膚，不再有讓人只想躲進陰暗處的熱浪。隨之而來的陽光，溫柔又和諧，讓人明顯察覺到白日的縮減。面對這樣的新光線，我不視之為敵，不是那種像在無可救藥的滑稽劇裡，對此妄加斷拒且無謂抵抗的人。當世界失去尖銳的夏日稜角，向我們展露出模糊的輪廓時，這光線正好省下些力氣，也要求我們少一些堅持。

不，不是新光線那片淡淡的乳白霧靄讓我嚇了一跳，而是因為破碎微弱的光線，再一次向我明示了一段自然時光已經告終，我人生的一個階段也已經過去。我從三月底到現在做了些什麼？從我伸手想要拿起咖啡館桌上的咖啡杯，卻因為碰了在陽光照射下變得燙手的杯子而將手縮回去的那天起，我都做了些什麼？從那以後，是否已經流逝了太多的時間，或是太少？七個月——那是多久的時間呢？

我總是習慣繞過廚房，那裡是安娜的領地。我不太喜歡她擺弄鍋盤的樣子，彷彿精力充沛地在玩雜耍。但那天，我需要一個人，讓我可以表達出我無聲的驚訝，即便我不挑明著講都行。

「一個月是多長的時間？」我直接了當地問。

安娜正準備點火，聽我這麼問，把火柴吹熄。「您指的是？」

她的眉頭緊蹙，就像那些碰到了解不開的難題的人。

「我指的是一個月有多長？」

她垂下目光，兩隻手尷尬地揉搓著。「嗯，有時是三十天，有時……」

「這我知道，」我沒好氣地說：「我問的是：那到底是多長？」

安娜抓起鍋杓，讓她的手有點事做。「有一回，我照顧女兒差不多一個月的時間。」她遲疑地說，彷彿心理醫生般謹慎，擔心說出來的話會讓病人崩潰，再也沒有復原的機會。「我每天端湯，上下樓梯好幾次，小心不讓湯灑出來。那是一段很長的時間。」

「之後呢，等妳再回過頭看那段時間時，妳是怎麼想的？」

安娜終於敢露出一點笑容，表現出她的釋然，顯然她的答案並沒有太離譜。「我還是覺得那是一段很長的時間。不過，不知道從什麼時候開始，我已經覺得它沒那麼長了。」

「那些送湯的日子，妳到現在還感受得到嗎？」安娜來來回回翻轉著鍋杓，接著從圍兜裡取出紙巾，擤了一下鼻涕。「我當然很樂意照顧孩子。在那段時間裡，她一點兒也不倔強。儘管如此，我還是不願再經歷一次。我始終非常擔心，因為沒有人知道那是什麼病，有沒有危險。」

「我指的不是這個。那個月過去之後，妳曾覺得遺憾嗎？遺憾時光流逝，遺憾再也無法做些什麼？」

「反正，一切都過去了。」安娜說，看上去不再像是沉思的醫生，反而像是膽怯的考生。

「好吧。」我說，轉身朝門口走去，身後響起劃火柴的聲音。為什麼當涉及到一件對我而言非常重要的事時，我總是對人如此吝嗇冷酷，如此不知感恩呢？我為什麼會有這樣的需求，不惜如此粗暴地抗拒他人，來為自己認為重要的東西提出辯護？即使他們從未想過要從我這裡拿走這個我認為重要的東西。

隔天早上，也就是十一月一日，我在晨曦中走到了世上最美的街道奧古斯塔街尾端的拱門。大海在蒼白的晨光中，宛如一面黯淡的銀板。我要趁著非常清醒的時候，體驗一下一個月到底有多長——這是當時驅我起床的想法。咖啡館裡，我是第一位客人。杯子裡只剩下幾口咖啡時，我放慢了慣常喝咖啡的速度。我不知道當杯子空了，我還能做些什麼。我若就這麼坐著不動，第一天可能會過得很長。但我想要了解的，並不是一個人無所事事時一個月會有多長的問題。那麼，我究竟想要了解什麼呢？

有時候，我是相當慢條斯理的。直到今天，當十一月初的曙光又再度減弱時，才意識到我問安娜的那個問題：那些不容改變的、短暫的、遺憾的和悲傷的事情，根本不是我在意的重點。我想問的其實是另一碼事：要怎麼做才能夠讓我們充實地度過一個月的時間，充分體驗我們的時間，而不是任由它從我們身邊溜走，讓我們只為此感到遺憾，眼睜睜看著時間從我們的指間流逝，卻非因為時間的消逝而覺得痛苦，反而是因為自己什麼都沒做而感到難過？因此，我的問題不再是「一個月有多長的時間？」，反而是「在一個月的時間裡，可以為自己做些什麼？我什麼時候才可以得到這個月完全歸我所有的印象」。

換句話說，假使我說，我花了一整年的時間來弄清楚一個月究竟多長的問題，這是一個錯誤的說法。事實是，在我提出了「一個月是多長」這個錯誤的問題後，我耗費了一整年時間，才弄清楚自己想知道的到底是什麼。

隔天下午，時間還早，戈列格里斯離開語言學校去找瑪麗安娜·埃薩。當他見到瑪麗安娜·埃薩轉過街角，朝他迎面走來時，突然明白為什麼自己害怕打電話給她：他會告訴她自己頭暈的事，而她會思索各種可能的原因。但他並不想聽。

她建議一起喝杯咖啡，接著提起了胡安。「我星期天一整個上午都在等他。」提到戈列格里斯時，他告訴她：「我不知道為什麼，可是，我可以跟他談心裡的話。並不是說我已經甩掉那些事，但是幾個鐘頭下來，我感到輕鬆多了。」戈列格里斯告訴她安德里亞娜、立鐘、喬治和西洋棋俱樂部及西爾維拉家裡的事。他差點也告訴她回伯恩的事，但隨即打住。這件事講不得。

他說完後，瑪麗安娜．埃薩問起他新眼鏡的情況，然後瞇著眼打量他。「您的睡眠太少了。」她說。戈列格里斯想起那天上午，她幫他做檢查時，他陷在她辦公桌對面的沙發裡，再也不想站起來的感覺，想到她鉅細靡遺的檢查，想到他們同船前往卡希爾斯區，以及後來兩人一起喝金紅色阿薩姆紅茶。

「我最近常頭暈。」他說，然後停頓一下，「我有點擔心。」

一小時後，他離開了她的診所。她又檢查了一次他的視力，量了血壓。他得做曲膝和平衡的動作。她詳細聽他描述頭暈的現象，然後寫下一位神經科醫生的地址。

「我覺得沒什麼，」她說：「我一點也不覺得有什麼奇怪。想想，在這麼短的時間裡，您的生活起了多大的變化。不過，無論如何還是做一下一般檢查。」

戈列格里斯眼前浮現了普拉多診所牆壁上空缺的四方形，那裡曾經掛著一張大腦圖。她看出他的驚慌。

「腫瘤的症狀完全不一樣。」她說，輕撫了一下他的手臂。

這裡離美洛蒂家不遠。

「我就知道，您還會再來。」美洛蒂打開門時，愉快地說：「自從您上次來訪之後，普拉多好幾天都活生生地浮現在我面前。」

戈列格里斯將這對父子的信遞給她看。

「不公平。」她讀完父親信的最後一個字時說：「不公平！太不公平！好像普拉多是置他於死地的人。他的醫生是個明眼人，開的安眠藥劑量很少。但是爸爸可以等。忍耐是他的優點，好比一塊沉默的石頭一樣。媽媽知道會發生這種事。她什麼都知道，只是沒法阻攔。『現在，他已經不再疼了。』我們站在打開的棺材前，媽媽這樣說道。就為了這句話，我是多麼愛她啊！『現在，他也不需要再掙扎了。』我說。她說：『是啊，這倒是。』」

戈列格里斯告訴她自己拜訪安德里亞娜的事。普拉多死後，她再也沒去過藍屋，美洛蒂說她對安德里亞娜將那兒弄成了博物館和神廟，讓時間停滯不前的事，一點也不覺得驚訝。「安德里亞娜還是小女孩時，就很欽佩他。他無所不能，是最了不起的哥哥。他膽敢反駁爸爸，反駁爸爸耶！他去孔布拉上大學的一年後，她轉到柯蒂斯文理中學對面的女中，也就是瑪麗亞的學校。普拉多是那裡的女孩心中的偶像。安德里亞娜非常享受她作為偶像妹妹的身分。要不是發生了一件戲劇性的事，讓他救了她的命，事情本來可以往另一個更正常的方向發展的。」

那件事發生時，安德里亞娜才十九歲。即將參加國家考試的普拉多，在家整日埋在書堆裡，只有吃飯時間才下樓。就在一次這樣的家族聚餐中，安德里亞娜噎到了。

「當時，我們每個人盤子裡都有食物。起先誰都沒注意。突然，安德里亞娜發出一聲很特別的聲響，喉嚨恐怖地呼嚕了一下，她雙手緊掐住脖子，急促地在地板上頓足。普拉多坐在我旁邊，完全沉浸在考試的準備中，像個沉默的幽靈一般，盲目地把食物塞進嘴裡。我們已經習以為常。我用手肘推了他一下，指向安德里亞娜的方向。他迷惘地四下張望。安德里亞娜的臉開始發紫，喘不過氣來，眼神無助望著普拉多。我們都看得出來，普拉多臉上所流露的憤怒的專注。每當他遇到某種無法立刻理解的問題時，便會流露出那樣的神情。他習慣於迅速理解，所有事都是如此。

「他猛然跳了起來，椅子往後翻倒，大步衝到安德里亞娜身邊，抓起她的胳臂讓她站起來，將她轉過身來，背靠自己。接著，他扳著她的肩，吸了口氣，猛力將她的上身往後一扯。安德里亞娜的喉嚨發出一聲窒息的喘息。除此之外，什麼也沒發生。普拉多又重複一次相同的動作。卡在她喉嚨中的肉塊，依然沒有鬆脫的樣子。

「隨後發生的事，每一秒、每一個動作，都永遠烙印在我們的心裡。普拉多把安德里亞娜放在凳子上，命令我過去。他把她的頭向後翻。

「『扶住！』普拉多竭力喊了一聲：『別動！』

「他抓起自己桌上切肉的尖刀，在餐巾布上擦了兩下，屏住呼吸。

「『不要！』媽媽大叫，『不要！』

「我相信他根本沒聽見。他騎在安德里亞娜腿上，直視她的眼睛。

「『我必須這麼做。』他說，直到今天，我仍為他聲音裡的平靜感到震驚。『否則妳會死。把手拿開，相信我。』

「安德里亞娜鬆開脖子上的手。普拉多用手探著她喉頭的角狀軟骨和環狀軟骨之間的空隙，接著用刀尖對準縫隙，深呼吸一口，閉了下眼，猛刺進去。

「我專注用兩手像老虎鉗般按住安德里亞娜的頭，沒看見血飛濺出來，後來才注意到他襯衫上的血跡。安德里亞娜的身體猛地直立起來，從普拉多剛剛劃開的口子吸入空氣。當我聽到她喉頭裡發出氣息時，才知道普拉多找到了氣管的通路。我睜開眼，訝然發現普拉多正用刀尖在傷口上轉動，那一幕真是慘不忍睹。後來我才明白他必須讓氣管保持開放。接著，普拉多從襯衫口袋裡抽出一支原子筆，咬在牙縫間，空出一隻手，旋開筆帽，取出筆芯，像注射針筒一樣將筆的後半截插進傷口裡，再慢慢抽出刀來，緊握住原子筆。安德里亞娜的喉頭不停抽動，發出像口哨一般的聲音。但她還活著，臉上紫漲的顏色也逐漸消退。

「『救護車！』他命令道。

「爸爸從呆滯中回過神來，走到電話前。我們把安德里亞娜抬到沙發上。她的脖子上插了一支原子筆。普拉多撫摸著她的頭髮。

「『我別無選擇。』他輕輕地說。

「幾分鐘後趕到的醫生，把手搭在普拉多肩上說：『真是驚險，差一點啊。這樣的年紀，就能這般鎮定，有勇氣！』

「救護車載著安德里亞娜急駛而去，普拉多穿著帶血的襯衫坐回自己的位子上。誰都沒出聲。我相信，這對他來說是非常糟糕的事：沒有任何人說一句話。醫生短短的幾句話，證明了普拉多做的是對的，他救了安德里亞娜的命。儘管如此，卻沒有任何人表態。這股籠罩著餐廳的沉默，源自於對他冷血舉動的詫異。『那樣的靜默，讓我覺得自己是個劊子手。』事隔幾年，有次我們提起這件事時，他這般說道。

「在這樣的時刻，我們全家卻棄他於不顧，他再也不曾從這樣的傷害中復原。這一點，永遠改變了他和家人的關係。從此以後他很少回家。回來時，也只像個彬彬有禮的客人。

「突然之間，這股靜默被打破。普拉多全身開始顫抖，他雙手摀著臉。直到今日，我依然可以聽見他乾澀的啜泣聲。他全身抖動。我們再次棄他於不顧。我用手撫摸他的胳臂，但這遠遠不夠。我當時只是個八歲的女孩，他需要的是完全不同的東西。

「然而，這一切都已經太晚了。他再也忍受不了，一躍而起，衝進自己的房間，抱起一本醫學教科書，再度衝下樓來，把書往桌上用力砸去。餐具在盤子上嘩啦作響，杯子也叮噹晃動。『看！』他瘋了似叫著：『這裡寫著。這種手術叫做氣管切開術。你們幹什麼那樣傻傻盯著我?!要不是我，我們就得把她抬出去，放進棺材裡了！』

「醫院為安德里亞娜動了手術。她在那裡待了兩個星期，普拉多每天都去醫院看她。每次他都是自己一個人去，不願和我們一起走。安德里亞娜對他無限感激，簡直像宗教膜拜一樣。她帶著脖子上的傷口，臉色蒼白地靠在枕頭上，不斷在腦海裡演繹著當時驚心動魄的場面。我單獨陪著她的時候，她跟我談了這件事。

「『就在他要刺下來之前，窗前的雪杉變紅了，雪紅的一片。』她說：『然後，我就昏了過去。』」

美洛蒂說，安德里亞娜帶著一個信念出院，因為救了自己一命，她要終身為哥哥奉獻。這使得普拉多膽戰心驚，他千方百計要讓她放棄這個念頭。有一陣子，似乎出現了可能性。她遇到一個法國人，他愛上她。那段驚心動魄的場景，似乎就這麼消失。然而，在安德里亞娜意外懷孕之後，這段愛情在頃刻間破滅了。普拉多再次趕到，在流產手術中陪伴她。為此，他中斷了他和法蒂瑪的蜜月旅行，從英國趕回來。她中學畢業後開始學習護理。三年後，普拉多的藍屋診所開張。很明顯地，她成為了他的助手。法蒂瑪不讓她住在那棟屋子裡。當她不得不離開時，那真是扣人心弦的一幕。法蒂瑪死後不到一個星期，安德里亞娜便搬了進去。普拉多因為失去法蒂瑪，傷心至極，無力反抗安德里亞娜。安德里亞娜贏了。

35

「有時候，我覺得普拉多的靈魂就是語言。」美洛蒂在談話結束時說：「他的靈魂是用文字組成的。這點，我從未在其他人的身上體會過。」

戈列格里斯給她看動脈瘤的紀錄。對此，她同樣一無所知。不過，這麼一說，倒是讓她想起了些什麼。「要是誰提到諸如消散、消逝及流逝之類的詞，普拉多總是大吃一驚。我記得尤其是有人說出跑過、駛過和經過、走過等詞的時候，他的反應更是明顯。他對於言語的反應是如此激烈，彷彿它的重要性遠遠超越事物本身。假使你想要理解我哥哥的話，這是最重要的一件事，你必須謹記在心。他經常提到錯誤用詞的獨斷及正確用詞的自由，提到庸俗的語言有如無形的牢籠一般，也提到詩歌的璀璨光芒。他是個對文字百般癡迷的人，一個文字的巫師。一個錯誤的用語，會比刀刺還更要他的命。後來，他忽然對時光流逝及時光短暫的字眼反應非常激烈。有次他來我家拜訪，表露出了他對這類字眼的一種新的恐慌，我丈夫和我為此想了大半夜，卻怎麼也想不透。『別用這樣的字眼，請別用這樣的字眼！』他說。我們不敢追問，否則，哥哥會變成一座火山。」

戈列格里斯坐在西爾維拉客廳裡的沙發上，讀起美洛蒂給他的一篇普拉多的手稿。

「他擔心極了，怕落入不肖人士之手。」她說：「普拉多曾說過：『或許，我應該銷毀它才是。』不過，他既然交給了我，我就得好好保管。只要他還沒死，我就不能打開。為了什麼原因，我現在才恍然大悟。」

這是普拉多在母親去世後的那個冬季寫的。隔年春天，法蒂瑪死後不久，他將手稿交給了美洛蒂。手稿分成三篇，是他在不同時間寫成的，墨跡也有所不同。雖然它們同屬給母親的告別信，卻沒有寫明收件人。但和書中的許多文章一樣，這篇手稿也附上了一個標題。

向媽媽的告別失敗

媽媽，我要向妳告別，卻只能以失敗告終。妳已經不在了，真正的告別本應該是面對面的。我已經等太久了，這當然絕非偶然。誠摯的告別與膽怯的告別，兩者之間區別何在？誠摯地與妳告別，將是與妳達成協議的一種嘗試，試著理解我們之間的關係，妳跟我，到底是怎麼回事。唯有如此，才是「告別」這個字完整且重要的意義：兩個人在分開之前，可以彼此理解對方的所見和體驗，坦然面對兩個人之間所達成和沒達成的事。這需要勇氣：妳必須承受不協調的痛苦。坦然，相對也意味去承認不可能的事。與他人告別，同時也是與自我的告別：站在他人的角度，面對自己。相對地，膽怯的告別是為了讓事情顯得美妙，試著讓過去沉溺在金碧輝煌中，用謊言掩飾陰暗。在這樣的情況下失去的，不啻於對自己陰暗面的認知。

媽媽，妳在我身上成功施展一記絕招。我現在寫下一直以來想對妳說的話：這真是一記完美的絕招，加諸在我一生的負擔，莫此為甚。簡單地說，妳讓我了解到——而且這樣的訊息所要傳達的意涵根本無須質疑——妳指望我——妳的兒子——成為一個最完美的人。至於哪方面完美，並不是太重要。但是，我的所作所為都必須超越別人，而且不只是超越別人而已，還非得出類拔萃。奸詐的是，關於這點妳從未對我提過隻字片語。妳從未明確表達出妳的期望，讓我有機會可以表態、思索或是憑藉我的感覺來為此提出爭辯。可是，我清楚知道妳的期望慢慢地滲入一個毫無抵禦能力的孩子的心裡，點點滴滴，日復一日，孩子卻對這無聲滋長的知識一無所知。這個無形的知識在孩子內心中蔓延開來，彷彿險惡的毒劑一般，在身體和心靈等有機組織中慢慢擴散，主宰了孩子人生的色調與色彩。這種尚未被認識清楚的知識，在暗中發揮它的力量，好似一隻野心狂妄到令人心生恐懼的蜘蛛一般，在我的身上織出一張看不見、無法發現的網。那是一張剛硬不屈、冷酷無情的期望之網。之後，我有多少次徹底絕望，卻又滑稽地出手反擊，希望可以從中掙脫，然而卻越陷越深！我根本不可能去抵抗存在我心中的妳。妳的招數太絕了，太完美了，是超越一切、讓人嘆為觀止的完美傑作。

　　這份完美還包括妳那讓人窒息的期待，不僅沒有明白說出來，甚至還隱藏在看似完全相反的言語和手勢裡。我並不是說，這是一個有意識的、陰險狡猾的計畫。事情並非如此。反而是妳相信了自己的欺詐謊話，成為那張面具下的犧牲品。那張面具的智能，遠遠超過了妳的智能。自此之後，我才了解到人與人之間究竟是如何有可能在毫不知情的情況下，彼此羈絆且相互纏繞如此之深。

　　還有另一個妳透過自己的意願，強加在我身上的東西——好似蠻橫的雕塑家雕塑出一個陌生的靈魂，雖然從某種角度來說，頗具藝術性——那就是妳為我取的名字。阿瑪迪歐・伊格納西奧。多數人對此並沒有什麼意見，偶爾有人說這個名字聽起來頗有韻律。但是只有我知道這箇中原因，因為我聽得出妳的聲音，是一種虛榮的虔誠。我應該要成為一個天才，我應該要具備上帝般做什麼都輕而易舉的能力。同時——於此同時！——我還應該要體現出聖人伊格納西奧一般可怕的堅強韌性，駕馭如他一般莊嚴的統御能力。

這是一句惡毒的話，但是沒有其他句子可以像它一樣切中要害：我的人生蒙受了我母親的毒害。

自己身上是否也隱藏了父母的存在，進而影響了自己的一生？他們或許也戴著面具，做出了正好完全相反的事情？戈列格里斯沿著寂靜的貝倫區街巷漫步時，在心中這樣問自己。他曾看過那本細長的小冊子。母親在上面記下了每次清掃的所得，她的眼睛透過廉價的破眼鏡和永遠是骯髒的鏡片，疲倦地望著他。我要是可以看一眼大海多好啊！可是我們哪有錢呢？她身上存在著某種東西，某種光彩亮麗的東西。長期以來，他從未想過她是有尊嚴的。她用她的尊嚴，去面對她在街上遇到的、自己打掃清潔的人家的雇主。母親不卑不亢，目光和那些付錢讓她蹲在地上來回擦拭的人齊平。她可以這麼做嗎？小時候，他曾經這樣問自己。後來當他再觀察到這一點時，他為母親感到驕傲。如果她在難得翻開書本的時候，拿的不是路德維西・岡霍夫的鄉土小說的話，該有多好。現在連你都躲到書堆裡去了。她從來就不是個讀書人，這讓他心裡不好受，但是她壓根兒不是個愛讀書的人。

「哪家銀行會為這種事借錢給我們？」戈列格里斯聽到父親這麼說，看見父親數著那給他買波斯文法書的十三塊三瑞士法郎硬幣時，那巨大的手和修剪得過短的指甲。「你確定你想去嗎？」他問兒子：「那裡那麼遠，離我們住的地方遙不可及。看看這些字母，是如此特殊，跟我們的字母完全不同。而且我們再也聽不到關於你的消息。」戈列格里斯把錢還給他時，父親巨大的手撫摸著他的頭髮。那雙大手，太少也太難表露出他的溫柔。

還有「不可思議」愛娃的老父馮．穆拉爾特，他曾經是個法官。校慶的時候，他來學校露臉過，是個高大魁梧的男人。假使自己身為一個嚴厲、飽受病痛折磨的法官和一個野心勃勃的女人的兒子，且那女人一生都是為了她那被神化的兒子而活，這會是一種什麼樣的生活？戈列格里斯思考著。要是這樣的話，他還有辦法成為「無所不知」嗎？成為「無所不知」和「紙莎草紙」？我們有辦法預知這些事嗎？

戈列格里斯從冷颼颼的夜裡回到暖氣大開的屋子裡時，頭又開始暈眩。他坐在先前坐過的沙發裡，等待頭暈目眩過去。「我一點也不覺得有什麼奇怪。想想，在這麼短的時間裡，您的生活中起了多大的變化。」他聽到瑪麗安娜．埃薩說：「不過，無論如何還是做一下一般檢查。腫瘤的症狀完全不一樣。」他驅走腦海裡女醫生的聲音，接著讀起普拉多寫給母親的信：

當妳不再想聽我逼問妳任何關於父親職業的事時，我第一次對妳感到無比失望。我自問：妳這個備受冷落的傳統葡萄牙女人，是否宣稱過自己早已無能為力？因為法律和法院都只是男人管的事？或是更糟的是，妳從不過問爸爸的工作，也從未有過質疑？妳真的不關心塔拉法爾監獄裡那些人的命運？

妳為什麼不強迫爸爸別老是像塊紀念碑一般，讓他偶爾也來跟我們說說話？妳是否會因為自己在這其中握有越來越高的權力而感到開心？妳真是個沉默的高手，甚至不願意和自己的孩子們結盟。妳也是介於爸爸與我們之間的外交調解高手。妳享受這樣的角色，其中不乏虛榮。這難道是妳對婚姻留給妳的狹小空間所做的報復？還是妳對自己缺乏社會認可，以及肩負照顧病痛父親的重擔所要求的補償？

為什麼只要我一反抗妳，妳就受不了？為什麼妳不堅持下去，教會我承受對立的衝突，讓我眨著眼，快樂地在遊戲中學會面對衝突？反而讓我必須從教科書裡，吃力地領會這其中的意涵？妳知道嗎，這樣做的結果反而是讓我失去了心中的度量衡，往往操之過急，欲速而不達？

為什麼妳將全部的賭注都押在我的身上？爸爸和妳：為什麼你們對安德里亞娜和美洛蒂不多點期待？為什麼你們就是感受不到，她們因為得不到你們的信任而造成的屈辱？

不過，媽媽，如果說這些就是我向妳道別時所要說的話，這並不公平。我可以說，在爸爸死後的六年間，我看著妳，內心裡萌生了一些新的感受。知道這些感受的存在，讓我雀躍無比。妳站在他墓前悵然若失的樣子，讓我深深感動。我很開心，宗教信仰讓妳的精神有所寄託。我第一次看到妳終於從父親那裡解脫了的跡象，比我想像的來得要快，我為此深感欣慰。那彷彿是妳第一次意識到自己的人生。第一年的時候，妳常來藍屋，法蒂瑪擔心妳會過於依賴我，過於依賴我們。事實上根本不是如此：現在，就在妳至今為止的人生，也就是支配妳內心角力遊戲的支架崩塌之後，妳似乎才發現到，過早的婚姻虛耗了妳所扮演的家庭角色之外的自我人生。妳開始找書來看。妳翻書的樣子，有如一名充滿好奇心的女學生，動作笨拙，缺乏經驗，但眼睛裡卻閃爍著光彩。有一次，妳沒注意到，我看見妳站在一家書店的書櫃前，手裡捧著一本打開的書。頃刻間，我發現到我有多愛妳，媽媽。我想過去找妳，但這樣做反而會適得其反，又會將妳帶回到原來的生活裡。

36

戈列格里斯在校長的辦公室裡走來走去，用著他的伯恩腔德語唸出每一樣東西的名稱。接著，他穿過柯蒂斯文理中學陰冷幽暗的通道，也是看到什麼，便唸出名稱來。他大聲嚷嚷，怒氣沖沖，帶著喉音的單字迴盪在整棟大樓裡。要是哪個旁觀者見著了，肯定非常詫異，認為這個在荒廢的建築中迷了路的人，是徹頭徹尾瘋了。

事情的開端是上午在語言學校裡，他突然忘了那些最簡單的葡萄牙文，那些他在出發到里斯本旅行之前，便已經在第一張語言教學片的第一課裡學過的單字。因為偏頭痛而遲到的賽希里亞，本來想嘲諷他一下，但是隨即停了口，皺了皺眉，做了個安慰的手勢。

「冷靜，」她說：「冷靜點，學外語的人都會遇到這種情形，突然之間便停滯不前，什麼都忘了。明天，您又會恢復到以前的水準。」

接著，他的波斯文記憶力也跟著大罷工。他對自己的語言記憶能力向來感到安心。驚慌失措中，他大聲背誦賀瑞斯和莎孚的詩，召喚荷馬詩中的少見字眼，急促翻閱著《舊約聖經》中所羅門的讚歌。一切無恙，什麼也不缺，也沒有出現記憶力喪失後的空白。但是，他卻像剛經歷過一場地震般，頭暈目眩。頭暈目眩，記憶力喪失，一定是出了什麼問題。

他靜靜站在校長辦公室的窗前。今天，沒有在屋內游移的光束。下雨了。忽然間，他暴跳如雷，摻雜著一絲絲的絕望，摸不著任何頭緒。漸漸地，他意識到自己正經歷一場暴動，抵制所有加諸在身上的外來語言。一開始，憤怒只體現在葡萄牙文上而已，也許還包括英語和法語，因為那也是他在此地不得不使用的語言。後來，他很不情願地承認，怒火已經延燒到古代語言那一塊，那塊與他共同生存了四十多年的地方。

當他體會到那股抗拒的深度時，感到相當震驚。腳下的地基開始動搖，他必須有所行動，抓住某種東西。他閉上眼睛，想像自己站在布本貝格廣場，用伯恩腔德語大聲唸出所見之物的名稱，用方言跟它們說，也跟自己說，語句清晰、緩慢。地震漸漸平息，他再次感受到腳下堅實的土地，但是他的震驚仍餘波蕩漾。他坦然面對，帶著面臨危急關頭的人特有的狂怒，才導致他在無人的建築裡，瘋子似地跨步穿過走道。看來，似乎只有靠著伯恩腔德語，才有辦法制服陰暗走道裡的幽靈。

兩小時後，他坐在西爾維拉別墅的客廳裡，一切又恢復正常，彷彿剛剛發生的事情只是鬼魂作祟。或許，他只是做了一場夢。他閱讀拉丁文和希臘文的書籍時，感覺一如往常。他打開葡萄牙文文法書，學過的內容立刻回到眼前，在虛擬式的部分，進展飛速。唯有那場夢境，仍然提醒著他之前曾經大發雷霆。

他在沙發上打了個盹，發現自己是一間大教室裡唯一的學生，正用著方言反駁前面一個他看不見的人用陌生語言所提出來的問題與要求。他醒來時，襯衫已經濕透。他沖了個澡，便外出去找安德里亞娜。

克羅蒂爾德告訴他，自從客廳裡的立鐘開始滴答作響，時間和現實重新回到藍屋之後，安德里亞娜也開始跟著改變。戈列格里斯是在從柯蒂斯文理中學過來的電車上，巧遇克羅蒂爾德。

「有時候，」她怕他沒有聽懂，又耐心重複了一遍：「她站在立鐘前，好像想讓時鐘再次停下來。最後，她還是由著它繼續前進。她走路的腳步快多了，也比以前堅定許多。起床的時間也變早了。看起來，她似乎已經不再只是……忍受日子了。」

她的胃口好多了，有天，她甚至請克羅蒂爾德和她一起外出散步。

當藍屋的門被打開時，戈列格里斯吃了一驚。安德里亞娜不再是一襲黑衣，只有用來遮住傷疤的那條黑絲絨帶依舊。她穿著細藍條紋淺灰色的裙子與夾克，還有醒目的白色襯衫。看到戈列格里斯臉上的驚愕，她露出一絲微笑。

他將父子兩人的信還給她。

「是不是很瘋狂？」她說：「瞧你驚訝得說不出話來！情感教育，普拉多常說，也就是意味著得先透過藝術來讓我們表露出情感，接著才能體會到情感會因為文字而變得越來越豐富。這樣的教育顯然在爸爸身上不太成功！」她盯著地板：「在我身上也是！」

戈列格里斯告訴安德里亞娜他想看看留在普拉多桌上的字條。他們一起上頂樓的房間時，他再次大感意外。書桌後的椅子不再是傾斜著，而是直立在桌旁。三十年後，安德里亞娜才讓椅子從凝結的過去中解放出來，將它重新直立起來，不再維持當時她哥哥剛起身的樣子。他望向安德里亞娜。她站在一旁，目光低垂，手插在夾克口袋裡。一名抱著獻身精神的老婦，同時，又有如一名剛解出一道難題的小女學生般，害羞地等待人給她讚美。戈列格里斯將他的手擱在她肩上好一會兒。

銅盤上的瓷杯洗得乾乾淨淨，菸灰缸清空了，唯獨旁邊的糖罐裡還裝著方糖。那支老舊的鋼筆已經給重新套上。安德里亞娜走了過去，打開有著翠綠燈罩的檯燈，拉開書桌前的椅子，對戈列格里斯做了個手勢，請他過來。手勢中的遲疑，顯而易見。

那本過去攤開放在閱讀架上的大部頭書，依舊照著原來的樣子擺著，上頭的那堆紙也還在。他探詢似地看了安德里亞娜一眼，拿起了書，想看清楚上頭的書名及作者：《陰暗駭人的海洋》（O Mar Tenebroso），胡安・德・路薩德・德・雷德斯瑪（João de Lousada de Ledesma），搭配上銅版版畫的海岸和水手的毛筆素描。戈列格里斯再一次望向安德里亞娜。

「我不知道為什麼。」她說：「我不知道他為什麼突然對此感興趣。他完全被這類探討中世紀人類的恐懼的書給迷住。當時的人認為自己就站在歐洲的最西邊上，因為不知道無止境的大海的另一邊究竟有著什麼，而心生恐懼。」

戈列格里斯把書擱在自己面前，讀了一段西班牙文的箴言：在另一邊，除了海水之外，別無其他。大海的邊界，除了上帝之外，無人知曉。

「菲尼斯特雷角（Cabo Finisterre），」安德里亞娜說：「在加利西亞（Galicia）的上方，也就是西班牙的最西端。他對那裡深深著迷，那是當時世界的盡頭。『但是，我們葡萄牙也有一個海角，更靠近西邊，為什麼偏要說是在西班牙呢？』我問，一面指著地圖給他看。但他不想聽，一再說著菲尼斯特雷角，彷彿心意已決。當他說起這些話的時候，臉上流露出著魔般的熱情躁動。」

紙頁上方赫然寫著：孤獨。這是普拉多最後寫下的字。安德里亞娜的眼睛隨著戈列格里斯的目光移動。

「最後一年，他常常抱怨不明白這種孤獨，這種人人畏懼的感覺由何而來。『我們稱之為孤獨的東西，究竟是什麼？』他問：『不可能只是因為他人不在的緣故吧？一個人可以獨處，卻絲毫不感到孤獨，但也可以身處在人群之中，卻依舊感覺到孤獨。那麼，孤獨究竟是什麼？』他一再思索著：我們雖然身處在繁忙嘈雜之中，卻依然可能感覺到孤獨。『那好吧，』他說：『這跟是否有人可以填滿我們身邊的空間無關。即使他們為我們歡慶，或者是在友善的對話中提供我們一個明智的、善體人意的建議，就算如此，我們仍可能感覺到孤獨。換句話說，孤獨和是否有他人在場毫不相關，也和他們在做什麼毫不相關。那麼，孤獨究竟和什麼有關？它和這個世界上的什麼東西是有關連的？』

「他從未跟我提過法蒂瑪以及他對她的感情。『親密是我們最後的聖地。』他老愛這麼說。只有一次，他不由自主加上一句評語：『我躺在她的身邊，聽著她的呼吸，感受她的體溫——還是感受到可怕的孤獨。』他說：『那究竟是什麼？究竟是什麼？』」

唾棄導致的孤獨

當我們得不到別人的好感、敬重與肯定時，為什麼不能乾脆對他們說：所有這些我都不需要，我只要做自己就好了呢？我們做不到這一點，這難道不是一種可怕的束縛嗎？這難道不會讓我們成為別人的奴隸嗎？我們究竟可以召喚出哪些感受，讓它們成為我們的大壩，成為我們的護牆？內心的堅毅，究竟是以何種姿態出現？

戈列格里斯傾身橫越過書桌，讀著牆上字跡早已斑駁的字條。

信任所造成的強取掠奪。「病人常向他透露隱私，這正是最危險的事。」安德里亞娜說：「我指的是政治上的危險。他們期待他也能透露些什麼，好讓自己不會有種赤裸裸的暴露感受。

他很討厭這點，簡直厭煩之極。『我不想讓任何人期待可以從我這裡探聽到什麼。』他頓足地說：『要和這類事情保持距離，怎麼會這麼難？』

「『媽媽，』我想跟他說：『是媽媽。』不過，我最後還是什麼也沒說出口。他心裡再清楚不過。」

耐心是危險的美德。「耐心，在他生命的最後幾年，他對這個字眼極為敏感。要是有人用耐心來規勸他，他的臉會馬上沉下來。『那不過就是一種該死的推卸責任的方式罷了，』他惱怒地說：『是對那股湧上我們心頭之熱的恐懼。』直到我獲悉他得了動脈瘤之後，才開始明白箇中道理。」

最後一張紙條上的字，遠比其他紙條上的來得多。

假使心靈湧起的波濤不受控制，遠比我們更強而有力的話，為什麼我們還會得到讚美與指責？為什麼不乾脆說：我們的「運氣好」或「運氣不好」呢？為什麼不乾脆承認這波濤就是比我們強而有力，而且它一向如此？

「從前，整面牆貼滿了紙條。」安德里亞娜說：「他不斷記下些什麼，貼在牆上，直到他過世一年半前那趟不祥的西班牙之旅為止。之後，他便很少握筆，經常只坐在書桌前，傻傻地凝視前方。」

戈列格里斯等待著，偶爾抬頭看一眼安德里亞娜。她坐在地板上一堆書旁的閱讀沙發椅上，那堆書沒被動過，上面依然擺著那本有著大腦圖像的巨著。她青筋暴露的手交叉握住，放鬆開來，又再交叉握住，臉部表情不斷變換。顯然，這場對抗回憶的爭鬥，終於占了上風。

他也想了解一下那段時間裡所發生的事情。「為了能更了解普拉多。」他說。

「我不知道。」她回答，然後陷入了一陣沉默。等她再次開口，那些話語彷彿來自遙遠的他方。

「我以為自己很了解他。沒錯，我的確說過我了解他，對他瞭如指掌。最起碼這些年來我每天看著他，聽他講自己的感受和想法，甚至是他的夢，直到那次聚會回家——那是他去世前兩年發生的事，那年的十二月，他滿四十一歲。那個叫做胡安的傢伙，也參加了聚會。那個男人給他帶來了不良的影響。我相信，喬治也去了那裡。就是他那位神聖的朋友——喬治．歐凱利。我真希望他從未參加過這類對他產生不良影響的聚會。」

「反抗運動的人在那裡碰面。」戈列格里斯說：「普拉多為反抗運動工作，這點想必您很清楚。他想做些什麼，為的是反抗門德斯這樣的人。」

「反抗運動！」安德里亞娜大聲地說，接著又重複了一遍：「反抗運動！」彷彿她從沒聽過這個字眼似的，拒絕相信這樣的事。

戈列格里斯在心裡罵自己，不應該強迫她去面對這樣的現實。剎時間，戈列格里斯以為她又會開始默不做聲。然而，她臉上的怒容隨後消失，再次回到了哥哥的身邊，回到了哥哥從一個不祥的聚會歸來的那個夜晚。

「凌晨我在廚房碰見他時，他依然穿著前晚的衣服，徹夜沒睡。我知道他失眠時會有的模樣，但這回不同。雖然他的眼睛下方冒出了黑眼圈，但看上去並不像往日那樣備受煎熬。他還做了一件平時絕不會做的事：讓椅子往後傾斜，然後前後來回搖晃。我後來回想起這件事，對自己說：對了，當時他就像準備要啟程去旅行一樣。他在處理診所裡的大小事物時，表現出了罕見的輕巧敏捷，不管做什麼，彷彿順手即可拈來似的。他把不要的東西丟入垃圾桶，每次都百發百中。

「您或許會認為他戀愛了？這難道還不夠明顯嗎？他戀愛了。我當然也這麼想。但是，這樣的聚會不都只有男人而已嗎？這和當時法蒂瑪的情況全然不同，狂野得多，放縱得多，慾望也強烈得多，可以說是完全超出常軌。我很害怕，他讓我感覺像是變了一個人，尤其是當我見到她之後，我的恐懼便更強烈。她一走進來，我便意識到她並非只是個單純的病人而已。她的年紀應該約二十出頭，或者二十五歲左右，是個介於天真的女孩和妖婦之間的奇特組合。她明眸皓齒，有著亞洲人般的膚色。走起路來，腰肢款擺。候診室裡的男人，全都偷偷瞧著她，女人則瞇起眼睛來。

「我把她帶進看診室。普拉多正在洗手。他一轉身，隨即迎向了她的目光，剎那間滿臉通紅，但很快便鎮靜下來。

「『安德里亞娜，這位是艾斯特方妮雅。』他對我說：『讓我們單獨待一會兒，好嗎？我們有事要談。』

「這樣的事情以前從未發生過。在這間屋子裡，從未有過不許我聽的事。從來沒有！

「後來，她又來過幾次，大約四、五次吧。每次，他都把我請了出去，單獨跟她談，把她送到門口。每次，他都滿臉通紅。見面的那天接下來的時間裡，他經常心不在焉，那雙一向讓人崇拜的穩健的手，也沒辦法好好拿住針筒。最後一次，她沒進去診所，直接按了樓上的門鈴。那時已經是午夜。他拿著大衣下樓。我看見兩人轉過街角。他激動地對她說了些什麼。一小時後，他回來，頭髮蓬亂，還猛抽著菸。

「之後，她便消失了。普拉多出現了短暫的記憶喪失，似乎有一股看不見的力量將他吸入深谷。他焦躁不安，有時對病人表現得很粗魯。我第一次覺得他已經不再熱愛自己的工作，這份工作不再讓他感到欣慰。他想要離開。

「有次，我碰到了喬治和那個女孩。他攬著女孩的腰，她看上去有些不情願。喬治裝著不認識我，趕緊將女孩拖進旁邊的小巷子去。我感到莫名其妙，真想把這事告訴普拉多，但最終還是沒說。他一直很難過。有次，在一個特別難受的夜晚，他請我彈奏巴哈的《郭德堡變奏曲》。他閉上眼睛，坐在一旁。我敢打賭他正想著她。

「和喬治下棋本屬於普拉多的生活節奏之一，如今已經停擺。整個冬天，喬治沒來過我家，連聖誕節也不例外。普拉多也不再提起他的名字。

「來年三月初的一個晚上，喬治站在我家門口。我聽到普拉多把門打開。

「『你？』他說。

「『沒錯，是我。』喬治說。

「兩人一同走進了診所，我無法聽到他們的對話。我把客廳的門打開，側耳傾聽。但是一句話也聽不見。後來，我聽到房門砰地一聲關上。喬治豎起大衣衣領，嘴裡叼著菸，消失在街角。一片死寂。普拉多看來欲行又止，最後還是留在樓下。最後，我下了樓。黑暗中，他一動不動地坐著。

「『讓我一個人待著，』他叫道：『我什麼也不想說。』

「深夜，他上樓時，臉色蒼白，一副失魂落魄。我不敢問他出了什麼事。

「隔天，診所關門。胡安・埃薩來了。我不知道他們談了些什麼。自從那個女孩出現以後，普拉多便離開了我的身邊，離開了診所中一起工作的生活。我真恨那個長髮披肩、走路腰肢款擺、穿著短裙的女人。我不再彈琴，也不再計算清點。那真是……真是一種恥辱。

「兩三天後的深夜，胡安和那個女孩站在我家門口。

「『我想讓艾斯特方妮雅住在這裡。』胡安說。

「他說話的樣子，根本不給人說不的機會。我討厭他，討厭他專橫的德性。普拉多跟她走進診所。他看見她時，一句話也沒說。但是，他不僅拿錯了鑰匙，還將一串鑰匙掉到樓梯下。我後來看見他幫她整理睡椅上的睡鋪。

「早上，他下樓，淋浴，準備早餐。女孩因為熬夜顯得疲憊不堪，樣子看上去十分膽怯。她穿著類似工人裝的衣服，煽情挑逗的影子都不見了。我控制住自己，燒了一壺咖啡，還有一壺帶在路上用的。普拉多什麼話也沒跟我說。

「他只說：『我不知道什麼時候會回來，不過不用擔心。』

「他往一個包裡裝了些東西，帶上部分的藥片，接著帶著她走上街。讓我大感意外的是，普拉多從衣服口袋裡拿出一把汽車鑰匙，打開一輛汽車車門。昨天，這輛車還沒有出現，但他不會開車呀，我心裡還在奇怪時，女孩已經坐上駕駛座。這是我最後一次看到她。」

安德里亞娜講述時，始終平靜地坐著，手擱在大腿上，闔著眼，頭朝後仰。她的呼吸急促，彷彿重回到當年的情景。黑絲絨帶往上滑去，戈列格里斯又看見底下的傷疤——一道彎彎曲曲、稍稍隆起的醜陋傷疤，微微發出駭人的光亮。「我必須這麼做。」普拉多說：「否則妳會死。把手拿開，請相信我。」說完，便刺了下去。然後，在他的下半輩子裡，安德里亞娜眼睜睜看著他坐進汽車裡，坐在一個年輕女人旁邊，沒有任何解釋，駛向不明的前方。

戈列格里斯等安德里亞娜的呼吸平靜下來後，才問：普拉多回來時，是何等模樣？

「他從計程車上下來時，我恰巧站在窗前。他獨自一人，肯定是坐火車回來的。距離他們當時離開，已經過了一個星期。關於這段期間內發生的事，他隻字未提，當時沒有，以後也沒有。他的鬍子沒刮，面頰凹陷。我相信那段日子裡他幾乎什麼都沒吃。他狼吞虎嚥將所有我擺在他面前的食物，一掃而空。然後就在那裡，就在那張床上倒頭大睡，睡了足足一天一夜。他一定是服了藥。事後我發現了那包藥。

「他洗頭，刮鬍子，細心穿戴齊整。同時，我把診所打掃得窗明几淨。

「『喔，好亮啊。』他說，試著擠出一絲微笑，『謝謝，安德里亞娜，沒妳就糟了。』

「我們通知病人診所重新開張。一小時後，候診室裡便坐滿了人。普拉多的動作顯得比往日遲緩，或許是安眠藥的副作用，或許是因為他已經生病了。病人們都意識到他不再是以前的樣子，看著他的眼神，顯得不甚肯定。中午，他請我端一杯咖啡。這是以前從來沒有過的事。

「兩天後，他發高燒，異常頭痛，服任何藥都沒用。

「『沒必要驚慌，』他雙手頂著太陽穴，安慰我說：『身體同樣也是靈魂。』

「可是，當我偷偷觀察他時，卻讀出了他眼中的恐懼。他一定是想到了動脈瘤。他請我放一段白遼士的音樂，也就是法蒂瑪的音樂。

「『停！』音樂才開始幾個小節，他便大聲叫道：『馬上關掉！』

「或許是因為頭痛的緣故，或許是他意識到，在那個女孩之後，他再也回不去法蒂瑪身邊了。

「接著，胡安被捕。我們從一位病人那裡得知消息。普拉多頭痛欲裂，在樓上瘋了似地來回走動，雙手緊摀著頭部。一隻眼睛裡，有條微血管破裂，把眼睛染成血紅。他看上去可怕至極，粗野又絕望。我束手無策之際，問他：是否要叫喬治來？

「『妳敢?!』他大吼。

「一年後，他才又和喬治碰面。那是普拉多過世前的幾個月。這一年中，普拉多改變了許多。兩三個星期後，他的高燒和頭痛才逐漸消退。老天送回來一個深陷憂鬱的哥哥給我。憂鬱——他從孩提起，便非常喜歡這個字眼，日後也讀了許多這方面的書籍。有本書上寫道：這是典型的新時代現象。『胡說！』他咒罵道，認為憂鬱是人類所知的最寶貴的財富之一。

「『這種情感揭示了所有人性脆弱的一面。』他說。

「這並非毫無危險。他當然知道憂鬱和病態的憂傷不是同一回事。然而，當罹患憂鬱症的病人上門求醫時，他有時候會猶豫很久，遲遲不將病人轉送到精神病院。他和他們聊天，彷彿他們只是有些憂鬱而已。他傾向於美化這類病人的狀況，希望可以透過自己對他們精神上所受到的折磨感興趣，而讓他們大吃一驚。自從他跟那個女孩出走歸來以後，這樣的傾向變得更明顯，有時候，甚至已經瀕臨怠忽職守的邊緣。

「他對病人的診斷，直到最後都是一絲不苟的，但他畢竟是個有病在身的人，而且一旦面對的是人格有著嚴重缺陷的男性病患時，他有時幾乎是毫無招架能力的。相對地，他對女病人則是礙於羞怯，而往往過早將她們轉送到專科醫生那裡去。

「不管那次旅行的結果如何，它讓他心煩意亂的程度，是什麼都比不上的，甚至超過了法蒂瑪死時帶給他的痛苦。彷彿他腳下發生了一場結構性地震，連靈魂最深處的岩層都被推移。在這結構層上的所有物體都受到波及，稍有風吹草動，便晃動不已。家裡的氣氛改變了。我必須讓他避開眾人，保護他，彷彿我們生活在一間療養院裡。太可怕了。」

安德里亞娜擦掉眼中的淚。

「太好了，他……重新歸我所有，要不是喬治有天晚上站在我們家門口，他很可能一直屬於我。」

喬治取出一副棋盤和在印尼峇里島刻製的棋子。

「『我們好久沒下棋了。』他說：『太久了。』」

他們下第一盤棋時，不太交談。安德里亞娜將茶水端了過去。

「沉默的氣氛，讓人感到神經緊繃。」她說：「不是敵意，而是緊張。他們相互探詢著對方，探詢著重新成為朋友的可能性。」

偶爾，他們會試著開玩笑，或者使用學生時代常說的字眼，但仍然行不通，還沒等笑意浮上臉孔前，便消逝了。普拉多過世前一個月，兩人再次在樓下的診所中下棋，兩人交談了起來，直到半夜。安德里亞娜一直站在敞開的客廳門口。

「診所的門開了，他們走了出來。普拉多沒開燈。診所門裡透出的光，只能隱隱照亮走廊。他們走得很慢，彷彿慢鏡頭似的。我覺得他們刻意保持了一段距離。兩人走到走廊盡頭，同時在大門前站定。

「『就這樣吧。』普拉多說。

「『好吧。』喬治說。

「接著……是的，兩人投入了對方的懷中。我不知道該如何表達。他們一定是想彼此擁抱一下，最後的擁抱。動作一出現，似乎又覺得不妥，但欲罷不能。他們落入對方的懷抱，雙手探索著對方，彷彿盲人般無助，頭頂著對方的肩膀，然後，又挺直了身子，朝後退去，手和胳臂不知道該往哪裡擺。一兩秒鐘的可怕尷尬之後，喬治一把拉開大門，衝了出去。門砰地一聲關上。普拉多轉身面向牆壁，用額頭頂住牆，啜泣起來，聲音深沉、沙啞，近乎動物般的吼叫聲，整個身體隨之激烈抽動。我現在還記得，當時自己腦袋裡在想什麼：他存在於他內心深處，根深蒂固，長達一輩子之久！即便兩人道別了以後，依然如此。這是他們最後一次見面。」

普拉多失眠的情況，比起以往更為嚴重。他開始抱怨他會頭暈，不得不在病人就診時，休息一下。他請安德里亞娜彈奏巴哈的《郭德堡變奏曲》，還去過幾次柯蒂斯文理中學，回來時，臉上依然帶著淚痕。在葬禮上，安德里亞娜從美洛蒂那裡聽說，她曾經看到他從教堂裡走出來。

偶爾，他會重新拾起鋼筆書寫。這一天，他就整天不吃不喝。他過世前的那個夜晚，抱怨著他的頭痛。安德里亞娜陪著他，直到藥效發作。她出去時，他看上去已經睡著了。等她早上五點起來看他時，他的床卻是空的。他又去心愛的奧古斯丁街。在那裡，一小時後，他暈倒了。六點二十三分，安德里亞娜得知他的死訊。她回到家裡，將立鐘的指針扳回，讓擺錘就此停止擺動。

37

「唾棄導致的孤獨。」這是普拉多在他生命的最後階段一直思索的問題：別人對我們的尊重與好感，讓我們產生了依賴，也受其支配。他思考的是多麼深奧的問題啊！戈列格里斯坐在西爾維拉的客廳裡，再次讀著普拉多早期關於孤獨的心得，也就是安德里亞娜收入書中的那一段：

憤怒的孤獨

我們所做的一切，全是出於對孤獨的恐懼，是這樣嗎？我們是否會因此放棄一切我們在人生走到盡頭時或許會感到懊悔的事物？這是否就是我們為何甚少說出自己想法的原因？否則，我們為什麼要硬抓著破裂的婚姻、虛假的友情和無聊的慶生會不放？要是我們斷絕了這一切，終止不知不覺的勒索，仰賴自己，獨立自主的話，事情將會如何？假使我們讓自己那受到奴役的願望以及受到束縛的憤怒，像噴泉一般高高噴湧出來的話，事情又將會如何？我們所恐懼著的孤獨，它的起因究竟為何？是在毫無預期的情況下蒙受指責的沉默？是已經不再需要屏著氣息、躡手躡腳地走過婚姻的謊言和善意的真假莫辨等地雷區？是吃飯的時候不再需要與人相對而坐的自由？還是那在與人密集約會的嘈雜沉寂下來時，突然多出來的大把時間？這難道不是一件很棒的事嗎？彷彿身在天堂裡一般？

所以我們為什麼要害怕？孤獨是否最終只是一種存在的恐懼而已，因為我們實在想像不出它的對象？孤獨是否只是我們輕率的父母、教師與神父們用來恫嚇我們的一種恐懼而已？我們何以能夠肯定，當其他人看見我們擁有如此高度的自由時，不會對我們心生嫉妒？我們何以能夠肯定，他們不會因此過來尋覓我們的社群？

當時，他還沒有意識到「遭人唾棄」的刺骨寒風，日後，他有了兩次的經驗：第一次是他救了門德斯的命，第二次則是他把艾斯特方妮雅・艾斯平霍莎帶出國去。那些早期的紀錄，讓他成為反聖像運動者、一個思想不受拘束的人、一個在全體教師面前，無所顧忌發表褻瀆上帝言論的人。那些人之中，甚至還有神父。在他寫下那篇言論的當時，還有喬治的友誼帶給他安全感。戈列格里斯心想，這份安全感想必在他站在憤怒的人群面前，被人吐到臉上的唾液橫流的時候，幫助他撐下去。然而，這份安全感卻在之後破裂了。人生的無禮要求，實在是太多、太沉重，讓我們難以消受，遠遠超出我們的情感所能承受的範圍。這句話是普拉多在孔布拉大學讀書時說過的，而且他正好是說給喬治聽的。

如今，他那一針見血的預言果然成真，他留在寒冷世界難以承受的孤獨之中，就連小妹的關愛也無能為力。忠誠，那一根曾經被他視作抵禦情感潮汐的救命稻草，最後被證實並非堅而不摧。根據安德里亞娜所說，他再未參加反抗運動的聚會，只去監獄探望胡安・埃薩。探監的許可，是他從門德斯那裡得到的唯一一份謝意。「他的手，安德里亞娜，」回來後，他說：「他的手啊，那雙曾經彈奏舒伯特的手！」

他禁止安德里亞娜在診所開窗通風，以保留喬治最後一次來訪留下的菸味。病人們抱怨連連，但窗子依然整日緊閉。他深深呼吸著污濁的空氣，彷彿那是記憶的毒品一般。當最後不得不通風時，他整個人陷進椅子裡，彷彿生命力也隨菸味的散盡，從這間屋子裡消散而去。

「請您到這邊來。」安德里亞娜對戈列格里斯說：「我讓您看樣東西。」

他們一起走下樓，走進診所。在木板地的一角，鋪著一小塊地毯。安德里亞娜以腳將地毯推至一邊，露出下面破碎的灰泥和一塊鬆動的大瓷磚。她蹲下去，掀起瓷磚。下面有一塊在地板上鑿出來的凹陷，裡面擺著一盒折疊式的西洋棋盤與棋盒。安德里亞娜打開棋盒，讓戈列格里斯看裡面精雕細琢的棋子。

戈列格里斯一時喘不過氣來。他打開一扇窗，呼吸著清涼的夜風。一陣暈眩襲來，他不得不緊握住窗戶的把手。

「我讓他大吃一驚。」安德里亞娜說。她再次闔上棋盒，朝戈列格里斯走去。

「他的臉漲得通紅。『我只是想……』他喃喃自語。『你沒必要覺得難為情。』我對他說。那天晚上，他像孩子般脆弱，不堪一擊。當然，這看起來就像是這副棋盤的墳墓，也是為了喬治、為了他們的友誼所挖的墳墓。但是，我發現他並不是這麼想。事實上，他的感受比這複雜許多，而且不知道為什麼，他同時也是滿懷希望的。他壓根兒沒想過要埋葬兩人的棋盤，只想在不毀損棋盤的情況下，把它推至自己世界的邊界之外。他希望可以確信自己隨時能夠再將它取出來。現在，他的世界是沒有喬治的世界，但還是有著喬治的存在，他仍在那兒。『現在，沒有喬治的地方，似乎也不會再有我的存在。』有次，他這樣說。

「在那之後，他一連數日都喪失了自信，對我幾近卑躬屈膝。『下棋這檔事，實在是太庸俗了。』當我質問他的時候，他最後這樣說。」

戈列格里斯想起喬治說過的話：他常不自覺表現出他的激情，雖然他心裡清楚，但是不願意承認。因此，他一有機會便要挑戰庸俗。這時候，他的態度是沒法公平的，他的態度是極其不公平的。

現在，他在西爾維拉的客廳裡，再一次閱讀普拉多書中關於庸俗的評論：

庸俗乃所有牢獄中最歹毒的一個，是拿簡化的不實情感黃金來包覆鐵柵欄，讓人們以為那是宮殿梁柱。

安德里亞娜交給他一疊紙張，之前全都擱在普拉多的桌上，夾在兩層厚紙殼中，以一條紅色的帶子緊緊捆起。「這些都是沒收到書裡的，內容是外界不該知道的東西。」安德里亞娜說。

戈列格里斯解開帶子，把厚紙殼擱到一旁，讀道：

喬治的棋盤。看，他把棋盤還給我的樣子！就只有他做得出來。他是我認識的人當中，唯一一個可以令人如此信服的人。那種強制力，是我在這個世界上說什麼都不願錯過的東西。就像他在棋局中那令人信服的棋路一樣。他這麼做，究竟可以得到什麼好處？這麼說對嗎：他究竟想要得到什麼好處？他從未說過：「當年艾斯特方妮雅的事，你誤解我了。」他反而只有說：「當時我以為我們之間可以無話不說，可以談論自己腦袋中的所有東西。我們一向如此，你忘了嗎？」聽他這麼一說，幾秒內，真的只有幾秒，我以為或許我們還可以重新找回彼此。那是一種熾熱的、美妙的感受，可惜，稍縱即逝。從前，他臉上的大鼻子，他的眼袋和滿口黃牙，全都深得我心，是屬於我的一部分。但是，它們現在全待在外面，比一張從未進入我內心深處的陌生人的臉，還要陌生。那是在我的胸口上的一條裂痕，一條收不了口的裂痕！

我處理棋盤的方式，算是庸俗嗎？那只不過是一個簡單、真實的動作罷了。我這麼做完全是為了自己，而不是為了公眾。當一個人完全是為了自己而做出某件事，卻絲毫不知道有成千上萬的人正盯著他瞧，在震耳欲聾的刻薄話中放聲大笑，只因為他們認為他的做法過於庸俗時，我們該如何對此做出評斷？

一小時後，戈列格里斯走進西洋棋俱樂部，喬治剛好陷在一盤錯綜複雜的尾盤棋局裡。那個長著一對癩瘌眼、不停擤鼻涕的佩德羅也在。戈列格里斯看到他，就想起在穆狄葉輸掉的那盤棋。沒有空位了。

「坐這兒吧。」喬治衝他著說，拉來一把空椅，擺在自己的桌子旁。

戈列格里斯在前往俱樂部的一路上，都在想自己究竟指望什麼？他究竟想從喬治那裡得到什麼？有一點很清楚，他絕不能問喬治當時他跟艾斯特方妮雅．艾斯平霍莎之間究竟是怎麼回事？他真的想犧牲掉那個女孩嗎？他找不出答案，卻又無法轉移這個想法。

此刻，望著喬治抽菸的臉，他突然明白：他想要再一次確定，坐在一個讓普拉多一輩子都想放在心底的人身邊，是一種什麼樣的感覺？按照巴托羅繆神父的說法，普拉多需要這樣一個人來讓自己變得完整。他享受輸棋給這個人的快樂，並且在買下一整間藥局送給這個人時，也不指望得到他的感激。這也是他那聳人聽聞的演講結束後，當犬吠聲打破難堪的沉寂時，響聲大笑的第一個人。

「怎麼樣，要不要來一盤？」喬治贏了棋，跟對手道別後，轉過來問戈列格里斯。

戈列格里斯從沒這樣跟人下過棋。這跟下棋無關，反而只是因為還有其他人在場的關係而已。或者根本是因為喬治在場的關係。而且有一個問題始終縈繞不去：要對眼前這個有著骯髒指甲、手指被尼古丁染黃、無情地表明立場的人，一輩子念念不忘，會是什麼樣的感覺？

「我不久前跟你說的事，我是說，關於普拉多和我的事，您就全忘了吧。」

喬治看著戈列格里斯的眼神，摻雜著靦覥和打算捨棄一切的惱怒。

「酒一下肚，什麼都變了樣。」

戈列格里斯點了點頭，希望喬治看出自己臉上對他們那段複雜且深厚的友誼的尊敬。他告訴喬治，普拉多曾自問：一個人的靈魂是否是真相的歸宿？所謂的事實，是否只是我們用來描繪他人與描繪自己的故事中迷惑人的幽靈而已？

「是啊，」喬治說：「普拉多一生都在探索這個問題。他曾經說過：『一個人的內心世界，比起我們想要用公式化的、幼稚可笑的解釋來哄騙自己的，還要複雜得多。』」

所有的一切都要複雜得多。每一個瞬間也是複雜得多。「他們因為相愛，因為想要共同分享生活才結婚。」「她缺錢，所以才行竊。」「他不想傷害另一個人，所以才說謊。」所有這些都是極其可笑的故事！我們好似分化出不同階層的生物，高深莫測，靈魂的動盪有如水銀瀉地，性情色澤與形狀的變化，有如萬花筒般變化多端、晃動不斷。

聽來，當時的喬治對此提出了反駁：「這世上一定還有著深藏在人內心中的真相，只是形式複雜得多。」

「不，不是的，」普拉多堅稱：「我們可以無止境地將自己的解釋完美化，但是結果依然是錯的。」

錯誤的地方在於我們假設有所謂的真理等待我們去發現。所謂的靈魂啊，喬治，只不過是一種單純的發明罷了，是我們一種最天才的發明。天才之處，就在於那近乎不證自明的假設：在我們的內心中，一定找得到某種在現實世界中可以找到的東西。但是事實上，喬治，完全不是這麼一回事。我們發明了靈魂，為了是讓我們彼此相遇的時候有個可供談話的對象，是某種我們可以談論的東西。想像一下，如果我們沒法談論靈魂的話，那我們之間的對話要如何開始？那不成了地獄?!

「這時，他會越說越興奮，兩眼發光，心醉神迷。一旦注意到我和他一樣享受他的陶醉時，他便會說：『你知道嗎，思考是第二美好的事。最美妙的事，不外乎詩歌。如果這世上有著詩歌般的思想和有思想的詩歌，那便是天堂。』後來他開始寫作時，曾經說過：『我相信，這是通往天堂之路的嘗試。』」

喬治的眼睛微微濕潤。他沒發現自己的皇后陷入險境。戈列格里斯移動了一步無關緊要的棋子。俱樂部裡只剩下他們。

「結果有一次，本來是鬧著玩的事，卻被當真了。到底是什麼，跟您無關，跟誰都不相干。」

喬治咬著嘴唇。

「也跟住在卡希爾斯區的胡安・埃薩無關。」

他抽出一根菸，大咳起來。

「『你騙人。』普拉多衝我叫道：『你這麼做一定還有其他的理由，絕不是你自編自演的這一個。』

「這就是他的話。他那可惡、傷人的話：你自編自演的這一個！您想像一下，要是有人衝著您說，您自編自演了一個理由？您能想像嗎，一個朋友，一個您的好友，說出這種話的時候，您會怎麼想？

「『你哪裡會知道？』我也衝著他大叫：『我不認為這裡有所謂的真實或虛假，或者是你根本不想承認這點？』」

喬治鬍子未剃的臉上有幾點紅斑。

「您知道嗎，我以為我們無話不說，可以談論自己腦袋裡的所有東西。所有！多麼羅曼蒂克！該死的羅曼蒂克，我知道。然而，我們之間就是這樣，四十多年來都是這樣，似乎從那天他身穿貴重的小禮服，不背書包走進教室起，就是這樣。但他對任何思想都毫無畏懼。他還是那個當著神父的面，想要說出上帝的語言是苟延殘喘的語言的人。當我試著要說出那個大膽，我承認，也是可怕的念頭時，我發覺自己高估了我和他之間的友誼。他看我的樣子，彷彿我是個怪物似的。通常，他可以清楚區分出單純試驗性的想法，以及真的發生在我們身上的事情。他正是那個教會我辨識出這其中差異的人。忽然之間，他對此一無所知。他面色慘白。在這一瞬間，只在這一瞬間，我想最可怕的事情已經發生了，我們對彼此一輩子的好感轉變成仇恨。在那一刻，那決定性的一刻，我們失去了對方。」

戈列格里斯真希望喬治可以贏這一盤棋，他希望喬治可以用他的棋路逼他就範，讓他心服口服。然而，喬治已經無心回到棋盤上來。戈列格里斯只好安排一場和棋。

「無止境的坦承，顯然是不可能的。」他們走上街，握手告別時，喬治說：「那已經超出我們能力所及的範圍。由於不得不沉默而導致的孤獨，也是有可能存在的。」

他呼出一大口煙。

「這是很久以前的事了，已經過了三十多年，卻依然像昨天剛發生一樣。我很高興自己留下了這家藥局。如此一來，我可以依然生活在我們的友誼裡。有時候，我甚至覺得我們從未失去過對方，只不過是他已經死去了而已。」

38

戈列格里斯已經在瑪麗亞家附近前前後後繞了一個鐘頭的時間，不知道自己的心為何跳動得如此劇烈？「他愛她，」根據美洛蒂的描述，「她是他一生中沒有過肉體接觸的至愛。如果說他從來沒有吻過她，我也絲毫不以為奇。但是，沒有人，沒有任何女人，可以超越她。如果說有人知道他的所有祕密，一定就是瑪麗亞。某種程度上來說，只有她，唯獨她清楚他是一個怎麼樣的人。」喬治曾經說過：「她是唯一一個普拉多真正信任的女人。瑪麗亞，我的天，當然是啊，瑪麗亞，」他說。

當她站在門前把門打開的時候，戈列格里斯馬上就明白了一切。她一隻手拿著一杯熱咖啡，另一隻手放在杯上暖著。那雙明亮的褐色眼睛裡發散出來的眼神，雖然帶著審視的意味，卻不具任何危脅。她並不是豔光四射、讓男人回頭顧盼的女人。即使在她年輕時也從不是那樣的女人。然而，戈列格里斯卻未遇到過這樣一個女人，如此平淡，卻又充滿自信且獨立。她的年紀一定已經超過八十，即使她至今仍用那雙穩健的手持續工作，也絲毫不會引人訝異。

「那要看您想要做什麼嘍。」當戈列格里斯問她是否可以進她的屋子打擾時，她這樣說道。他已經不想再站在門口，拿普拉多的肖像當入門證件，但她平靜坦率的目光，給了他開門見山的勇氣。

「我正在研究阿瑪迪歐．德．普拉多的生平和文章。」他用法語說：「我聽說您認識他，比其他人都還要熟悉。」

她的目光已經讓人預期到她不會因為這句話而驚慌失措。果然，起碼在表面上是這個樣子。她穿著一身深藍色的羊毛套裝，身體依然靠在門框邊，顯出一副泰然自若的樣子，另一隻空出來的手，平靜地捂著熱咖啡杯，只不過動作有些遲緩。不過，她眨動眼睫毛的速度變快了，額頭上浮現出人在突然面對某件意外而需要用心思索時，經常會出現的那種全神貫注的皺紋。她一聲不吭。有幾秒鐘的時間，她閉上了眼，接著很快又恢復自制。

「我不知道自己是否想回到過去。」她說：「不過，您這樣在外頭淋雨也不是辦法。」她的法語流利，沒有片刻猶豫，帶著葡萄牙女人輕鬆說法語時，片刻也不願意脫離自己母語的特有慵懶優雅。

她為他端來一杯咖啡，想知道他是誰。舉手投足間，毫無殷勤得體的女主人矯揉做作的模樣，而是一個頭腦清醒、動作樸實平淡的人的樣子。這種人只解決生活中最現實、最迫切需要解決的問題。

戈列格里斯告訴她關於伯恩的西班牙書店及書店老闆為他翻譯的那一段文字。「我們縱然經驗數以千計，卻至多只提其一，他引用原文：在未被論及的經驗裡，隱藏著在潛移默化中賦予我們生活型態、色彩與旋律的經驗。

瑪麗亞閉上了眼，因上火而起水泡的厚嘴唇，開始不自覺地微微顫動起來。坐在沙發上的身軀似乎有些下陷。她雙手合攏，抱緊膝蓋，又鬆開，現在不知道該將手放置何處。滿布著隱約可見的深色血管的眼皮，微微抽動，過了一會兒，呼吸才逐漸平緩。她重新睜開雙眼。

「您聽到這段文字後，便離開了學校？」她說。

「我離開學校，然後才聽到這一段。」戈列格里斯糾正她說。

她笑了。她注視著我，送上一份微笑，彷彿發自清醒而生機勃勃的寬廣草原。普拉多的法官父親曾經這般寫道。

「好吧。不過，時機剛好，正好是您想要認識他的時候。您是怎麼找到我的？」

戈列格里斯開始講述自己的故事，她仔細打量他。

「我從來沒有聽過那本書。我想看一看。」

她打開書，注視著普拉多的照片，似乎有雙倍的磁力將她吸進沙發裡。在她布滿血絲、近乎透明的眼皮後面，眼球快速滾動。她做好準備，睜大了眼，盯住書上的肖像，慢慢用布滿皺紋的手輕撫著，一次又一次。現在，她將雙手撐在膝上，起身，默默走出房間。

戈列格里斯拿起書，打量著書上的照片，想起自己坐在布本貝格廣場上的咖啡館，第一次看到這幅照片時的情景，想到從安德里亞娜那部老式錄音機裡，聽到普拉多的聲音。

「我還是回到了過去。」瑪麗亞重新坐回沙發上時說：「一旦涉及到的是心靈的部分時，我們基本上是無可奈何的。他經常這麼說。」

她的臉更顯沉著，將落在前頭的髮絲梳理整齊，然後接過書，注視著照片。

「普拉多。」

從她口中說出來的這個名字，與其他人的完全不同，彷彿那是另一個名字，而非屬於同一人的。

「他蒼白文靜，到了可怕的地步，或許是因為他的語言天分過人。我簡直不能，也不想相信，他再也說不出話來。從破裂的動脈血管流出來的鮮血，沖走了那些語言，那些文字。所有文字。一場具有毀滅力量的可怕血液潰堤。身為護士，我一生中不知見過多少死者。可是，在我看來，沒有一個如此慘不忍睹，彷彿這一切根本不該發生，也完全無法讓人承受。無法承受。」

街上雖然嘈雜，屋子裡卻寂靜無聲。

「我還記得他過來找我時的樣子，手裡握著裝在黃色信封袋裡的病歷報告。他因為嚴重的頭痛和頭暈才去醫院檢查，擔心自己得了腦瘤。X光血管顯影、顯影劑。除了一個動脈瘤，什麼都沒有。『留著，您活一百歲都沒問題！』神經科醫生說。可是，普拉多臉色慘白。『這個瘤隨時都可能破裂，無時無刻啊！腦子裡有著一顆定時炸彈，你要我怎麼活?!』他說。」

「他取下了掛在牆上的大腦圖，」戈列格里斯說。

「我知道，這是他要做的第一件事。要是你知道他是何等讚嘆人類的大腦及其謎般的功用時，一定能推測出那對他而言代表的意義。『一個證明上帝存在的證據。』他說：『這是一個證明上帝存在的證據。要是上帝不存在，才見鬼了。』現在，他開始了新的生活，一種避開所有涉及大腦思考的生活，哪怕任何一點與大腦相關的問題病例，都立刻被他轉診到專科醫生那裡去。」

戈列格里斯看到普拉多房間裡那本被高高堆置在書堆上的大書。「大腦，大腦，」他聽見安德里亞娜說：「為什麼你什麼都不說？」

「除了我之外，沒人知道這件事。安德里亞娜不知道，喬治也一無所知。」語調中幾乎聽不出任何驕傲的語氣，但就是有一股驕傲感存在。

「以後，我們很少談及此事。即便談起，也是匆匆帶過，沒什麼可說。但是，腦子裡一場血災的危脅，就像是他生命最後七年間無時無刻伴隨著的陰影。有時候，他甚至希望事情就這麼發生，可以讓自己從恐懼中解脫。」

她注視著戈列格里斯。「請您過來。」他跟著她來到廚房。她從一個櫃子的頂層取下一個大而平滑、有著鑲嵌箱蓋的塗漆木箱。他們一起坐在餐桌旁。

「有些段落是在我的廚房裡寫的，是另一間廚房，但是同樣的桌子。『我在這裡寫的東西，都是最危險的。』他說，不願談及其中的內容。『寫作即沉默，』他說。他似乎可以徹夜坐在這裡，然後覺也不睡，便直接到診所去。他摧殘著自己的健康。安德里亞娜恨得不得了，她恨所有跟我有關的事。『謝謝，』離開時，他說：『在妳這裡，就像在受到保護的安靜避風港裡。』我一直把這些紙放在廚房裡，它們屬於這裡。」

她打開木箱雕鏤的鎖，取出最上面的三張紙，讀了幾行，便把紙張推給戈列格里斯。

他開始讀下去，碰到不太能理解的地方，便探詢地望著她。她就為他翻譯。

死亡的警告——記住，你明天將會死

修道院的黑牆，低垂的眼神，白雪覆蓋的墓園。非得這樣不可嗎？

想想吧，你到底想要什麼？把流逝的有限時間的意識，當成能源，抵制自己原本習以為常的事物和期望，尤其是抵制來自他人的期望和威脅。成為一種開啟未來，而非封閉未來的力量泉源。從這點來理解的話，死亡是對權勢者、壓制者的威脅，那些人嘗試要建立起讓受壓制者灰心喪志、俯首稱臣的機制[32]。「我為何如此聽天由命，聽任結束便是結束，該發生的事遲早都會發生？你們為何要跟我說，雖然這事根本不會有絲毫的改變。」

答案是什麼？

「不虛度光陰。在有限的時間裡，做些有價值的事吧。」

可是，「有價值」意味著什麼？實現長久以來受到忽視的願望，向「今後有的是時間」的錯覺進攻；配合必要的改變，讓「死亡」變成向舒適、自我欺騙與恐懼挑釁的武器；去旅行，實現多年的夢想；學習一直想學習的語言，讀一直想閱讀的書籍，買一直想買下的首飾，到夢寐以求的飯店住上一晚。總而言之，別讓自己覺得遺憾。

此外，還有其他一些重要的事情：放棄自己不喜愛的職業，遠離自己厭惡的環境，做有助於讓自己變得更坦率、更貼近自己的事。

從早到晚躺在沙灘上，或是坐在咖啡館裡，這也可以是一個一輩子都在工作的人對「死亡」所做出的回答。

「別忘了，你早晚會死，也許就在明天。」

「我一直想著這件事，所以才從辦公室裡溜走，出來享受陽光。」

看似陰鬱的警告，並沒有把我們禁閉在白雪覆蓋的修道院裡，反而打開一條通向外界、喚醒我們面對現實的通道。

無時無刻想著死亡，將拉近自己與他人之間的距離：化解敵意；對過去所做的不公致歉；表達對他人的認可，在平時，我們會覺得那種認可不值一提；不再過分留意自己以前甚為在意的事，諸如別人的挖苦諷刺、裝腔作勢以及反覆無常的情緒性評斷等；讓「死亡」成為一項敦促自己去感受他人感受的要求。

危險的地方在於：人與人之間得以親密無間的先決條件，乃是對當下的認真態度。少了這一點，無疑讓人與人之間的關係不再坦率真誠，不再生氣蓬勃。此外，關於我們所體驗到的許多事，關鍵的部分在於：它們和我們的人生終點毫不相關，我們甚至會認為，未來尚遙不可及。換句話說，一旦死期將至的意識滲入我們的腦海裡，那樣的想法便會被扼殺在萌芽狀態中。

戈列格里斯講述了愛爾蘭人的事。他居然手持血紅色的足球，出現在牛津萬靈學院的夜間學術講座上。

「普拉多寫道：我多想成為這個愛爾蘭人啊！」

「是啊，這相當符合他的性格。」瑪麗亞說：「完全符合，尤其符合我們當時剛認識的他。在那個時候，如同我今天要講的，他的性格就已經完全固定下來了。那是我去柯蒂斯文理中學旁的女校上學的第一年。所有女生都對男校的男生心懷敬畏。拉丁文和希臘文！有一天，那是五月裡一個溫暖的清晨。我對那些荒誕的敬畏心倒足胃口，直接走了過去。柯蒂斯文理中學的男生都在玩，嘻笑作樂，唯獨他沒有。他坐在石階上，胳臂抱膝，迎向我的目光，似乎已經在那兒等我數年之久。要不是因為他那樣看著我，我或許就不會直接坐在他身邊。然而，當時那麼做，顯然是再自然不過的事情。

「『你不去玩？』我問。他輕輕搖了搖頭，幾乎有些惱怒。

32 普拉多這裡指的是三百多年來，歐洲知識界倡導嚮往思想自由的願望。普拉多認為，「死的警告」，也是實現解脫的因素。只有當一個人得知自己隨時會死，才會真正反省人生至關重要的事，即從中發現個人的願望。

「『我在看這本書。』他說，聲音輕柔，又有如獨裁者般令人無從抗拒。他對自己的專制一無所知，而且肯定不想知道。『這是一本關於聖女小德蘭㉝事蹟的書。看完後，覺得自己的所做所為都庸俗無比，根本不夠重要。妳懂我的意思嗎？』

「我笑了。『我叫亞維拉，瑪麗亞．胡安．亞維拉。』我開始自我介紹。

「他跟著笑，但有些難堪，顯然他覺得我並不拿他當回事。

「『不可能所有的事情都是重要的，更不是永遠都重要。』我說：『否則，這世界不是太可怕了嗎？』

「他看著我，臉上露出來的笑容不再是難堪。文理中學上課鐘噹噹作響，我們就此分開。

「『妳明天還會來嗎？』他問。我們見面還不到五分鐘，對彼此之間的信賴感卻彷彿已有數年之久。

「當然，隔天我又來了。他已經弄清楚我姓氏的底細，做了一篇關於被西班牙阿方索六世統治時期的卡斯提爾國王，派駐到地方去的瓦斯可．希曼若及雷蒙多．德．鮑爾哥尼亞伯爵，還有十五世紀時將這個姓氏引進葡萄牙的安東尼和胡安．貢薩爾維斯．德．亞維拉等的長篇大論。

「『我們可以一起去亞維拉㉞。』他建議說。

「隔天，我從女中的教室望著文理中學，發現那邊窗上的兩個光點，是他歌劇望遠鏡片的反光。

「下課休息的時候，他讓我看那隻望遠鏡。『這是我媽媽的。』他說：『她愛聽歌劇，可是爸爸……』

「他想讓我成為優等生，為的是日後可以讓我當醫生。但我不願意，我說，我以後想當護士。

「『可是妳……』他又開始了。

「『護士！』我說：『就是一個普普通通的護士。』

「他花了一年的時間，才接受我的想法。我堅持己見，不聽他的建議，為我們之間的友誼打下了深深的烙印，這份友誼因此一生牢不可破。

「『妳膝蓋的顏色真深，衣服上的香皂味真好聞。』我們見面兩三個星期後，他對我說。

「我送給他一個柑橘。全班所有人都嫉妒死我了：貴族和農夫的女兒?!為什麼偏偏是瑪麗亞？有一次，一個女孩大聲說。她沒注意到我在附近。她們想出種種理由，胡掰瞎想。普拉多最看重的老師——巴托羅繆神父不喜歡我，一看見我，馬上掉頭往另一個方向走去。

「我過生日時，得到了一套新套裙，我請媽媽裁短一些。普拉多對此沒有任何表示。

「偶爾，他也會來女中。我們就在課堂休息時間散步。他告訴我他家的事，他父親的脊背及母親無聲的期待。我知道所有讓他情緒產生變化的原因。我成為他的至交。沒錯，就是這樣，我成為他的終身知己。

「他沒有邀請我參加他的婚禮。『妳會覺得無聊。』他說。他們從教堂走出來時，我站在一

---

33 聖女小德蘭（Thérèse of Lisieux，1873~1897），天主教的第三位女聖人。教宗保祿六世在一九七〇年，冊立聖女大德蘭（Teresa of Ávila，1515~1582）與加大利納．西耶納（Catherine of Siena，1347~1380）為女聖人。聖女小德蘭則是在一九九七年，由教宗若望．保祿二世冊立為聖人。

34 亞維拉（Ávil），馬德里近郊古城，也是西班牙海拔最高的都市。

棵大樹後面。真的是一場貴族的昂貴婚禮，汽車又大又亮，婚紗的裙襬又長又白。男人身穿燕尾服，頭戴禮帽。

「這是我第一次正面看到法蒂瑪。她的臉勻稱美麗，如大理石般潔白，長髮又黑又亮，有著男孩子般的身材。不是個布娃娃，我得說，不過也說不上來，她就是有點……幼稚。我無法證實這一點，不過我想他約束著她，自己卻沒察覺。他是個很有自制力的人，沒有絲毫控制欲，完全沒有，卻將一切置於自己的掌控之中。他光彩照人，遠在常人之上。基本上，他的一生根本就沒有留給女人的位置。她死後，他深深受到震撼。」

瑪麗亞停了下來，望向窗外。她重新開始講述時，語調遲緩了許多，彷彿有些良心不安。

「就如我說的那樣：他深受震撼，毫無疑問。可是……怎麼說呢，那還是沒有觸及到他的靈魂最深處。起先幾天，他常來我這裡，跟我坐在一起，不是為了尋求慰藉，他知道，他……從我這裡得不到慰藉。是的，他知道，肯定知道。他只希望我在他身邊。經常是這樣：我非得在他身邊不可。

瑪麗亞站了起來，走到窗邊，望著外頭，手交叉在背後。她又開始說起話時，語調中帶著一種在談起祕密時刻意放輕音量的調子。「到了第三、第四次時，他終於鼓足勇氣，內心的急迫感太強烈了，必須找人說出來。他生不出孩子。他早就動過手術，絕對不想當父親。那是很早以前的事了，早在他遇到法蒂瑪之前就已經動了手術。」

「『我不想有個毫無抵禦能力的可憐孩子，一個必須承受我的靈魂重量的孩子。』他說：『我知道，自己會是什麼樣子，到現在依然如此。』

「父母的企圖及恐懼所呈現出的輪廓，用熾熱的石筆刻印在孩子不知何事將至的脆弱心靈上。我們要花一生的時間，才能找到並解讀那些烙印的文字，但我們也無法確定能理解它們。」

戈列格里斯將普拉多寫給父親信中提到的這句，告訴瑪麗亞。

「沒錯。」她肯定地說：「讓他感到沉重的，不是那個手術。對此他從不後悔，而是他從未告訴過法蒂瑪。她因為無法生育，深深感到痛苦，他也備受良心的譴責。他向來無畏，是個罕見的無畏無懼之人。但在這件事情上，他卻膽怯了，也再沒從這份膽怯中恢復過來。」

「一碰到有關媽媽的話題，他就變成膽小鬼。這是他一生中唯一膽怯之處。通常他絕不會避開不愉快的事，從來不會。」安德里亞娜曾如此回憶道。

「我能理解。」瑪麗亞說：「是的，我相信，我敢說自己完全理解這一點。我自己就感覺到他的父母是如何深植他心，又對他做了些什麼。但我還是異常沮喪，也為了法蒂瑪。最讓我感到惶恐的是他的作法，是一個過激、甚至殘忍的決定。那時他才二十五歲左右，但對這種事卻心意已決，而且下了一個永遠的決定。我幾乎花了一年的時間，才接受了這樣的事實。我跟自己說：要是他不做出這樣的事情來，就不是他了。」

瑪麗亞把普拉多的書放在手上，戴上眼鏡，開始翻閱起來。然而，思緒卻依然停留在過去的回憶裡。她摘下眼鏡。

「我們從未談論過法蒂瑪，談論他對她的感受。我和她只碰過一次，在咖啡館裡。她走進來，覺得跟我坐在一起是一種義務，沒等服務生走過來，我們已經知道這是個錯誤。萬幸，我們只喝了杯義大利濃縮咖啡而已。

「我不知道，我是否理解了所有這一切，或者根本什麼都沒有理解。我一直不確定，普拉多自己是否明白這一切。還有，令我感到怯懦的地方在於：我從未讀過他關於法蒂瑪的筆記。『我死了以後，妳才能打開看。』他把上了封印蠟的信封交給我的時候說：『不過，我不想讓它落在安德里亞娜的手裡。』我不只一次把信拿在手裡，但不知何時開始，我做出一個永遠的決定：我不想知道信的內容。所以信到現在還放在箱子裡。」

瑪麗亞將〈死亡的警告〉這篇文章放回箱子裡，推到一旁去。

「有一點我很清楚：當艾斯特方妮雅出現的時候，我一點也不感到訝異。真的就是這樣，除非你得到了這樣東西，否則你永遠不知道自己還缺少什麼。然後，就在那一瞬間，你全都明白了，那正是你所缺少的東西。

「他整個人都變了。四十年來第一次，他在我面前表現得拘束，想把自己隱藏起來。我只聽說，有著這樣一個人，一個參加反抗運動的人，跟喬治也有關係。普拉多不想承認這件事，他也沒法承認。但我太了解他了，他不停地想著她！他的沉默清楚表現出：『我不該見到她。』我不該透過他的目光，來了解她的事。誰也不許知道的事，連他自己都不行。因此，我自己去守在反抗運動成員聚會的屋子前。唯一的一個女人走了出來。我立刻知道就是她！」

瑪麗亞的目光在房間裡慢慢移動，然後固定在遠處的一點上。

「我不想跟您描述她的樣子。我只能說，我馬上就能猜想出來，在他身上發生了什麼事。世界對他而言突然變了一個完全不同的模樣，截至目前為止的秩序轟然塌陷，這顯然是和另一件完全不同的事情有關。她就是這樣一個女人。那時她才約二十五歲。她不只是學院裡愛爾蘭人手上的那顆鮮紅色足球而已，更可以說是所有鮮紅色愛爾蘭足球的集合體。這點他一定感覺到了。她賦予了他的人生得以完整的機會。我是說，就一個男人而言。

「唯有如此才能解釋他為何會把一切都下在這個賭注上：他人的尊重、與喬治的神聖友誼、甚至生命。他從西班牙回來後，整個人似乎都……毀了。毀了，沒錯，只有這個才是正確合適的字。他的行動變得遲緩，很難集中精神，血管裡不再流淌著像以前一樣的水銀。他的無畏不復存在，生命之火熄滅了。他曾經說到他必須重新學習人生。

「『我今天去到了文理中學的外頭。』他有一天說：『那時，所有的一切都攤在我的眼前。我擁有那麼多的可能性，所有一切都是開放的。』」

瑪麗亞哽咽了起來，當她再度開口前，先清了一下喉嚨，可是嗓音依然嘶啞。

「他還說了一句：『為什麼我們當時沒有乾脆一起去亞維拉。』

「我還以為他早就忘了這件事，但是他從未忘記。我們都哭了。那是我們唯一一次一起哭泣。」

瑪麗亞走了出去。回來時，脖子上繫著一條圍巾，手臂上搭著一件厚大衣。

「我想跟您一起去文理中學。」她說：「不管那裡還剩下什麼。」

戈列格里斯想像著她會如何打量伊斯法罕的圖片，提出什麼樣的問題。他感到有些驚訝，因為自己似乎對此一想像一點也不覺得難為情。和瑪麗亞在一起，不會難為情的。

39

她，一位年已八旬的老婦，開車時居然如計程車司機一般平穩精確。戈列格里斯注意到她握著方向盤和放在排檔桿上的手算不上優雅，她也沒時間做特別的保養。這雙手曾經照護過病人，清理過夜壺，上過繃帶。這雙手清楚知道自己在做些什麼。為什麼普拉多不讓她當他的助手？

他們停車，步行穿越花園。她想先去女中。

「他過世以後，我已經三十年沒來過這裡。那時，我幾乎每天都來。我想，一個我們共同分享的地方，也是我們初次邂逅的地方，或許能教會我如何跟他告別。我不知道到底應該如何跟他道別。跟一個在自己人生留下深深的烙印、影響無人可比的人道別，怎麼可能？

「他送了我一樣東西，我之前一無所知，在他之後，也再沒有在任何人身上感受過。那就是他那設身處地體會他人感受的不可思議能力。他經常獨來獨往，自我到了可怕的程度。然而，只要一涉及到他人，他卻又擁有另一種能力，一種想像力，迅速精確，讓人頭暈目眩。例如說，在我還沒開始表達自己的感受之前，他已經幫我說出來了。了解他人，成了他相當熱中的一件事。不過，要是他不去質疑這樣一種理解的可能性的話，他就不是他了。這樣的質疑是如此激進，結果只會讓人在另一個極端裡感到目眩神迷。

「每次他來找我的時候，都會營造出一種不可思議、令人窒息的親近感。在家裡，我們對家人彼此的舉止、態度並不粗野，反倒可以說是相當冷靜，或者說是務實。接著，來了一個可以看穿我心的人，這似乎是一種啟示，讓人產生希望。」

他們站在瑪麗亞的教室裡。裡頭沒有桌椅，只剩下一塊黑板。窗戶並不乾淨，東缺一角，西缺一塊。瑪麗亞推開一扇窗，嘎吱嘎吱的聲響，道出了數十幾年來的歲月。她指著另一頭的文理中學。

「那裡，就在那裡，從四樓那裡閃著歌劇望遠鏡的反光。」她嚥了一口口水：「一名貴族之家的公子，拿著歌劇望遠鏡找尋我……那可真是……有些特別。當然，如我所說的，那會讓人產生希望，雖然還只是在剛萌芽的階段，我當然也不清楚這關係到什麼。儘管如此，心中仍然存在著一種模模糊糊的、期待可以共同分享生活的希望。」

他們一同走下石階。和文理中學一樣，石階上滑溜溜的，上頭鋪了一層潮濕的塵埃和腐爛的青苔。穿越花園時，瑪麗亞始終沉默不語。

「從某種角度來說，事情的確也就是如此。在咫尺的遠方，或說在遙遠的近處，我們一同分享著生活。」

她望向文理柯蒂斯文理中學的正面。

「那裡，他就坐在那扇窗子旁，因為他什麼都會，上課十分無聊，便寫著小字條，下課時塞給我。那不是……嗯，不是情書，不是我每次期待的東西，只是他對某件事的想法，對聖女大德蘭和其他許多事情的想法。他把我當成他思想世界裡的居民。『那裡，除了我之外，就只有妳。』他對我說。

「儘管如此，我還是花了很久的時間才慢慢明白：他不希望我捲入他的生活。那種感覺很難解釋，他想讓我待在外頭。我等他問我，是否願意到藍屋診所工作。我多次夢見我在那裡工作，真是美好，我們無須交談便能相互理解。可是，他沒有問我，甚至連暗示都沒有。

「他熱愛火車，對他來說，那是一種人生的象徵。我真想坐在他的車廂裡，和他一起出發。但是他不願意這麼做，他只想讓我站在月台上，如此他可以隨時打開窗，徵詢我的意見。他希望火車啟動時，可以帶著月台一起前進。我則應該像天使一樣，站在一起離站的月台上，站在天使月台上，與他形影不離。」

他們一起看著文理中學。瑪麗亞轉過身來。

「這裡是嚴禁女生進入的，但他下課後，會悄悄將我偷渡過來，將所有的一切指給我看。巴托羅繆神父逮到過我們。他十分惱火。但是誰叫這人是普拉多！所以他最後什麼也沒說。」

現在，他們站在校長辦公室前。這回，輪到戈列格里斯心慌意亂起來。他們一起進去。瑪麗亞大笑，那是一個生氣勃勃的女學生的大笑。

「是您做的？」

「是我做的。」

她走到貼滿伊斯法罕圖片的牆壁前，探詢地望著他。

「波斯的伊斯法罕，我還是學生時想去的東方國度。」

「啊，所以現在您就溜走了，為了重溫往事，跑到這裡來。」

他點了點頭。沒想到，世上竟有反應如此敏銳、迅速明察秋毫的人。你可以隨時打開火車車窗問天使。

瑪麗亞做了一件令人意外的事：她走到他的身邊，摟住他的肩。

「普拉多會懂的。不，不但懂，還會愛死這種方式。『想像，是我們最後的聖殿。』他常對我說。除了語言之外，想像和親密，是他唯一認可的兩座聖殿。『兩者之間，有著諸多關連，相當多的關連，』他說。」

戈列格里斯猶豫了一下，還是拉開了書桌的抽屜，給她看希伯來文《聖經》。

「我敢打賭，這是您的毛衣。」

她坐在一張沙發椅上，拉過西爾維拉的毯子罩在膝蓋上。

「請您為我讀一段吧。他也會這麼做。我當然什麼都不懂，但聽上去真是美妙。」

戈列格里斯讀了一段〈創世記〉。他，無所不知，在葡萄牙的一間頹圮的文理中學裡，為一名對希伯來文一竅不通的八十歲老婦唸〈創世記〉。到昨天為止，他還不認識這個人。這真是他做過最瘋狂的一件事了。他享受這種感覺，從來沒有這般享受過，他彷彿掙脫了所有內心的枷鎖，終於可以無拘無束向四面出擊，一如知道自己的人生結局將至的人會有的行徑。

「現在，我們去大禮堂吧。」瑪麗亞說：「當時，那裡的門總是鎖著。」

他們坐在高聳的講台前第一排座位上。

「他就是在那裡發表那篇聲名狼藉的演講，但我愛死了，稿子裡有太多他的想法。他就是那篇稿子。不過，有件事讓我膽戰心驚，那並沒有寫在他唸的稿子裡。他抽掉了。您一定還記得結尾那一段。他說，我需要兩者：神聖的文字和反對一切殘暴行為。接下去就是那句：沒有人可以強迫我在其中做選擇。這是演講的最後一句。事實上，後面原本還有一句：都是捕風捉影。

「『多美妙的畫面！』我叫著。

「這時，他拿起《聖經》，唸了一段給我聽：『我見日光之下的一切作為，都是虛空，都是捕風捉影。』我大吃一驚。

「『不行，你不能這麼做！』我擔心地說：『神父們會馬上察覺，把你當瘋子看！』

「我沒說出口的卻是：在那一刻，他讓我感到害怕。我擔心他的心理是否正常。

「『為什麼？』他吃驚地問：『這只是詩句而已。』

「『你總不能說這是《聖經》詩啊！《聖經》詩！以你之名！』

「『詩歌勝過一切。』他說：『它讓世上的所有規則失效。』

「不過，經我這麼一說，他猶豫了，最後刪掉了那句話。他察覺到我在擔心他。他沒有察覺不到的事情。我們再也沒有提起過這件事。」

戈列格里斯告訴她普拉多和喬治之間關於上帝垂死之言的辯論。

「這個，我不知道。」她說，然後沉默了片刻，雙手交叉，接著又鬆開來。

「喬治。喬治．歐凱利。我不知道對普拉多來說，他到底是福還是禍。要我說，是隱藏在天大福分下的天大不幸。事實就是如此。普拉多渴望喬治的桀傲不馴。喬治本身就是桀傲不馴的象徵。普拉多嚮往的就是這個人的狂妄粗野。從此人粗糙、皮膚皸裂的手上，從他蓬亂不服貼的頭髮上，從他那從沒有停止抽過的無濾嘴香菸上，便能看出這是個什麼樣的人。我不想對他妄下斷語，但是我也不滿普拉多對他的一味讚賞，毫不批判。我自己是個農家女兒，知道農家男孩是個什麼樣。根本沒有要浪漫的理由。要是跟他硬碰硬，他想到的首先是自己。

「喬治讓他感到神往與迷醉之處，就是他可以毫不費力地與他人保持距離，拒絕別人時了當乾脆，咧嘴一笑，嘴巴歪到了大鼻子上去。要是換成普拉多，不跟人爭到底才怪，好像那跟他的救贖有關。」

戈列格里斯告訴她，普拉多寫給父親的信中，還有那句：他人皆為你之法庭。

「沒錯，就是這樣。這使得他成了一個你所能想像到的最敏感的人。他強烈需要別人的信賴，才會有被接納的感覺。他認為自己必須掩飾這種不安全感。多數的情況下，這麼做的結果反而讓他看上去更加大無畏。事實上，他的大無畏不過是他在身處逆境時，純粹放手一搏的行為而已。他對自己的要求過高，永無止境，這使得他看上去自命清高，有如劊子手般尖銳刻薄。

「所有深入了解普拉多的人，對他都有一個印象：永遠無法滿足他與他的期望，永遠無法達到他的要求。而且他嚴於律己的作法，使得事情變得更加棘手。你根本無法指責他狂妄自大。

「他絕對無法忍受庸俗，尤其是庸俗的語言和姿態！他真怕自己庸俗！『一個人得接受自己庸俗的行為，才能獲得解脫。』聽我這麼說，他的呼吸才能變得平靜些，也暢快些。他的記憶力驚人，不過，這一類的話他卻忘得很快，馬上又會受到鋼鐵一般無情的想法控制，然後呼吸又再度變得壓抑。

「他在對抗法庭，我的天，他在對抗法庭！他輸了，沒錯，我相信我們不得不承認：他輸了！

「他在診所工作時的平靜日子裡，在人們還對他感激不盡的時候，有時看來他似乎已經贏得了這場對決。然而，接著卻發生了門德斯的事。他臉上的口水一直尾隨著他。直到最後，他還不斷夢到當時的情景。死刑！

「我強烈反對他參加反抗運動。他不是那種人，即便有著那樣的決心，也沒有那樣的承受力。我壓根不認為那樣做他能彌補些什麼。然而，我無可奈何。一旦涉及到的是心靈的部分，我們基本上是無可奈何的，我已經告訴過你他說的這句話。

「喬治同樣參加了反抗運動。正是這樣的原因，讓普拉多最終失去了他。普拉多在我的廚房裡，陷入沉思，一言不發。」

他們一同走下石階，戈列格里斯指給瑪麗亞看普拉多以前坐著沉思的長椅。樓層錯了，但其他的幾乎都是正確的。瑪麗亞站在窗前，往自己女中的座位望去。

「他人的法庭。他切開安德里亞娜的脖子時，也體驗到法庭的判決。其他人坐在桌旁望著他，彷彿他是個怪物，但他才是唯一一個做對了的人。我在巴黎的時候，曾經參加過急救護理班。在那裡，我們見識過氣管切開術。緊急情況下，我們必須橫向切開錐形韌帶，再用導管撐開氣管，否則病人會因咽喉阻塞窒息而死。我不知道如果真的遇到這種情況，我是否做得來，是否會想到用原子筆來取代導管。『您如果想在我們這裡工作的話……』幫安德里亞娜做完手術時，醫生對普拉多說。

「這件事給安德里亞娜的一生帶來了毀滅性的結果。一個人一旦救了另一個人的命，就得迅速輕鬆地與對方道別。救人一命，不但給獲救的人，也給救人的人帶來負擔，沒有人承受得了。正是因為如此，我們才更應該將救人一命視為再自然不過的好運，彷彿那疾病是在不知不覺中被治好了一般，非關個人的事。

「普拉多不得不承受安德里亞娜那沉重、幾近瘋狂、膜拜式的感恩。有時，他對她奴僕般的卑躬屈膝感到噁心。但是，接下來的卻是她不幸的愛情、墮胎，以及陷入孤獨的危機。有時，我不得不試著說服自己：普拉多是因為安德里亞娜的緣故，才沒有把我帶進藍屋診所。但這並不是事實。

「他和美洛蒂，也就是麗塔之間的關係，完全是南轅北轍，輕鬆又單純。他有張照片。照片上頭，他頭頂著美洛蒂她們那個女子樂團的女孩們頭上套著的氣球帽。他羨慕小妹無拘無束的勇氣，很高興她是個未經設計的後來者，相較於父母強加在哥哥及姊姊身上的精神壓力，她所感受到的要少得多。他一想到他身為兒子的生活其實可以輕鬆許多時，便怒火中燒。

「我去過他們家一次，那時我們還在上中學。那個邀請是個錯誤。他們對我很友善，但所有人都發現我不屬於那裡，不屬於一個富有的貴族家庭。普拉多為那個下午感到非常傷心。

「『我希望……』他遲疑著說：『我沒辦法……』

「『這不重要。』我安慰他說。

「多年後，我見過法官一面，是他要求跟我碰面的。他察覺到普拉多認為他的法官工作對政府在塔拉法爾的所作所為負有責任。『他鄙視我，我唯一的兒子鄙視我，』他悲傷地說。接著，他突然談到自己的病痛，以及這份職業幫助他活下去的事情。他指責普拉多缺少設身處地為他人著想的能力。我告訴他普拉多曾告訴過我的話：『我不想把他當成一個病人，一個讓人可以原諒他一切的人。要是那樣的話，我就沒有父親了。』

「我沒告訴他的是，普拉多在孔布拉大學時是多麼不快樂。他懷疑自己未來的醫生生涯，不確定自己是否只是為了依從父親的期望，而錯失了自己的意願？

「他在一家老字號的超市行竊，差點被人逮到，接著近乎精神崩潰。我去探望他。

「『你有什麼理由嗎？』我問他。他點了點頭。

「他從未向我說明那個理由，但是我想一定跟他父親、法庭和判決有關，是他一種無助、被鎖碼了的反抗行為。在醫院的走道上，我遇到了喬治。

「『他要偷，起碼也該偷些真正有價值的東西。』他說：『垃圾！』

「我不知道在這一刻自己是喜歡他，還是討厭他。直到今日，我都不知道。

「指責普拉多不設身處地為他人著想，實在非常不公平。普拉多曾有許多次當我的面，做出僵直性脊椎炎的樣子，然後維持那個姿勢，直到腰痠背痛！你想像看看，他彎著腰，頭像鳥兒一樣往前傾，一副咬牙切齒的樣子吧！

「『我真不知道，他怎麼受得了！』有次他說：『還不只是疼痛而已，還有那份屈辱！』

「要是他的想像力哪裡出了問題，一定是和他母親有關。他和她的關係，對我來說始終是個謎。她是個美麗、穿著考究、卻不引人注意的女人。他也同意我的觀點：『對，她就是那樣。沒有人會相信那些。』他把自己劃不清界線、工作狂、自我苛求、沒有舞蹈表演才能的缺點，統統怪罪到她的身上。指責之多，但可能並不正確。他說，這一切都跟她和她溫柔的專制獨斷有關。但你又沒法和他談論這些。『我不想談，我會發火！怒火中燒！』」

暮色逐漸降臨，瑪麗亞打開前車燈。

「您知道孔布拉大學嗎？」她問。

戈列格里斯搖了搖頭。

「他愛極了孔布拉大學的喬安娜圖書館[35]。他每個星期都在那裡度過，還有他受頒畢業證書的卡佩羅斯館[36]後來的日子裡，他經常回去看這兩個地方。」

戈列格里斯下車時，突然有些頭暈，讓他不得不扶住車頂才能站穩腳步。瑪麗亞瞇起眼睛。

「您經常這樣嗎？」

他猶豫了一下，撒了個謊。

「您別掉以輕心。」她說：「您認識這裡的神經科醫生嗎？」

他點了點頭。

她的車子開得很慢，似乎在考慮是否要回頭。經過轉角時，她踩了下油門。一時之間，戈列格里斯感到天旋地轉，直到開啟車門下車，都必須緊緊握住車門把來維持平衡。他從西爾維拉的冰箱裡，拿出一瓶牛奶，喝完後，才一個台階一個台階慢慢走上樓。

35 喬安娜圖書館（Biblioteca Joanina），被認為是世界上最華麗的巴洛克式圖書館。

36 卡佩羅斯館（Sala Grande dos Actos），是孔布拉大學舉行重要儀式的場所。

40

我討厭住旅館。我為什麼還要這樣下去？妳能告訴我嗎，胡麗塔？星期六中午，戈列格里斯聽到西爾維拉的開門聲，他一下子想起女傭告訴他這些西爾維拉說過的話。西爾維拉的動作正好呼應了這些話，他把箱子、大衣往地上隨手一丟，跌坐在大廳的沙發椅裡，疲倦地閉上眼睛。看見戈列格里斯從樓梯上走下來，才露出笑顏。

「戈列格里斯。你沒去伊斯法罕？」他開心地說。

他感冒鼻塞。在比亞里茲的生意，結果不盡理想。和餐車服務生對奕，兩盤皆輸。司機菲立普沒準時到車站接他。今天，胡麗塔又正巧放假。西爾維拉的臉上寫著深深的倦意，比戈列格里斯那天在火車上看到的還要疲倦好幾倍。當火車停在瓦拉杜利德站時，西爾維拉曾說：「問題是，我們總是無法看清自己的生活，看不清前方，又不了解過去。日子過得好全憑僥倖。」

他們吃了胡麗塔前一天準備好的飯菜，然後坐在客廳喝咖啡。西爾維拉發現戈列格里斯來回看著那些高貴的家族聚會照片。

「真糟糕，」他說：「我全給忘了。那場家族聚會。煩人的家族聚會！」

他不想去，他才不想去。他一邊嘀嘀咕咕，一邊拿叉子敲著桌面。戈列格里斯臉上的某種神情，讓他突然停了下來。

「不然，你跟我一起去吧。」他說：「參加一個死板的貴族家族聚會。最後一次！不過，除非你願意……」

晚上八點左右，菲立普開車來接他們。當他看見大廳裡的兩人笑得人仰馬翻時，不禁有些目瞪口呆。一小時前，戈列格里斯說他沒有合適的衣服可穿。於是，他試穿西爾維拉的禮服，全都太緊了。這會兒，他轉身注視著大鏡子裡的自己：褲子太長，皺巴巴地罩在過大不合適的皮鞋上；燕尾服扣不上；襯衫的領子太緊，就快勒死他。他在鏡子裡的模樣，連自己看了都吃驚，但他馬上被西爾維拉的爆笑感染，享受起自己這副小丑的模樣。他說不清楚為了什麼，卻覺得可以帶著這副面具，去報復芙羅倫斯。

從他們踏入西爾維拉姨媽家的別墅那一刻起，無形的報復才真正開始。西爾維拉開心地向自己高貴的親戚們介紹這位來自瑞士的朋友，一名精通多國語言的正牌學者——賴蒙德．戈列格里斯。戈列格里斯聽到學者一詞時，有些畏縮了起來，彷彿大騙子怕露出馬腳來。不過，一上了餐桌，他便像著了魔似的。為了證明自己的多國語言天分，他隨心所欲地在希伯來文、希臘文和伯恩德語之間縱橫穿插，快速變換玄妙費解的詞彙，一發不可收拾，陶醉其中。他從不知道自己竟然可以如此妙語如珠，彷彿被自己的想像力牽引著，滑過一個驚險的大彎道，進入一個空的世界裡，越飛越遠，越飛越高，直到不知何時墜落為止。他感到一陣暈眩。他享受著這一會兒的暈眩，它是源自於瘋狂的文字、紅酒、香菸及背景音樂的暈眩。他渴望這種暈眩的感覺，希望盡可能持續下去。他成了今晚的明星。西爾維拉的親戚們很高興他們不用再感到無聊。西爾維拉則一包又一包地抽著菸，欣賞這齣短劇的表演。女士們打量戈列格里斯的目光讓他有些不習慣。他不知道她們所要表達的，是否正是她們想要表達的東西。不過，這些都無所謂，重要的是，有這些意味深長的目光注視著他這個「無所不知」，一個用最脆弱的羊皮紙造就出來的男人，一個被稱為「紙莎草紙」的人。

夜深了，不知何時，他站在廚房裡清洗餐具。這是西爾維拉親戚家的廚房，但同時也是馮．穆拉爾特家的廚房。「不可思議」愛娃看著他的行徑，目瞪口呆。他一直等著，直到兩名服侍的女傭離開後，才悄悄溜了進去。此刻，他站在那兒，頭再次感到暈眩，身體不停搖晃。他俯身靠在流理台上，把盤子擦得乾淨發亮。現在，他再也不怕頭暈，想好好享受一下夜的瘋狂，他終於在四十年後，做了當年在學生聚會上沒做到的事。「有可能在葡萄牙買到一個貴族頭銜嗎？」在飯後吃甜食的時間裡，他問道，但是，並沒有出現預期中的尷尬。大家只當那是語言不通的人的口吃，只有西爾維拉咧著嘴笑。

洗滌的熱水在他的眼鏡片上蒙上了一層霧氣。戈列格里斯的手不小心抓了空，一個盤子滑落，在石頭地板上摔成碎片。

「等等，我來。」西爾維拉的姪女奧羅拉突然出現在廚房裡。兩人同時蹲下，想收拾地上的碎片。戈列格里斯還是什麼也看不清，跟奧羅拉撞在一起。事後他想，她的香水味正好可以配上他的頭暈。

「沒關係。」他向她道歉時，她說。他訝然驚覺，她在他的額頭上印上一吻。兩人再次起身時，她問他究竟進來廚房做什麼？又指著他繫在腰間的圍裙竊笑。清洗餐具？客人？通曉多國語言的學者？「不可思議！」

他們跳起舞來。奧羅拉摘下他的圍裙，打開廚房裡的收音機，拉起他的手，另一隻則扶住他的肩頭。接著，兩人便隨著華爾茲的節奏在廚房裡起舞。戈列格里斯年輕時曾上過一節半舞蹈課，之後便從舞蹈學校逃之夭夭。現在，他轉起身來，就像隻大笨熊，不停踩在過長的褲腳上。因旋轉而產生的暈眩向他襲來，我就要跌倒了。他試圖靠在奧羅拉身上。她似乎一點兒也沒有察覺，依然隨著音樂吹著口哨。他的膝蓋開始不聽使喚。西爾維拉以手用力扶了他一下，才讓他不至於跌倒。

戈列格里斯沒聽懂西爾維拉對奧羅拉說的話，但是西爾維拉的聲調顯然是在訓斥。他扶著戈列格里斯坐下，端給他一杯水。

半小時後，他們離開了。西爾維拉坐在車後座裡說，自己從未有過這樣的經驗。戈列格里斯將這個死板僵硬的社交圈弄得神魂顛倒。沒錯，反正奧羅拉早已聲名狼藉……但其他人呢……下一次他一定要再帶上戈列格里斯，不然他們也會一再提醒他。

他們讓司機先開車回到司機的家。接著，西爾維拉坐上了駕駛座，開往柯蒂斯文理中學。

「現在正是時候，不是嗎？」途中，西爾維拉突然這麼說。

在露營燈的照射下，西爾維拉仔細打量伊斯法罕的照片，頻頻點頭，眼睛不時瞟一下戈列格里斯，接著又再點頭。沙發椅上，放著瑪麗亞疊得整整齊齊的毯子。西爾維拉坐在上面，問了戈列格里斯一個從來沒有人問過的問題，包括瑪麗亞：他是如何進入古代語言的世界的？為什麼不去大學教書？他還記得戈列格里斯跟他提過關於芙羅倫斯的事。在她之後，他的生活中便再也沒有過其他女人了嗎？

接著，戈列格里斯跟他講述普拉多的事，這是他第一次向別人，向一個陌生人提起普拉多的事，連他都驚訝自己對普拉多竟了解之多，反省之多。西爾維拉邊將手擱在露營暖爐上烘著，邊安靜地聽著，絲毫沒有打斷戈列格里斯。他可以看一下那本紅雪杉的書嗎？最後他問。

他的目光在普拉多的照片上停留了很久的時間，讀了一遍〈數以千計的沉默經驗〉的導言，接著又再讀了一遍。然後，他開始翻閱書中的內容，看到其中一段時，他笑了，大聲讀道：記下所有慷慨行為的精細帳目，這種事情時而有之。他繼續翻閱下去，停住，翻回來，又接著唸道：

流沙

假使我們終於明白了，不管我們多麼努力，成功與否靠得純粹只是運氣而已；也就是說，假使我們終於明白了，在我們面前，以及對我們自己而言，我們的所作所為和所有體驗不過像是流沙一樣：那麼，所有我們熟悉且讚賞的感受——驕傲、沮喪、羞恥等，都將會變成什麼？

西爾維拉從沙發椅上站起身來，在屋裡來回踱步，眼睛片刻不離普拉多的書。他開始熱中了起來，出聲讀著：了解你自己：這究竟是一種發現，還是一種創造？接著翻開下一頁，他又再唸道：真有人對我感興趣嗎，而不只是出於他自己的利益，才對我感興趣？他翻到了一段比較長的段落，於是坐在校長的辦公桌上，點起一根菸。

洩露天機的文字

每當我們談起自己、談起別人，乃至單純談起某種事物時，我們都想藉由自己的話——可以這麼說——來揭露自己的心事。我們想要讓別人知道我們自己的想法和感受。我們想要讓別人看透我們的靈魂（用英語來說，就是：我們向他人付出自己的一片心。那是我在英國時，一位和我一起站在船舷上的英國人對我說的話，這是我從這個荒誕不經的國度裡帶回來的唯一一件美好事物。或許還可以加上在萬靈學院那個手持紅球的愛爾蘭人的回憶吧）。用這樣的方式來理解的話，我們都是至高無上的導演，可以自行決定要上演哪些劇目，來向觀眾展示我們自身。但這或許根本就是錯誤的，大錯特錯？不過是自我欺騙？因為我們不僅透過語言來揭露自己，同時也因此讓自己暴露無遺。我們所付出的代價，比我們想要揭露的多得多，而且，有時候結果適得其反。別人可以利用我們的文字，指出某種我們自己或許渾然不知的症狀。我們患上某種疾病的症狀。假使我們以此來關注他人，我們或許會覺得有趣，也會讓我們變得更有雅量。但是，這或許也會變成我們手上的一枚炸彈，對別人造成傷害。假使我們在開口說話之前，想著別人也會用同樣的方式對待我們，那些話便如鯁在喉，可怕的經驗會讓我們永遠閉上嘴巴。

回程的路上，他們在一棟鑲著許多鋼梁和玻璃的建築物前停了下來。

「這是我的工廠。」西爾維拉說：「我想影印一下普拉多的書。」

他關上引擎，推開車門。但是，戈列格里斯臉上的表情，卻讓他止步。

「噢，原來如此，是的。這本書和影印機——不相配。」他的手沿著方向盤移動，「此外，你希望這本書可以完全屬於你自己，不只是書本身，還有裡面的內容。」

稍後，戈列格里斯睜眼躺在床上時，他思考著這幾句話。為何在他過往的人生中，從未遇過能如此迅速、毫不費力便了解他的人？上床之前，西爾維拉擁抱了他一下。他可以告訴這個人自己頭暈的事，告訴他自己的頭暈和對神經科醫生的恐懼。

41

星期天下午，胡安．埃薩站在養老院自己的房門前，戈列格里斯從他臉上看出似乎發生什麼事。請戈列格里斯進門時，胡安猶豫了一下。這是個冷冷的三月天，但窗戶依舊敞開。胡安在坐下來前，理了理褲子。他用顫抖的手擺放棋子時，努力與自己搏鬥著。戈列格里斯後來想，胡安的搏鬥，既可以說是他的感受，也可以說是一個他不知道是否該挑明說的問句。

胡安擺上了卒子。「我晚上尿床了，」他沙啞地說：「卻絲毫沒有察覺。」他的目光飄到了床鋪上。

戈列格里斯猶豫了一下。他不能沉默太久。他昨天在一個陌生人家的廚房裡頭暈目眩，差點栽進一個興致高昂的女人懷抱裡。但他不是自願的，他補充說。

「那是另一回事，」胡安不高興地說。

「因為沒有牽涉到下體嗎？」戈列格里斯問。兩個例子都說明了漸漸失去原本習慣的身體控制力。

胡安盯著他看，用力思索著。

戈列格里斯沏了茶，遞給他半杯。胡安注意到戈列格里斯落在他顫抖不已的手上的目光。

「尊嚴。」

「尊嚴，」戈列格里斯說：「我不知道那究竟是什麼，不過，我不認為只因身體不聽使喚，就可以斷定我們失去了什麼。」

胡安笨拙地開了局。

「他們帶我去審訊室時，我尿褲子了。他們哈哈大笑。那真是一種可怕的屈辱，但我從未喪失自己的尊嚴，可現在算什麼呢？」

要是他當初全招了，他認為自己失去了尊嚴嗎？戈列格里斯這樣問道。

「我什麼都沒說，一個字也沒說。我把所有可能的話語都密封……在我心底。對，沒錯，就是這樣。我把它們全都密封起來，閂上門，再也不能打開。結果是我再也無法與人交談，再也沒有交涉的餘地。這產生了一種特殊效果，我從此不再將審訊視為他人的行為、視為他人的行動。我坐在那裡，有如一個空洞的軀體，有如一堆肉塊，承受著冰雹般襲來的痛苦。我不再視審訊者為一個行動者。他們不知道我已經把他們降級了，降級為盲目發生的事件的現場。這有助於我從殘酷的審訊中做些垂死的掙扎。」

「要是他們拿毒藥來鬆你的口呢？」

「這樣的情況我經常拿來自問，」胡安說：「我甚至夢過這樣的場景。我得出一個結論，他們可以藉此毀了我，但沒法用這樣的方式來奪走我的尊嚴。想讓我失去尊嚴的話，就得先讓自己失去尊嚴。」

「然而，現在您卻為了弄髒床鋪而不安？」戈列格里斯說，他把窗子關起來，「太冷了。根本沒有味道，一點味道都沒有。」

胡安用手捂住眼睛，「我不想插管，不想用抽尿器，只想再多拖延幾個星期。」

「人們會不計代價絕對避免去做某些事，或不讓它發生。或許正是因為尊嚴，」戈列格里斯說：「這不必然是道德的界線。」他接著補充一句：「人們也可能以另一種形式失去他的尊嚴：一位教師為了順學生的意，在雜耍中學雞叫；人為了前途，不惜阿諛奉承；極端的機會主義者；為了挽回婚姻，自欺欺人，逃避矛盾等等，諸如此類。」

「那麼乞丐呢？」胡安問：「有尊嚴的人會當乞丐嗎？」

「或許吧，要是在他的故事裡有著某種必然性，某種不可避免的東西，讓他別無選擇，就有這種可能。一旦他本人願意，並且坦誠以待，他同樣也是有尊嚴的。」戈列格里斯說。

「坦誠以待，同樣也是一種尊嚴。擁有這種心態，才有可能在眾人的譴責中，倖免於難，例如迦利略和路德。那些承認自己有罪、拒絕否認的人，同樣也擁有尊嚴。在別人面前、在自己面前擁有正直與坦率的勇氣，這正是政治家做不到的。」戈列格里斯突然停了下來。「唯有當你說出來時，你才會知道自己想的是什麼。」

「有些事情真讓人覺得噁心。」胡安說：「譬如不停撒謊。或許這是一種沒有尊嚴的噁心。我在學校的時候，旁邊坐著一位同學，不停拿他黏答答的髒手在褲子上擦，而且是以一種很詭異的方式。直到今天，我還看得見他那副德性，彷彿他拿手去擦褲子不是真的。他想當我的朋友。怎麼可能？不只是因為褲子的事，瞧他根本就是那副德性。

「道別和道歉，同樣也涉及到尊嚴的問題，」他補充說：「有時候，普拉多會談到這一點，尤其會思索兩種道歉中的差異：有一種是會帶來尊嚴的道歉，另一種則是剝奪他的尊嚴。『誰要是以對方屈服為條件的話，就算不上是道歉。』他說：『別像《聖經》一樣，強迫你將自己理解為上帝和耶穌的僕人。只能當僕人！書上那麼寫著！』

「他會氣得臉色發白。」胡安說：「之後，他還經常提起《新約聖經》中對死亡的看法缺乏尊嚴。帶著尊嚴死去，意味著認清這就是終點的事實真相後才死去。並且反對所有永生的謬論。耶穌升天日那一天，他的診所照常營業，工作比平常日還多。」

戈列格里斯坐上太迦河渡船返回里斯本時，心想：假使我們終於明白了，在我們面前，以及對我們自己而言，我們的所作所為和所有體驗，不過像是流沙一樣……尊嚴在這裡又意味著什麼？

42

星期一一大早，戈列格里斯坐上火車，前往孔布拉。在這座城市裡，普拉多一直深受一個問題的困擾：學醫是否根本是個天大的錯誤，因為他只是遵從了父親的願望，卻忽略掉自己的意志？有一天，他在一家著名的老字號超市裡行竊，偷的根本不是他所需要的東西。而他是一個可以買下整間藥局，送給自己的至友喬治的人。戈列格里斯想著普拉多寫給父親的信，想著那個美麗的女竊賊狄阿芒蒂娜·愛斯梅拉爾達·艾爾梅琳達。在普拉多的想像裡，她擔負起報復父親的角色，替被父親判刑的女慣竊報仇。

他在啟程之前，打了電話給瑪麗亞，問她普拉多當年住的街道名。對她擔心他頭暈一事的詢問，他卻閃爍其辭。今天早上他的頭沒暈，卻出現了另一種症狀：他覺得當自己想要觸碰東西時，彷彿需要穿越一層如薄紗般的空氣，遭遇到些微的阻力。要不是他隱約懷著恐懼，覺得自己的世界正在流逝，無法阻擋下來的話，這片可穿透的空氣層彷彿成了他的一層保護膜似的。他在里斯本火車站的月台上，來回試探地走動，好確定那股冷硬阻力的存在。這對他有點幫助，等他在空蕩蕩的車廂內坐下來時，心裡已經平靜許多。

這段路程，普拉多已經來回不知多少次。在電話中，瑪麗亞提到普拉多對火車甚為熱中。胡安·埃薩同樣提過這點。他說普拉多以自己對這類事物的知識，亦即他對火車的瘋狂癡迷，救了反抗運動成員一命。「特別是轉轍器最讓他著迷，」胡安說。瑪麗亞則強調了別的東西：「普拉多把火車旅行視為想像力的河床，是想像力液化的一股運動，是一個從密閉的心靈深處所源生的圖像。」戈列格里斯今天早上在電話裡和她聊天的時間，比預期還要長。兩人都感受到一種特別且珍貴的信賴感，從昨天他為她讀《聖經》時，已開始漸漸萌芽。他再次聽到喬治．歐凱利的感嘆：「瑪麗亞，我的天，當然了，瑪麗亞。」從她開門到現在，只不過二十四小時的時間而已，他卻已經完全明白為何普拉多最危險的想法總是在她的廚房，而不是在其他地方寫出來的。那到底是什麼？大無畏嗎？或者他只是有著這樣的印象：這個女人，終其一生都知道人內心的界線所在，且獨立自主。或許，這正是普拉多夢想得到的東西？

他們在電話裡聊了很久，彷彿仍身在柯蒂斯文理中學，他坐在校長的書桌前，而她坐在沙發椅上，拿毯子罩住腿。

「一旦牽涉到旅行，普拉多很明顯就會開始分裂。」她說：「一方面，他想不停地行駛下去，離開封閉他幻想的空間。但還沒等他離開里斯本，鄉愁便已襲來。那份鄉愁太可怕了，看了都受不了。『沒錯，里斯本是很美，可是……』大家這樣對他說。

「不過，大家不知道他的鄉愁跟里斯本無關，只是他個人的事，也就是說，他的鄉愁並不是一種對於熟悉感和愉悅的渴望，反而是要深刻得多，是某種觸及到他靈魂的東西：是一種躲進堅固、備受防護的內心大壩之後，讓自己的靈魂受到保護，免受所有危險之火和惡毒的暗流襲擊的願望。他從經驗得知，只要人在里斯本，在父母家，或者在文理中學，尤其是在藍屋診所時，他內心的堤壩是最堅固的。『藍色是讓我感到安全的顏色，』他說。

「普拉多保護自己這一點，解釋了在他的鄉愁中，為什麼恐懼和災難始終如影隨形。一旦這種感受襲來，速度想必非常快，會導致他突然終止行程，逃回家裡。這種情形只要出現，法蒂瑪是多麼失望！」

瑪麗亞在繼續說下去之前，猶豫了一下。

「她不明白他的鄉愁從何而來。不過，這樣也好。否則她一定會想，顯然是自己無法讓他不再對自己感到恐懼。」

戈列格里斯取出普拉多的書，翻到一段已經多次重複閱讀的段落。這段可以說是打開普拉多心靈的鑰匙。

我的內心，有如一輛行進中的火車

我上車實非自願，既沒有選擇，也不知道目的地何在。許久前的一天，我在車廂內醒來，感覺到車輪的滾動。這可真刺激，我側耳傾聽車輪隆隆的滾動聲，臉迎著風，享受著速度的快感，欣賞眼前快速掠過的景物。我真希望火車可以永遠前行，永不停歇。無論如何，我都不想讓火車在某個地方永遠停下來。

我坐在孔布拉大學大講堂的硬板凳上，當時我才意識到：我沒辦法下車，沒辦法改變火車的軌道和方向，也沒辦法決定車速。我看不到火車司機，分不清誰在駕駛，也不知道司機是否值得信賴，能否正確看懂號誌？要是轉轍器出錯了，他是否能意識得到？我沒辦法變換車廂。我看見通道上人來人往，心想：或許他們的車廂跟我的完全不同。然而，我過不去，也沒辦法察看。那個我不曾見過的、也不可能見過的列車員，不僅門上了我的車廂門，還加了封印。我推開車窗，讓身子盡量伸出去，看見其他人也做著同樣的動作。

火車轉過一個緩緩的彎道。最後一截車廂還在隧道裡時，第一節車廂已經駛入下一個洞口。或許火車在沒人意識到的情況下，不斷地繞行，甚至火車司機也不知情。我不知道這列火車有多長？我看見大家伸長了脖子，想要看出究竟，或者弄明白。我大聲朝他們打招呼，但是行駛中颳起的風吹走了我的呼喚。

車廂內的燈忽明忽暗，我無可奈何。太陽和雲霧、黃昏和破曉、雨雪與風暴交替出現。車頂上的燈一會兒黯淡，一會兒又變明亮，閃爍著微微的光芒。光影閃爍，熄滅，又再亮起。那光慘淡，有如水晶吊燈，又似炫目的霓虹，總之集萬燈於一身。暖氣也讓人不放心，可能天熱的時候暖烘烘，天冷時又無法運轉。我檢查開關，發出喀嚓喀嚓的聲響，結果什麼也沒有發生。奇怪的是，連我的大衣也不再保暖。外頭的世界以其慣有的方式理性運轉著。或許，其他人的車廂也是如此？但無論如何，我這節車廂出現了始料未及的事，是一些完全出乎意料之外的事。是設計者喝多了嗎？還是他是個瘋子？或者這根本是撒旦的欺騙行為？

車裡擺著一份行車時刻表。我想查看一下火車會停靠何處。裡頭的紙頁是空白的。我們停靠的車站，都沒有站牌。車外的人朝我們的火車投來好奇的眼光。車窗玻璃因為猛烈的暴風雨變得污濁不堪。我心想，車窗扭曲了車內的景象。突然，我心裡冒出了一股強烈的需求，想要去更正那些歪曲的印象。車窗被卡住，我嘶聲叫喊。隔壁車廂的人，惱怒地敲擊車壁。火車剛一過站，便駛入隧道。我吃了一驚。離開隧道後，我自問剛才是否真的停靠過車站？

一個人能在旅途中做些什麼？整理車廂，把東西固定好，讓它們不致相互碰撞，叮噹作響。但是，我後來夢到：快速行駛捲起的風，呼嘯而過，擠壓著玻璃，好不容易擺放整齊的東西，全被颳起。我夢到最多的，還是無止境的行程、錯過的車班、時刻表中的錯誤、火車剛一駛進，便化為烏有的車站，以及從虛無中突然冒出的巡道工人和戴著紅帽的車站站長。有時候，我在極度疲倦中睡著。陷入睡眠是一件危險的事。我鮮有醒來時神清氣爽，並為眼前的改變歡欣雀躍的情況。通常我醒來時所看到的景物，裡裡外外都讓我煩惱不已。

有時，我會大吃一驚：火車隨時可能脫軌。真的，每次想到這點，我便驚恐萬分。然而，只有在少數狂熱的片刻，這樣的想法才會彷彿一道福賜的閃電般，掠過我的腦際。

我醒了，另一種風景從我眼前掠過。有時，火車行進過快，我幾乎跟不上景色的變化和它那突如其來的耍脾氣。接著，速度減緩，風景的所做所言又是一成不變的東西，讓人備受煎熬。我為自己和風景之間隔了一片車窗感到相當欣慰，如此，便可認清大塊風景的願望和企圖，而無須忍受它們無情的砲火與攻擊。每當火車全速前進，風景消失得無影無蹤時，我好快樂。其他人的願望呢？當它們波及到我們的時候，我們該拿它們怎麼辦呢？

我的額頭頂著車廂玻璃，盡可能全神貫注。希望有一回，那怕只有一回，我可以真正捕捉到外頭的事物！讓它不再從我眼前消逝。但是，不行，我辦不到。哪怕火車也曾在站外停留，一切也消逝得太快。下一個印象迅速沖刷掉前一個印象。記憶火熱運轉，我氣喘吁吁，忙著在事後將稍縱即逝的畫面重新聚攏，形成比較清晰的幻想。不管如何專注於尾隨這些事物之上，我始終差了一步。一切還是消逝了。我只能乾瞪眼，一無所獲。我從沒一次趕上。即使是在夜裡，車窗玻璃上映照出車廂內的景致，也依然如此。

我熱愛隧道，它們是希望的象徵：只要不是在夜晚的話，總會有光明的一刻到來。

有時候，會有人來我的車廂拜訪。我不知道他們是如何穿過被門上且加封印的車門。但這樣的事還是發生了。多數的情況下，訪客們來得都不是時候。有些人來自現在，有些人來自過去。他們來來去去，隨心所欲，從不考慮他人，讓我心煩。我非得陪這些人說話。所有這些都只是暫時的存在，不受拘束，命中註定將會被遺忘。我指的當然是在車上的談話。一部分訪客消逝得無影無蹤，沒留下一絲痕跡；另一些則留下了黏答答和臭氣薰天的痕跡，再怎麼通風都沒用。我真想把車廂內的所有家當統統扔掉，汰舊換新。

旅途漫長。有些日子裡，我真希望旅程永無止境。有著這樣想法的日子裡，真是難能可貴。還有些時候，在我得知只剩下最後一個隧道，火車將永遠停下來時，我由衷感到高興。

戈列格里斯下火車時，已是近傍晚時分。他在蒙德古河對面找了間旅館。從那兒可以眺望阿爾卡克瓦山丘的老城風光。孔布拉大學莊嚴的建築沐浴在最後一道晚霞裡，在溫和的金色餘暉中，高高聳立，凌駕萬物。普拉多和喬治曾經住在山上一條陡峭狹窄的小巷中，一間名為「共和」的學生宿舍裡，這宿舍的歷史可以追溯回到中世紀。

「他想和其他學生一樣，不想與眾不同。」瑪麗亞說：「雖然隔壁房間發出的聲響，有時會讓他發瘋，他真的很不習慣。他那身為大地主的家族，幾代積累下來的巨大財富，有時讓他感受到沉重的負擔。沒有什麼能像殖民和地主這兩個字眼，能讓他立刻面紅耳赤。他一聽到這兩個字眼，便恨不得能拔槍射擊。

「我去看他的時候，他刻意隨便穿著。『為什麼不像其他醫學系的學生那樣配戴黃色緞帶，』我問。

「『妳知道我不喜歡制服。在文理中學的時候，我就討厭學校的帽子。』他回答。

「我得回去時，我們一起站在月台上。這時，一名學生走過來，佩戴著文學系的深綠色緞帶。

「我看著普拉多，對他說：『那不是你要的緞帶。你不想要黃色的。你想要的是綠色的。』

「他說：『妳知道我不喜歡讓別人看穿我。請妳盡快再來看我。』

「他說請時，有種特別的聲調。為了聽這個字，我願意走遍天涯海角。」

普拉多住過的那條巷子很好找。戈列格里斯打量著學生宿舍的走廊，上了幾個台階。「在孔布拉時，彷彿全世界都屬於我們。」喬治描述當初的情景時說。正是在這個地方，他與普拉多寫下了「忠誠」二字。但是，清單中缺少了愛情。慾望、滿足與安全感，這些情感遲早會傾塌，唯有忠誠永存。忠誠是一種意志，是一種決心和一種心靈的取捨，它是某種將偶然的相遇和感情的偶然性，轉化成必要性的東西。「永恆的一瞬間，只是一瞬間，卻永遠存在，」普拉多這麼說。戈列格里斯的眼前出現了喬治的臉。「他錯了。我們兩個都錯了。」他聽見喬治帶著醉意，幽幽訴說著。

一進到大學，戈列格里斯恨不得直奔喬安娜圖書館和卡佩羅斯館。這兩處都是普拉多後來一再回來拜訪的地方。但圖書館並非隨時能進去，今天已經過了開放時間。

只有小禮拜堂進得去。裡頭只有戈列格里斯一個人。他打量著美得令人震撼的巴洛克管風琴。「我想聆聽讓人心醉神迷的管風琴，我需要洶湧澎湃、超脫塵世的音樂，來抵禦刺耳可笑的進行曲，」普拉多在他的畢業致詞中說道。戈列格里斯搜尋著過去自己進教堂的記憶：參加堅信禮課程和參加父母的葬禮。「我們的慈父……」這聽起來是何等的沉悶、無趣與幼稚！現在想來，所有這些詞句根本和具有高度延展性的希臘文與希伯來文詩歌毫無關連37。

戈列格里斯吃了一驚。不經意間，他居然一拳砸在長板凳上。他難堪地四下張望。幸好他一直是單獨在教堂裡。他蹲了下來，做著普拉多想像父親的駝背時所做的事情：他嘗試從心裡去想像那個姿勢。「該把它拆了，」有一次，當普拉多和巴托羅繆神父經過懺悔室時這樣說道：「簡直是個屈辱！」

戈列格里斯起身時，整座小教堂都在快速旋轉。他緊緊抓住長板凳，等著暈眩過去。接著，不像身邊匆匆而過的學生一樣，他慢慢地沿著校園的小徑走著，踏進一間正在上課的大講堂，在最後一排坐了下來。起先，他心裡想的這是一堂討論歐里庇得斯的課，想著自己錯失了良機，不能向那名年輕講師大聲說出自己的意見。隨後，他的思緒飄回到自己學生時代上過的那些課。最後，他當自己是學生普拉多，在大講堂裡站起身，提出尖銳的問題。「坦白說，那些獲獎無數的教授們和專業領域的權威，在他面前彷彿是要接受審核似的，」巴托羅繆神父這麼說。然而，坐在這裡的普拉多，並非高傲狂妄、自命不凡。他生活在懷疑的煉獄中，因擔心自己錯失良機，而備受煎熬。「我坐在孔布拉大學大講堂的硬板凳上，當時我才意識到：我沒辦法下車。」

這裡正上著法律課，戈列格里斯一竅不通，只好起身離開。直到深夜，他依然留在校園中，

37 此處意指戈列格里斯認為，希伯來文聖經和希臘文文學作品是偉大的文學作品，有如詩歌般具有高度延展性，而翻譯成拉丁語的聖經，則變得乾涸、沉悶，失去了詩意。

一再試著釐清那些如影隨形、雜亂無序的思緒。為什麼他會突然想在這所葡萄牙最著名的大學裡，站在大講堂前，與學生們共享他淵博的哲學知識？他或許已經錯過了另一種可能的生活？一種以他的能力和知識足以輕易享有的生活？他過去從未想過自己身為一個學生，在大學讀了幾個學期之後，便不理會大學的課程，而將全部時間奉獻在孜孜不倦地閱讀文本上，是否錯了？他從未有過這樣的想法，片刻也沒有。然而，為什麼他現在突然感到一陣憂傷？而且那真的是種憂傷嗎？

他坐在小酒館裡，點的餐上桌時，又覺得噁心。他只想出去，走進涼爽的夜風中。今天早上裹住他的薄紗般空氣再次出現，變得更厚實，阻力更大。於是，他又像在里斯本火車站時一樣，堅實地邁著大步走。這次也奏效了。

胡安・德・路薩德・德・雷德斯瑪，《陰暗駭人的海洋》。他經過一家舊書店的櫥窗，那本放在普拉多桌上的大部頭書，赫然出現在眼前，那是普拉多最後的讀物。他走進去，拿起那本書。花體字的大寫書名，配上銅版畫的海岸和水手的毛筆素描。「菲尼斯特雷角，」他聽到安德里亞娜說：「在加利西亞的上方。他彷彿心意已決。當他說起這些話的時候，臉上流露出著魔般的熱情躁動。」

戈列格里斯坐在書店的一個角落翻看這本書，發現了十二世紀的穆斯林地理學家艾爾・艾德里希（El Edrisi）的一段話：「我們從聖地亞哥島出發，駛向當地農民稱為菲尼斯特雷角的地方。這個名字意味『世界的盡頭』。從那兒向外看，除了天空和海水之外，再也看不到其他東西。據說，這裡的海浪如此洶湧，根本無人可以駕馭這片海域。因此，也沒有人知道海的那邊有著什麼。當地人告訴我們：『有些想要一窺究竟的人，和他們的船一起消失，沒有人回來過。』」

過了許久，戈列格里斯心裡的一個想法才逐漸成形。「多年後，我聽說她成了講師，在薩拉曼卡大學工作，教授歷史。」胡安．埃薩提到艾斯特方妮雅時說道。她為反抗運動工作時，在郵局工作。和普拉多逃離葡萄牙後，她一直留在西班牙，在那兒研讀歷史。安德里亞娜看不出普拉多的西班牙之行與他突然對菲尼斯特雷角產生狂熱的興趣之間，究竟有何關連。假使兩者之間真有某種關連的話，又會是什麼？他是否可能和艾斯特方妮雅一起去過菲尼斯特雷角？她研習歷史是否真是出於自己對中世紀，對當時人們所畏懼的洶湧大海的興趣？假使他們真的成行，到了世界的盡頭，當時又發生了什麼事，讓普拉多如此失魂落魄，因而打道回府？

不，不，這想法太荒謬，太離奇了。尤其是想到一個女人會書寫關於駭人大海的書，實在是太過荒唐。但是，他真的不能再用這樣的理由，來浪費這家舊書店老闆的時間。

「讓我找找看。」書店老闆說：「相同的書名——幾乎不可能，這有悖優良的學院傳統。我們先從名字來試試。」

電腦上顯示，艾斯特方妮雅．艾斯平霍莎一共寫過兩本書，都與早期的文藝復興有關。

「沒有差很遠，不是嗎？」舊書店老闆說：「不過，我們還可以找出更具體的細節，您注意看了。」他點進了薩拉曼卡大學歷史系的網頁。

艾斯特方妮雅有自己的網頁，在她的出版作品目錄中，最前頭的兩篇論文便是關於菲尼斯特雷角！一篇是以葡萄牙文寫成，一篇則是西班牙文。舊書店老闆做了個鬼臉。

「我不喜歡電腦，但有時候……」

他打電話給一間專業書店，他們那裡有其中一本書。

快到打烊時間了。戈列格里斯腋下夾著那本陰森海洋的大書，衝了出去。書頁封面上會有她的照片嗎？他幾乎是從女店員手裡搶過那本書，翻到背面。

艾斯特方妮雅．艾斯平霍莎，一九四八年生於里斯本，現為薩拉曼卡大學教授，教授西班牙及義大利近代史。書頁封面上的肖像，說明了一切。

戈列格里斯買下這本書。在回旅館的路上，他幾乎每走幾步便停下來打量她的肖像。「她不只是學院裡愛爾蘭人手上的那顆鮮紅色足球而已，她更可以說是所有鮮紅色愛爾蘭足球的集合體，」他聽到瑪麗亞這麼說。「他一定感覺到了，她賦予了他的人生得以完整的機會。我是說，就一個男人而言。」而胡安．埃薩的話說得或許並不中肯：「我相信，艾斯特方妮雅是他的機會，讓他終於能遠離法庭，進入熾熱又自由的人生。這回，他才不管別人，完全依照他自己的心願，聽任自己的激情。」

當時，她和大她二十八歲的普拉多一起離開藍屋診所，坐在駕駛座上，開車穿越邊境，擺脫了喬治，擺脫了危險，走入新的生活時，才二十四歲。

回旅館的路上，戈列格里斯經過一家精神病院。他想起普拉多行竊後，精神崩潰的事情。瑪麗亞告訴他：普拉多在醫院值班的期間，對那些盲目陷溺在自我當中、不斷前前後後走來走去、自言自語的病人，深感興趣。其後，他也一直關注著這樣的人，並且對於那些在街上、在巴士裡、在太迦河邊，對想像的敵人發出怒吼的人數量竟如此之多，感到錯愕不已。

「要是他不去跟那些人交談，聆聽他們的故事，他就不是普拉多了。這些人從來沒有碰過這樣的事情，而且一旦他錯把自己的地址給了這些人，他們就會在隔天闖進診所，害得安德里亞娜不得不把他們轟出去。」

在旅館裡，戈列格里斯讀著普拉多書裡，自己尚未讀到的幾段筆記中的一段：

沸騰的憤怒之毒

假使我們因為別人的無恥、不恭敬或肆無忌憚而大為光火，我們便受到了他們的宰制。怒火快速地焚燒，吞噬了我們的心靈，一如沸騰的毒藥般，粉碎了所有柔和的、高貴的及均衡的感受，讓我們無法安眠。於是，整夜無法安眠的我們，只好起床，點亮了燈，生自己的氣。憤怒好似寄生蟲般棲寄在我們身上，吸乾我們身上的養分，讓我們的身體衰弱。我們不僅為受到的傷害，也為傷痛在我們體內任意滋生而憤怒。當我們忍受著太陽穴上的刺痛，坐在床邊飽受折磨，當我們成了那股憤怒之火的犧牲者時，那造成我們失眠的加害者，卻躲在遠處，毫髮無損。在我們內心的無人舞台上，無聲的憤怒暴露在刺眼的燈光下，我們獨自為自己上演了一齣戲碼。在無助的怒火中，影子般虛幻的角色將影子般虛幻的話語，投擲到影子般虛幻的敵人身上。我們的五臟六腑都感受到了迅速竄升的怒火。而且，因為這只是一場皮影戲，我們不可能與對手真正對決，讓對手受傷，或者讓他承受跟我們一樣的痛苦，越是想到這一點，我們越是絕望；然而越是絕望，這些毒影的舞動便越加瘋狂，緊隨不放，一直追蹤我們來到夢中最陰暗的地下墓室。（我們怒容滿面，心裡下定決心誓要反擊！我們徹夜模鑄文字，這在他人眼中看來，具有燃燒彈一般的威力。唯有如此，才可以讓我們的敵手心中升起憤怒的熊熊烈焰；相對地，我們便可以幸災樂禍，重新獲得心靈的撫慰，快樂地喝著咖啡。）

怎樣才叫做適切的憤怒處理方式？我們不願意成為沒有靈魂的人，不願意對所遭遇的事漠不關心。這樣的人只會根據自己毫無生氣、冰冷的判斷，來評價世界，從不真正關心一切，心靈根本不會有所觸動。正因為我們不是這樣的人，不可能真的希望自己完全不識憤怒的經驗，要自己永遠保持鎮定。要是那樣的話，我們跟乏味的麻木不仁有什麼差別？憤怒讓我們了解自己是什麼樣的人。因此，我想要瞭解憤怒究竟可以教導我們什麼，並且讓我們學會在不沉溺於憤怒毒素的情況下，有效利用憤怒。

可以肯定的一點是，我們會在臨終的床上為自己的人生做最後一次清算——這時我們會嘗到有如氫化物般苦澀難受的滋味：我們在一生中浪費了太多的時間和精力，讓自己感到憤怒，並且在一場無助的皮影戲中，對他人進行報復。只有我們自己才知道到頭來痛苦的還是我們自己，因為我們對一切依然束手無策。我們要怎麼做，才能去改善這樣的清算結果？為什麼我們的父母、老師以及其他教導我們的人，從未對我們提過這點？一件如此意義重大的事，為什麼他們從未向我們稍微提過？為什麼他們從未教會我們妥協的方法，幫助我們避免為那些無謂且自我毀滅式的憤怒，浪費我們的心靈？

戈列格里斯躺在床上始終沒有睡著。他時不時起身，走到窗前。午夜，上城區的大學及鐘塔，看上去肅穆而神聖，還帶有一絲絲的威脅感。他可以想像一名土地丈量員正徒然等待著領取進入這片神祕地帶的許可證。

戈列格里斯將頭靠在枕頭堆上，又讀了一遍普拉多寫的句子。在這些句子裡，普拉多顯然比在其他所有句子中更明顯地敞開了他的心胸：有時，我會大吃一驚：火車隨時可能脫軌。真的，每想到這點，我便驚恐萬分。然而，只有在少數狂熱的片刻，這樣的想法才會彷彿一道福賜的閃電般，掠過我的腦際。

戈列格里斯不知道這樣的意象來自何處，但是他忽然看見這位把詩意的思想視為天堂的葡萄牙醫生，正坐在一座修道院的迴廊圓柱間，那裡已經成了脫軌的人找尋寧靜的避難所。他的脫軌，源自於他那備受折磨的靈魂，有如炙熱的熔岩一般，以無比的力量焚燬且捲走了他心中曾感受到的奴役，及別人對他的過度期待。他辜負所有的期待，打破一切的禁忌，而這也正是他的喜樂來源。最後，他終於在駝背的法官父親，野心勃勃的、溫柔的獨裁者母親，以及終生對他感激涕零、讓他幾乎窒息的妹妹面前，得到了平靜。

在他自己面前，他最後也終於得到了平靜，不再有鄉愁，不再需要里斯本，不再需要藍色的安全感。現在，他終於可以聽任自己內心的波濤洶湧，與它們合而為一，無須再為自己設立一道護壩。他可以不受阻礙地旅行，抵達世界的另一端，終於可以穿越白雪皚皚的西伯利亞大草原，一直到海參威，無須側耳傾聽每一次車輪的滾動聲，告訴他，自己正逐漸遠離藍色的里斯本。

陽光灑進修道院的中庭。立柱變得越來越亮，直到最後整個褪去了顏色。結果眼前只剩下一道發亮的深淵，戈列格里斯沒站穩，栽了下去。

他猛然驚醒，踉踉蹌蹌地衝進浴室，拿水沖臉。接著，他打電話給多夏狄斯。希臘人聽他描述暈眩的所有細節，沉默了一陣子。戈列格里斯感覺到恐懼悄悄爬上他的身體。

「這有各種可能性。」希臘人最後用醫生的口吻平靜地說：「多數的情況下，這類問題都是無害的，但卻不是我們很快可以控制下來的。你還是去做個檢查吧。葡萄牙人的檢查技術，已經可以做得跟我們一樣好。不過，我的直覺告訴我您該回家，用母語跟醫生談。恐懼和外語，兩者並不適合在一起。」

戈列格里斯最後入睡時，看見大學的背後露出了第一道曙光。

43

「裡頭有三十萬冊書，」導覽員這樣介紹。她的高跟鞋鞋跟在喬安娜圖書館的大理石地面上喀喀作響。戈列格里斯留在後頭，左右環顧。他從沒見過這樣的景象，房間全用金箔和熱帶木材包覆，藉由讓人聯想到凱旋門的拱門彼此連結，上頭還刻著國王胡安五世的徽章。十八世紀初，他創建了這間圖書館。精美秀麗的柱子支撐著巴洛克式的廂樓，一幅胡安五世的肖像畫，一條窄長的紅色地毯，更增添了大廳的華麗輝煌感。一個有如童話般的世界。

荷馬史詩《伊里亞德》和《奧德賽》的版本眾多，裝幀華麗，書中的文字因而更顯神聖。戈列格里斯的目光繼續掃視這一切。

過了一會兒，他發覺自己不再留意書架上的書，思緒落在了荷馬的作品上。那必然是個讓他心跳加速的想法，但他並不清楚這其中的意涵。他走到角落，摘下眼鏡，閉上眼睛。他聽到了下一個房間裡導覽小姐刺耳的聲音。他用手摀住耳朵，在沉悶的靜寂中，全神貫注。幾秒鐘過去，他感覺到自己脈搏的跳動。

對了，不知不覺中，他在找尋著一個字，一個在荷馬作品中只出現過一次的字。它彷彿就在他的背後，深埋在他的記憶裡，它想要測試他的記憶力是否還像以前一樣完美。他的呼吸越來越急促。可是，那個字還是沒有出現。它就是沒出現。

導覽小姐帶著喋喋不休的參觀團體穿越大廳。戈列格里斯擠到了人群的最後面。他聽到圖書館大門關上，鑰匙轉動的聲音。

他心跳如悸，迅速衝向了書架，取出《奧德賽》。老舊發硬的皮革邊角，劃過他的手心。他匆匆翻著，一面吹掉塵埃。然而，那個字並不在那裡，不在他以為的那個地方。它並不在那裡！

他試著讓自己的呼吸平緩下來。忽然，一陣暈眩襲來，彷彿一片薄雲飄來，瞬間又消散。他在腦海中有條理地過濾了全部的史詩。不可能在其他的章節。結果，就連原本確定開始找起的段落，也變得四分五裂。地基開始動搖，但這一次卻不是因為頭暈的關係。難道是他粗心搞錯了嗎？難道是《伊里亞德》？他從書架上取下《伊里亞德》，隨手翻著。翻書的動作空洞又機械化，根本記不住目標在哪兒。戈列格里斯時時刻刻能感受到自己被空氣所包圍。他試著頓足，揮舞手臂，書卻從他的手中滑落，他的雙膝再也無法支撐身體，他感到一陣鬆軟無力，昏倒在地。

他醒來時，費力地摸索掉在離手邊不遠處的眼鏡。他看了一下手錶，他昏倒的時間沒有超過一刻鐘。他背靠著牆坐著。在這幾分鐘裡，他只是喘著氣，慶幸自己沒有受傷，眼鏡也完好無缺。

但是，忽然間他感到一陣驚慌。這樣的遺忘是否意味著某種事物的開端？第一座遺忘的小島？它以後會慢慢擴張，還是會有其他島嶼加入？我們是遺忘的岩坡，普拉多不知道在哪裡曾經寫過。如果此刻一場土石流向他襲來，沖走他腦海中所有珍貴的詞彙，該怎麼辦？他用他的大手護著頭，緊緊壓住，彷彿這樣可以阻止詞彙的流失。他的目光搜尋著一個接著一個的物體，接著一個個說出它們個別的名稱，先是用方言，接著用標準德語、法語、英語，最後用葡萄牙語。沒有問題，沒有任何錯誤。他的內心漸漸平靜下來。

門開了。下一批遊客進入時，他躲在角落裡，找機會混入人群，溜出門外。蔚藍的天空籠罩著孔布拉大學。一家小咖啡館裡，他緩慢地小口啜著甘菊茶，胃舒緩了下來，他又能吃些東西了。

學生們三三兩兩地躺在三月的暖陽下。一對相擁的男女，突然發出一陣大笑，扔掉菸頭後起身，姿態優雅，一氣呵成，接著又跳起舞來，輕巧又自在，彷彿沒有重力一般。戈列格里斯感受到回憶的漩渦，任由自己捲入。驀然間，他回到了幾十年來的記憶裡沒有再回去過的場景。

「沒有錯誤，但不夠流暢。」戈列格里斯在大講堂翻譯古羅馬詩人奧維德的《變形記》中的一段後，拉丁文教授這般評論道。十二月的一個下午，白雪紛飛，燈光閃爍。女孩們笑著。「再多跳些舞！」一個打著領結、夾克上披著紅圍巾的男人補上這一句。戈列格里斯感受到自己在長板凳上的重量。他稍微動一下，長板凳便吱嘎作響。剩下的時間裡，換其他人上場，他恍恍惚惚，坐在旁邊，最後經過點綴著耶誕裝飾的門廊時，依然感到恍惚。

聖誕節過後，他再也沒回來參加過聚會，避開那名披著紅圍巾的男人，也避開了其他的教授。從那時起，他只在家中自修。

現在，他付了錢，走過又名詩人之河的蒙德古河，回到了旅館。妳覺得我乏味嗎？怎麼了？可是「無所不知」，你怎能問我這樣的問題？為何所有這些事至今依然讓人感到刺痛？為什麼已經過了二三十年後，他依然無法從中獲得解脫？

兩個小時後，戈列格里斯在旅館醒來時，太陽剛剛沉落。娜塔麗雅．魯賓的高跟鞋跟正喀躂喀躂地踩在伯恩大學的大理石走廊上。他站在一間空蕩蕩的大講堂裡，為她講解希臘文學作品中僅出現過一次的詞彙。他想把這些字寫下來，但是黑板十分滑膩，粉筆不停打滑；他想唸出這些字來，卻忘了怎麼說。不安的夢中，艾斯特方妮雅．艾斯平霍莎也忽隱忽現，眼睛閃閃發亮，一身橄欖色的皮膚。起先，她一言不發，後來變成了講師，在金碧輝煌的巨大穹頂下，講授一個根本不存在的題目。多夏狄斯打斷她的話。「回家吧，」他說：「我們要在布本貝格廣場為您做檢查。」

戈列格里斯坐在床沿，至今仍未想起荷馬的那個字眼。那個字究竟出現在何處？不確定感再次折磨著他，即便手裡拿著《伊里亞德》，也毫無意義。那個字出現在《奧德賽》裡。沒錯，它就在那裡。他本來就知道。可是，究竟在哪裡呢？

樓下的櫃台幫他查到下一班開往里斯本的火車，明早才會出發。他拿起那本關於陰森海洋的大部頭書，繼續讀著穆斯林地理學家艾爾．艾德里希的那段文字：他們跟我們說，沒有人知道在這片海域中有著什麼，也沒有人去研究。因為船隻的航行遭遇過不少阻礙。深沉的黑暗、高漲的海浪、頻繁的風暴、無數棲身大海的妖魔鬼怪，還有強勁的風。他原本想影印艾斯特方妮雅．艾斯平霍莎那兩篇關於菲尼斯特雷角的文章，卻在圖書館員那兒碰了壁，因為他不知道該怎麼說明。

他在床沿坐了好一會兒。「還是做個檢查吧。」多夏狄斯說。接著，他又聽到瑪麗亞的聲音：「您最好別掉以輕心。」

他沖了個澡，整理好行李，請不知所措的櫃台小姐幫他叫計程車。在火車站那裡還能租車，不過今天仍要算錢，坐在櫃台後面的男人說。戈列格里斯點了點頭，簽下到後天的租約，走到了停車場。

駕照是他在學生時代考的，錢是他兼課賺來的，那已經是三十四年前的事。在那之後，他再也沒開過車。貼著他青少年時期照片的駕照早已發黃，粗體字寫著規定：他必須戴眼鏡，且不得在夜間行車。駕照一次也沒使用過，一直夾在護照裡。負責出租的人皺了皺眉，目光來回穿梭在照片上年輕的臉和現實中的臉之間。不過，他最後還是什麼都沒說。

戈列格里斯坐上人車的駕駛座，等自己的呼吸平緩下來，慢慢試按所有的按鈕和排檔，冰冷的手啟動了引擎，推到倒車檔，鬆開離合器。車子熄了火，車身猛然晃動，他嚇了一跳。他閉上眼睛，再一次等待，直到呼吸平緩下來。第二次嘗試的時候，車子猛然彈跳起來，這回倒是啟動了。戈列格里斯倒車駛出停車格，以步行的速度沿著彎道開到出口。在出城的一個紅綠燈前，車子再次熄火。不過，之後的情況越來越好。

高速公路上，他花了兩個小時的時間才開到維亞納堡。他鎮定地坐在方向盤前，保持靠右行駛，開始享受開車的滋味，幾乎把荷馬的文字成功拋諸腦後。他慢慢得意起來，伸展臂膀，握緊方向盤，將油門踩到底。

一輛前燈大開的車輛迎面駛來。四周景物開始天旋地轉，戈列格里斯趕緊鬆開油門，朝右側的臨時停車道滑去，衝進草皮，在離護板不到幾公分處停住。快速流動的光束，有如潮水般從他身邊緩緩流過。稍後，他停在下一個停車場，走下車，小心呼吸著夜晚清新的空氣。您該回家，用母語跟醫生談。

一小時後，他穿越瓦倫沙・朵・明赫（Valença do Minho），抵達邊境。兩名手持衝鋒槍的民兵揮手讓他開過去。在圖伊，他開上往比戈、蓬特韋德拉的高速公路，一路往北朝聖地亞哥去。午夜前，他稍事休息，邊吃東西，邊研究地圖，找不到更好的解決方法：要是他不想繞一大圈經過聖塔歐吉尼亞角，就必須穿越帕德隆的山路，開往諾亞，接下來的路便很清楚，一直沿著海岸開，直到菲尼斯特雷角。他從未在山路上開車，心裡浮現瑞士山路的景象，看見瑞士郵政的司機猛打方向盤，以便迅速掉頭。

周圍的人全說著加利西亞方言，他根本聽不懂。他太累了，再也想不起那個字了。他，「無所不知」，居然忘了荷馬的那個字。桌下，他的腳用力地踩著地面，想要趕走那片空氣的薄膜。他感到恐懼。恐懼和外語，兩者並不適合在一起。

事情比他想像的輕鬆。遇到無法一窺全貌的急轉彎時，他便減速慢行，夜間，迎面而來的車輛都開著車燈，比白天更容易辨識。過了凌晨兩點，路上的車輛逐漸變少。他想到萬一自己頭暈起來，在窄路上無法停車時，便感到一陣恐慌。然而，見到接近諾亞的路標出現之後，他漸漸得意起來，切過彎道。就是不夠流暢！可是，「無所不知」，你怎能問我這樣的問題呢？為什麼芙羅倫斯就不能為他撒個謊？你乏味嗎？一點兒也不！

有可能擺脫掉曾經受過的傷害嗎？普拉多寫道，我們深入到過去。那是源自於我們的情感，特別是源自那些深植我們內心、規定自己為何允許人和自己為何會變成現在這樣的那些情感。因為這些情感並沒有時間性，不知歲月為何，更不承認時間的流逝。

從諾亞到菲尼斯特雷角約一百五十公里，路況良好，雖然看不到海面，卻感覺得到大海。現在已經凌晨四點。戈列格里斯不時停下車來，不是因為暈眩，而是因為大腦累得像是在頭顱裡漂浮似的。經過許多家黑漆漆的加油站之後，他終於找到一家開門營業的。菲尼斯特雷角長得什麼模樣？他問昏昏欲睡的加油站小弟。「我是無所不知。」他笑著說。

當他駛進菲尼斯特雷角時，晨曦已經穿過烏雲籠罩的天空。他走進一家小酒吧，成了當天的第一位客人。他站在石板地上，感到清醒而踏實。那個字會出現的，只要等著就可以，記憶力就是如此，誰都知道。他享受這趟瘋狂的旅行，享受自己來到此地，也享受店主遞給他的香菸。肺裡吸進了兩口菸後，他感到微微的暈眩。「暈眩。」他對店主說：「我是暈眩的專家，暈眩的種類有很多，我全部都知道。」店主沒聽懂，使勁地擦著吧台。

快到岬角的數公里前，他大開車窗。鹹鹹的海風美妙無比，他開得很慢，彷彿享受著期待中的快樂。路到了一個小漁港的港口戛然而止。漁民們剛剛捕魚歸來，三三兩兩站著抽菸。他後來也不知道發生了什麼事：總而言之，他突如其來站在漁民群中，抽著他們的菸，那裡彷彿是他們露天的固定席位。

「你們滿意自己的生活嗎？」他問。他，「無所不知」，伯恩的古語言學家，來到世界的盡頭，問著加利西亞漁夫們的人生觀。戈列格里斯享受這一切，享受荒唐中摻雜著疲倦、狂喜和說不清的脫軌感覺。

漁民們沒有聽懂他的問題。戈列格里斯不得不用結結巴巴的西班牙文重複了兩遍。「問我快樂嗎？」其中一個終於高聲地說：「除了快樂之外，我們不知道還有其他什麼感覺！」他們大笑，不停地笑著，笑聲在空氣中迴盪。戈列格里斯受到這份強烈情感的渲染，眼睛微微濕潤。

他把手搭在其中一位漁民肩上，讓他轉身過去面對大海。

「完全正確，越來越多——什麼都沒有！」他衝著海風高叫。

「美國！」男人高喊：「美國！」

漁民從大衣內袋裡摸出一張照片來，是個身穿藍色牛仔褲，套著長筒靴，帶著牛仔帽的女孩。

「我女兒！」他朝大海的方向打了個手勢。

其他人從他手上搶走照片。

「看她有多漂亮！」大家七嘴八舌。

戈列格里斯微笑，比手劃腳，也跟著笑。有人拍了他的肩膀，右邊，左邊，又是右邊，力道粗野。戈列格里斯的身體搖晃，漁民們轉了起來，大海轉了起來，海風呼嘯變成了耳鳴，越來越響。突然，一切消失，寂靜吞噬了一切。

他醒來時，發現自己躺在一艘船的甲板上，上方是人們驚恐的臉。他坐了起來，頭痛欲裂，拒絕了別人手上遞來的烈酒。一下子就沒事了，他解釋，接著又補充道：「我是無所不知。」大夥兒放心笑了。他握著那些滿是繭子、皸裂粗糙的手，慢慢地走下船，盡量保持身體平衡，然後坐上了駕駛座。他很慶幸引擎立刻就發動了。漁民們手插在防水衣口袋裡，看著他離去。

他在鎮上找到一家小旅館，要了間房，一直睡到下午。天早已放晴，也變得暖和些。儘管如此，他在黃昏去海角時，依然凍得發抖。他在一塊岩石上坐下來，遙望西面的一盞燈漸漸昏暗，直到最終熄滅。陰森黑暗的海洋。深色的海浪嘩嘩作響，細碎泡沫隨著駭人的的轟鳴，沖刷著海岸。那個字依然沒有出現。它不會出現了。

究竟有沒有那個字的存在？或許，這最終並不是記憶的問題，而是理解上出現了一道細微的裂痕？怎麼會只因為想不起僅出現過一次的一個字，便幾乎喪失了對事物的全盤理解？假使他現在是坐在大講堂裡參加一門考試，也希望自己可以絞盡腦汁地想。但是，假使面對的是咆哮的海洋呢？那片在前方逐漸與夜空融為一體的漆黑海水，為什麼不能沖刷掉這類無關緊要、全是無稽之談的憂慮，好照顧這位心靈失去平衡的人？

他突然開始想家，閉上了眼。八點差一刻，他從聯邦階地走來，踏上科欽菲爾德大橋，接著穿過醫院街、市場街和雜貨街的門廊，一直走到貝恆公園。在大教堂裡，他聽著耶誕聖樂。他在伯恩火車站下車，回到自己的公寓。從唱盤上取下葡萄牙語教學唱片，擱到雜物間，然後倒在床上，開心得知一切如昔。

普拉多和艾斯特方妮雅．艾斯平霍莎不太可能一起來這裡，實在不可能。沒有任何的蛛絲馬跡，一點也沒有。

戈列格里斯回到車上，身上的夾克給沾濕了，他冷得直哆嗦。黑夜裡，車子看起來特別巨大，像個龐然大怪獸般，沒有人可以將它毫髮無損地開回孔布拉，尤其最不可能辦到的是他。

後來，他到小旅館對面，試著吃些東西，可是毫無食慾。他在櫃台要了幾張紙，回到房間裡，坐在小茶几前，開始用拉丁文、希臘文和希伯來文翻譯穆斯林地理學家寫的東西，希望藉著書寫希臘字母，找回那個失落的字。但是，什麼都沒有出現，記憶的空間依然空蕩靜謐。

不，不是那片沙沙作響的海洋，導致了文字的保留或遺忘失去意義。也不是它導致了詞彙的保留或遺忘失去意義。不是那麼一回事，根本不是。只是在所有文字中的唯一一個字，在所有詞彙中的唯一一個詞：這樣的字詞是無可觸及的，是盲目無語的大水完全觸及不到的。即使整個宇宙突然洪水氾濫，天空中的雨下個不停，這樣的字詞依然是無可觸及的。如果宇宙中只有一個字，唯一一個字，那就等於沒有字；然而，假使真有這個字的話，那必然比全天下的所有洪流都要更為強力且閃耀。

戈列格里斯漸漸平靜下來。入睡前，他從窗口往下看停車場上的汽車。隔天，天一亮，一切將恢復正常。

真的恢復正常了。隔天，他帶著一夜難眠後的疲倦和膽怯開車上路，一小段一小段地往前進。稍事休息的時候，晚上的夢境又持續規律地騷擾著他：他來到了伊斯法罕，卻見它矗立在大海邊。那是一座有著鮮豔的藏青色和金碧輝煌的清真寺尖塔圓頂的城市，高高地聳立在閃亮的地平線上。當他驚見海面黑浪翻滾，咆哮著衝向那座沙漠城市時，一下子給驚醒了。乾熱的風吹走了他臉上的濕熱悶氣。他第一次夢到普拉多。這位文字鍊金師什麼也沒做，只是出現在廣闊的夢境裡，舉止高雅，緘默不語。戈列格里斯耳朵緊貼在安德里亞娜碩大的留聲機上，努力要辨識出普拉多的聲音。

開上通往波特和孔布拉的高速公路之前，他在維亞納堡感覺到，他遺忘的那個《奧德賽》中的字彷彿就在嘴邊。他在方向盤前不由自主地閉上了眼睛，試圖使盡全力來阻止那個字再次遭到遺忘。瘋狂的汽車喇叭，讓他猛吃一驚。在最後的關頭，他才將逆行的車子調回頭來，避開與其他車子對撞的慘劇。到達下一個交流道之後，他停下車，等待來自頭部血管的刺痛減緩。之後，他便尾隨在一輛大貨車後面，一直開到波特。租車處的女人見他不是在孔布拉交還車子，而是在這裡，露出滿臉的不悅，但在久久打量了他的臉色後，最後還是同意了。

開往孔布拉和里斯本的火車啟動時，戈列格里斯疲憊地把頭靠在椅墊上。他想到了在里斯本等待著他的告別。「唯有如此，才是『告別』完整且重要的意義：兩個人在分開之前可以彼此理解對方的所見和體驗。」普拉多在給母親的信中這般寫道：「和他人告別，同時也是和自我的告別：站在他人的角度，面對自己。」火車全速前進。這時，他才從剛剛差點出車禍的驚魂未定中，舒緩下來。抵達里斯本之前，他什麼都不願再想。

在單調的車輪滾動幫助下，他終於擺脫了那件事，剎時間，那個失落的字卻突然出現：λστρον（清掃大廳地面的鐵鏟）。現在，他也知道這個字出自何處：《奧德賽》第二十二章結尾。

車廂的門開了，一名年輕女子進來坐下，打開一份印著大字體的八卦小報。戈列格里斯起身，拿起行李走到火車尾端，那裡還有一截空的車廂。λστρον，他自言自語，λστρον。

當火車停靠在孔布拉車站時，他想著那個大學山坡，想著那個在他腦海裡出現的土地丈量員，身材瘦長，彎腰駝背，身穿灰色的制服，手提老式的診療包，他越過了大橋，一邊想著如何說服別人同意讓他進入城堡。

晚上，西爾維拉從公司回家，當他看見戈列格里斯在大廳裡朝他迎面走來時，瞇起了雙眼，顯得有些訝異。

「你要回家了。」

戈列格里斯點了點頭。

「解釋一下吧。」

44

「要是您能多給我一些時間，我可以讓您變成葡萄牙人。」賽希里亞說：「當您回到您那個說話帶喉音的陰冷國家時，請您別忘記doce（甜美）、suave（愉快）這兩個字，還有我們葡萄牙人說話總是跳過母音。」

她拿披肩遮住嘴巴，說話時，氣息吹著披肩。看到他的神情，她笑了。

「您喜歡我圍披肩的樣子，是嗎？」她用力地吹了一下。

她把手伸了過去：「您的記憶力真是令人難以置信。就憑這點，我想我一定不會忘記您。」

戈列格里斯緊握著她的手，不願放開。他猶豫著，決定最後冒一次險。

「您有什麼特別的理由嗎，所以……」

「您是說，為什麼我總是穿戴綠色衣物嗎？是的，的確有個理由，等您回來，我就會告訴您。」

等您回來。她說的是等，而不是假如。在前往舊書商維托．科蒂尼奧家的路上，他想像他星期一早上若出現在語言學校的話，事情會怎樣，她臉上會出現什麼樣的表情。當她向他說明她為何永遠穿著綠色的理由時，她會如何挪動她的嘴唇。

「你要幹嘛？」一小時後，科蒂尼奧的大嗓門響了起來。

門嘎吱一聲開了。老人從樓梯上走下來，嘴裡叼著菸斗。有好一會兒的時間，他努力在記憶裡思索著。

「啊哈，原來是你。」他開心地叫著。

今天，這裡也同樣飄散著不新鮮的飯菜、灰塵和菸草的味道。科蒂尼奧依然穿著那件洗得褪色的襯衫，早已分辨不出原來的顏色。

啊，是為了普拉多的事，還有藍屋診所！找到那個男人了嗎？

「我不知道自己為什麼會送給你這本書。不過，給了就是給了。」當老人送給他《新約聖經》時，這般說道。戈列格里斯現在正帶著這本書，就在他的外套口袋裡。他找不到合適的話來說，所以對此隻字未提。普拉多曾寫過：親密如海市蜃樓，短暫而虛無飄渺。

「我的時間不多，」戈列格里斯說著，向老人伸出手。

「還有一件事。」老人的聲音越過院子，衝著他高喊：「等您回來，你會打那支電話嗎？那支寫在額頭上的電話？」

戈列格里斯做了個不置可否的表示，向老人揮手告別。

他坐車來到下城百夏區，在棋盤似的橫街窄巷上信步走著，在喬治．歐凱利藥局對面的咖啡館裡，吃了點東西，然後開始等待著，等待從煙霧繚繞的藥局玻璃門後，出現那個身影。他還想再跟這個人聊一聊嗎？他想這麼做嗎？

整個上午，他始終感覺他的道別好像哪裡不對勁，少了什麼似的。現在，他知道了。他走進相機店裡，買了一部帶望遠透鏡的相機。他再一次坐進咖啡館裡，把鏡頭拉進藥局門口前，想拍喬治出現的樣子，結果因為按快門老慢半拍，他拍了一整卷的喬治。

稍後，他回到貝拉茲雷斯墓園旁的科蒂尼奧家，拍下了那座破敗不堪、藤蔓橫生的房子。他對準窗子，但老人沒再出現。最後，他放棄了，步行到墓園。在那裡，他拍下了普拉多家族的墓地。在墓園附近，他多買了幾卷底片，接著坐上老式電車，橫越里斯本，前往瑪麗安娜·埃薩的診所。

配上方糖的金紅色阿薩姆紅茶，大而深邃的黑眼睛，紅髮。「沒錯，」瑪麗安娜也說：「最好是用母語和醫生溝通。」戈列格里斯沒告訴她，自己在孔布拉大學圖書館裡昏倒的事。他們聊到胡安·埃薩。

「他的房間有點小。」戈列格里斯說。

有一瞬間，她的臉上浮現了一絲怒容，但很快又冷靜下來。

「我建議過他，換到其他幾家舒適些的養老院，但他就是要待在這一家。『一定要簡陋，』他說：『在經歷了那麼多的事情之後，我告訴自己，一定要是簡陋的。』」

茶還沒喝完前，戈列格里斯便已離開。他真希望自己從未提起胡安房間的事。他跟胡安相處了四個下午，他們之間的關係，似乎比從孩提時代便認識胡安·埃薩的她還要親近。真是無稽之談，毫無意義，即便那是事實。

下午，他在西爾維拉家休息時，重新戴上了那副沉甸甸的老式眼鏡，但他的眼睛顯然並不樂意。

他走到美洛蒂家，天色已晚，根本沒辦法拍照。他堅持按下快門，拍了幾張照，閃光燈亮了起來。今天可能看不到她出現在明亮的窗子後了。一個腳不觸地的女孩。法官從車子裡走下來，拿手杖擋住來往的車輛，站在圍觀的人群後面一會兒，然後擠過人群，走到用來賞錢的小提琴盒前，沒看我一眼，朝裡頭扔了一大把硬幣。戈列格里斯抬頭望著雪杉。就在哥哥的刀子刺進她的脖子那一瞬間，安德里亞娜看見雪杉像血一般變得鮮紅。

現在，戈列格里斯看見窗子後頭出現一個男人，這決定他是否應該按下門鈴的問題。在他曾經去過一次的酒吧裡，他喝了一杯咖啡，抽著菸，就跟那天一樣，抽了一根香菸。接著，他走到了城堡階地上，把里斯本的夜，烙印到自己的腦袋裡。

喬治正在關店門。幾分鐘後，喬治走上了街，戈列格里斯跟著他，保持了一段很遠的距離，希望這回不會被他發現。他轉進一條小巷子裡，那裡是西洋棋俱樂部的所在。戈列格里斯回到藥局，拍下幾張燈火通明的藥局照片。

45

星期六上午，菲立普斯載著戈列格里斯來到科蒂斯文理中學，打包露營器具。戈列格里斯從牆上取下伊斯法罕的照片，然後打發司機回去。

這是個陽光普照、溫暖的一天。下星期就要進入四月。戈列格里斯坐在入口處青苔覆蓋的石階上。坐在入口石階溫暖的青苔上，想著父親迫切的願望：要我成為醫生，來解除像他這樣的人身上的病痛。我因為他的信賴而愛他，又因為他將這動人願望強加在我身上的重擔詛咒他。

突然間，戈列格里斯哭了。他摘掉眼鏡，頭深陷在膝蓋間，任憑淚水無遮攔地流淌到青苔地上。徒然，瑪麗亞說，這是普拉多最喜歡用的字詞之一。戈列格里斯一再重複唸著這個字，開始時很慢，後來越來越快，直到這些字已分不開彼此，與淚水交融在一起。

稍後，他走進普拉多的教室，朝女校的方向拍了些照片。在女校這裡，他則是從反方向拍回去：對準瑪麗亞看見普拉多的歌劇望遠鏡發出兩片閃光的那個窗口。

中午，坐在瑪麗亞家的廚房裡時，他告訴她關於這些照片的事。接著，他一口氣向她提到自己在孔布拉大學暈倒，遺忘荷馬的字，以及自己害怕神經檢查結果的事。

後來，他們坐在廚房的餐桌旁，讀著瑪麗亞的專業辭典中關於暈眩的原因說明。原因可能是完全無害的，瑪麗亞指著辭典上的說明，食指在上頭滑動，一邊翻譯著。重要的句子，她一再重複。

腫瘤。戈列格里斯默默地指著那個字。是的，沒錯，瑪麗亞說，但他得繼續閱讀下面的解釋，這樣的情況通常會伴隨著其他明顯而嚴重的症狀。然而，在他身上，並未出現那些症狀。

戈列格里斯要離開時，她說她很高興上次帶她進行了一趟回顧之旅。透過這樣的方式，她在心中清楚感覺到自己和普拉多之間特殊的親疏融合。她走到櫃子旁，取出那個雕工纖細的大木箱，將普拉多記載法瑪蒂的封印信封交給他。

「我說過，我不會讀它。」她說：「我相信這封信在您那裡會得到妥善的保存。或許，您最終是我們之中那個最了解他的人。我很感激您提到他時的方式。」

戈列格里斯後來坐在太迦河渡船上，看著瑪麗亞在河岸上，向自己揮手道別，直到自己從她的視線裡消失。雖然她是他最後才認識的人，卻也是他最懷念的一個人。他會寫信給她，告訴她檢查的結果嗎？她問。

46

見到戈列格里斯出現在門前，胡安．埃薩瞇起了雙眼，看上去彷彿做好了對抗劇痛的準備。

「今天是星期六。」他說。

他們各自坐在習慣的位子上，面前缺了棋盤，桌子顯得空蕩。

戈列格里斯告訴他關於自己暈眩的事，也告訴他關於自己的恐懼，以及在世界的盡頭那些漁民的事。

「您已經走不下去了。」胡安說。

他沒有再提戈列格里斯的事及他的憂心，反而開始談起自己。倘若不是如此的話，戈列格里斯反倒覺得陌生。只有這位飽受折磨的孤獨老人懂得這麼做。在他聽過的所有話當中，這位老人的話最為寶貴。

他答應胡安一旦斷定他的暈眩是無礙的，醫生還有辦法治療他時，就會回來。他要把葡萄牙文學得更好，要寫關於葡萄牙反抗運動的書。他的語氣雖然堅定，但是刻意加入的信念卻顯得空洞。他相信胡安聽來也同樣覺得空洞。

胡安顫抖的手從架子上取下棋盤，擺上棋子。有一會兒的時間，他閉上了眼睛，然後又起身，取出一本西洋棋棋譜。

「這是阿廖辛與波戈尤波夫對奕的棋局。我們照著下吧。」

「藝術對抗科學。」戈列格里斯說。

胡安笑了。戈列格里斯真希望可以用底片保留下這個笑容。

「有時，我會試著想像人在服下了致命的藥片之後，最後一刻的樣子。」胡安下到一半，突然這樣說。「一開始，我們或許會為人生終於走到終點，終於擺脫久病纏身與失去尊嚴的桎梏，備感輕鬆，甚至對自己擁有的無比勇氣感到驕傲，遺憾自己不是經常具備這樣的勇氣。最後要下的結論，最後要想清楚的是：是否該打電話叫救護車？那麼做是對的，還是錯的？希望自己走到最後一刻，都能冷靜沉著，泰然自若。等待指尖與唇間的色澤黯淡，直到麻木。

「這時，人會突然陷入恐慌，渾身顫抖，瘋狂地希望這一切不要結束。生存的願望有如熾熱劇烈的電波，一股內在的洪流，橫掃過一切，讓所有的思考和決定顯得誇張而不自然，荒謬而可笑。接下來呢？接下來怎麼辦？」

「我不知道，」戈列格里斯說，然後拿出普拉多的書唸著：

如果他們在這一刻接到自己死期將近的宣告，怎能不驚慌失措？我在晨光中抬起因熬夜而疲倦的臉，心想著：不論生活輕鬆或艱難與否，不論生活貧瘠或豐富與否，他們不過想從生活中得到更多。他們不想就此結束，即使他們知道，人一旦死去，再也無法留戀缺欠的人生。

胡安拿過書，自己翻著，先讀了這一段，又接著讀了普拉多與喬治關於死亡的整段對話。

「喬治，」胡安最後說：「抽菸抽得連命都不要。『沒錯，那又怎樣？』要是有人提到這點，他便這麼說。我到現在還看得到他的臉在我面前說：『去你媽的。』哈，他也知道害怕？廢物一個。」

那局棋結束時，已經臨近黃昏。阿廖辛獲勝。戈列格里斯拿起胡安的茶杯，喝下最後一口茶。走到房門前，兩人面對面站著。戈列格里斯發覺自己的身體微微顫抖。胡安的手抓住他的肩，頭靠在他的臉頰上，大聲哭了。戈列格里斯感受到了他喉頭間的顫動。忽然，他猛一下推開戈列格里斯。戈列格里斯差點站不穩。胡安一把推開了門，目光低垂。戈列格里斯走過走道轉角時，回頭望了一眼。胡安站在走道中央，目送著他離去。胡安以前從未這樣做過。

在街上，戈列格里斯走到一片樹林後等待著。胡安走到陽台上，點燃一根菸。戈列格里斯拍了整整一卷底片。

他看不見太迦河，他只看到、感覺到胡安。他從商業廣場慢慢走向巴羅奧爾多區，然後在藍屋附近的咖啡館裡坐下來。

47

他任憑時間一刻鐘一刻鐘地流逝。安德里亞娜。這或許是最困難的告別。

她打開門，立刻意識到事情不對勁：「出什麼事了。」她說。

「只是回去我在伯恩的醫生那裡接受一次例行檢查而已，」戈列格里斯說。

「是啊，你回去也好。」他對她如此沉著地接受這個消息，感到有些驚訝，又有些受傷。

她不再急促地呼吸，卻比以前更惹人注目。她突然起身，拿出筆記本。她想留下他在伯恩的電話，她說。

戈列格里斯吃驚地豎起眉毛。這時，她指給他看，房間角落小茶几上的一部電話。

「昨天安裝的。」她說。她還想給他看一樣東西。她在前面帶路，朝頂樓走去。

堆在普拉多房間光禿禿的地板上的書不見了，全擺在角落的一排書架上。她充滿期待看著他。他點了點頭，走到她身邊，撫摸她的手臂。

然後，她拉開普拉多的書桌抽屜，鬆開捆在厚紙殼中的那疊紙，取出三張來。

「這是他在那個女孩走了以後寫的。」她說，乾瘦的胸膛上下起伏。「上頭的字突然變得很小。當我看到他寫的這些東西時，立刻想到：他想要把它們藏起來，不讓自己看到。」

她的目光在紙頁上游移。「這把一切都毀了，一切！」

她把那幾張紙放進一個信封袋裡，交給戈列格里斯。

「他已經不再是他自己。我真希望……請您拿走吧，拿得遠遠的，越遠越好。」

戈列格里斯日後曾為此事咒罵自己。他想再看看普拉多救了門德斯一命的那個房間，也是掛著大腦圖和埋葬著喬治棋盤的那一個房間。

「他非常喜歡在樓下工作。」兩人站在診所時，她說：「跟我，只跟我在一起。」她撫摸著診療床。「所有人都愛他，愛戴他，欽佩他。」

她露出一絲帶點隔閡的詭異微笑。

「雖然，有些人什麼問題都沒有，還是過來這裡。他們想出點什麼毛病，就為了過來看他。」

戈列格里斯的腦子快速運轉。他走到擺著老舊針管的桌子前，拿起一支針筒。沒錯，那時候針筒的模樣就是這樣，他說。跟今天用的很不一樣！

這些話沒有傳到安德里亞娜的耳朵裡，她正扯著診療床上的一捲紙巾。先前那一絲絲微笑還掛在嘴邊。

「你知道那張大腦圖後來的去向嗎？」他問：「那在今日必然是相當珍貴稀有。」

「『你要這張圖幹嘛？』有時，我問普拉多：『身體對你來說，不就好像是玻璃一般透明嗎？』『那只是一張圖。』他會說。他熱愛圖片，不論是地圖還是火車圖。在孔布拉讀大學時，他曾批評過一本被奉為《聖經》的解剖圖冊。教授們都不喜歡他。他不懂得尊重人，總以為高人一等。」

戈列格里斯知道現在只有一個解決的方法。他看了看手錶。

「我趕不上時間了。」他說：「我能借用一下您的電話嗎？」

他打開房門，走進了走廊。

當她關上診療所的門時，臉上悵然若失，一道垂直的皺紋將前額劃分開來，她臉上的表情彷彿是個籠罩在黑暗和錯亂底下的人。

戈列格里斯走向了樓梯。

「再見！」她打開房門說。

又恢復了他第一次拜訪她時那種苦澀和魂不守舍的聲音。她筆直站著，堅強地面對整個世界。

戈列格里斯慢慢走向她，站在她面前，直盯著她的眼睛。她的目光封閉，心不在焉。他沒伸出手，她也不會握住。

「再見！」他說：「萬事如意。」說完，便走了出去。

48

戈列格里斯把普拉多書的影本交給西爾維拉。他在城裡亂竄了一個小時後，才找到一家仍在營業、可以影印的百貨商場。

「這個……」西爾維拉聲音沙啞地說：「我……」

他們談到了暈眩。西爾維拉說，他那個有眼疾的姊姊，幾十年來一直為頭暈所苦，但就是找不出原因。對那個毛病，她早已經習以為常。

「有次，我陪她去找神經科醫生。離開診所時，我覺得我們彷彿是在石器時代！我們人類關於大腦的知識，依然是處於石器時代，只了解大腦的幾個區域、幾個活動模式，還有幾種物質。除此之外，一無所知。我覺得，他們甚至不知道該從哪裡開始檢查。」

他們談到了因為不確定所導致的恐懼。戈列格里斯忽然感到一陣不安。過了一會兒，他才恍然明白：前天他回程後與西爾維拉聊到了旅行，今天跟胡安·埃薩交談，現在又跟西爾維拉在一起。兩種親密的感受是否會彼此阻礙、封閉、甚至毒害？他慶幸自己沒有告訴胡安·埃薩，他在孔布拉大學圖書館昏倒一事，這樣，便有了一件只和西爾維拉分享的事。

他所遺忘的荷馬一字，究竟是什麼意思？西爾維拉這時才問道。λστρον，戈列格里斯回答：「清掃大廳地面的鐵鏟。」

西爾維拉哈哈大笑，戈列格里斯也跟著放聲笑了起來。兩人一直笑著，空氣中迴盪著兩個男人的笑聲，超越了彼此的恐懼、傷感、失望及對人生的倦怠。在這笑聲中，兩人緊緊連結在一起，無比珍貴，對方的恐懼、傷感與失望變成了自己的，創造出自己本身特有的孤獨。

戈列格里斯的笑聲逐漸平息，他重新開始感受這個世界的重量，想起自己跟胡安．埃薩為養老院那煮過頭的午餐，大笑一場的回憶。

西爾維拉走進書房裡，拿了一張餐巾紙回來，上頭有戈列格里斯在夜車餐車上，用希伯來語寫下的：「上帝說：要有光，就有了光！」請他再唸一遍，西爾維拉說，並請他用希臘文寫一段《聖經》。

戈列格里斯無法拒絕：「太初之道，道與上帝同在，道就是上帝。這道從太初便與上帝同在。萬物都是祂創造的。凡是創造的東西，沒有一樣不是祂創造的。生命就在祂那裡，生命就是人的光。」

西爾維拉拿出《聖經》，讀著〈約翰福音〉開頭的這一段。

「換句話說，那個字是人類之光。」他說：「唯有當世界上的萬物可以透過言語表達時，它們才真正存在。」

「言語需有韻律才行。」戈列格里斯說：「一種如〈約翰福音〉的字句中擁有的韻律。唯有當這些字句成為詩歌，才能真正把光明遍灑在世界萬物上。正是因為如此，不斷變換的語言之光，才可以使得相同的事物看起來截然不同。」

西爾維拉望著他。

「也正是因為如此，才會有人在面對三十萬冊的書，卻想不出一個字時，頭暈目眩。」

他們大笑，笑個不停，看著對方，明白兩人都是為了剛才的笑料，也是為了這裡頭最值得珍惜的事開懷大笑。

「我可以留下伊斯法罕的照片嗎？」西爾維拉後來問戈列格里斯，「就是貼在校長辦公室牆壁上的那些。」西爾維拉坐在書桌後面，點起一支菸，打量著圖片。「我希望，我的前妻和兩個孩子可以看看這些圖片。」

兩人入睡前，默默站在大廳裡好一會兒。

「現在，連這也要結束了。」西爾維拉說：「我是說，你在這裡，住在我家。」

戈列格里斯無法入睡。他想像著隔天早上火車慢慢啟動的情景，感受到第一下輕柔的震動。他詛咒暈眩以及多夏狄斯是正確的這個事實。

他打開了燈，讀著普拉多關於親密的文字：

霸道的親密

在親密中，我們相互纏繞，無形的紐帶有如自由的枷鎖。這份纏繞專橫霸道：它要求對方的專一。和他人分享，無異於背叛。然而，我們希望不只去愛、去撫摸唯一一個人。這該怎麼辦？編導出不同的親密嗎？刻板地紀錄下各種主題、文字和姿態嗎？還是編出一套共有的知識與祕密？那將會是一道無聲滴落的毒液。

他落入不安的夢境時，天已經破曉。他夢到世界的盡頭，一個沒有樂器和音調，卻有著優美旋律的夢境，一個由陽光、風和文字交織而成的夢境。手掌粗糙的漁民們粗魯高聲地叫喊著。鹹鹹的海風吹散了文字，也同樣吹走了他想不起來的那一個字。現在，他在水中直直地潛了下去，使盡全力拚命朝深處游，越游越深。他感受到肌肉抵禦寒冷時所散發出的快感與溫暖。他非得離開舢舨船不可，時間急迫。他向漁民保證這跟他們無關，然而他們卻開始為自己辯護起來。他在陽光、風和文字的陪伴下，拎著水手的帆布袋上岸，漁民們看著他的眼神，一派陌生。

回程篇

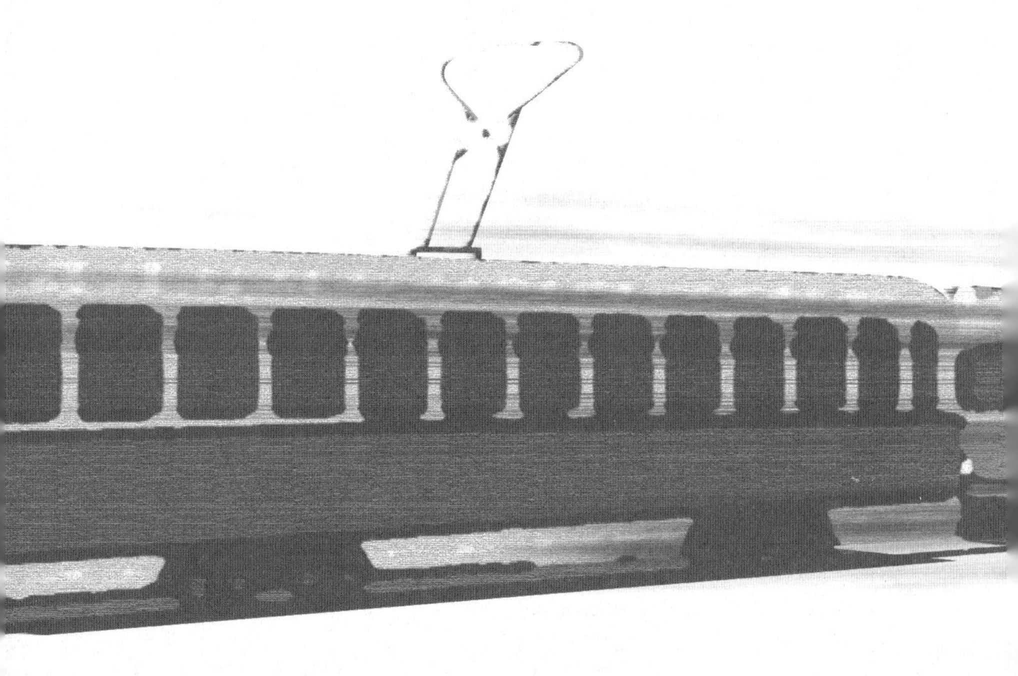

49

儘管西爾維拉早已從他的視線中消失，戈列格里斯仍不斷揮手道別。「伯恩有陶瓷廠嗎？」西爾維拉問他。戈列格里斯隔著車窗，拍了張照片：手擱在香菸前擋風點菸的西爾維拉。

里斯本最後的房舍消失了。昨天，他又去了一趟那家位在巴羅奧爾多區的教堂書店。他頭一次去按藍屋的門鈴之前，曾去過那兒，額頭抵著霧氣瀰漫的書店玻璃窗。那時，他的內心掙扎著是否應該立刻前往機場，搭下一班飛機回到蘇黎世。然而此刻，他卻掙扎著要不要在下一站跳下火車。

隨著火車每前進一公尺，回憶便會消逝一部分？世界一段一段逐漸變回原來的模樣，等他最後抵達伯恩火車站時，是否一切又會回復到原狀？他在里斯本停留的時間，是否也會就此銷毀不見？

戈列格里斯取出安德里亞娜交給他的信。這把一切都毀了，一切！他馬上要讀到的東西，是普拉多在西班牙之行後寫的。是他在那個女孩走了以後寫的。他回憶起她描述普拉多從西班牙回來後的事：他從計程車上下來，鬍子沒刮，面頰凹陷，狼吞虎嚥地吞下眼前的所有東西，吃了一包安眠藥，足足睡了一天一夜。

火車駛往邊界城市福爾摩沙城時，戈列格里斯開始翻譯起普拉多那篇用蠅頭小字寫下的筆記：

徒勞的灰燼

距離喬治那次因為突然恐懼死亡，三更半夜打電話給我之後，已經過了很久一段時間。不，不能說很久。當時，我們是在另一個時間裡，一個全然不同的時間裡，迄今不過短短三年，平平淡淡、百無聊賴的三年。艾斯特方妮雅。他那次提到了艾斯特方妮雅，還有《郭德堡變奏曲》。她為他彈奏了這首曲子，他原本也想親手在自己的史坦威鋼琴上彈奏這首曲子。艾斯特方妮雅．艾斯平霍莎。一個令人迷醉的名字！我那天晚上想著。我不想見到那個女人，沒有女人配得上這個名字，一定會令人大失所望。怎知事實正好截然相反：這個名字配不上她！

我們恐懼著自己的人生無法完整，好似一件未完成的作品，但我們同時卻也意識到自己再無達到預定目標的可能。我們最終是這樣來解釋我們對死亡的恐懼。然而，我懷疑人們為何會在尚未體驗到有一天這將變成不容改變的事實之前，便憂心他的人生缺乏和諧與完整？喬治似乎明白這一點。但他說什麼來著？

為什麼我不去翻找一下，為什麼我不去檢查看看呢？我為什麼不想知道自己當時的想法和寫下的內容呢？這種無所謂的心態從何而來？真是那麼無所謂嗎？或者這會不會因此擴大而加深了既有的損失？

想要了解我們以前的想法、由此產生的後果，以及現在的想法，皆是人生完整的一部分——倘若這種完整性存在的話。就此而言，我是否已經失去了那使得死亡變得令人恐懼的信念，那個相信人生和諧的信念？那是讓我們感覺到值得放手一搏，藉此與死亡做出抗爭的信念。

忠誠，我跟喬治說，是忠誠。在忠誠裡，我們發明了我們之間的和諧。艾斯特方妮雅。為何澎湃的海浪不把她沖到別處，偏偏沖到我們這裡來?!為什麼偏要讓她成為我和喬治之間無法承受的試金石？我們都沒辦法靠自己逃過這一關。

「對我來說，你的渴望太強烈了。跟你在一起很美好，但你對我的渴望太強烈了。我本來可以不來這趟旅行的。你看，那是你自己的旅行，完全是你自己的旅行，根本不是我們的旅行。」她說的一點也沒錯。一個人不能讓另一個人成為自己人生中的磚瓦，成為自己極樂世界競賽中的馱水人。

菲尼斯特雷角。我從未像在那裡時那般清醒、冷靜過。從那時開始，我便知道我的競賽結束了。那是一場我從不知道自己已經加入，而且一直身在其中的競賽；一場沒有對手、沒有目標、沒有獎品的競賽。完整的人生？Espejismo，西班牙人說。是我那幾天在報紙上看到的，也是唯一一個我到現在都還記得的字：海市蜃樓。

我們的生活不過是流沙，在一陣風吹下，短暫成形，下一陣風來時，又被吹散。一個徒勞的構成，在它尚未真的完成之前，便已被風吹散。

「他已經不再是他自己。」安德里亞娜說。她不想跟一個變得生疏的陌生哥哥有任何的關連。

「拿得遠遠地，越遠越好。」

人什麼時候會做他自己？他什麼時候會變回他一如往常的樣子？也許是當思想與情感的熔

漿，埋葬了所有的謊言、面具以及自欺欺人時，他所呈現出來的樣子？我們常常聽別人抱怨，某人不再是他自己的樣子。事實上，這或許意味著：他不再是我們所樂於見到的那個人？或者說到底，那只不過是我們的戰鬥口號罷了，用來反制自己習以為常的東西受到嚴重的威脅，至於對別人的擔憂和關心，不過是種掩飾罷了。

火車駛向薩拉曼卡時，戈列格里斯睡著了。隨後，出現了某種他至今仍未遇過的狀況：醒來時，他立刻感到一陣頭暈目眩。一波錯置的神經刺激，席捲全身。他彷彿落入深淵裡，拚命抓住座椅扶手。他緊閉雙眼，結果反而讓情況變得更糟。他雙手捂著臉，暈眩漸漸消失。

λστρον。一切正常。

他為什麼不搭飛機？十八個小時後，明天一大早他會抵達日內瓦，三小時後就能到家。中午去多夏狄斯的診所。接下來，就把一切都交給他。

火車減速。薩拉曼卡。接著出現一面站牌：薩拉曼卡。艾斯特方妮雅·艾斯平霍莎。

戈列格里斯起身，拿下行李架上的行李箱，牢牢握著，直到暈眩消失。他穩穩地踏上月台，試圖去踏破那一層環繞他的空氣膜。

後來，他回想他在薩拉曼卡頭一晚的情形，似乎數小時中，他都在和暈眩搏鬥。他在大教堂、小禮拜堂及迴廊間跌跌撞撞，步履蹣跚，對建築的美視而不見，卻為其黑暗的力量所折服。他抬頭望向聖壇、拱頂及唱詩班的座椅，這些馬上就和他的記憶重疊在一起。他兩次碰上了彌撒，一次留下來聽了場管風琴音樂會。我不願意在沒有大教堂的世界裡生活，我需要教堂的美麗與莊嚴，抵禦平庸的世界。我願意置身在教堂逼人的寒氣中，需要那專橫獨斷的沉默，抗衡兵營操練場上空洞的吼叫，追隨者俏皮的閒話。我想聆聽管風琴的華麗音調，需要超脫塵世的音樂澎湃我心，抵禦刺耳可笑的進行曲。

這段話出自十七歲的少年普拉多，一名才華洋溢的少年。不久後，他便與喬治．歐凱利進入孔布拉大學。在那裡，似乎全世界都屬於他們；在那裡，他在課堂上糾正教授。一個仍對偶然的波濤、被風吹散的流沙及徒勞的灰燼渾然不知的少年。

多年後，他在給巴托羅繆神父的信中寫道：有些事，對我們人類來說實在很重要：痛苦、孤獨和死亡，但也有美麗、崇高與幸福。為此，我們發明了宗教。一旦我們失去宗教的話，會發生什麼事？宗教因此對我們來說依然很重要。它留給我們的是每一個生命的詩歌，但是它足夠堅強來承載我們嗎？

戈列格里斯從旅館的窗子望出去，可以看到新的大教堂與舊的大教堂。每當報時的鐘聲響起，他便走到窗前，注視著前方燈火輝煌的教堂。聖十字若望曾在這裡生活過。芙羅倫斯撰寫關於他的論文時，曾多次到此地旅行過，每次都是和其他的大學生一起來。對此，他不感興趣。他不喜歡她提到大詩人的神祕詩篇時，眉飛色舞的樣子。她和她的那班朋友都是如此。

詩歌不是拿來熱烈談論的，我們只能讀它，用舌頭去讀，和它共處；只能去感受詩歌如何感動人、改變人；只能去感受詩歌如何讓人的生命有了外形、色彩及旋律。我們不能談論詩，更不可以把詩當成學術生涯的彈藥。

在孔布拉大學時，他曾自問，自己是否錯失了在大學裡大展宏圖的人生可能？答案是否定的！他再一次感受到那次坐在巴黎圓頂餐廳時，自己以那口伯恩腔和伯恩學識，將芙羅倫斯那班賣弄玄虛、喋喋不休的同事們打得落花流水的情形。不！

後來，他夢到奧羅拉在西爾維拉的廚房裡，隨著管風琴的音樂旋轉起舞。廚房漸漸擴大延伸，他筆直地往下方游去，捲入漩渦中，失去了知覺，然後醒來。

他是第一個去吃早餐的人。之後，他便往大學走去，一路打聽歷史系在哪裡。艾斯特方妮雅．艾斯平霍莎的演講課「伊莎貝拉一世」[38]，將在一小時後舉行。

大學中庭裡，學生們群聚在連拱迴廊之間。連珠砲似的西班牙文，戈列格里斯一個字都聽不懂，於是便提早步入大講堂。這是一間鑲板房間，宛如修道院般簡潔高貴，前頭是加高的講台。

[38] 伊莎貝拉一世（Isabel la Católica，1451~1504），是西班牙卡斯蒂利亞王國（Castilla）的女王。她與丈夫斐迪南二世（Fernando II el Católico）完成了收復失地運動，為日後外孫神聖羅馬帝國皇帝查理五世（Karl V）統一西班牙奠定了基礎。

講堂很快便坐滿了人。這是一間大教室，但在開課前便已座無虛席。晚到的學生只好擠著坐在兩旁的走道上。

我真恨那個長髮披肩、走路腰肢款擺、穿著短裙的女人。安德里亞娜見過她二十五歲左右時的樣子。現在走進來的這個女人，年紀差不多要六十歲。普拉多眼前只有她閃亮的明眸，近乎亞洲人的不尋常膚色，還有迷人的笑聲及搖曳的身影。他不想讓這一切消失，不願意這樣的事發生。胡安・埃薩在提到普拉多時，曾這樣描述過。

沒有人願意，戈列格里斯心想，即便在今天也不願意。尤其當他聽到她的聲音之後，就更不願意了。她的聲音低沉沙啞，用殘留的柔軟葡萄牙音調，說著硬朗的西班牙語。她一開始便關掉了麥克風。她的聲音是一種可以填滿整座大教堂的聲音。她的目光會讓人希望這堂課永遠不要結束。

戈列格里斯幾乎聽不懂她講課的內容。他宛如聆聽一件樂器般聽著，有時闔上眼，有時專注地看著她的動作，看她一手時常將落至前額的灰髮撥開，另一隻手握著銀色的簽字筆，在空中用力地劃上一道，加重她的說話語氣；看她雙肘撐在講台上，講到新的內容時，便展開雙臂，彷彿要擁抱講台一般。這是一位原本在郵局工作的普通女孩，一個記憶力驚人的女孩，腦海裡保存了反抗組織的所有機密；一個不願讓喬治在街上摟著腰的女人；一個在藍屋前，為了逃命，坐上駕駛座，一直開到世界盡頭的女人。她不願讓普拉多將她帶入他的旅程。失望與冷落，喚起普拉多此生最深刻、也最痛苦的覺醒，意識到自己徹底輸掉了追求人生極樂的競賽，感覺到自己以激情展開的人生熄滅了，化為灰燼。

戈列格里斯被起身撞到自己的學生嚇了一跳。艾斯特方妮雅・艾斯平霍莎把講義收入文件包裡，走下講台階梯。學生們擁了上去。戈列格里斯走出去等著。

他給自己找了個可以看見她從遠處走來的位置，再決定是否跟她攀談。她走了過來，身旁跟著一個女人，從說話的樣子看來，那個女人似乎是她的助理。她走過他的身邊時，戈列格里斯的心快要跳出來。他尾隨在兩人背後，上樓，走過一段長長的走道。艾斯特方妮雅和助理道別，消失在一扇門後。戈列格里斯走過那道門，注意到門牌上的名字。那個名字配不上她。

戈列格里斯慢慢往回走，牢牢扶著樓梯欄杆。走到樓下時，他好一會兒站著不動，接著又再衝上樓梯。他等呼吸平順了之後，才敲了敲門。

艾斯特方妮雅已經穿上大衣，正準備離開，看著他，露出疑惑的神色。

「我……我可以跟您說法語嗎？」他問。

她點了點頭。

他結結巴巴地介紹自己，然後拿出了普拉多的書，這是他這段期間重複多次的動作。她瞇起淺褐色的眼睛，打量著書，但沒有伸出手。時間一秒一秒過去。

「我……為什麼……您先進來吧。」

她走向電話，用葡萄牙語跟某人說自己現在無法過去。然後，她脫下大衣，請戈列格里斯坐下，點起一根菸。

「裡頭提到我了嗎？」她問，一面吐出一口煙來。

戈列格里斯搖了搖頭。

「您是從哪兒打聽到我的？」

戈列格里斯開始說明，從安德里亞娜講到胡安．埃薩，從普拉多最後讀著的那本陰森海洋的書，講到舊書店老闆的調查，再講到她的出版著作中的簡介。他沒有提到喬治·歐凱利，更沒有提到普拉多用蠅頭小字寫下的筆記。

現在她想看那本書。她讀著，又點起一根菸。她打量著普拉多的肖像。「原來他以前是這個模樣。我從未見過他年輕時的照片。」

他根本沒打算在這裡下車，他解釋道，但實在難以抗拒。普拉多的全貌……少了她，就不算完整。他當然知道這樣冒昧闖來，實在是有失禮儀。

她走到窗前。電話聲響起，她不予理會。

「我不知道自己是否願意。」她說：「我是說，談當時的事。我能帶走這本書嗎？我想先讀一下裡面的內容，考慮一下。您晚上到我家來，到時我會告訴您，我打算怎麼做。」

她遞給他一張名片。

戈列格里斯買了一份旅遊導覽，參觀一座座修道院。他本非獵取名勝古蹟的人，一旦遊客過多，他寧可待在外面。多年後才去讀暢銷書，也是他的習慣。現在，他來到這裡，亦非出於觀光獵奇。直到傍晚時分，他才開始明白因為普拉多的緣故，他對教堂和修道院的感覺起了變化。

「真有一種顏色，可以超越詩歌的嚴肅嗎？」戈列格里斯曾反問兩個想讀神學院的學生露絲·高琪和大衛·雷曼。這把他和普拉多綰合起來。或許，這正是兩人之間最堅實的紐帶。只是，在他看來，那位從神父做彌撒的助理小童變成了無神論神父之人，顯然已經往前更踏進了一步。戈列格里斯穿行在迴廊中時，嘗試著去理解這多踏出的一步。普拉多是否已經超越了《聖經》的文字，將詩歌的嚴肅成功延伸到由這些文字所創造出來的建築中，是這樣嗎？

普拉多過世的前幾天，美洛蒂曾看見他從教堂裡走出來。我要閱讀有力的上帝言詞，需要

《聖經》韻文中的非凡力量。我熱愛教堂中祈禱的人們，需要看到他們的眼神，抵擋膚淺和漫不經心的險惡毒素。這是普拉多少年時期的感受。然而，那個腦子裡帶著一顆隨時可能爆炸的定時炸彈的男人，那個從世界的盡頭旅行歸來，一切便化為灰燼的男人，又是帶著何種感受進入教堂的？

載著戈列格里斯前往艾斯特方妮雅．艾斯平霍莎住家的計程車司機，在紅燈前停下車等候。戈列格里斯看到一家旅行社的玻璃櫥窗裡，貼著一張展示著清真寺拱頂和尖塔的大型海報。如果他每天早上在有著金碧輝煌的拱頂的藍色「晨曦國度」中醒來，聽著報時人的報時聲，將會是一種什麼樣的人生？如果他的生命旋律是由波斯詩歌所決定的呢？

艾斯特方妮雅．艾斯平霍莎穿著藍色牛仔褲和深藍色水手衫出來，雖然她的頭髮已經開始發白，但看上去仍舊是四十五歲左右的模樣。她做了些夾心麵包，替戈列格里斯倒了杯茶。她需要時間。

她注意到戈列格里斯的目光飄過了書架，便說：「你可以靠近一點看。」戈列格里斯取下一本厚厚的史書。他對伊比利亞半島及其歷史所知甚少，他說，接著，提到了那兩本講述里斯本大地震及黑死病的書。

她請他說明一下古典語言學，並且不斷提出問題。戈列格里斯心想，她一定想知道這個要對她講述自己與普拉多旅程的人，究竟是何方神聖。或者，她只是需要更多的時間？

「拉丁文，」最後她說：「某種程度上而言，拉丁文正是一切的開始。曾經有個男孩，一名在郵局打工的大學生。這個害羞的男孩愛上了我，以為我沒察覺。他學的是拉丁文。『菲尼斯特雷角，』有天，他手拿著一封要寄往菲尼斯特雷角的信這麼說，接著背了一首長長的拉丁詩，說的是關於世界盡頭的故事。我很喜歡他一邊背誦拉丁文詩句，雙手一邊不停分撿信件的樣子。他發覺我很喜歡這首詩，於是不斷重複，背誦了整整一個上午。

「我開始悄悄學習拉丁文，不讓那個男孩知道，否則他可能會誤會。真是難以想像，一個在郵局工作、只受過一點可憐教育的女孩，居然想學拉丁文。難以置信！我不知道究竟是什麼引誘我至此：是語言，抑或是這種難以置信的感覺？

「我的記憶力很好，學得很快。我開始對古羅馬史產生興趣，讀遍所有弄得到手的書。後來，我又開始讀葡萄牙史、西班牙史和義大利史。母親在我很小的時候便過世了，我一直跟著父親，他是名鐵路工人，從未讀過書。看到我這樣，他剛開始很詫異，後來卻為我感到驕傲，一種感動人心的驕傲。後來，他因為罷工被國際暨國家防衛警察帶走，關進塔拉法爾監獄時，我才二十三歲。但是，關於這件事我什麼也沒法說，直到今日，我還是一樣說不出口。

「幾個月後，我在一次反抗運動的聚會裡，認識了喬治．歐凱利。父親被抓一事，很快在我工作的那個郵局裡傳開來。這時，我才發現許多同事原來都是反抗運動的成員，這事令我吃驚不已。父親被關，讓我對政治一事猛然警醒。喬治是小組中的重要成員。他和胡安．埃薩都是。喬治愛我愛到神魂顛倒，這令我感到得意。他試圖把我塑造成明星。掃盲班是我的點子，如此大家可以定期聚會，不會受到懷疑。

「接著，那件事發生了。有天晚上，普拉多走了進來。之後，一切都變了。一道嶄新的光芒照耀著萬物。那天晚上我便已察覺到了，他也一樣。

「我想要他，難以入睡。我不顧他妹妹仇恨的眼光，一再去診所找他。他想擁我入懷，內心彷彿隨時都會崩塌。但最後他還是拒絕了我。『喬治，』他說：『喬治。』於是，我開始恨喬治。

「有一天，我在午夜裡按了他的門鈴。我們走過幾條巷弄後，他把我拉進一個拱門底下。剎時間，天崩地裂。『這樣的事不許再發生。』事後他說，禁止我再去診所。

「那是一個漫長難熬的冬天。普拉多不再參加反抗運動的聚會。喬治嫉妒得發狂。

「要是我說，我早已經看出結果的話，實在是太誇張。沒錯，是誇張。但是，我發現到他們越來越仰賴我的記憶力。『萬一我出事了，怎麼辦？』我開始問。」

艾斯特方妮雅走了出去，回來時，變了個樣。好像已經準備好要參賽了，戈列格里斯心想。她似乎洗了臉，頭髮梳成一個馬尾。她站在窗前，繼續說下去之前，幾口便抽掉了一根菸。

「二月底時，災難發生了。門被異常緩慢地推開，悄然無聲。他穿著一雙靴子，沒穿制服，但穿了雙靴子。我最先從門縫間看到的便是他的靴子。接著，露出一張聰明、不懷好意的臉。我們都認識他，是巴達霍斯，門德斯的手下。我像我們之前多次演練過的那樣，開始向『文盲們』講解ç這個字母。往後的很長一段時間裡，我只要一看到ç這個字母，就會想到巴達霍斯。他坐下去的時候，板凳嘎吱作響。胡安．埃薩警示的目光輕輕飄過我身上。現在，一切都要靠妳了，他的目光似乎在這麼說。

「一如以往，我穿著一件近乎透明的襯衫，那可說是我的工作服。喬治恨死它了。這時，我脫掉外套，巴達霍斯的目光立刻落在我的身體上。要靠這件襯衫救大家的命。巴達霍斯的一條腿架到另一條腿上，真噁心！我結束了這堂課。

「當巴達霍斯朝我的鋼琴老師安德里奧走去時，我便知道完了。我聽不見他們說什麼，但安德里奧的臉色慘白。巴達霍斯陰險地笑著。

「安德里奧被警察傳喚後，再也沒有回來。我不知道他們對他做了什麼。我再也沒有見過他。

「從那時起，胡安便堅持要我住進他的姨媽家。出於安全的考量，他說，要把我轉移到安全的地方。第一天晚上我便清楚知道：他說得沒錯。不過，這麼做事實上並不是為了保護我，主要還是為了我的記憶力，以防祕密警察一旦逮到我，我可能會洩露祕密。那些日子裡，我只見過喬治一次。我們沒有觸碰彼此，連手也沒摸一下，感覺十分陰森恐怖。開始時，我不明白原因。直到普拉多告訴我，為什麼我非得離開這個國家不可時，我才恍然大悟。」

艾斯特方妮雅從窗口回來，再次坐下，注視著戈列格里斯。

「普拉多所說的那些關於喬治的話，太可怕了，殘忍到了難以想像的地步，所以我一開始只能傻傻地笑著。我們出發的前一晚，普拉多在診所裡幫我鋪了床。

「『我根本就不相信。』我說：『殺了我?!』我看著他：『我們說的可是喬治，你的朋友。』我說。

「『是的。』他淡淡地回答。

「喬治到底說了什麼，我想知道。不過，他並不打算重複那些話。

「後來，我一個人躺在診所裡，腦海裡重溫一遍我和喬治一同經歷過的所有事。他有能力想出這樣的點子嗎？他當真這麼想嗎？我累了，什麼都不能肯定。我想到了他的嫉妒，想到了他那些在我看來是不計後果、暴力的舉動，即使那不見得是針對我。我不知道，我什麼都不知道。

「在普拉多的葬禮上，我們並排站在普拉多的墓前，就他和我。其他人都走了。

「『妳沒真的相信吧？是嗎？』過了半晌，他這樣問我：『他誤會我了。那是一個誤解，一個單純的誤解。』

「『現在已經不再重要了。』我說。

「我們分道揚鑣，沒有再碰過彼此。之後，我也再沒有聽過他的消息。他還活著嗎？」

聽到戈列格里斯的回答後，兩人有一段時間沉默無語。接著，她站起身來，從書架上取下那本大部頭的《陰森黑暗的海洋》，和普拉多書堆上的那本一模一樣。

「他到最後都還讀著這本書？」她問。

她坐下，把書擱在膝上。

「對當時的我，一個二十五歲的女孩來說，這真的是太多、太多了。從巴達霍斯，到霧裡連夜趕到胡安的姨媽家，再到普拉多的診所那一夜，喬治可怕的念頭，還有坐在讓我夜不成眠的男人身邊一起出發旅行的事。我完全亂了方寸。

「頭一個小時，我們沒說話。我真慶幸能操縱方向盤和手排檔。我們要往北開到加利西亞，胡安告訴我們，在那裡越過邊境。

「『然後開到菲尼斯特雷角。』我說，並且告訴他那位拉丁文學生的故事。

「他請我停車，擁抱了我。之後，他請我停車的次數越來越頻繁。山崩再次爆發。他探索著我，更確切地說：他探索的不是我，而是生命。他想得到的東西越來越多，越來越頻繁，也越來越貪心。不，他並不粗魯或暴力。正好相反，在他之前，我從不知道世上竟有如此的溫柔。但是，他將我整個吞噬，深深吸了進去。他對生命本身、對生命的熱力，以及對他的情慾無比饑渴。他對我的靈魂的渴望，絲毫不亞於對我身體的渴望。他想在幾小時內，認識我的一生、我的回憶、思想、幻想和夢想。所有一切。他掌握的速度之快、之準確，讓我在起初的驚喜之餘，開始感到恐懼，他迅速的理解，瓦解了我的全部防線。

「多年後，一旦有人開始要了解我，我便逃開。後來，雖然情況好多了，但有一件事至今未變：我不願意別人完全了解我。我想隱姓埋名過完一生，別人的盲目，則是我的安全和自由。

「雖然現在聽起來，好似普拉多在感情上真的對我有著狂熱的興趣，然而事實並非如此。我們之間並不是相遇，他吸納了他自己經歷到的一切，特別是生命的元素。在這方面，他永遠沒辦法滿足。換句話說，我根本不是他真正想要的那個人，只是他想抓住的一個人生舞台罷了。似乎在他至今的人生中，他一直受騙；又彷彿他想在死亡降臨之前，再次體驗一個完整的人生。」

戈列格里斯告訴她，普拉多腦部的動脈瘤和大腦圖的事。

「我的天。」她輕聲驚呼。

他們曾經一同坐在菲尼斯特雷角的海邊。遠處，正好駛過一艘輪船。

「我們搭船吧。」他說：「最好去巴西，去貝林、瑪瑙斯[39]，去亞馬遜河流域那些濕熱的地方。我想寫些關於色彩、味道、黏性植物、熱帶原始森林和動物的書。我過去寫的一直都只是關於心靈的東西。」

「這個永遠無法滿足現實的男人。」安德里亞娜有次這麼說。

「那既不是年輕人的羅曼蒂克，也不是中年男人的庸俗無聊，而是出自真情真意，那種感覺很現實，卻又與我無關。他想帶著我一起進入一個完全屬於他自己的旅行，一段通往他的內心深處中，那個備受忽視的區塊的心靈之旅。

「『對我來說，你的渴望太強烈了。』我對他說：『我受不了，受不了。』

「他把我拉進拱門底下時，我曾準備與他走到海角天涯。然而，當時我並不了解他那可怕的饑渴。然後，是啊，不知從何時開始，這份對生命的饑渴，它那將人吞噬、摧毀一切的力量，變得如此可怕，令人望而生懼！

「我的話一定深深刺傷了他，傷得厲害。他不再與我共處一室，付的是兩個單人房的錢。後來再見到他時，他整個人變得不一樣了。他的目光節制，身體挺得筆直，舉手投足準確無誤。這時，我才意識到我的話讓他感覺到自己有失尊嚴。而他筆直的身軀和中規中矩的舉止，表露的只是他想要挽回一點尊嚴的無助嘗試。然而，當時我根本不是這麼想的。他的激情並沒有讓他喪失尊嚴，他的渴望也沒有，渴望根本和尊嚴毫無關係。你不能因為一個人心懷渴望，就說他喪失了尊嚴。

「我雖然疲憊異常，還是整夜無法闔眼。

「第二天早上，他只是簡短說自己還想在這兒待幾天。這幾句簡短的話，徹底表達出他內心全然的退縮。

「告別時，我們向彼此伸出了手。從他最後的目光中看來，他的內心已經完全部封閉。他走回旅館時，沒有再轉過身來。在我踩下油門之前，徒然地等待著他窗前的一個訊號，可是什麼也沒有。

「我坐在方向盤前，開了難以忍受的半小時之後，將車子倒頭開了回去。我敲了他的房門。他平靜地站在門邊，眼中不帶一絲敵意，幾乎沒有任何表情。他已經把我從他的內心永遠隔絕開

㊴貝林（Belém），亞馬遜河出海口的最大港口城市。瑪瑙斯（Manaus），為亞馬遜流域中上游最大的河港都市。

來。我不知道他什麼時候回到里斯本。」

「一星期後。」戈列格里斯告訴她。

艾斯特方妮雅把書還給他。「我整個下午都在讀這本書。開始時，我非常吃驚。不是對他，而是對我自己。我完全不知道他是誰，不知道他對自己是多麼警醒、正直，正直到了無情的地步，還有他文字的力量。起先，我為自己竟然對這樣的男人說：『你對我來說，渴望太強烈了。』感到極度不安。但漸漸地，我意識到這麼說是正確的，即使我已經讀過了他的東西，我認為這樣說還是正確的。」

時間已經接近午夜。戈列格里斯一點也不想走。伯恩、火車站、暈眩，一切顯得非常遙遠。他問她是如何從一個學拉丁文的郵局女孩成為一名教授的。她的回答相當簡潔，幾乎心不在焉。「是啊，就是有這樣的事：有的人可以對久遠的往事，敞開心扉；卻對後來的和當前的一切，緊閉心門。親密需要時間。」

他們站在門前。這時，他才決定把裝著普拉多最後筆記的信封袋取出來。

「我想，這些東西應該屬於您。」他說。

51

戈列格里斯站在一家房屋仲介公司的櫥窗前。三小時後，他的火車將開往依倫和巴黎。他的行李寄存在火車站的保管箱裡。他穩穩地站在青石地上，看著房價，想著自己的存款。學習西班牙文，學習一門他迄今為止都留給了芙羅倫斯的語言；在芙羅倫斯的聖人英雄所居住的城市裡生活；旁聽艾斯特方妮雅．艾斯平霍莎的課；研究眾多修道院的歷史；翻譯普拉多的筆記；跟艾斯特方妮雅一起逐字讀那些句子。

房屋仲介公司的員工幫他在接下來的兩小時裡，安排了三個看房子的約。戈列格里斯站在發出回聲的空蕩屋子裡，查看四周景觀，留意街上的噪音，想像自己每天上下樓的情形。他口頭上允諾了其中兩間房子，然後搭上計程車穿越過整座城市。「往前開！」他對計程司機說：「一直往前開，快點！」

待他終於回到火車站，卻弄錯了行李保管箱，最後，他不得不拔腿奔跑，才勉強趕上火車。

他在車廂中睡著了，一直到火車停靠在西班牙北部的城市瓦拉杜利德時，才醒過來。一名年輕女子走進來。戈列格里斯幫她把行李箱抬到行李架上。「謝謝您！」她說，然後坐在門邊，開始閱讀一本法文書。女人的雙腿交叉時，發出一聲響亮的、絲綢摩擦的聲音。

戈列格里斯看著那封上了封印蠟的信封。瑪麗亞不想打開來看。「我死了以後，妳才能打開看。」普拉多對她說：「我不想讓它落在安德里亞娜手裡。」戈列格里斯撕開了封印，抽出信紙，讀了起來：

為什麼在所有女人之中，偏偏是妳？

這個問題，每個人遲早都會問自己。然而，容許這樣的想法出現，為什麼會讓人感覺是如此危險，即使這樣的想法只是默默出現？為什麼大家一想到這個問題所引發的偶然性時，便感到膽戰心驚，不像提到隨意性，或者可替換性時那樣隨興？為什麼大家不能承認存在著這樣的偶然性，並對此調侃一番？為什麼我們會覺得，一旦承認了這樣的偶然性是理所當然、不證自明時，便彷彿會削弱我們的愛慕，甚至抹滅我們的感情？

我的目光穿過客廳，穿過人群和香檳酒杯，看到了妳。「這是法蒂瑪，我的女兒。」妳的父親說。「我能想像出您走過我的房間的樣子。」我在花園裡對妳說。「你現在還能想像出，我走過你的房間的樣子嗎？」妳在英國時問我。在渡輪上，妳又問我：「你認為我們相配嗎？」

沒有誰配得上誰的問題。不只是因為根本不存在天意，也是因為沒有可以操縱一切的人。不，因為人與人之間根本不必然需要超越偶然的需求和墨守成規的強大力量。我在診所工作了五年。五年，沒有人走過我的那些房間。我站在這裡，純屬偶然；妳站在那裡，站在香檳酒杯之間，同樣純屬偶然。事情就是如此，沒有別的。

幸好妳讀不到這些。為什麼妳偏要說一定要跟媽媽結盟，一起抵抗我的無神論不可？一個為偶然性辯護的律師，不會因此削弱他的愛情，也不會因此少些忠誠，反而會更加珍惜。

讀書的女人摘下眼鏡擦拭著。她的臉一點兒也不像科欽菲爾德橋上那個沒有名字的葡萄牙女人，但卻有一個地方是相同的：兩邊的眉毛與鼻根之間的距離不等，一邊的眉毛比較長，另一邊則比較短。

他想請教她一個問題，戈列格里斯說。葡萄牙語中，glória除了榮耀之外，在宗教上，是否還有極樂之意？

她想了一下，點了點頭。

那麼，一個無神論者談到抽離了「宗教極樂」的極樂時，這其中剩下的部分是否還能以這個字去形容？

她笑了。「多滑稽的問題！不過……是啊，沒錯。」

火車駛離布爾格斯。戈列格里斯繼續讀著：

向未來開啟的莫札特

妳從樓梯上走下來。我像之前已經做過不下數千次那樣：在妳的頭還沒有露出來，仍被對面的欄杆遮住時，便一直注視著妳。我總是先在腦海中想著妳那隱而不露的部分，每次都一樣。誰下樓來，再清楚不過。

今天早上，一切突然都變了。昨天，街上玩耍的孩子把一顆球丟到彩繪玻璃上，玻璃碎了。樓梯上的光線與往日不同，不再是令人想起教堂的朦朧金色光線。日光不停流瀉進來。新的光線似乎在我慣常的期待之中，打開了一道缺口，彷彿扯破了什麼似的，向我索求新的想法。我突然之間感到好奇，想看看妳的臉。對這突如其來的好奇心，我感到十分開心，但同時也讓我吃了一驚。從當初追求者的好奇心到現在走到了盡頭，這期間已過了多少年。那扇門在我們共同生活之後，緊緊關閉。法蒂瑪，為什麼必須是在玻璃窗破碎了以後，我才能再次打開我的目光與妳相遇？

我後來也嘗試要打開我的目光與妳相遇，安德里亞娜，然而，我們之間的熟稔卻已經鉛化。

為什麼開啟一個人的眼界是如此之難？我們人類真的是懶惰的生物，就是無法擺脫對熟悉事物的依賴，好奇心反而成了慣性土壤中稀有的奢侈品。能在每分每秒中，以開闊的心來演繹世界，真是一門藝術，一個心永遠向未來開啟的莫札特。

聖賽巴斯提安。戈列格里斯查看了一下火車時刻表。他很快就要在依倫火車站轉車前往巴黎。女人的雙腿交疊，繼續讀著自己的書。戈列格里斯從上了封印蠟的信封中，抽出了最後一份筆記：

我親愛的自欺大師

許多我們的願望與想法，經常將我們自己給矇在鼓裡，對此，其他人或許比我們自己還要清楚。是這樣嗎？有誰曾經對此抱持遲疑？

沒有，一個人也沒有！在那些與另一個人一同呼吸、一同生活的人裡面，這樣的人一個也沒有。我們彼此對身體的最輕微抽搐和言語中最細微的部分，瞭如指掌。我們了解對方，卻經常不願意知道自己究竟了解了什麼。尤其當我們發現，介於我們自己的所見與他人所相信的事物之間的鴻溝，大到難以忍受時，我們便更不想知道了。這時，我們需要上帝般的勇氣和堅強，才能生活在完全的真實之中。我們了解如此多的事情，對自己同樣瞭如指掌，沒理由自以為是。

要是她真的是自欺大師，總是搶在我前面賣弄招數呢？我是否應該駁斥妳的花招，對妳說：算了吧，少來騙我，妳不是那樣的人？我始終對妳有所虧欠。要是我有虧欠妳的地方，且讓我欠著吧。

然而，在這樣的意義上，我們又如何能知道，我們虧欠另一個人的是什麼東西？

依倫。還沒到依倫。這是戈列格里斯跟某人說的第一句葡萄牙話。那已經是五個星期前的事了，也是在火車上。戈列格里斯使勁地幫女人把行李箱搬下來。

他剛坐上開往巴黎的火車不久，女人便從他的包廂擦身而過。就在她幾乎要從他的視線中消失時，她停下腳步，轉過身來看著他，猶豫了片刻，還是決定走進來。戈列格里斯幫她把行李箱抬上行李架。

她回答他的問題時說，因為想讀手上這本叫做《有文字前的沉默世界》的書，才刻意選擇慢車。她只有在火車上才能專注一致在讀書上，才可以如此開放地接受新事物。因此，她成了坐慢車的專家。她也要去瑞士，到洛桑。沒錯，是的，明早先到日內瓦。顯然，兩個人選了同一班列車。

戈列格里斯把外套拉到臉上。他選擇慢車的原因與她的完全不同。他不想回到伯恩，也不想看到多夏狄斯拿起聽診器，撥電話去醫院預定床位。抵達日內瓦之前，火車將行經二十四個車站。他有二十四次跳下車的可能。

他深潛入水底，垂直向下，愈潛愈深。他與艾斯特方妮雅．艾斯平霍莎跳著舞，穿過西爾維拉的廚房時，漁民們哈哈大笑。他可以從所有這些修道院，走進那些發出回音的空蕩房屋裡。迴盪的空洞抹去了荷馬的那個字。

戈列格里斯吃了一驚。λίστρον。他走進洗手間，用水沖了一下臉。

他睡著的時候，讀書的女人把包廂裡的頭燈關掉，只打開自己座位上的閱讀燈。她一直讀著。戈列格里斯從洗手間回來時，她只短短地抬起頭，心不在焉地笑了一下。

戈列格里斯把外套拉到臉上，想像著對面的女人：我站在這裡，純屬偶然；妳站在那裡，站在香檳酒杯之間，同樣純屬偶然。事情就是如此，沒有別的。

午夜過後，當他們抵達巴黎時，女人建議他們一起搭計程車到里昂火車站。圓頂餐廳。戈列格里斯嗅著女人身上散發出來的香水味。他不願去醫院，不想聞到醫院的氣味。當他去探望躺在暖氣開得過大、令人窒息的三人病房中，來日無多的父母時，那裡散發出來的氣味，雖然風通過，卻依然散發出尿臭味，他的內心總是百般掙扎。

凌晨四點左右，他在外套底下醒了。女人睡著了，攤開的書放在膝上。他關掉她頭上的閱讀燈。女人翻了個身，用大衣矇住臉。

天亮了。戈列格里斯真不願見到天亮。

餐車服務生推著飲料車過來。女人醒了。戈列格里斯遞給她一杯咖啡。她沉默地注視著從一層薄雲的背後緩緩升起的太陽。「真是特別，」女人突然開口說：「glória居然有兩種完全不同的含意——外在喧鬧的榮耀和內在平靜的極樂。」過了半晌，她又說：「極樂——我們談的究竟是什麼？」

戈列格里斯幫女人拎著箱子，穿越日內瓦車站。瑞士火車的大車廂裡，人聲鼎沸，人們高聲談笑。女人注意到他臉上的不悅，讓他看一眼自己那本書的書名：《有文字前的沉默世界》，笑了。他跟著笑了起來。就在他笑著的時候，播音器的聲音廣播著：洛桑到了。女人起身。他抬下女人的行李箱。女人望著他說：「這次旅程很開心。」說完便下車了。

弗里堡。戈列格里斯喘不過氣來。他曾經登上城堡，從那兒打量著黑夜中的里斯本，搭上一艘太迦河的渡船。他坐在瑪麗亞的廚房裡，在薩拉曼卡的修道院中穿行，又坐下來旁聽艾斯特方妮雅．艾斯平霍莎的課。

伯恩到了。戈列格里斯起身，放下行李箱等待著。最後，他拿起行李箱往前走時，步履沉重。

52

他一回到冰冷的公寓，放下行李，便去了一趟照片沖洗店。現在，他坐在客廳裡，兩小時後便可去拿沖洗好的照片。在那之前，他應該要做些什麼？

話筒依然倒放著，壓在電話線上。他想起上次離開前，和多夏狄斯在夜裡通的電話。那次之後，已經過了五個星期。當時天空還在下著雪，現在街上的行人已經不穿外套了。不過，陽光依舊慘白，與太迦河上的陽光無法相提並論。

唱盤上依然放著葡萄牙語的教學唱片。戈列格里斯打開唱盤，想要拿這個聲音和里斯本老式電車上的聲音做比較。他穿過了貝倫區，來到阿爾法瑪區，然後搭乘地鐵，前往科欽菲爾德文理中學。

門鈴響了。「因為你家門前的腳踏墊。我總是能從你家的腳踏墊，看出你是否回來了。」勞詩禮太太解釋道。她交給他一封校方的來信，前天寄來的，其他信件已經寄到西爾維拉的住址。

「你看上去臉色不太好，」她說：「一切可好？」

戈列格里斯唸著校方來信中的一連串數字，但轉眼間馬上就忘得一乾二淨。他來到照片沖洗店的時間還太早，不得不繼續等著。回家的路上，他幾乎一路小跑。

有一捲底片拍的都是喬治燈火通明的藥局正門。他按下快門總是慢了半拍，只有三次是成功的，可以清楚看出正在吸菸的藥劑師。蓬亂的頭髮、大而多肉的鼻子、永遠歪扭的領結。我開始恨喬治了。自從他知道了艾斯特方妮雅．艾斯平霍莎的故事之後，開始覺得喬治的目光不懷好意、詭計多端。正如那次在西洋棋俱樂部裡，喬治坐在旁邊的桌子上，看著自己被佩德羅每隔幾分鐘便發出的令人作嘔的擤鼻涕聲，折磨得渾身難受的樣子。

戈列格里斯貼近眼睛看著照片。喬治那張農夫臉上，以前那疲倦卻慷慨友好的眼神到哪兒去了？失去友誼的悲哀眼神到哪兒去了？我們好似兄弟，比兄弟還親。我甚至覺得，我們從未失去過對方。戈列格里斯再也找不到喬治以前的眼神。無止境的坦承顯然是不可能的。那已經超出我們所能及的範圍。由於不得不沉默所導致的孤獨，這種情況也是可能存在的。現在，不懷好意的眼神，又再一次出現。

一個人的靈魂是否是真相的歸宿？所謂的事實，是否只是我們用來描繪他人與描繪自己的故事中迷惑人的幽靈而已？普拉多曾經問自己。戈列格里斯心想：一個人的眼神也是如此。眼神已經不在了，這會被解讀出來。眼神始終是可被解讀的眼神，世上不存在不能被解讀的眼神。

胡安．埃薩在黃昏中，站在養老院的陽台上。我不想插管，不想用抽尿器，只想再多拖延幾個星期。戈列格里斯再次感受到喝下胡安杯中滾燙的茶水時，喉嚨間火熱的感覺。

美洛蒂的房子在黑暗中，什麼也看不見。

月台上，西爾維拉手擱在菸前擋風點菸。今天，他又要去比亞里茲出差。和往日一樣，他一定又在問自己：「為什麼還要一直做下去。」

戈列格里斯持續翻看著這些照片，一遍又一遍。過去開始在他的目光之下凍結，記憶會自行選擇、重整、回復，甚至欺騙。最惡劣的是，那些遺漏、扭曲及謊言，事後也都已經無法辨認。

除了回憶之外，再也沒有其他觀點可供支撐。

這是在他過了一輩子的城市裡，再普通不過的一個星期三下午。他該做些什麼？

他想起穆斯林地質學家艾爾．艾德里希談到關於世界盡頭的話。他拿出自己寫下的紙條，那是他用拉丁文、希臘文和希伯來文翻譯出來的，艾爾．艾德里希所說的那些關於菲尼斯特雷角的話。

他忽然知道自己想做什麼了。他想要拍下伯恩，紀錄下他這些年來經歷的生活。這裡的建築、巷弄和廣場，它們的意義是如此深遠，不只是他人生的一個舞台而已。

他在照片沖洗店買好了底片後，便在自己度過童年的雷爾街區的大街小巷間穿梭，直到黃昏降臨。今天，他從不同的角度，以攝影者的專注重新觀看這些街道，他發覺它們看上去竟和從前大相逕庭。他一直拍到上床就寢為止。有時候他醒來，不知道自己身在何處。當他坐在床沿，他已經不再確定攝影者那帶著距離感、斤斤計較的目光，究竟是不是一種為了將生命的世界據為己有的正確目光。

星期四，他繼續拍照。他在下方老城區的大學廣場那裡搭電梯，選擇了這條穿過火車站的路，這樣就可以繞開布本貝格廣場。拍完了一卷一卷的底片。現在，他看著大教堂，彷彿自己過去從未見過一般。一名管風琴師正在練琴。自從他回來以後，這是第一次的頭暈，他緊緊抓住教堂長板凳的椅背。

他把底片送進店裡沖洗，接著往布本貝格廣場走去，感覺自己正向一頭難以對付的龐然大物發起攻擊。走到紀念碑時，他停了下來。陽光消失了，色調一致的灰濛天空朧罩在城市上空。他期待自己有些感覺，感覺自己是否可以再次碰觸這裡。然而，他什麼也感覺不到。一切已經不像從前，也有別於他三星期前的短暫來訪。那樣的感覺究竟是什麼？他累了，轉身離開。

「怎麼樣，《文字鍊金師》那本書，您喜歡嗎？」

問話的人是西班牙書店的老闆，他朝戈列格里斯伸出手。

「有無信守我的承諾？」

「有啊，」戈列格里斯心不在焉地答道：「當然有。」

他的聲調僵硬。書店老闆注意到戈列格里斯此刻沒有心情聊天。兩人很快相互道別。

布本貝格廣場電影院的節目單已經更新。西默農執導，珍娜．莫羅主演的電影早已下檔。

戈列格里斯不耐煩地等待著照片沖洗出來。校長凱吉從街角轉進巷子裡。戈列格里斯立刻閃避到一家商店的門口。「有時，我的妻子看起來快要崩潰了，」凱吉曾寫信告訴他。現在，她住進了精神病院。凱吉看上去十分疲倦，根本沒在意身邊發生的事。剎那間，戈列格里斯感覺到一股想走過去跟他談談的衝動，不過這樣的感覺很快便消失。

照片終於全部沖洗出來。戈列格里斯在伯爾尼旅館的餐廳坐下，打開裝有照片的信封袋。全是些陌生的照片，跟他毫不相干。他把照片丟進袋子裡。吃飯時，他徒然要嘗試找出自己期待著的究竟是什麼。

回到公寓的樓梯上，一陣劇烈的暈眩襲來，他不得不用雙手牢牢抓住樓梯的扶手。其後，他整晚坐在電話旁，想像當自己打電話給多夏狄斯時，某些事情將會無可避免發生。

臨睡前，他每每心生恐懼，擔心自己會陷在暈眩和昏迷裡，不省人事，而醒來時卻又一無所知。城市的天空逐漸綻放光明，他終於鼓起所有的勇氣。當多夏狄斯的助手來上班時，戈列格里斯已經站在診所前。

幾分鐘後，希臘人到了。戈列格里斯等著希臘人見到他的新眼鏡時，臉上出現不悅的驚訝表情。然而，希臘人只瞇了一下眼睛，便跟他一起走進會診室，聽戈列格里斯講述新眼鏡和頭暈的事。

首先，他大可不必慌張，希臘人最後說，但還是必須做些檢查。另外，他得住院觀察一陣子，才能弄清楚狀況。他抓住話筒，手擱在上頭，靜靜地望著戈列格里斯。

戈列格里斯深呼吸幾下後，點了點頭。

星期天晚上住院，希臘人放下話筒，對戈列格里斯說。這附近沒有比這位更棒的醫生，他接著說。

戈列格里斯慢慢穿越過市區，經過許多對他而言曾經是無比重要的建築和廣場。這樣做很正確。他在過去經常用餐的地方吃東西。下午稍早時，他又去了學生時代第一次看電影的電影院。那場電影真是百般無聊，但是電影院的氣味依舊如昔，於是他一直坐到電影散場。

回家的路上，他遇到了娜塔麗雅．魯賓。

「一副新眼鏡！」她問候道。

這次的相遇，兩人都不知道該如何面對。電話裡的交談已經是很久以前的事了，現在只留下夢境般的回音。

「是啊，」他說：「要是可以再回去里斯本，也是不錯的。」

「醫院的檢查結果如何？」

「噢，沒什麼，只是一點眼睛的小毛病，不要緊。」

「我在波斯文上碰到了瓶頸，」娜塔麗雅說。他點了點頭。

「習慣新老師了嗎？」他最後問。

她笑了。「無聊至極！」

兩人分手後，走了幾步，又轉身，向彼此揮手。

星期六，戈列格里斯花了幾個小時的時間，一一拿起那些拉丁文、希臘文和希伯來文的書來看。他看著標記在書緣上的許多註釋和刪改，這是他數十年來寫下的筆記。最後，桌子上堆了一小堆他要打包帶去醫院的書。做完這些事之後，他打電話給芙羅倫斯，問她今天是否可以過去看她。

她經歷過一次流產，幾年前，又因癌症動了手術，後來病情沒有繼續惡化下去。現在她專職翻譯，一點也沒有他所想像的、不久前看到她回家時那樣的疲態和了無生氣。

他告訴她薩拉曼卡修道院的事。

「那時你還不願意去。」她說。

他點了點頭。她笑了。他沒告訴她自己即將住院的事。後來，當他走上科欽菲爾德橋時，開始後悔沒告訴她。

他繞著文理中學的深色建築走了一圈，忽然想起在柯蒂斯校長辦公室的書桌裡，他用毛衣裹著的那本希伯來文《聖經》。

星期天上午，他打電話給胡安．埃薩。他今天下午要做什麼，胡安問，不知能否告訴他。

今晚住院，戈列格里斯回答。

「不是一定要去的。」胡安說，沉默了半晌後，又說：「即使一定要去，也沒人可以把您拴在那裡。」

中午，他打電話給多夏狄斯，問自己是否方便過去跟他下棋？下完棋後，是否方便帶他去醫院？

他還想著關店歇業的事嗎？下完第一局的時候，戈列格里斯問希臘人。還是會想，希臘人回答，經常這麼想。不過，這種想法可能很快就會過去。下個月他將回薩洛尼卡一趟，他已經十多年沒回去。

第二局下完的時候，時間到了。

「要是他們檢查出什麼要命的東西，怎麼辦？」戈列格里斯問：「我是指那些會要我命的東西。」

希臘人望著他，目光沉靜而堅定。

「我有一整本的處方籤。」他回答。

黃昏中，他們沉默地駛向醫院。生命的意義不在於如何生活，而在於如何設想生活，普拉多曾這般寫道。

多夏狄斯向他伸出手。「可能什麼事都沒有。」他說：「我告訴過你，這個醫生是最棒的。」

在醫院門口前，戈列格里斯轉過身，朝希臘人揮了揮手，便走了進去。大門在他身後闔上時，天空開始下雨。

故事盒子44

里斯本夜車

（Nachtzug nach Lissabon）（二版）

作者 帕斯卡・梅西耶（Pascal Mercier）
譯者 趙英

社長 張瑩瑩
總編輯 蔡麗真
副主編 翁淑靜
責任編輯 翁淑靜
協力編輯 管中琪、余筱嵐
行銷企劃 林麗紅

封面設計 蔡南昇
內頁排版 洪素貞
出版 野人文化股份有限公司
發行 遠足文化事業股份有限公司
地址：231 新北市新店區民權路 108-2 號 9 樓
電話：（02）2218-1417 傳真：（02）8667-1065
電子信箱：service@bookrep.com.tw
網址：www.bookrep.com.tw
郵撥帳號：19504465 遠足文化事業股份有限公司
客服專線：0800-221-029

讀書共和國出版集團 社長：郭重興
發行人兼出版總監：曾大福
印務經理：黃禮賢
印務：李孟儒

法律顧問 華洋法律事務所 蘇文生律師
印製 成陽印刷股份有限公司
初版 2011 年 12 月
二版 2018 年 10 月

有著作權 侵害必究
歡迎團體訂購，另有優惠，請洽業務部（02）22181417 分機 1124、1135

國家圖書館出版品預行編目(CIP)資料

里斯本夜車 / 帕斯卡.梅西耶(Pascal Mercier)作 ; 趙英譯. -- 二版. -- 新北市 : 野人文化出版 : 遠足文化發行, 2018.10
面 ; 公分. -- (故事盒子 ; 44)
譯自 : Night train to Lisbon
ISBN 978-986-384-314-6(平裝)

875.57 100022422

Nachtzug nach Lissabon © Carl Hanser Verlag München Wien 2004
Complex Chinese translation copyright © 2011 by Ye-Ren Publishing House
All rights reserved including the right of the reproduction in whole or in part in any form.
This edition published by arrangement with Carl Hanser Verlag München Wien, through jia-xi books., ltd, Taiwan, R.O.C.

里斯本夜車

線上讀者回函專用 QR CODE，您的寶貴意見，將是我們進步的最大動力。

野人

野人文化
讀者回函卡

姓　名　　　　　　　　　　　　□女 □男　年齡

地　址

電　話 公　　　　　　宅　　　　　　手機

Email

學　歷 □國中(含以下) □高中職 □大專 □研究所以上

職　業 □生產/製造 □金融/商業 □傳播/廣告 □軍警/公務員
□教育/文化 □旅遊/運輸 □醫療/保健 □仲介/服務
□學生 □自由/家管 □其他

◆你從何處知道此書？
□書店 □書訊 □書評 □報紙 □廣播 □電視 □網路
□廣告DM □親友介紹 □其他

◆你以何種方式購買本書？
□誠品書店 □誠品網路書店 □金石堂書店 □金石堂網路書店
□博客來網路書店 □其他＿＿＿＿＿＿＿＿＿＿

◆你的閱讀習慣：
□百科 □生態 □文學 □藝術 □社會科學 □地理地圖
□民俗采風 □休閒生活 □圖鑑 □歷史 □建築 □傳記
□自然科學 □戲劇舞蹈 □宗教哲學 □其他

◆你對本書的評價：（請填代號，1. 非常滿意　2. 滿意　3. 尚可　4. 待改進）
書名＿＿＿封面設計＿＿＿版面編排＿＿＿印刷＿＿＿內容＿＿＿
整體評價＿＿＿

◆你對本書的建議：

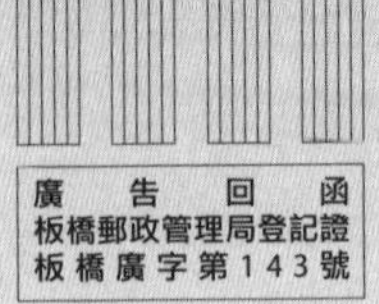

廣　告　回　函
板橋郵政管理局登記證
板橋廣字第143號

郵資已付　免貼郵票

23141
新北市新店區民權路108-2號9樓
野人文化股份有限公司 收

請沿線撕下對折寄回

書號：0NSB0044